UM CASO IMPROVÁVEL

REBECCA YARROS

★★★

UM CASO IMPROVÁVEL

Tradução
Adriana Fidalgo

1ª edição
Rio de Janeiro-RJ / São Paulo-SP, 2024

VERUS EDITORA

Título original
In the Likely Event

ISBN: 978-65-5924-239-9

Copyright © Rebecca Yarros, 2023
Edição publicada mediante acordo com a Amazon Publishing, www.apub.com, com a colaboração de Sandra Bruna Agencia Literaria.
Todos os direitos reservados, incluindo o direito de reproduzir em todo ou em parte, por qualquer forma.

Tradução © Verus Editora, 2024
Direitos reservados em língua portuguesa, no Brasil, por Verus Editora. Nenhuma parte desta obra pode ser reproduzida ou transmitida por qualquer forma e/ou quaisquer meios (eletrônico ou mecânico, incluindo fotocópia e gravação) ou arquivada em qualquer sistema ou banco de dados sem permissão escrita da editora.

Verus Editora Ltda.
Rua Argentina, 171, São Cristóvão, Rio de Janeiro/RJ, 20921-380
www.veruseditora.com.br

CIP-BRASIL. CATALOGAÇÃO NA FONTE
SINDICATO NACIONAL DOS EDITORES DE LIVROS, RJ

Y32c
Yarros, Rebecca
  Um caso improvável / Rebecca Yarros ; tradução Adriana Fidalgo. - 1. ed. - Rio de Janeiro : Verus, 2024.

  Tradução de: In the Likely Event
  ISBN 978-65-5924-239-9

  1. Romance americano. I. Fidalgo, Adriana. II. Título.

24-88181   CDD: 813
            CDU: 82-31(73)

Gabriela Faray Ferreira Lopes - Bibliotecária - CRB-7/6643

Revisado conforme o novo acordo ortográfico.

Seja um leitor preferencial Record.
Cadastre-se no site www.record.com.br e receba informações sobre nossos lançamentos e nossas promoções.

Atendimento e venda direta ao leitor:
sac@record.com.br

Para minha irmã, Kate.
Eu iria à guerra por você.
Te amo, é sério.

CAPÍTULO UM
NATHANIEL

Cabul, Afeganistão
Agosto de 2021

Eu não estava nas Maldivas.

Fechei os olhos e inclinei a cabeça para trás, na direção do escaldante sol da tarde. Com a brisa, dava quase para fingir que a umidade que escorria pelo pescoço, encharcando meu colarinho, era água de um recente mergulho em vez de meu próprio suor. Quase.

Em vez disso, parado na pista de Cabul, eu me perguntava como era possível que minhas botas ainda não tivessem derretido com o chão naquela temperatura. Talvez perder a viagem fosse carma por viajar sem ela.

— Você devia estar de licença — disse uma voz familiar à direita.

— Xiu! Eu estou. Está vendo? — Abri um olho apenas o suficiente para vislumbrar Torres ao meu lado, as sobrancelhas grossas sombreadas pelo boné camuflado.

— Vendo o quê? Você na pista de pouso, com a cabeça jogada para trás, como se estivesse em um comercial de protetor solar?

Os cantos de minha boca se curvaram para cima.

— Não é a pista de pouso. É um bangalozinho sobre a água, nas Maldivas. Não está ouvindo as ondas?

A batida ritmada de rotores distantes enchia o ar.

— Estou ouvindo você não fazendo nenhum sentido — murmurou ele. — Parece que chegaram.

Com relutância, abri os olhos e procurei no horizonte uma aeronave na aproximação final, avistando o avião em segundos.

Lá vamos nós outra vez. Por mais que eu adorasse a ação que meu trabalho implicava, tinha de admitir que estava começando a perder a graça. Paz parecia melhor que guerras constantes.

— Como foi que você se deixou envolver nisso, afinal? — perguntou Torres. — Pensei que Jenkins tivesse sido designado para esta missão.

— Jenkins pegou algum tipo de vírus ontem à noite, e não quero pedir a Ward para adiar a licença dele. Ele tem filhos. — Ajeitei a alça de ombro do rifle enquanto o C-130 pousava na pista. — Agora a babá do assessor da senadora Lauren sou eu.

— Bem, estou com você, como sempre.

— Valeu.

Meu melhor amigo não havia saído do meu lado desde a seleção para as Forças Especiais. Porra, ele já me apoiava antes disso.

— Com sorte, na semana que vem Jenkins vai estar recuperado e eu vou estar a caminho das Maldivas, antes que os senadores cheguem aqui de fato. — Eu quase podia sentir o gosto daquelas bebidas de fruta com guarda-chuvas... Ah, espera, era o sabor metálico da gasolina de aviação. Certo.

— Sabe, a maioria dos caras que eu conheço usa o tempo de folga para voltar para casa e ver a família. — Torres olhou para trás, para o restante da equipe, enquanto eles caminhavam em nossa direção, endireitando os uniformes de combate sem insígnias, como se fosse possível preservar a farda depois de quatro meses em operação.

— Bem, a maioria dos caras não tem uma família como a minha. — Dei de ombros. Mamãe tinha partido havia cinco anos, e a única razão pela qual eu veria meu pai de bom grado seria para enterrá-lo.

O restante do pelotão nos alcançou, formando uma fila enquanto encarávamos a aeronave. Graham ocupou seu lugar do outro lado.

— Quer que eu dirija?

— Sim — respondi. Já tinha selecionado os caras que queria comigo até Jenkins voltar. Parker e Elston esperavam na embaixada.

— Está todo mundo aqui? — perguntou o major Webb ao chegar até nós, coçando o queixo.

— Puta merda! Não consigo me lembrar da última vez que vi o seu rosto pessoalmente.

Graham sorriu para nosso comandante, o sorriso radiante ornando com a pele negra.

Webb murmurou algo sobre os políticos enquanto o avião taxiava seguindo as instruções dos controladores de tráfego aéreo.

Havia certas vantagens em fazer parte da elite das Forças Especiais. O companheirismo diário e não ser obrigado a fazer a barba eram definitivamente duas delas. Foderem minha licença para eu bancar o segurança para o grupo avançado de alguns caras do legislativo, não. Eu havia passado uma hora daquela manhã me familiarizando com a pasta de Greg Newcastle. Minha missão era o vice-chefe de gabinete de trinta e três anos da senadora Lauren, e ele tinha a aparência refinada de um cara que saiu direto do curso de direito de Harvard para o Capitólio. O grupo vinha para o que chamavam de missão de "apuração de fatos", a fim de relatar como estava indo a retirada dos Estados Unidos. De algum modo, eu duvidava de que ficassem felizes com o que encontrariam.

— Só para recapitular... — disse Webb, pegando um pedaço de papel dobrado do bolso e encarando os líderes escolhidos da equipe de segurança. — Maroon, sua equipe tirou Baker, do gabinete do congressista Garcia — continuou ele, usando nossos codinomes designados para uso público durante a missão. — Gold, você está com Turner, do congressista Murphy. White, você fica com Holt, do gabinete do senador Liu. Green, você é responsável por Astor, do gabinete da senadora Lauren...

— Eu fiquei responsável por Greg Newcastle — interrompi.

Webb olhou para o papel.

— Parece que fizeram uma mudança de última hora. Você está com Astor agora. A missão continua a mesma. Esse é o escritório com foco nas províncias do sul. O que está trabalhando para levar a equipe feminina de xadrez para os Estados Unidos.

Astor. Meu estômago foi parar na garganta. Sem chances. De jeito nenhum.

— Relaxa — sussurrou Torres. — É um sobrenome comum.

Certo. Além do mais, a última vez que eu tivera notícias, ela estava trabalhando em alguma empresa em Nova York, mas fazia três anos.

A chuva havia encharcado meu casaco...

Reprimi meus pensamentos temerários enquanto o avião pousava à nossa frente, guiado pela equipe de fiscais de pátio. O calor irradiava da pista em ondas cintilantes que distorciam minha visão quando a porta traseira do avião baixou e os pilotos desligaram os motores.

Aviadores uniformizados desceram primeiro do C-130, liderando um grupo de civis que presumi serem assessores do Congresso e que, naquele momento, tentava ajudar um dos engravatados a descer da rampa.

Ergui as sobrancelhas. *O cara não consegue descer a rampa sozinho e pensou que seria uma boa ideia fazer um tour pelo Afeganistão?*

— Isso é sério? — zombou Kellman... ou sargento White, para aquela missão. — Por favor, me diga que não é o meu cara.

— Aqui vamos nós — murmurou Torres ao meu lado.

Soltei um longo suspiro enquanto contava até dez, na esperança de que a paciência brotasse milagrosamente. Não brotou. Aquilo era uma perda de tempo.

Os aviadores eram só sorrisos enquanto caminhavam em nossa direção, tirando o foco dos civis que os seguiam. Óbvio que estavam felizes. Estavam ali para se livrarem dos engravatados. Eu duvidava muito de que continuariam sorrindo se precisassem escoltar civis presunçosos e sem-noção para um monte de bases operacionais avançadas, como se fossem destinos turísticos, e não zonas de combate ativas.

O major Webb deu um passo à frente, e então os aviadores conduziram os políticos a assumirem a dianteira do pequeno grupo. Eram seis ao todo...

Porra. Meu coração. Parou.

Pisquei lentamente uma vez, depois duas, enquanto o tremeluzir do calor se dissipava com uma rajada de vento. Era impossível não reconhecer aquele cabelo dourado como mel, ou aquele sorriso de capa de revista. Eu teria apostado minha vida que por trás daqueles enormes óculos de sol se escondiam olhos de um castanho profundo, emoldurados por cílios grossos. Minhas mãos se contraíram. Era como se, tantos anos depois, eu ainda conseguisse sentir as curvas daquele corpo.

Era *ela*.

— Você está bem? — perguntou Torres, baixinho. — Parece prestes a vomitar o café da manhã.

Não, eu não estava *bem*. Estava tão longe de estar bem quanto Nova York ficava longe do Afeganistão. Eu não conseguia nem formular palavras. Dez anos haviam se passado desde que tínhamos nos conhecido em uma pista de pouso bem diferente, mas vê-la ainda me fazia perder a voz.

Ela ergueu a mão direita para cumprimentar Webb, e com a esquerda ajeitou a alça de uma familiar mochila utilitária verde-militar no ombro. Ela ainda tinha aquilo? A luz do sol bateu naqueles dedos, refletindo com mais força que a de um espelho sinalizador.

Que. Merda. Meu coração precisou lutar para voltar à vida, batendo em uma negação tão forte que *doía*.

A única mulher que eu tinha amado na vida estava ali — na porra de uma zona de guerra —, e usando um anel de compromisso. Ela se *casaria* com outro homem. Eu nem conhecia o desgraçado e já o odiava, já sabia que ele não era bom o suficiente para ela. Mas eu também não era. Esse sempre foi o nosso problema.

Ela se virou na minha direção e seu sorriso vacilou, os lábios se fechando aos poucos. Com dedos trêmulos, empurrou os óculos escuros para cima da cabeça, revelando um par de grandes olhos castanhos que pareciam tão atordoados quanto eu.

Senti um peso no peito.

Na minha visão periférica eu podia ver Webb avançando ao longo da fila e apresentando os políticos a seus oficiais de segurança. Ele se aproximava de nós em uma contagem regressiva quase nuclear enquanto nos entreolhávamos. Uns três metros, talvez menos, nos separavam, e, de algum modo, a distância parecia muito longa e, ao mesmo tempo, muito curta.

Ela deu alguns passos à frente e recuou, prendendo o cabelo entre o punho cerrado enquanto rajadas de vento sopravam areia e sujeira por toda parte, inclusive na blusa branca cujas mangas ela havia puxado até os antebraços. O que ela estava fazendo ali, porra? Ela não pertencia àquele lugar. Seu lugar era num escritório confortável, onde nada chegaria perto dela... especialmente eu.

— Srta. Astor, este é... — começou Webb.

— Nathaniel Phelan — concluiu ela, estudando meu rosto como se nunca mais fosse vê-lo, como se estivesse catalogando cada mudança, cada cicatriz que eu havia adquirido nos últimos três anos.

— Izzy. — Foi tudo o que consegui dizer com aquele anel de sei lá quantos quilates brilhando na mão dela, parecendo um farol. Pra que cretino ela tinha dito sim?

— Vocês dois se conhecem? — As sobrancelhas de Webb se ergueram conforme ele olhava de um para o outro.

— Sim — admiti.

— Não mais — respondeu ela ao mesmo tempo.

Merda.

— Certo. — Webb alternou o olhar novamente, entendendo o motivo por trás do momento constrangedor. — Isso vai ser um problema?

Sim. Um problema gigante. Um milhão de palavras não ditas preencheram o ar, deixando-o tão espesso e implacável quanto a areia que cobria a pista de pouso.

— Olha, eu posso rever... — começou Webb.

— Não — rebati. Nem fodendo eu iria deixar a segurança dela nas mãos de outra pessoa. Ela estava presa a mim, gostasse ou não.

Webb piscou, demonstrando surpresa pela primeira vez na vida, e então olhou para Izzy.

— Srta. Astor?

— Tudo certo. Por favor, não se preocupe — respondeu ela, com um sorriso complacente, educado e falso que me causou arrepios na espinha.

— Tudo bem, então — concordou Webb devagar, em seguida girou em minha direção e murmurou *boa sorte* antes de prosseguir.

Izzy e eu nos entreolhamos. Todas as emoções que eu tinha lutado para enterrar nos últimos três anos despontavam, reabrindo feridas que nunca haviam cicatrizado por completo. Quem poderia imaginar que nos encontraríamos assim outra vez? Sempre tivemos o hábito de nos esbarrar nos piores momentos e nos lugares mais inconvenientes. Quase fazia sentido que, dessa vez, fosse em um campo de batalha.

— Pensei que você estivesse em Nova York — finalmente consegui dizer, mas a minha voz parecia ter sido pisoteada no asfalto uma dezena de vezes. *Onde não há explosões iminentes.*

— Ah, é? — Ela arqueou uma sobrancelha, ajustando a mochila que havia escorregado do ombro. — Engraçado, porque eu pensei que você estivesse morto. Acho que nós dois estávamos enganados.

CAPÍTULO DOIS
IZZY

Saint Louis
Novembro de 2011

— 15A. 15A — eu murmurava, examinando o número dos assentos enquanto avançava pelo corredor lotado do avião, a mala escorregando das mãos úmidas a cada passo. Quando localizei minha fileira, suspirei de alívio porque o compartimento superior ainda estava vazio, depois xinguei quando percebi que A era o assento da janela.

Senti um nó no estômago. Eu tinha mesmo reservado um lugar na janela? Onde eu conseguiria ver qualquer desastre que viesse em nossa direção?

Espere aí. Já havia um cara sentado na poltrona da janela, de cabeça baixa, apenas o emblema do Saint Louis Blues visível no boné. Talvez eu tivesse feito confusão com o cartão de embarque.

Cheguei à fileira, fiquei na ponta dos pés e ergui minha mala o máximo que meus braços me permitiam, mirando o compartimento superior. A mala tocou a borda, mas a única esperança que eu tinha de enfiá-la no bagageiro era subindo no assento... ou crescendo quinze centímetros.

Minhas mãos escorregaram e a mala roxo-brilhante despencou na direção do meu rosto. Antes que eu tivesse tempo de soltar uma exclamação, uma mão enorme pegou a bagagem que se recusava a me obedecer, parando-a a poucos centímetros do meu nariz.

Caralho.

— Foi por pouco — observou uma voz profunda por trás da mala. — Que tal eu te ajudar com isso?

— Sim, por favor — respondi, lutando para não deixar a mala cair.

Notei o boné dos Blues enquanto o cara, de algum modo, conseguia girar o corpo, levantar, se postar no corredor e equilibrar a mala, tudo em um único e suave movimento. *Impressionante.*

— Lá vai. — Ele deslizou a bagagem de mão com facilidade para dentro do compartimento.

— Obrigada. Por um segundo, tive certeza de que essa coisa ia me derrubar. — Sorri e virei a cabeça de leve para olhar para cima, e então subir o olhar um pouco mais, até finalmente alcançar o rosto dele.

Uau. Ele era... gato. De parar o trânsito, de cair o queixo. Uma camada fina e escura de barba por fazer sombreava o queixo marcado. Nem mesmo o corte e o hematoma arroxeado que dividiam a metade direita do lábio inferior diminuíam a beleza do seu rosto, porque aqueles olhos... uau. Olha... *uau*. Aqueles olhos azuis cristalinos roubaram cada palavra da minha mente.

E agora eu o estava encarando, e não com os olhares fofos e sedutores que Serena teria dirigido ao cara enquanto pedia o número dele sem o menor pudor, inevitavelmente sendo bem-sucedida. Não, era um olhar constrangedor e pasmo, que eu parecia incapaz de controlar.

Feche a boca.

Não, ainda encarando. Fixamente. Fixamente.

— Eu também — disse ele, um canto da boca levantando ligeiramente.

Pisquei.

— *Eu também.* — *O quê?* — Como?

Ele franziu a testa, confuso.

— Eu também — repetiu. — Pensei que aquela coisa fosse bater na sua cara.

— Ah, sim. — Coloquei o cabelo para trás das orelhas, só para lembrar que o havia prendido em um coque bagunçado e, portanto, não tinha cabelo para colocar atrás da orelha, o que só reforçava meu comportamento esquisito. Maravilha. E agora meu rosto parecia pegar fogo, o que significava que eu devia estar corando, em dez tons diferentes de vermelho.

Ele deslizou de volta para a poltrona e eu percebi que nossa interação havia atrapalhado o embarque do restante dos passageiros.

— Desculpe — murmurei para o passageiro às minhas costas, e me acomodei no 15B. — Engraçado, eu podia jurar que o meu cartão de embarque sinalizava uma poltrona na janela. — Passei a alça da bolsa sobre a cabeça e abri o zíper da jaqueta, me contorcendo o mínimo possível para despir a coisa. Naquele ritmo, eu provavelmente acertaria Olhos Azuis com o cotovelo e meu papel de boba seria ainda maior.

— Ah, merda. — Sua cabeça virou em direção à minha, e ele franziu o rosto. — Eu troquei de lugar com uma mulher no 7A para ela poder sentar junto com o filho. Devo ter ficado com o seu sem querer. — Ele estendeu o braço para uma mochila verde-militar debaixo do assento à frente, os ombros dele eram tão largos que roçaram meu joelho esquerdo enquanto ele se inclinava. — Vamos trocar.

— Não! — deixei escapar.

Ele parou, depois virou a cabeça lentamente para me encarar.

— Não?

— É que eu odeio ficar na janela. Na verdade eu morro de medo de voar, então pra mim é melhor como está. — Droga, eu estava tagarelando. — A não ser que você queira o corredor. — Prendi a respiração, esperando que não fosse o caso.

Ele se ajeitou no encosto da poltrona e balançou a cabeça.

— Não, estou bem aqui. Tem medo de voar? — Não havia zombaria em seu tom de voz.

— Sim. — Aliviada, relaxei os ombros e dobrei a jaqueta, depois a guardei no compartimento atrás do banco à minha frente, junto com a bolsa.

— Por quê? — perguntou ele. — Se me permite perguntar.

Minhas bochechas esquentaram mais um pouco.

— Sempre tive medo de voar. Tem alguma coisa que simplesmente... — Balancei a cabeça. — É que, estatisticamente, está tudo bem. A taxa de incidentes no ano passado foi de um em um milhão e trezentos, um aumento se você comparar com o ano anterior, quando era de um em um milhão e meio. Mas, quando você pensa na quantidade de voos, acho que não é tão ruim quanto dirigir, já que as chances que você tem de bater são de uma em cento e três, mas, ainda assim, oitocentas e vinte e oito pessoas morreram no ano passado, e eu não quero ser uma das oitocentas e vinte e oito.

Você está tagarelando de novo. Pressionei os lábios entre os dentes e rezei para que o meu cérebro parasse com aquilo.

— Ah. — Duas linhas apareceram entre suas sobrancelhas. — Nunca pensei desse jeito.

— Aposto que voar não te assusta, né? — Esse cara parecia não se abalar com nada.

— Eu não saberia dizer. Nunca viajei de avião antes, mas agora, com os seus comentários sobre estatísticas, estou questionando as minhas escolhas.

— Ah, Deus. Desculpe. — Minhas mãos voaram para cobrir a boca. — Eu fico tagarelando quando estou nervosa. E eu tenho TDAH. E não tomei meu remédio hoje de manhã porque coloquei no balcão ao lado do meu suco de laranja, daí a Serena bebeu o suco e eu me distraí colocando mais para mim, e o comprimido provavelmente ainda está lá... — Eu me encolhi, fechando os olhos com força. Depois de respirar fundo, eu os abri e o flagrei me observando com as sobrancelhas levantadas. — Desculpe. Tem também o fato de que penso demais em quase tudo e aqui estou eu. Tagarelando.

Um pequeno sorriso surgiu em seu rosto.

— Não se preocupe com isso. Então, por que precisou embarcar? — Ele ajustou o fluxo de ar acima da cabeça, então puxou as mangas da camiseta preta até os antebraços queimados de sol. O cara malhava. Se os antebraços eram assim, não tive como deixar de me perguntar se o restante do corpo ia pelo mesmo caminho.

— Ação de Graças. — Dei de ombros. — Meus pais foram para um daqueles cruzeiros que dão a volta no mundo depois de me ajudarem a me preparar para a universidade, e minha irmã mais velha, Serena, está no terceiro ano aqui, na Universidade de Washington... ela faz jornalismo. Como estou em Syracuse, ir de avião fazia mais sentido, já que nós queríamos passar o feriado juntas. E você?

— Estou indo para o treinamento básico, em Fort Benning. Aliás, me chamo Nathaniel Phelan. Meus amigos me chamam de Nate.

O fluxo de passageiros pelo corredor havia se resumido aos retardatários apressados.

— Oi, Nate, me chamo Izzy. — Estendi a mão e ele a pegou. — Izzy Astor. — Não sei como consegui dizer meu nome completo quando toda a minha concentração estava na sensação daquela mão calejada engolindo a minha e na agitação que o calor do toque irrompeu no meu estômago.

Eu não era uma dessas pessoas que acreditava nas faíscas causadas por primeiros toques dos livros de romance, mas ali estava eu, completamente mexida. Seus olhos assumiram um brilho suave, como se ele tivesse sentido o mesmo. Não foi algo do tipo *pequena descarga elétrica*, foi mais a sensação quase indescritível de perceber uma... conexão. Inegável e arrebatadora, como o clique satisfatório da peça final do quebra-cabeça.

Serena teria chamado isso de destino, mas minha irmã era uma romântica incurável.

Eu chamava de atração.

— Prazer em conhecê-la, Izzy. — Ele apertou minha mão devagar, depois a soltou, ainda sem pressa. Seus dedos despertavam cada terminação nervosa de minha palma enquanto ele se afastava. — É uma abreviação de Isabelle?

— Na verdade é Isabeau. — Eu me ocupei em ajustar meu cinto de segurança nos quadris, apertando a fivela.

— Isabeau — repetiu ele, também afivelando o seu.

— Sim. Minha mãe tinha uma queda por *O feitiço de Áquila*. — O corredor ficou finalmente vazio. Todos já deviam estar a bordo.

— *O feitiço de Áquila?* — Nate questionou, franzindo ligeiramente a testa.

— É um filme dos anos oitenta em que um casal irrita um bispo medieval do mal por se amarem muito. O bispo deseja a garota, mas ela é apaixonada por Navarre, então o bispo amaldiçoa os dois. Navarre se transforma em lobo à noite, e ela vira um falcão durante o dia, então os dois só veem um ao outro quando o sol nasce e se põe. Isabeau é a garota... o falcão. — *Pare de tagarelar!* Meu Deus, por que sou assim?

— Parece... trágico.

— Senhoras e senhores, bem-vindos ao voo 826 da Transcontinental Airlines — disse a comissária de bordo pelo sistema de alto-falantes.

— Não é completamente trágico. Eles quebram a maldição, então tem um final feliz. — Eu me inclinei para a frente e consegui pegar o celular da bolsa sem a tirar do lugar.

Duas mensagens de Serena iluminaram minha tela.

> **Serena:** Mande uma msg qdo embarcar

> **Serena:** estou falando sério!

As mensagens tinham quinze minutos de intervalo.

— Se ainda não o fizeram, guardem a bagagem de mão no compartimento superior ou embaixo do assento à sua frente. Por favor, sentem-se e afivelem o cinto de segurança — continuou a comissária, com um tom de voz alegre, mas profissional.

Escrevi para minha irmã.

> **Isabeau:** embarquei

> **Serena:** vc me deixou preocupada

Sorrindo, balancei a cabeça. Eu era a única coisa com a qual Serena se preocupava.

> **Isabeau:** preocupada? Como se eu fosse me perder entre a segurança e o portão?

> **Serena:** com vc nunca se sabe

Eu não era *tão* ruim.

> **Isabeau:** Eu te amo. Obrigada pela semana.

> **Serena:** Te amo mais. Envie msg qdo pousar

O anúncio continuou:

— Se estiver sentado ao lado de uma saída de emergência, leia o cartão de instruções especiais localizado no assento à sua frente. Se não deseja executar as funções descritas em caso de emergência, peça a um dos comissários para mudar de assento.

Ergui o olhar.

— Somos nós — avisei a Nate. — Estamos em uma das saídas de emergência.

Ele olhou para as marcas na porta, em seguida estendeu a mão para o cartão de segurança enquanto a comissária de bordo informava que se tratava de um voo para não fumantes. Eu precisava admitir, ele tinha acabado de ficar ainda mais atraente.

Nate estava lendo quando a comissária terminou de fazer seus anúncios e fechou a porta. Minha frequência cardíaca disparou, e a ansiedade logo me atingiu. Depois de ter me atrapalhado um pouco pegando o celular, verifiquei meu Instagram e Twitter, em seguida coloquei o aparelho no modo avião e o guardei no bolso da frente do colete, fechando o zíper. Senti a garganta apertar, e então coloquei o ar-condicionado acima do meu banco no máximo.

Nate colocou o cartão de segurança de volta no bolso do assento à frente e se acomodou, observando a pouca movimentação que havia no pátio do aeroporto. A neblina estava densa naquela manhã, por isso os vinte minutos de atraso.

— Não se esqueça do seu celular — alertei, pouco antes de a comissária dar o mesmo aviso pelo interfone. — Tem que ficar no modo avião.

— Não tenho celular, então estou bem. — Ele abriu um sorriso, então fez uma careta, passando a língua pelo corte no lábio.

— O que aconteceu aí? — Apontei para meu próprio lábio. — Se não se importa que *eu* pergunte dessa vez.

O sorriso dele se fechou.

— Tive um pequeno desentendimento com uma pessoa. É uma longa história. — Ele estendeu a mão para o assento à frente e tirou um livro do bolso; *No ar rarefeito*, de Jon Krakauer.

Ele gostava de ler? O cara ficava cada vez mais gostoso.

Entendi a indireta e peguei meu próprio livro da bolsa, abrindo-o no marcador, bem no meio do capítulo onze de *Half-Blood*, de Jennifer L. Armentrout.

— Tripulação, portas em automático — disse uma voz mais profunda pelo sistema de som.

— É bom? — perguntou Nate, enquanto o avião saía do portão.

— Estou adorando. Mas você parece ser do tipo que curte mais não ficção. — Acenei com a cabeça em direção a sua escolha de leitura. — Como é esse? — Ele parecia estar na metade.

O avião virou para a direita e avançou, e eu inspirei pelo nariz, depois soltei o ar pela boca.

— É bom. Muito bom. Achei o nome na lista dos cem livros que você deveria ler quando tiver trinta anos ou coisa parecida. Só estou seguindo a lista. — Ele olhou para mim, a testa franzida. — Você está bem?

— Sim — respondi, enquanto meu estômago revirava. — Sabia que os momentos mais perigosos no voo são os primeiros três minutos depois da decolagem, e os últimos oito minutos antes do pouso?

— Não, não sabia.

Engoli em seco.

— Eu costumava tomar calmante. Receitados, lógico. Não curto coisas ilegais. Nada contra se for o seu caso. — Eu me encolhi com minhas palavras. Por que meu cérebro tinha que ser meu pior inimigo?

— Não curto. Por que você parou de tomar calmante? — Ele fechou o livro.

— Ele me derrubava, e eu quase perdi meu voo de conexão na Filadélfia uma vez. A comissária precisou me sacudir para me acordar, e depois foi uma correria danada até o portão de embarque. A porta já estava fechada e tudo mais, mas eles me deixaram entrar. Então... parei com o calmante.

O avião virou para uma fila de outros aviões, se preparando para taxiar. *Pare de olhar pela janela. Você sabe que isso só piora as coisas.*

— Faz sentido. — Ele pigarreou. — Então... o que você estuda em Syracuse? — Sua tentativa óbvia de me distrair fez os cantos da minha boca se curvarem.

— Relações públicas. — Reprimi uma risada. — Geralmente eu sou muito boa com pessoas, até você me enfiar em um avião.

— Acho que você está indo bem. — Ele sorriu, e, que Deus me ajude, uma covinha apareceu na sua bochecha direita.

— E você? Por que servir o exército? Por que não ir para a faculdade? — Fechei meu livro, deixando-o no colo.

— Meio que não tive escolha. Eu tinha notas boas, mas não o suficiente para conseguir uma bolsa, e a grana não dá nem para a TV a cabo, que dirá para a universidade. Sendo bem honesto, os meus pais precisavam da minha ajuda. Eles têm uma fazendinha no sul de Shipman, Illinois. — Ele desviou o olhar. — Na verdade a fazenda é da minha mãe. Meu avô deixou para ela. De um jeito ou de outro, o exército vai pagar a faculdade, então aqui estou.

Balancei a cabeça, mas não fui tola o suficiente para acreditar que eu realmente compreendia. A situação de Nate era o completo oposto daquela em que eu havia sido criada, em que a questão fora *onde* eu cursaria minha graduação, e não *se*. Mamãe e papai, de brincadeira, chamavam minha mensalidade de *bolsa-pais*, já que estavam pagando por tudo. Jamais precisei fazer uma escolha tão difícil quanto a de Nate.

— E o que você quer fazer depois de se formar?

Ele franziu a testa.

— Ainda não planejei essa parte. Talvez eu dê aulas. Gosto de inglês. Alguma coisa a ver com literatura. Mas talvez eu goste do exército. As Forças Especiais também parecem bacanas.

— Senhoras e senhores, aqui é o seu capitão. Primeiro, eu gostaria de dar as boas-vindas a bordo do voo 826, com serviço direto para Atlanta. Vocês devem ter notado, mas há uma camada bastante espessa de neblina que está atrasando tudo esta manhã, e parece que estamos na posição de número vinte e dois na fila para a decolagem, o que significa que vamos levar cerca de quarenta minutos ou mais antes de estarmos no ar.

Um gemido coletivo ecoou dos passageiros ao nosso redor, e eu me juntei a eles. Quarenta minutos não me fariam perder a conexão para Syracuse, mas o intervalo seria apertado.

— A boa notícia é que o clima parece bom para além do nevoeiro, então vamos tentar compensar o atraso no ar. Contem conosco, pessoal, e obrigado por voar com a Transcontinental Airlines.

Houve uma série de *dings* ao redor, enquanto as pessoas começavam a fazer ligações, sem dúvida preocupadas com a conexão que fariam.

— Você vai fazer conexão em Atlanta? — perguntei a Nate.

— Sim, para Columbus, mas eu ainda tenho algumas horas antes do voo. — Ele tocou a ferida do lábio e se remexeu no assento.

— Eu tenho uma pomada antibiótica na bolsa — ofereci. — Tylenol também, se estiver doendo.

Suas sobrancelhas se ergueram.

— Você anda com um kit de primeiros socorros na bolsa?

Minhas bochechas ficaram quentes de novo.

— Só o essencial. Nunca se sabe quando você vai ficar presa na pista com um estranho que tem uma longa história sobre um lábio cortado. — Sorri, lentamente.

A risada dele saiu suave, quase imperceptível.

— Vou ficar bem. Já estive pior.

— Isso não é tranquilizador. — Havia um leve inchaço em seu nariz, e não pude deixar de me perguntar se ele o tinha quebrado em algum momento.

Ele riu, mais alto dessa vez.

— Acredite em mim. Vai dar tudo certo.

— Deve ter sido um desentendimento daqueles.

— Geralmente é. — Ele ficou quieto, e meu peito apertou ao me dar conta de que havia me metido onde não deveria. De novo.

— Então, o que mais você leu da sua lista de cem livros obrigatórios? — perguntei.

— Humm. — Ele olhou para cima, como se estivesse pensando. — *The Outsiders: Vidas sem rumo*, de...

— S. E. Hinton — emendei. *Merda, eu o interrompi.* — Tem noção disso? Com certeza eles distribuem esse livro para todos os bad boys em potencial no primeiro ano do ensino médio. — Não consegui conter o sorriso.

— Ei, espere aí... — Ele recuou como se tivesse sido ferido. — O que é que tem aqui — ele apontou para si — para te fazer achar que eu sou um bad boy? Eu fui criado em uma fazenda.

Eu ri, me esquecendo que estávamos avançando na fila da decolagem.

— Esse corpo? Essa cara? Esse corte no lábio? O nó dos dedos ralados? — Olhei para onde a manga da camisa dele estava dobrada, notando os traços em tinta preta. — Ah, e tem tatuagens? Exemplo típico de bad boy. Aposto que você deixou uma profusão de corações partidos no seu rastro.

— Quem usa a palavra *profusão* em uma conversa normal? — O sorriso dele alargou o meu. Bad boy ou não, eu sabia que aquele sorriso devia ter feito um número considerável de calcinhas se abaixarem porque, se não estivéssemos naquele avião, talvez eu tivesse cogitado ter o meu primeiro sexo casual. — Eu te digo quem. Universitárias santinhas.

— Tudo bem, eu admito. — Levantei as sobrancelhas para ele. — Você também tem aquela vibe de leitor gato e melancólico. Bem Jess Mariano.

— Quem? — Ele piscou, confuso.

— Jess Mariano — consegui dizer. Aqueles *olhos* seriam o meu fim. O tom me lembrava os Ice Lakes, perto de Silverton, não de um jeito glacial. Era mais um verde-água. — Sabe, de *Gilmore Girls*.

— Nunca assisti. — Ele balançou a cabeça.

— Bem, se um dia você assistir, se lembre de que você é basicamente Jess, só... mais alto e mais gato. — Fechei bem os lábios.

— Mais gato, é? — brincou ele, com uma expressão maliciosa que fez minha temperatura corporal subir.

— Ah, esquece o que eu falei. — Desviei rápido meu olhar constrangido e abri o zíper do colete. Quão calor estava ali? — O que mais está na sua lista de leitura?

Os olhos dele se estreitaram ligeiramente, mas ele aceitou a mudança de assunto.

— Já li *Fahrenheit 451*, *O senhor das moscas*, *O último dos moicanos*...

— *Esse* é um filme bom. — Suspirei. — Quando ele fala para ela que vai encontrá-la um pouco antes de pular na cachoeira? Incrível. Totalmente romântico.

— Ver o filme não conta! — Ele balançou a cabeça, rindo. — E não é um romance. É uma aventura com uma historinha de amor no meio, mas não é um romance.

— Como você pode dizer que não é um romance?

— O livro é um pouco diferente do filme. — Ele deu de ombros.

— Diferente como?

— Quer saber mesmo?

— Sim! — Eu adorava aquele filme. Era minha escolha para uma sessão de sorvete de creme pós-coração partido.

— A Cora morre.

Meu queixo caiu.

Nate fez uma careta.

— Olha, você que perguntou.

— Bem, agora eu tenho certeza de que nunca vou ler. Vou ficar só no filme — murmurei, enquanto avançávamos na fila. Olhar pela janela ainda não estava me ajudando. A vista continuava péssima.

Minutos se passaram enquanto comparávamos alguns dos outros livros de sua lista. Uns, como *O grande Gatsby*, eu havia lido no ensino médio, mas outros, como *Band of Brothers: Companhia de heróis*, não.

— Tá bom, então o que entraria na sua lista de cem livros? — perguntou ele.

— Boa pergunta. — Inclinei a cabeça, pensativa, enquanto seguíamos avançando na fila. — *Orgulho e preconceito*, com certeza. Depois, *A leste do Éden*...

— Ah, cara, cansei de Steinbeck depois de *As vinhas da ira*.

— *A leste do Éden* é muito melhor. — Balancei a cabeça, como se minha opinião fosse a verdade.

— O que mais? *O conto da aia* e *A vida imortal de Henrietta Lacks* também são muito bons... Ah, já leu *Jogos vorazes*? O terceiro livro foi lançado no ano passado e é incrível.

— Não. Acabei de terminar *As aventuras de Huckleberry Finn* antes de pegar este. — Ele olhou para seu livro. — Talvez seja melhor eu procurar uma lista mais moderna.

— Ei, *Huck Finn* é ótimo. Navegar pelo Mississippi é tudo de bom.

— Achei legal — concordou ele. — Não vou ter tempo de ler enquanto estiver na base de treinamento, mas coloquei uns livros na mala, por via das dúvidas — refletiu, baixinho. — Um amigo meu que se alistou no ano passado me disse que eles confiscam quase tudo quando você se registra, mas coloquei meu iPod em um saco ziplock com etiqueta, só por garantia.

— Quantos anos... — Pressionei os lábios antes que pudesse articular o restante da pergunta. Não era de minha conta quantos anos ele tinha, embora parecesse ter a minha idade.

— Quantos anos eu tenho? — terminou ele.

Assenti.

— Fiz dezenove no mês passado. Você?

— Tenho dezoito, faço aniversário em março. Sou só uma caloura. — Passei o polegar pela borda do livro para manter as mãos ocupadas. — Você não está... nervoso?

— Com o voo? — ele franziu a testa de leve.

— Não, de ir para o exército. Tem algumas guerras acontecendo. — Margo, minha colega de quarto, perdera o irmão mais velho no Iraque havia alguns anos, mas eu não diria isso a ele.

Jatos de água atingiram as asas do avião enquanto passávamos pelo processo de degelo.

— Sim, ouvi alguma coisa sobre isso. — Novamente aquela covinha. Ele inspirou fundo e olhou para a frente, como se estivesse pensando na resposta. — Eu estaria mentindo se dissesse que não pensei duas vezes a respeito desse negócio de matar ou morrer. Mas na minha opinião existem vários tipos de guerra. Alguns são só mais óbvios que outros. Não é como se fosse a primeira vez que vou estar correndo perigo, mas pelo menos dessa vez vou estar armado. Além disso, do meu ponto de vista, a recompensa vale a pena. Pense nisso... se você não tivesse entrado neste avião, a gente nunca teria se conhecido. Risco e recompensa, certo? — Ele olhou em minha direção, e nossos olhares se encontraram, presos um ao outro.

De repente, meu desejo de sair daquele avião não tinha nada a ver com o medo de voar e tudo a ver com Nathaniel. Se tivéssemos nos conhecido no campus, ou mesmo em casa, em Denver, essa conversa não precisaria terminar dali a algumas horas, quando pousássemos em Atlanta.

Por outro lado, se estivéssemos no campus ou em Denver, talvez nem tivéssemos tido essa conversa. Eu não tinha o hábito de falar com caras gostosos. Deixava isso para Margo. Em geral, os silenciosos e acessíveis faziam mais o meu tipo.

— Eu poderia mandar livros para você — ofereci, baixinho. — Se você conseguir permissão para ler e seus títulos esgotarem enquanto estiver por lá.

— Você faria isso? — Os olhos dele se arregalaram de surpresa.

Assenti, e o sorriso que ele me deu em resposta mexeu com a minha pulsação.

— Tripulação, preparar para a decolagem — disse o piloto pelo sistema de som.

Acho que chegou nossa vez.

O comissário de bordo mais próximo de nós disse a alguém, algumas fileiras à frente, para fechar a bandeja, depois caminhou até seu assento, afivelando o cinto de frente para nós.

Agarrei os dois apoios de braço enquanto os motores aceleravam e impulsionavam o avião, o arranque me empurrando contra a poltrona. A neblina tinha se dissipado apenas o suficiente para ver a borda da pista enquanto avançávamos. Apertei os olhos e respirei fundo antes de abri-los.

Nate olhou em minha direção e estendeu a mão, oferecendo-a com a palma para cima.

— Estou bem — comentei entredentes, tentando me lembrar de inspirar pelo nariz e expirar pela boca.

— Pode segurar. Eu não mordo.

Dane-se.

Segurei sua mão e ele entrelaçou nossos dedos, aquecendo a minha pele úmida e gelada.

— Pode apertar. Você não vai me quebrar.

— Você pode se arrepender. — Apertei a mão dele. Minha respiração ficava cada vez mais ofegante à medida que acelerávamos na pista.

— Eu meio que duvido. — Seu polegar acariciou o meu. — Três minutos. Certo? Os primeiros três minutos depois da decolagem?

— Sim.

Ele levou o pulso esquerdo até nossas mãos unidas e apertou alguns botões, iniciando seu cronômetro.

— Pronto. Quando a gente bater os três minutos, você vai poder relaxar até o pouso.

— Você é fofo demais. — Os pneus roncaram e o avião balançou enquanto ganhava velocidade. Apertei a mão dele com tanta força que devo ter atrapalhado a circulação sanguínea, mas estava ocupada demais tentando respirar para sentir a medida adequada de constrangimento.

— Já fui chamado de muitas coisas, mas *fofo* nunca foi uma delas — respondeu ele, dando um aperto em minha mão enquanto decolávamos.

— Me pergunte alguma coisa — deixei escapar enquanto um cenário pior que o outro cruzava minha mente. — Qualquer coisa. — Minha pulsação disparou ainda mais.

— Tá. — Ele franziu a testa enquanto pensava. — Você já notou que os pinheiros dançam?

— O quê?

— Os pinheiros. — Ele consultou o relógio. — As pessoas sempre falam em palmeiras balançando, mas os pinheiros também. É a coisa mais zen que eu já vi.

— Pinheiros — refleti. — Nunca percebi.

— Sim. Qual o seu filme favorito?

— *Titanic* — respondi, no automático.

O avião se inclinou, e meu estômago embrulhou quando embicamos em uma subida íngreme.

— Sério?

— Sério. — Assenti, depressa. — Tudo bem, super tinha espaço para os dois em cima daquela porta, mas eu amei o resto.

Ele riu baixinho e balançou a cabeça.

— Faltam dois minutos.

— Dois minutos — repeti, desejando que minha respiração se acalmasse e o nó em minha garganta se desfizesse. As chances de ocorrer um acidente de avião eram minúsculas, e ainda assim, ali estava eu, agarrada a um estranho bonitão que provavelmente achava que eu tinha um parafuso a menos.

— Qual o seu momento do dia preferido? — perguntou ele. — Ei, só estou te distraindo.

— Pôr do sol — respondi. — E o seu?

— Nascer do sol. Eu gosto de novas possibilidades.

Ele olhou para o mar cinza que preenchia o vidro da janela, e eu me inclinei, ansiosa para dar uma espiada. Consegui ver a borda da asa através da neblina espessa, mas todo o resto ainda parecia obscuro. Talvez não fosse tão ruim se eu não conseguisse enxergar o chão.

Os motores zumbiam mais alto.

— Que porr... — Nate começou a dizer.

Um som de metal contra metal fez meu coração parar.

E a asa do avião explodiu em uma bola de fogo.

CAPÍTULO TRÊS
NATHANIEL

Cabul, Afeganistão
Agosto de 2021

— Pelo jeito correu tudo bem. — A voz de Torres soou carregada de sarcasmo enquanto eu assistia à saída de Izzy com o restante dos enviados. Ela não havia me espezinhado, atacado ou sequer olhado para mim antes de seguir Webb em direção aos carros blindados na beira da pista. Simplesmente me dispensara, como se não houvesse uma década de história entre nós.

Bufei, mas não consegui parar os cantos de minha boca quando se curvaram em apreciação. *Boa jogada.*

— É ela, não é? — perguntou Torres, enquanto seguíamos atrás dos políticos. — Merda, eu quase não a reconheci.

Políticos. Izzy odiava política... pelo menos costumava odiar. Fazia tanta questão de entrar no terceiro setor, de nunca ceder à pressão que os pais exerciam para atender os próprios interesses usando a carreira da filha, e, ainda assim, ali estava ela.

Afinal, ela tinha feito uma escolha.

Na hora da verdade, ela era uma Astor.

A raiva aflorou, rápida e quente, e eu a deixei de lado. Em termos lógicos, eu sempre soubera que ela havia escolhido os pais, mas ver a escolha em ação doía como um corte lento de faca.

— Sargento Green. — Graham emparelhou comigo. — Quer me informar o que foi isso?

— Não há nada para informar — murmurei, desviando o olhar do balanço do cabelo de Izzy e examinando o perímetro. Abaixei meus Wiley X para proteger os olhos do sol.

Merda, como foi que ela viera parar *ali*?

— Certo. Porque nem ficou parecendo que você tinha encontrado a sua ex na pista ou algo assim. — O sarcasmo estava nítido no tom de Graham.

— Ela não é minha ex. — Nunca chegamos a esse ponto. — E pode tirar esse sorriso do rosto.

— Ela é pior que sua ex — murmurou Torres. — Ela é sua "e se".

— Estamos ficando tão sensíveis ultimamente. — O sorriso de Graham desapareceu. — Não acredito que recusaram o Chinook.

Grunhi em concordância. Mais cedo, eu não tinha dado a mínima para o fato de os políticos se recusarem a usar o helicóptero blindado — ou, como o chamamos, Embaixada Aérea — do aeroporto até a embaixada dos Estados Unidos. Os sete quilômetros de rota eram bem seguros... por enquanto. Mas aquilo tinha sido antes de saber que era Izzy que estaríamos transportando. Eu a queria atrás de qualquer coisa à prova de balas. Merda, eu a queria fora dali e ponto.

Alcançamos o comboio de quatro SUVs pretos, e os assessores se dividiram entre os dois do meio. Holt — o assessor pelo qual Kellman era responsável — entrou na parte de trás do segundo veículo, seguido por Izzy.

A mochila escorregou de seu ombro e eu a peguei pela alça antes que pudesse atingir o chão. O tecido verde-oliva era macio e parecia desgastado, o estofamento achatado deixava óbvio os anos de uso, e eu conhecia bem a marca de queimadura cilíndrica perto do zíper.

O ar deixou meus pulmões, e um sorriso irônico apareceu em meus lábios quando levantei a mochila. Meus os olhos subiram para encontrar os dela, ambos escondidos atrás de óculos de sol. As lentes faziam interpretá-la ser uma tarefa muito mais difícil. Sua linguagem corporal era uma tentativa consistente de transmitir calma e serenidade, mas os olhos sempre haviam sido a melhor maneira de ter noção do que Izzy estava pensando. Ela se sentia baratinada como eu, ou três anos de silêncio realmente a tinham tornado apática?

— *Sua* mochila, sra. Astor — avisei, lentamente, conforme a brisa do ar-condicionado soprava em meu rosto.

Seus lábios se abriram e ela engoliu em seco, antes de tirar a mochila de minhas mãos e acomodá-la no colo.

— Obrigada.

— Você pode aumentar o ar? — perguntou Holt ao motorista, afrouxando a gravata enquanto o suor escorria pelo pescoço vermelho.

Atrás do volante, Graham olhou por cima do ombro e riu baixinho.

— Desculpe. Já está no máximo. Aqui é quente mesmo.

Holt despencou no banco, como se alguém tivesse acabado de atirar no cachorrinho dele.

— Pelo amor de Deus — murmurou Kellman, já se dirigindo para os assentos táticos, na última fila.

Com uma rápida olhada vi que toda a bagagem tinha sido acomodada no veículo traseiro, e que todos os assessores estavam seguros. Examinei o perímetro novamente, embora houvesse seis outros operadores fazendo o mesmo, e captei o aceno de Webb antes de ele entrar no carro da frente.

Era hora de ir.

— Coloque o cinto — avisei a Izzy, fechando a porta antes que ela pudesse responder.

Pronto. Ela estava atrás de todo o vidro à prova de balas que havia disponível.

Sentei no banco do passageiro e fechei a porta.

— Pode ir. — Fiz um gesto em direção ao carro da frente enquanto os seguranças abriam o portão para passarmos.

O aroma doce de limão e Chanel n.5 atingiu meu nariz. Mais um doloroso nó se formou em meu peito enquanto eu lutava contra uma enxurrada de lembranças para as quais não tinha tempo. Aquele anel no dedo de Isabeau talvez fosse novidade, mas algumas coisas não mudavam. Ela ainda cheirava a longas noites de verão.

Graham colocou o carro em movimento e seguiu, nos levando para Cabul. Meus sentidos ficaram em alerta máximo, de olho em cada detalhe da rota e naqueles que caminhavam ou dirigiam ao nosso lado, em busca de qualquer ameaça.

— Quanto tempo falta para chegarmos à embaixada? — perguntou Holt, enxugando o pescoço.

Kellman iria ter trabalho com aquele cara. Ele prometia ser um pé no saco durante a semana inteira. Mas eu já tinha muito com o que me preocupar.

Isabeau Astor estava atrás de mim. Em carne e osso e a menos de meio metro, pela primeira vez desde aquela noite chuvosa em Nova York, quando tudo desandara. Quando foi que ela se demitira daquele escritório? Quando ela decidira trabalhar para uma senadora? Aposto que os pais ficaram emocionados. Eles sempre se preocuparam muito com esse lance de status. O que mais tinha mudado nos últimos anos?

Foco.

— Depende do trânsito e da sua chegada ter vazado ou não para os caras que gostam de fazer declarações políticas com lança-mísseis — respondeu Graham, o sotaque sulista arrastando a última palavra.

Minha nuca esquentou, e eu sabia que, se me virasse, encontraria o olhar de Izzy grudado em mim, do mesmo modo que o meu teria se fixado nela se nossas posições fossem invertidas. Em vez disso, mantive a atenção nos arredores enquanto ultrapassávamos a marca de um quilômetro e o tráfego ficava mais intenso. Chegaríamos à Zona Verde em breve.

— Então, tipo... uns cinco minutos? Ou dez? — perguntou Holt, se contorcendo para tirar o terno.

Foram necessários todos os músculos do meu corpo para não revirar os olhos.

— A gente já estaria lá se tivesse pegado o helicóptero — observou Kellman, de trás.

— Foi decidido que isso enviaria a mensagem errada sobre nossa confiança na segurança durante o processo de retirada — afirmou Izzy, ajeitando a mochila no colo.

— Quem decidiu que imagem externa era o fator mais importante em uma zona de guerra? — Olhei para trás por cima do ombro, e seu queixo se ergueu uns bons cinco centímetros.

— O senador Liu — respondeu Holt.

— Adivinha só quem vai chegar de helicóptero blindado na próxima semana? Os mesmos que mandaram vocês irem de carro — ironizou Graham, mantendo distância adequada do carro da frente. — Impossível não amar os políticos.

Passamos a marca dos dois quilômetros; mantínhamos um bom ritmo.

— A maneira como a nossa visita é percebida *é* importante — argumentou Izzy.

O quê? Cada um de meus instintos a queria no primeiro avião com um destino longe dali, e ela estava preocupada com a nossa imagem?

— O fato de você valorizar a percepção em vez da segurança é o exato motivo pelo qual não deveria estar aqui — disparei por cima do ombro, levantando as sobrancelhas para que Izzy soubesse que eu me dirigia a ela.

A boca dela se abriu antes que eu desviasse o olhar. *Preste atenção.*

— Só estamos fazendo o nosso trabalho... — começou Holt.

— Como se fosse da sua conta onde eu deveria ou não estar — retrucou ela, os olhos se estreitando até me fuzilarem.

As sobrancelhas de Graham subiram tanto que quase bateram no teto, mas ele manteve a atenção na estrada.

— Quer mesmo discutir isso aqui? — Talvez fosse uma boa ideia, já que eu não podia tocá-la ali, embora não tivesse certeza se queria sacudi-la até ela cair em si ou beijá-la até aquele maldito anel cair do seu dedo.

Quem era o cara? Algum herdeiro de fundo fiduciário que o pai dela aprovara? Alguém com as conexões políticas e o *pedigree* que sempre haviam desejado para ela?

— Eu queria ter feito *isso* há três anos — desafiou ela, se inclinando para a frente, empurrando o cinto de segurança até ouvir o clique do mecanismo de travamento.

— Perdi alguma coisa? — perguntou Holt lentamente, abrindo o botão do colarinho da camisa.

— Não! — rebateu ela.

— Sim — respondi ao mesmo tempo.

— Hum. — Holt olhou de mim para ela, mas sabiamente fechou a boca.

— Já estive em tiroteios com menos tensão — murmurou Graham.

— Cale a boca. — Cerrei os dentes. Ele estava certo, o que só me irritou ainda mais.

Passamos os quatro quilômetros seguintes em silêncio, entrando na Zona Verde, mas a tensão tinha diminuído pouco quando chegamos à relativa segurança da embaixada. As janelas de vidro decorativas que teciam um padrão em ziguezague na frente do prédio eram apenas isso... enfeites. O muro de concreto logo atrás fora construído para suportar uma explosão. Eu só não tinha certeza se poderia suportar Izzy e eu sob o mesmo teto.

Graham estacionou o carro e eu saí, ajustando minha arma antes de abrir a porta de Izzy e me deparar com ela lutando com o cinto de segurança.

— Essa. Coisa. Estúpida. — Ela puxou o cinto e enfiou o polegar no botão de liberação.

A cena conseguiu acalmar todo o furor da minha frustração e, de forma surpreendente, precisei lutar contra um sorriso. Aquilo simplesmente era tão... Izzy. Se continuasse tão nervosa, ela não apenas se atrapalharia como iria começar a tagarelar.

Meu Deus, eu sentia falta daquela tagarelice sem censura.

— Me deixe ajudar. — Eu me inclinei.

— Está tudo sob controle. — Ela colocou os óculos escuros no topo da cabeça e me lançou um olhar que dispensava palavras.

Ergui as mãos, recuando enquanto ela puxava o cinto com fúria. Então examinei o perímetro mais uma vez, levantando meus óculos, agora que estávamos na sombra.

Webb já havia saltado do carro da frente.

— Não. Devia. Estar. Aqui. — Ela fervilhava a cada puxão, zombando de minhas palavras.

— Não mesmo. Este é o último lugar da Terra em que você deveria estar, Iz. — Ela nutria algum desejo de morte?

— Fico feliz em ver que você continua um idiota. — Cada vez que ela puxava, o carro retinha ainda mais o cinto de segurança, tornando-o muito mais curto. — Mas qual é o *problema* dessa coisa?

Eu me inclinei em sua frente, mesmo sem permissão, e pressionei a fivela em um movimento forte e rápido, soltando o cinto. Suas mãos se afastaram do contato, raspando minha palma com seu anel.

— Pelo menos sou um idiota que consegue soltar o cinto de segurança.

Nossos olhares se encontraram e o espaço entre nós se carregou de voltagem, o suficiente para desligar o órgão de quatro câmaras conhecido como meu coração. *Perto demais.*

Recuei, saindo do carro e inspirando fundo uma golfada de miséria, dando a ela — e a mim — algum espaço.

— Desculpe, esse cinto trava — gritou Graham do banco da frente.

— Agora que você me diz — murmurou Izzy, as bochechas corando com um tom de rosa.

— Isa, está tudo bem? — perguntou Holt atrás de mim, enquanto os assessores se dirigiam para a porta vigiada da embaixada.

— *Isa?* — Desviei a cabeça quando Izzy saiu do carro, pendurando a mochila no ombro.

— Sou eu — retrucou Izzy, passando por mim sem outro olhar.

— O nome dela é Isab... — começou Holt.

— Eu sei o nome dela — rebati, cortando-o.

Webb aguardou enquanto a equipe entrava com seus pupilos, assistindo à interação com uma inclinação de cabeça que dizia que eu iria ouvir umas palavras sobre aquilo dentro de cinco minutos. Já era ruim o suficiente que Izzy soubesse meu nome verdadeiro — uma questão sobre a qual eu teria de conversar com ela —, mas eu estava agindo como um idiota... e sabia.

Pior, eu não conseguia parar.

— Você sempre foi Izzy. — Eu a segui, passando pela terceira fileira de árvores que marcava a frente da embaixada, em direção à porta.

Ela enrijeceu e depois se virou para me encarar bem na frente de Webb.

— Izzy é uma garota de dezoito anos que precisa que segurem a mão dela. Eu não sou essa garota, e, se tiver algum problema com a minha presença aqui, então vá em frente e me passe para outra pessoa, porque eu tenho coisas mais importantes a fazer do que passar as próximas duas semanas provando *alguma coisa* para você. — Ela apontou o dedo para mim, sem fazer contato com meu peito, antes de se virar e entrar na embaixada.

— Então... presumo que ela ainda esteja chateada — comentou Torres.

Eu o ignorei, e também a dor lancinante no meu peito, soltando um longo e exasperado suspiro.

— Vou perguntar de novo, sargento Green. — Webb emparelhou comigo enquanto os seguíamos. — Vamos ter algum problema aqui? Porque eu nunca vi você tão desconcentrado. Nunca.

Aquilo estava acontecendo porque nada me desconcentrava mais que Isabeau Astor. Ela não era uma distraçãozinha divertida. A mulher era um meteoro, uma estrela cadente capaz de realizar desejos impossíveis ou de destruir a minha vida.

E ela estava cumprimentando o embaixador atrás da parede de vidro da sala de conferências bem na minha frente, com o tipo de naturalidade que demonstrava uma vasta experiência, sobre a qual eu nada sabia. Talvez ela estivesse certa sobre não ser mais a minha Izzy... não que já tivesse sido minha. Não de verdade.

— Nós temos uma história — admiti. *Uma história* nem chegava perto. Estávamos ligados de maneiras que eu jamais havia compreendido.

— Jura, Sherlock? Isso vai ser um problema? Porque o seu substituto deve estar pronto daqui a alguns dias, então você vai poder ir embora para as Maldivas.

— Estou recapitulando. — Eu nem havia pensado no meu pequeno bangalô flutuante desde que Izzy pisara na pista de pouso.

Olhei para Torres.

— Por que está me encarando como se eu tivesse alguma coisa a dizer que você ainda não sabe?

Ele inclinou a cabeça para o lado.

Trinquei os dentes enquanto Izzy sorria e apertava a mão do embaixador.

— Fale comigo hoje à noite — ordenou Webb, depois se dirigiu para a sala de conferências. — Eles colocaram mais duas paradas no itinerário, então nós vamos pegar a estrada amanhã de manhã — gritou por sobre o ombro.

Parei em um corredor desocupado para me recompor.

— Você vai entregá-la para Jenkins? — perguntou Torres, se apoiando na parede ao meu lado.

— Todos os meus instintos estão me dizendo para não fazer isso — respondi, calmamente. — Mas pelo menos ele a trataria como apenas mais uma escolta.

— Só mais uma missão. — Torres assentiu. — É um bom argumento. Jenkins não daria uma única olhada nos olhos dela, no sorriso, nas curvas. Ele ficaria cem por cento focado.

— Ela vai estar mais segura comigo.

— Porque você está apaixonado por ela? — questionou Torres.

Balancei a cabeça.

— Porque Jenkins não está disposto a morrer por ela.

— Já passou pela sua cabeça que morrer por alguém pode não ser tão legal quanto parece?

— Todo santo dia. — O remorso revirou meu estômago.

— Não foi o que eu quis dizer. Um dia você vai precisar se livrar dessa culpa.

— Não será hoje.

Ele suspirou, esfregando a ponte do nariz.

— Olha, repassar essa merda comigo não vai ajudar. Nós dois já sabemos o que você vai fazer.

Assenti. Estive protegendo Izzy por muito tempo e um clima desconfortável não me faria parar agora.

Graham passou pelo corredor e, então, deu uma segunda olhada.

— Ei, chefe, te achei. — Ele acenou com um pedaço de papel. — Itinerário novo.

Torres e eu nos afastamos da parede e eu peguei a atualização de Graham.

— Konduz? — Torres leu por cima do meu ombro.

— Ela incluiu duas províncias no Norte — revelou Graham. — Pensei que a senadora Lauren estivesse focada no Sul. Naquela equipe feminina de xadrez, certo?

— Certo — respondi, examinando as mudanças que Izzy obviamente havia feito.

Alguma coisa estava acontecendo.

CAPÍTULO QUATRO
IZZY

Saint Louis
Novembro de 2011

O pânico me embrulhava o estômago enquanto tombávamos de um lado para o outro. O fogo na asa do avião se espalhava pelo motor como penas de uma fênix bastante assustadora. O motor ficou silencioso em meio a uma torrente de fumaça, mas havia outros ruídos para tomar seu lugar.

Rangidos, tanto humanos quanto metálicos. Mecânicos. O ganido de um motor enquanto o outro lutava para carregar o fardo.

Eu não conseguia respirar, não conseguia pensar, só conseguia ouvir os gritos dos passageiros enquanto nossa decolagem se tornava um mergulho e o avião tombava para a esquerda. O apoio de braço atingiu minhas costelas. Os compartimentos superiores se abriram, começou a chover bagagem. Alguma coisa bateu no meu ombro com força. Mais gritos.

Minha mão pálida apertava a de Nathaniel.

— Perdemos um motor. — A pressão dos seus dedos aumentou. — Mas devemos ficar...

O motor da direita engasgou e falhou.

Gritos explodiam ao nosso redor.

Como aquilo estava acontecendo? Como podia ser real? Havíamos perdido *os dois* motores, minha parte lógica conseguiu assimilar. Caindo. Estávamos *caindo*.

Devo ter falado — ou gritado — as palavras em voz alta, porque ele se lançou em minha direção, agarrando a minha bochecha com a mão e se inclinando como se pudesse, de algum modo, bloquear tudo ao nosso redor.

— Olhe para mim — ordenou ele.

Tirei meu foco do apocalipse que acontecia do lado de fora da janela e seus olhos azuis se cravaram nos meus, preenchendo meu campo de visão até se tornarem a única coisa que eu conseguia ver.

— Vai ficar tudo bem. — Ele estava tão calmo, tão seguro.

Tão completamente louco.

— Não vai ficar nada bem! — minha voz era um sussurro sufocado enquanto o avião despencava, nosso ângulo diminuindo apenas de leve à medida que nos nivelamos horizontal, mas não verticalmente.

— Fiquem calmos! — gritou um dos comissários de bordo, enquanto o avião estremecia, o metal vibrando ao nosso redor como se fosse se desintegrar a qualquer segundo.

Engoli um grito e me concentrei em Nate.

— Aqui é o capitão — disse uma voz tensa no alto-falante. — Preparar para impacto.

Nós vamos morrer.

Minha pulsação latejava tanto que se tornou um rugido em meus ouvidos, se misturando à cacofonia de gritos assustados dos outros passageiros.

Os olhos de Nate se arregalaram e ele soltou minha bochecha, mas continuou segurando minha mão enquanto nos apressávamos para seguir as instruções.

— Preparar! Preparar! Preparar! — gritavam os comissários de bordo em cadência. — Cabeça baixa! Fiquem abaixados!

Encolhi o corpo, descansando o rosto perto dos joelhos e cobrindo a cabeça com a mão direita. A esquerda permaneceu firmemente entrelaçada à de Nate conforme despencávamos.

— Está tudo bem — prometeu ele, esforçando-se para ficar pareado ao meu corpo enquanto os comissários repetiam seus comandos. — Só precisa continuar olhando para mim. Você não está sozinha.

— Não estou sozinha — repeti, nossas mãos entrelaçadas com tanta força que poderíamos nos fundir um ao outro.

— Preparar! Preparar! Preparar! Cabeça baixa! Fiquem abaixados!

Minha vida não passou como um filme diante dos meus olhos. Minha alma não estava em desespero por eu não ter conquistado algo importante em meus dezoito anos de existência. Não tive nenhuma daquelas revelações de que as pessoas falam depois de passar por uma experiência de quase morte. Porque aquilo não era *quase* morte.

Era morte. Ponto.

Serena...

— Preparar!

Batemos em uma parede e eu me senti como um projétil. O cinto de segurança apertava a minha barriga enquanto meu corpo amolecia, sendo empurrado para a frente sem que eu pudesse controlá-lo.

Escorregamos para a esquerda e senti a dor na lateral do meu corpo. Então ficamos sem gravidade por um breve segundo antes de nos chocarmos no banco novamente. Como uma pedra sendo lançada em um lago impiedoso.

Senti todos os ossos do meu corpo chacoalharem.

Minha cabeça acertou a mesa de apoio.

Alguma coisa pesada bateu nas minhas costas. O avião seguia para um terreno nada receptivo, ao som de uma trilha sonora estridente composta por gritos e metal colidindo. Um novo bramido surgiu, vindo do chão, e tudo ficou escuro.

Nós... paramos.

Minha visão ficou embaçada quando levantei a cabeça, estava tão escuro que eu mal conseguia enxergar o assento à frente.

Era isso? Era a morte? Nada de anjos cantarolando ou vibrações... só... isso? O que quer que *isso* tenha sido, era como se eu estivesse sendo embalada para dormir, cochilando um pouco e acordando a cada respiração.

Luzes verdes piscaram, iluminando a cabine e fazendo com que a escuridão se afastasse das janelas.

Pisquei, tentando fazer com que meus olhos conseguissem focar.

Uma mulher do outro lado do corredor abriu a boca, mas o zumbido em meus ouvidos abafava qualquer som que ela estivesse tentando emitir. Havia um bebê em seus braços, que também parecia numa espécie de grito silencioso.

Calor tomou a lateral do meu rosto quando minha cabeça se virou. Nathaniel.

Ele estava vivo... assim como eu.

Sua boca se abriu e fechou, seus olhos procurando os meus conforme um enorme rastro de sangue escorria pela lateral de seu rosto, vindo de algum lugar acima do olho esquerdo.

— O que você está tentando dizer? — gritei. — Você está machucado! — Ergui a mão trêmula até seu rosto.

Sua boca se moveu novamente e, de repente, outro som competia com o zunido estridente em meus ouvidos. O alto-falante?

— Temos que sair daqui! — gritou Nate, sua voz irrompia do zunido. — Izzy! Temos que sair!

Como se alguém tivesse tirado a tv do mudo, gritos de pânico e lamentos voltaram de uma só vez.

— Evacuar! Evacuar! — O comando veio pelo sistema de som.

De algum modo conseguimos sobreviver, mas por quanto tempo?

— Você está bem? — perguntei.

— Preciso abrir a porta! — Nate apertou minha mão e depois desentrelaçou nossos dedos, desafivelando meu cinto de segurança antes de fazer o mesmo com o seu. — Você consegue abrir a sua? — ele gritou através do corredor.

— Estou tentando! — respondeu uma voz.

Nate ficou de pé, as costas enormes bloqueando a visão da saída de emergência enquanto forçava a maçaneta.

Algo gelado emanava do chão, esfriando meus pés instantaneamente.

— Ah, meu Deus, estamos na água — disse a mim mesma. O rio.

As pessoas tropeçavam pelos corredores, em uma onda de pânico.

Nate arrombou a porta e a jogou para fora do avião, usando ambas as mãos.

— Evacuar! Evacuar!

Apalpei embaixo da minha poltrona, depois embaixo da de Nate, agarrei os salva-vidas e os enfiei dentro do colete antes de fechar o zíper. Seriam úteis mais tarde.

O bebê chorava quando um homem do outro lado do corredor praguejou, lutando com a porta.

— Izzy! — Nate estendeu a mão e pegou a minha, me colocando de pé conforme a água batia no meu tornozelo e na parte inferior da canela.

Alguém empurrou meu ombro. O pânico em toda a cabine aumentava.

Nate saiu pela porta de emergência sem soltar minha mão. Ele me puxava para trás de si para passarmos da porta até a asa gelada do avião.

Estávamos no meio do rio Missouri.

— Fique daquele lado! — gritei para ele, enquanto a água se movia sobre a asa.

Ele cerrou os dentes e começou a balançar a cabeça, mas deixou minha mão escorregar da sua enquanto ladeávamos a porta.

— Me dê a sua mão! — Estendi o braço para a mulher que tentava sair, e ela levantou as mãos. Nate segurou uma e eu outra, erguendo a mulher até a asa.

— Esqueça a maldita mala! — Nate gritou para a cabine antes de auxiliar o rapaz que vinha logo atrás.

— Acabaram de abrir a outra porta — avisou uma mulher, enquanto emergia, os pés escorregavam no metal gelado.

— Cuidado! — berrei, firmando-a.

Sem parar, levantamos passageiro após passageiro.

— Me dê o bebê! — Peguei a criança antes aninhada nos braços dela, segurando a manta cor-de-rosa e uma bebê indignada e aos berros em meu peito enquanto Nate auxiliava a mãe.

— Obrigada! — Ela pegou a menina de volta, abrindo espaço para os outros passarem.

A água atingiu o topo da asa e eu fui para o lado a fim de verificar a frente do avião conforme Nate ajudava outro passageiro a sair. As portas de emergência dianteiras estavam abertas, os botes salva-vidas inflados, e os comissários ajudavam os passageiros dentro da água... água que se infiltrava pelas portas e estava na altura dos joelhos. Mais um homem entrou no barco, que já começava a ficar lotado.

— Estamos afundando.

Nate assentiu.

Quantos passageiros havia? Quanto tempo tínhamos até a água encher a fuselagem?

Um homem. Uma mulher. Outro homem. Uma criança assustada. Ajudamos todos a sair do avião até que a asa estivesse cheia e ninguém mais gritasse por ajuda lá dentro.

— Terminamos? — gritou Nate para dentro da cabine.

Não houve resposta enquanto a água encharcava a almofada dos assentos.

Um respingo me fez virar a cabeça, e vi alguns passageiros pulando no rio. Estávamos a cinquenta metros da costa.

Nate atravessou a porta e pegou minha mão.

— Vamos ter que nadar — avisei, com o máximo de calma de que fui capaz. Não haveria um lindo resgate-no-Hudson para nós.

— Sim.

— Eu não sei nadar! — exclamou uma criança ao meu lado, enterrando o rosto na jaqueta do pai.

Os salva-vidas.

— Aqui. — Enfiei a mão no colete, de onde tirei um pacote plástico, rasgando-o com os dentes antes de entregá-lo ao pai.

Seus olhos assustados encontraram os meus.

— Não peguei os nossos.

— Fique com o meu. Estou bem. — Lancei um sorriso tranquilizador para ele e acenei com a cabeça antes de pegar o outro pacote no colete.

— Peguei o seu também — avisei a Nate, empurrando o salva-vidas no peito dele.

Ele piscou para o pacote e balançou a cabeça.

— Coloque.

— Não preciso — assegurei a ele. — Seis anos na equipe de natação.

Ele olhou de mim para o colete algumas vezes, depois olhou para os passageiros.

— Onde está a mãe com o bebê? — gritou ele.

A mão da mulher se ergueu de algum ponto no meio da asa.

— Dê isso a ela. — Nate instruiu o pai ao nosso lado, e este passou o colete ao longo da linha até que a mulher o recebesse.

Feixes de luz amarela reluziam na minha visão periférica enquanto alguns outros passageiros vestiam o colete e começavam a inflá-lo.

A água cobriu as bordas da asa e todos nós recuamos, mas, na verdade, nosso peso não poderia equilibrar a aeronave ou evitar que ela afundasse para o leito do rio.

O avião tombou e todos gritaram em uníssono quando a asa se separou da aeronave, fazendo com que dois passageiros deslizassem para a água.

— Olhe para mim — exigiu Nate, levantando meu queixo com o polegar e o indicador.

Ele sempre havia sido tão embaçado?

— Merda, suas pupilas estão enormes — murmurou, seus dedos trêmulos deslizavam pela minha testa. — E isso aqui parece um baita galo. Zumbido nos ouvidos? Visão embaçada?

— Os dois.

— Você teve uma concussão. — Ele olhou por cima da minha cabeça e depois se virou, vendo que o nariz do avião mergulhava e a água cobria as janelas da cabine, indo em direção à porta. — Todo mundo pra fora. Não tem mais nada que a gente possa fazer, e vamos estar embaixo d'água daqui a alguns minutos. Temos que nadar até a costa. Você consegue?

Meu flanco latejava, uma dor sutil e cortante.

— Consigo.

Ele assentiu, apertando minha mão com mais força.

— Vamos juntos. A água está uns dez graus acima de zero nesta época do ano.

Outro respingo, dessa vez do outro lado da aeronave.

— E nem temos uma porta para nos apoiarmos em cima. Que maravilha reviver seu filme favorito, hein? — Forcei um sorriso trêmulo.

— Você consegue ser engraçadinho. Legal.

O avião tombou para a frente, o nariz afundou ainda mais, e meus pés escorregaram enquanto as pessoas gritavam, deslizando para dentro d'água.

— Merda! — A mão de Nate me apertou, sustentando o meu corpo como uma âncora enquanto eu escorregava em direção à borda e ele me puxava de volta, passando o braço ao meu redor.

A dor na minha costela foi tão forte que eu engasguei. A sensação me dominava, crua e afiada.

— Peguei você! Agora vamos sair daqui! — Ele nos conduziu em direção à parte de trás da asa, que subiu abruptamente quando o avião se inclinou para a água. A fuselagem emitia rangidos que lembravam um moribundo enquanto a água derrubava as portas dianteiras. — Vamos pular — disse ele, segurando minha mão entre nós e de frente para a costa. — Pronta?

— Pronta. — Engoli em seco, me preparando para sentir a água gelada abaixo de nós.

— No três. — Ele me encarou, depois olhou para nosso ponto de aterrissagem. — Um.

— Dois — continuei.

O avião deu um último suspiro e chacoalhou ao mergulhar no rio, ganhando velocidade.

— Três — concluiu Nate, depressa.

Nós pulamos.

CAPÍTULO CINCO
IZZY

Cabul, Afeganistão
Agosto de 2021

Era culpa da altitude, né? Ela era a razão de eu não conseguir tomar fôlego nem inspirar ar suficiente para aliviar a sensação de queimação no meu peito. Não tinha nada a ver com ele.
Mentirosa.
Dos bilhões de cenários que eu havia imaginado ao longo dos anos quanto a rever Nate, esse não era um deles. Eu o imaginara aparecendo à minha porta em uma noite chuvosa, ou mesmo invadindo meu escritório em Washington para dizer que eu não podia me casar com Jeremy. Sim, esse último cenário era meio improvável, mas não significava que não tivesse passado pela minha cabeça uma ou duas vezes.
Girei o pesado e espalhafatoso anel em volta do dedo com o polegar, e caminhei por toda a extensão da suíte.
Nate estava ali. O homem que eu já considerara minha alma gêmea estava na mesma cidade... no mesmo *edifício* que eu. Meu pulso disparou, e reprimi todos os instintos que me diziam para ir atrás dele e xingá-lo pelo que me fizera passar, ou para abraçá-lo com tanta força que nenhum de nós seria capaz de respirar. Talvez as duas coisas.
— Você pelo menos ouviu o que eu falei?

Jeremy.

Merda, ele ainda estava na ligação.

— Estou aqui. — Balancei a cabeça e olhei pela janela, observando a vista do pátio da embaixada e esperando ver Nate... se estivesse lá fora.

Ele havia me acompanhado até minha suíte com uma civilidade brusca que indicava uma vontade de ficar o mais longe possível de mim. Nada surpreendente, dados os últimos três anos.

— Olha, eu já disse que sinto muito...

Meus pensamentos abafaram o restante das desculpas de Jeremy. Havia coisas que nem mesmo um pedido de desculpa poderia resolver.

— Eu disse que precisava de um tempo. — Eu me joguei na enorme poltrona no canto da sala de estar.

— Você não me falou que estava viajando meio mundo por causa da Lauren! Você e eu sabemos que era para ser Newcastle naquele voo — retrucou Jeremy. — Olha, se você precisava de um tempo para... — Pude ouvi-lo engolir em seco do outro lado da linha. — Tomar uma decisão, então você podia ter feito isso em Washington, ou ido para a casa da Serena...

Serena. Uma onda de náusea tomou conta de mim, tão densa que senti o sabor amargo na língua.

— Ouça, Jer, a minha presença aqui não tem nada a ver com você e as suas escolhas, só comigo e as minhas. Se você tivesse prestado atenção, mesmo que remotamente, no que eu venho falando nas últimas seis semanas... — Esfreguei o ponto entre as sobrancelhas e bufei uma risada autodepreciativa. — Bom, é que você tem tentado conciliar várias coisas, né? — Procurei um relógio em volta. Oito e dezesseis por ali e o jet lag estava acabando comigo. Meu corpo não se importava com que horas de fato eram desde que eu o deixasse dormir, mas meu cérebro sabia que eu precisava me adaptar o mais rápido possível, e dormir cedo não ajudaria.

— Olha, nós dois andamos ocupados com o trabalho, Isa. Simplesmente... vamos discutir o assunto como adultos maduros. — Seu tom condescendente enrijeceu minha espinha.

— Não estou pronta para conversar sobre isso. — Três batidas soaram à porta. — Alguém está batendo. — Eu me levantei, então caminhei em direção à entrada.

— Me deixe adivinhar? Ben Holt está aí para acalmar todos os seus medos? — disparou Jeremy em resposta. — Ainda não terminamos esta conversa.

— *Com certeza* terminamos esta conversa. — Minha voz se elevou e eu abri a porta com a graciosidade de uma lhama bêbada. A porta bateu no batente e ricocheteou. Uma mão larga surgiu e a segurou antes que pudesse me acertar no quadril... e então, um antebraço tatuado que eu conhecia muito bem apareceu.

Parado à minha porta, Nathaniel vestia uniforme de combate preto da cabeça aos pés, completo, com colete de Kevlar e um fone de ouvido microscópico que, com certeza, o mantinha conectado com os outros ninjas que tinham nos escoltado desde a embaixada.

Primeiro a barba por fazer e o uniforme sem identificação, agora isso? Pelo jeito, Nate estivera ocupado nos últimos três anos.

— Precisamos conversar. — Ele acenou com a cabeça em direção à sala atrás de mim. — Lá dentro.

O ardor no meu peito se transformou em uma chama abrasadora, que ameaçava me incinerar de dentro para fora. Os olhos dele sempre acabariam comigo. Tão azuis que mereciam uma classificação própria. Mas a afabilidade com a qual eu sempre havia contado tinha esfriado, fazendo o homem diante de mim parecer mais estranho do que na manhã em que pulamos no rio Missouri.

Minha raiva vacilou em resposta àquele olhar glacial.

Lógico que ele parecia o próximo astro dos filmes de ação de Hollywood, e eu nem estava usando um rímel decente para poder me defender.

— ... parceria não é isso! — ladrou Jeremy em meu ouvido, terminando um discurso que eu realmente não tinha ouvido. — Me deixe ir te buscar. Eu pego o jato da minha família. Posso estar aí amanhã de manhã.

— Agora — sussurrou Nate, a mandíbula tensa.

— Preciso ir — avisei a Jeremy, apertando o botão de desligar antes que ele tivesse a chance de rebater.

Recuei um passo conforme Nate passava por mim e entrava na suíte. O cheiro de terra e hortelã preencheu meu nariz. Ele ainda tinha o mesmo cheiro. Aquela fragrância vem-pra-cama-comigo emanava de seus poros ou tinha sido engarrafada em algum lugar?

Ele não parou nem falou enquanto analisava a suíte, verificando atrás das cortinas e depois marchando para o quarto como se fosse o dono do lugar.

Deste aqui não, pelo menos.

— Não estou escondendo ninguém no chuveiro, Nathaniel — falei às suas costas, empoleirando a bunda na beirada da mesa e abandonando meu celular sobre o tampo. Jeremy podia esperar. Eu não tinha as respostas que ele queria. Não naquele momento, e talvez nunca tivesse.

— Muito engraçado — gritou Nate do quarto.

Meus músculos ficaram tensos, prontos para batalhar com a versão você-não-deveria-estar-aqui que Nate se tornou, mas havia uma parte de mim que parecia se aquietar e se acalmar só porque o idiota estava na mesma sala.

— Só estou conferindo se não tem nenhum assassino escondido atrás da sua cortina. — Ele voltou com aquele passo confiante e eficiente, então foi até a janela, acenou com a cabeça para seja lá o que viu no pátio abaixo e se virou para me encarar.

— Ninguém quer me assassinar. — Minha chefe era outra história, mas ela só chegaria na semana seguinte e, de qualquer forma, sua iminente visita não era de conhecimento público.

— Quer sim — disse ele, com o rosto inexpressivo, enquanto me fuzilava com o olhar do outro lado do cômodo. — O que você veio fazer aqui, Izzy?

Izzy. Tão poucas pessoas ainda me chamavam assim. No segundo em que entrei no gabinete da senadora Lauren, eu me tornara Isa, pura e simplesmente.

— Eu poderia te perguntar a mesma coisa — respondi, cruzando os braços. O rubor aflorou em minhas bochechas enquanto eu sentia o volume de meu moletom com capuz da Georgetown sob os braços. Eu estava vestida para dormir, descalça e com a calça do pijama; não era a roupa apropriada para lidar com Nate.

Nate. Depois de três anos, é *assim* que vai ser? Não ele voltando, ou pedindo desculpas por desaparecer da face da Terra, mas, mais uma vez, o destino provando que somos os ímãs com os quais ele nunca vai parar de brincar?

Fala sério.

— Belo fone de ouvido, a propósito — continuei. — Pelo menos alguém aqui sabe como entrar em contato com você. — Lutei contra o nó na garganta. Havia muitas emoções querendo a prioridade, uma sufocando a outra até que a dor da mágoa venceu, tornando minhas palavras afiadas e amargas.

— Estou falando sério.

— Eu também.

Ele cerrou os dentes mais uma vez. E de novo.

— Desembuche. Seja lá o que você tenha guardado para si a noite toda, é só dizer. — Ele cruzou os braços, imitando minha postura, mas se saiu muito melhor. Nate tinha toda a vibe do "mercenário perigoso" a seu favor, embora eu soubesse que, se ele fazia nossa segurança, ainda estava na folha de pagamento do governo.

— Você me abandonou. — As palavras escaparam.

Ele arqueou a sobrancelha.

— Sério. *Eu* abandonei *você*? É assim que você se lembra? Está distorcendo os fatos. Acho que você é uma política de verdade agora, como o papai queria.

— Você desapareceu! — Desci da mesa em uma torrente de raiva reprimida por anos. — Não mandou uma carta! Um e-mail! Suas redes sociais? Apagadas. Seu telefone? Desligado! — A fúria me conduziu pela sala até que eu ficasse frente a frente com ele, meus pés descalços contra as botas dele, fitando o rosto que assombrava meus sonhos e alguns de meus pesadelos. — Você desapareceu! — Os anos que passei me perguntando se ele estava seguro, ferido... ou pior... estavam presentes em cada palavra. — Faz ideia do quanto eu te procurei? Fui para o Peru, como a gente tinha planejado. Bornéu também. No ano seguinte eu acabei entendendo.

Um lampejo de algo — arrependimento? — perpassou sua feição, mas desapareceu um segundo depois.

— Isso não vai nos levar a lugar nenhum. — Ele se esquivou e se afastou de mim, indo em direção à porta. — Você nem trancou isso. — Ele fechou o trinco e se virou, apoiado na porta. — Você devia estar em alguma sala chique, naquele escritório de advocacia de Nova York, então vou perguntar mais uma vez. O que você veio fazer aqui?

— Vim fazer a diferença. Acredito que foi isso que alguém sugeriu. — Caminhei pelo carpete até a cozinha e peguei duas garrafas de água. — Quer uma? — Mesmo chateada como estava, meu primeiro instinto era me preocupar com ele. Meu Deus, eu era patética.

— Sim. Obrigado — respondeu ele, a voz suavizando. — E isto... — Ele apontou para a suíte. — Não era o que eu tinha em mente quando fiz essa sugestão. — Ele pegou a garrafa que joguei em sua direção. — Mas é definitivamente o que os seus pais tinham em mente, não é?

Dei de ombros e abri a garrafa.

— Foi onde eu vim parar. — Tomei um gole, na esperança de que a água conseguisse desfazer o nó na minha garganta. — O que te deixa mais puto, Nate? O fato de eu não estar onde você me deixou? Ou o fato de eu estar conhecendo um lado seu que você nunca quis que eu visse?

— Você não está segura. — Ele rolou a garrafa entre as mãos, acintosamente ignorando a pergunta. — As coisas estão muito instáveis por aqui.

Inclinei a cabeça para ele.

— Mas é por isso que *você* está aqui, certo? Para manter pessoas como eu seguras? É o que você faz agora? Por onde andou nos últimos três anos?

Ele retesou a mandíbula.

— Não posso te dizer onde eu estive nos últimos três anos. As regras do jogo não mudaram... só ficaram mais restritivas. — Ele abriu a garrafa e bebeu metade da água.

Todos esses anos e ele ainda se recusava a se abrir. Acho que seu mundo não havia mudado muito, mas o meu *sim*.

— Tudo bem, se você não está aqui para explicar o que aconteceu em Nova York, e se sabe que não vou aceitar a sua sugestão e ir embora, então por que exatamente veio até meu quarto?

— Eu não devia estar aqui.

— Não brinca. Duvido muito que a equipe de segurança do Holt esteja no quarto dele, bebendo do frigobar.

— Não foi isso que eu quis dizer. — Os cantos da boca de Nate se curvaram, mas não era exatamente um sorriso, então pelo menos não precisei lidar com a aparição de sua covinha.

Nada diminuía mais alguns pontos do meu QI do que aquela covinha.

— Por favor, pare de falar na língua dos militares. — Meu olhar se estreitou um pouco. — Supondo que você ainda seja do exército. — Haviam dito que teríamos Forças Especiais como segurança, mas a identificação em preto e branco no lado esquerdo do peito dizia *Green*, não *Phelan*.

Independente de qual nome estivesse usando, ele ainda parecia gostoso demais. Ele era do tipo que levava a malhação a sério.

Pare com isso.

Por que estar na mesma sala com Nathaniel Phelan me fazia voltar aos dezoito anos?

— Sim, ainda estou no exército. Só que na parte sobre a qual ninguém fala — respondeu ele lentamente, erguendo as sobrancelhas. — E quanto a meu telefone, meu e-mail, minhas redes sociais... foi tudo desinfetado.

— Tudo bem, então. — Um lampejo de algo parecido com esperança surgiu no meu peito diante da informação, que era mínima, mas havia sido oferecida por vontade própria. — E é por isso que você não... existe mais. — Os dias e meses seguintes ao desaparecimento dele foram enlouquecedores, mas uma parte de mim sempre soube por que ele havia sumido da face da Terra. Esse sempre tinha sido o sonho dele.

Tornar esse desejo algo obsoleto acabou virando o meu sonho.

Ele assentiu.

— E Green? — Apontei para seu crachá. — Esse é o seu nome de guerra ou o quê?

— Não. Estes — ele apontou para o crachá — são para vocês, não para nós. É assim que você precisa me chamar... se eu ficar. Eu te disse que você não devia estar aqui. — Ele olhou para a janela e depois para trás, como se encontrar meu olhar fosse... doloroso.

— Onde você deveria estar? — Havia mais alguém na vida dele agora? Alguém que tinha o direito de saber se ele chegou em casa? Alguém à espera? Uma onda nauseante de ciúme se instaurou em mim, azedando meu estômago.

— De licença, nas Maldivas. — Ele teve a decência de parecer um pouco culpado.

Eu pisquei.

— Você ia para as Maldivas? — A indignação inflamou meu sangue. — Engraçado, pensei que fosse uma coisa para fazer em outubro. — Nosso acordo não tinha significado absolutamente nada para ele? *Óbvio que não.* Ele fizera questão de me mostrar isso nos últimos três anos.

— Sim. — Ele se encolheu. — Mas o sargento Brown pegou alguma coisa, então eu o substituí.

— Me deixe adivinhar. *Sargento Brown* também não é o nome verdadeiro do cara?

— Você vai se acostumar. — Ele terminou a água e a tampou de novo. — A questão é que você saiu daquele avião.

— E? — Dei de ombros e forcei um sorriso. — Você ainda pode ir para as Maldivas. É só me passar para outra pessoa. — Soou vazio e falso, porque foi. Não importava o quanto eu estivesse chateada com Nate, e como as coisas haviam dado errado da última vez que tínhamos estado no mesmo ambiente; eu não podia suportar a ideia de ele ir embora. De novo, não. Assim, não.

— Entendi. — Ele deu uma risada autodepreciativa e me lançou um olhar aguçado. — Porque é fácil assim.

Meu coração tropeçou nas batidas seguintes. Ficamos parados ali, em um clima pesado e tenso, encarando um o outro apesar do pequeno campo minado entre nós. Um passo em falso e nós dois acabaríamos sangrando até a morte.

— Eu sei — admiti suavemente. — Não é fácil. Nunca foi.

Ele assentiu de leve e desviou o olhar, quebrando o feitiço.

Inspirei fundo.

— Não entendo. Você vai passar duas semanas em uma das áreas mais conflituosas do momento, passando de província em província, e tudo para quê? Para se sentir melhor com o fato de este país *não* estar estável e depois chamar isso de *apuração de fatos*?

Minha coluna ficou rígida.

— Estamos aqui para registrar o processo de retirada, e você sabe disso.

— E você não vai para casa? — Seus olhos encontraram os meus, deixando o apelo evidente.

— Não. — Engoli a verdade na ponta da língua. Se soubesse o verdadeiro motivo de minha visita, ele ajudaria? Ou iria me expulsar mais rápido? — Vou fazer o tour que a senadora Lauren solicitou, depois vou encontrá-la quando ela chegar, semana que vem. E ninguém deve saber...

— Que você está aqui. Sim, eu entendo bem isso. — Ele passou a mão pelo cabelo cheio e escuro, então soltou o fôlego, lentamente.

Seu suspiro alcançou cada parte do meu corpo, até se tornar meu.

— Ótimo. Então é assim que vai ser. — Ele empurrou a porta e jogou a garrafa no lixo. Excelente pontaria. — Sou o sargento Green para você. Não Nate. Você nunca pode me chamar de Nate. Nem lá fora nem aqui. Em lugar nenhum. Entendeu?

— Se você insiste. — Tive de inclinar a cabeça para trás a fim de manter contato visual enquanto ele se aproximava; fosse pelo fato de eu estar descalça e ele de botas, ou simplesmente pelo fato de estarmos afastados por três anos, o cara parecia *enorme* ao meu lado.

— Eu insisto. O anonimato é um requisito nessa área profissional. Aqui você pode ser tão beligerante e... — Ele lutou com a palavra. — *Izzy* quanto quiser, mas lá fora — apontou para a porta —, lá fora você ouve o que eu disser, e faz o que eu mandar, quando eu mandar.

— Nate... — Eu me encolhi. Merda, eu nunca me acostumaria com aquilo.

Ele arqueou uma única sobrancelha para mim.

— Na hora. Em que. Eu. Mandar.

— Você sempre foi um pé no saco? — disparei de volta.

— Bem engraçado vindo de você.

Revirei os olhos e cruzei os braços.

Ele olhou para baixo e fez uma careta, direcionando o foco para um ponto acima da minha cabeça enquanto inspirava fundo novamente.

— Vou estar em todas as suas reuniões, nas suas refeições, e do lado de fora da porta enquanto você faz xixi.

— Que descrição detalhada.

— Se você precisar de mim, vou estar do outro lado do corredor hoje à noite, e em todas as outras noites que você passar no Afeganistão. Se a sua vida estiver em risco, aperte este botão. — Ele enfiou um controle remoto do tamanho do meu polegar em minha mão, deixando cair o cordão de náilon preto. — E eu apareço.

Olhei para o dispositivo e soltei uma risada sarcástica.

— Então é isso que uma garota precisa fazer para conseguir o seu telefone? Precisa aparecer em uma zona de guerra?

— Izzy — sussurrou ele, recuando e colocando alguns metros de distância entre nós.

— Ah, não. — Guardei o controle com o botão mágico. — Se eu não posso te chamar de Nate, você também não pode me chamar de Izzy. Nada mais justo.

— Bem, não vou te chamar de Isa, isso eu garanto — argumentou ele. — Não sou seu pai.

Meu pai. Porque Nate sabia que aquele era o apelido que meu pai me dera. Sabia todo tipo de coisa que não devia, porque ele era Nate e eu era Izzy, e, por mais confusa que fosse a nossa dinâmica, fatos eram fatos. História era história.

— Então srta. Astor funciona melhor.

— Então tenha uma ótima noite, *srta*. Astor. — Ele me lançou uma saudação irônica e se dirigiu para a porta. — Estarei aqui bem cedo para acompanhá-la até o nosso primeiro destino.

Depois de tanto tempo, tínhamos chegado *a esse* ponto? Nem estranhos nem inimigos, só... o quê? Conhecidos?

— Então você vai fazer a minha segurança? — Minha voz falhou e ele ouviu, se detendo antes de se virar para mim.

— Você não vai embora, o que significa que eu também não. Física simples. — Seu olhar se estreitou. — Mas você também não devia estar aqui, não é? Greg Newcastle devia estar neste quarto.

Senti o sangue esvair do rosto.

— Você pode me passar para outra pessoa — ofereci novamente, apressada.

Ele me ignorou.

— Então por que você entrou no avião? Newcastle ficou doente também?

Engoli em seco.

— Humm. Não foi isso, então. Foi você que escolheu. — Ele inclinou a cabeça. — Por que você incluiu Konduz e Samangan no itinerário? Não estavam na lista antes de você entrar naquele avião. — Ele avançou.

Merda. Merda. Merda.

— Todos os seus amiguinhos vão para o Leste, e Newcastle estava focado em Candaar. Alguma coisa sobre a equipe feminina de xadrez que a senadora Lauren vem trabalhando para resgatar.

— Ei, na verdade esse projeto era *meu*. Sou eu que estou coordenando tudo. Newcastle só queria o crédito.

Ele parou bem na minha frente, olhando para baixo como se pudesse ler meus pensamentos caso se esforçasse o suficiente.

— E, ainda assim, você incluiu mais duas províncias ao norte.

— Nate — sussurrei, já quebrando as regras.

— O que você não está me contando?

— Eu... — Balancei a cabeça e fechei os olhos. Eu conseguiria mentir para qualquer outra pessoa, mas não para ele.

— Nem pense em mentir para mim. — Seu polegar e indicador levantaram meu queixo com suavidade. — O que está acontecendo?

Abri os olhos e senti um aperto no coração. Embaixo de toda aquela armadura, aquele era Nate. *Meu* Nate. Ele ajudaria, eu sabia que ajudaria... contanto que eu não me colocasse em perigo. Esse seria o limite. E, se ele pensava que eu já corria perigo só de estar ali, era muito provável que me amarrasse à poltrona da próxima aeronave de partida assim que eu contasse a verdade a ele.

— O que tem no Norte, Isabeau? — Meu nome nada mais era do que um sussurro.

— Serena.

CAPÍTULO SEIS
NATHANIEL

Saint Louis
Novembro de 2011

A água estava *congelante*, me deixando sem ar assim que começamos a nadar de forma frenética até a costa. Pelo menos achava que a costa ficasse naquela direção. A neblina não ajudava muito, nem a correnteza, que nos puxava rio abaixo com o restante dos passageiros enquanto abríamos caminho até a margem.

As reações ao redor variavam de estoicas a completamente histéricas, e fiz o que sempre funcionara para mim quando a merda explodia; foquei em um único objetivo. Naquele momento, o objetivo era manter Isabeau viva.

— Você está bem? — perguntei a Izzy, mas a perdi de vista logo em seguida. O avião submergiu totalmente atrás de nós, elevando as ondas do Missouri e fazendo uma lufada de ar sair da fuselagem.

Puta merda, isso realmente aconteceu.

— Nunca nadei de sapato antes — grunhiu ela, com os dentes batendo e um sorriso que mais parecia uma careta.

— Dia cheio de novidades. — Nadei para mais perto, o coração acelerado enquanto lutávamos contra a corrente.

Ao longe, ouvi alguém gritar por socorro e outro passageiro responder. Com sorte os botes conseguiriam levar mais pessoas, em especial aqueles que não sabiam nadar, mas fiquei grato porque todos ao nosso redor pareciam estar avançando.

Um pouco do meu pânico diminuiu ao ver uma costa arborizada surgir através da neblina.

— Está logo ali — avisei Izzy, acompanhando-a com firmeza, braçada a braçada.

— Graças a Deus. — Seu rosto se contorceu e ela soltou um gemido, mas continuou se impulsionando para a frente.

— O que foi? — Senti um aperto no peito conforme a visão em meu olho esquerdo ficava vermelha e embaçada. Um toque rápido na testa encheu meus dedos de sangue. *Ótimo.*

— Além de todo o cenário do acidente de avião? — Ela forçou um sorriso sarcástico, acentuado em meio aos arrepios. — Estou bem, só com um pouco de dor nas costelas. Tenho certeza de que não é nada. É você que está sangrando.

E era ela que estava com as pupilas dilatadas. Eu já havia sido nocauteado vezes suficientes para reconhecer os sinais de uma concussão.

— O sangue não deve ser nada. Vamos te levar para a costa. — Meu estômago embrulhou e tive o mau pressentimento que me surgia de vez em quando, um que me mandava prestar atenção, que me dizia que havia mais a ser observado em determinada situação. Eu sempre tive uma boa intuição. Foi o que me fez sobreviver os dezenove anos que passei sob o teto do meu pai.

À frente, alguns passageiros arrastavam outros margem acima até a segurança. O pai e o filho estavam rio acima, quase chegando, mas eu não conseguia ver a mãe e o bebê.

Concentre-se apenas em Izzy.

Meus pés encontraram apoio na margem rochosa, e imediatamente passei o braço pelas costas de Izzy, puxando-a contra mim até que ela pudesse alcançar o fundo. Foi um milagre encontrar uma parte íngreme à margem do rio. Mas, se eu parasse para pensar, quase tudo naquele dia parecia um milagre.

Tomando cuidado com as costelas de Izzy, eu nos icei margem acima, em seguida nos guiei pela subida de meio metro até a área arborizada. Onde é que nós estávamos?

— Socorro! — gritou uma criança atrás de nós.

Olhei por cima do ombro e vi uma das mulheres correndo até o rio a fim de puxar uma criança com um colete salva-vidas inflável amarelo.

— Obrigada. — Izzy me lançou um sorriso fraco enquanto eu a sentava no chão da árvore mais próxima. — Eu estou bem — argumentou ela, a mão aninhando o braço esquerdo junto à caixa torácica.

Eu me sentei ao lado dela, rezando para que o tom azulado em seus lábios fosse apenas frio.

— Posso ver? — perguntei, apontando para seu colete.

Ela assentiu, gotas de água escorrendo pelo rosto, apoiando a cabeça na árvore mais uma vez.

Com dedos dormentes, de algum modo consegui abrir o zíper do colete e levantar a lateral de sua blusa. Eu xinguei baixinho.

— Não tem sangue, mas foi uma contusão e tanto. Não vou ficar surpreso se você tiver quebrado as costelas.

— Isso explicaria a dor. Acho que também dei mau jeito no ombro. — Ela passou a mão na minha testa e no cabelo. — Você está com um corte feio logo abaixo do couro cabeludo.

— Tudo bem. Só vai aumentar o meu charme. As garotas adoram uma cicatriz, você sabe. — Estudei suas pupilas dilatadas, que ocupavam muito daqueles lindos olhos castanhos.

— Socorro! — alguém gritou.

Izzy cambaleou para a frente.

— Não. Você fica bem aqui. — Eu a encarei com o máximo de severidade possível. — Estou falando sério. Bem aqui. Volto já.

— Só… não morra. — Ela caiu de costas contra a árvore.

— Não é minha intenção. — Desci o barranco até a margem e comecei a ajudar a puxar os outros para cima, e não pude conter um suspiro de absoluto alívio quando a mãe e seu bebê chegaram à costa. Demorou dez minutos para conseguir tirar todos da água, além dos botes salva-vidas que desceram a correnteza.

Quando consegui passar pela multidão trôpega e chorosa de passageiros e voltar para Izzy, meus músculos tremiam de frio e sofriam com os efeitos colaterais da adrenalina.

— Viu? — Ela ergueu a mão direita e me presenteou com um sorriso pálido e trêmulo. — Fiquei exatamente onde você me deixou.

— Ótimo. Não estou em condições de perseguir você. — Eu me sentei ao seu lado e a envolvi com o braço, aninhando seu flanco ileso em mim. A visibilidade estava melhorando e agora eu podia ver até o meio do rio. — Vamos te esquentar.

— Nós sobrevivemos a um acidente de avião. — Ela se inclinou, descansando a cabeça naquele ponto ideal logo acima do meu coração.

O ritmo do meu pulso mudou, desacelerando, estabilizando.

— Nós sobrevivemos a um acidente de avião — repeti, segurando a lateral do seu rosto com a mão e inclinando a cabeça em direção a dela. — Agora só precisamos esperar o resgate.

— A gente não deve estar muito longe do aeroporto. Eles vão chegar em breve.

— Sim. — Outros passageiros se sentaram perto de nós, todos em vários estágios de choque; desde um choro baixinho até um choro alto, ou até mesmo... choro nenhum, apenas o olhar fixo no nada.

— Pense. Se estivéssemos em um livro, estaríamos no meio da imensidão selvagem do Alasca, ou seríamos os únicos sobreviventes, forçados a compartilhar uma cabana abandonada.

Uma risada retumbou no meu peito, apesar de... Bem, tudo.

— Não se esqueça, seria uma cabana convenientemente abastecida com todos os suprimentos de que iríamos precisar.

Qual era o meu problema? Tinha acabado de voar pela primeira vez e sobrevivido a meu primeiro acidente aéreo, e ainda assim ali estava eu, fazendo piada com uma mulher que acabara de conhecer, aconchegados como se nos conhecêssemos havia anos.

Ela bufou quando riu, o que me fez sorrir, mas em seguida ficou tensa e meu sorriso desapareceu.

— Eu não... não estou me sentindo bem.

Deixei minha mão cair de seu rosto até o pescoço, encontrando seu pulso, e franzi a testa. Estava acelerado. Não que eu tivesse alguma ideia do que fazer com essa informação, mas imaginei que não deveria ser um bom sinal, levando em consideração a palidez da pele, a concussão e todas as complicações de um acidente de avião.

— Aguente firme. Eles vão chegar a qualquer momento. — Sirenes soaram ao longe. — Viu? Aposto que são eles. Vamos só torcer para ter uma estrada por aqui.

— Você está cansado? — perguntou ela, se inclinando para mim. — Eu estou cansada demais.

— Você tem que ficar acordada. — O medo me causou um calafrio, me deixando com mais frio que minhas roupas encharcadas. O que mais eu poderia perguntar para puxar assunto? Eu precisava mantê-la acordada. — Se você tivesse de escolher entre pipoca e M&M's, qual seria?

— O quê?

— Pipoca ou M&M's? — repeti.

— Os dois.

Interessante.

— Se pudesse morar em qualquer estado, qual seria?

Sua cabeça balançou.

— *Izzy*. Que estado?

— Maine.

— Maine? — Tentei identificar de onde as sirenes estavam vindo, mas não tive sorte.

— Ninguém da minha família mora lá — murmurou ela. — Sem expectativas.

Olhei por cima do ombro e ao redor da árvore enquanto as sirenes se aproximavam.

— Acharam a gente.

Uma viatura parou e o policial saltou, falando em seu rádio.

— A ajuda está a caminho, pessoal! A ambulância chega em quatro minutos!

O pai do menino correu em direção ao policial, o braço do filho parecendo quebrado, e vários outros o seguiram.

O mau pressentimento surgiu novamente, como uma âncora no meu peito.

— Izzy, qual o seu tipo sanguíneo?

— O positivo — murmurou ela. — Essa é sua ideia de cantada? — As palavras soaram arrastadas.

— Quem dera — sussurrei. Não que um cara como eu tivesse alguma chance com uma garota como você. Mesmo seu balbucio transpirava classe. — Alergias?

— O quê?

— Você é alérgica a quê?

Mais sirenes soaram, como se estivessem se aproximando.

— Marisco. E você?

— Não sou alérgico a nada — respondi. — É isso? Só mariscos?

— Ah, humm. Penicilina. — Ela inclinou a cabeça para trás e me encarou com olhos vidrados. — Quer o meu histórico médico também?

— Sim. — Assenti, e meu coração começou a acelerar quanto mais perto as sirenes soavam.

Ela me olhou como se fosse eu quem estivesse tropeçando nas palavras.

— Quebrei o braço uma vez, quando eu tinha sete anos. Mas isso foi um lance com o trampolim, e a Serena... — Seus olhos se fecharam.

— Izzy! — Eu a balancei suavemente. — Acorde.

Seus olhos se abriram.

— Me conte mais sobre a Serena. — Fiquei de pé, forçando minhas pernas a se movimentarem, e levantei Izzy nos braços quando a primeira das duas ambulâncias chegou. — Como ela é?

— Perfeita. — Ela suspirou, a cabeça caindo no meu peito. — Ela é linda e inteligente, e sempre sabe o que dizer.

— Deve ser de família. — Nem me preocupei com a primeira ambulância, que já estava sendo cercada, e segui direto para a segunda.

— Nate?

— Hum? — Fiquei bem no meio de qualquer caminho que houvesse, forçando a ambulância a parar.

— Não me deixe, tá bom? — pediu ela, a voz mal chegava a ser um sussurro com o barulho estridente das sirenes ao fundo.

— Não deixo. — Os paramédicos desligaram as sirenes e saíram da ambulância, e meu olhar encontrou o de um deles. — Preciso que você a ajude!

Ela ficou mole nos meus braços, fechando os olhos.

— Traga-a aqui! — A paramédica correu para a parte de trás do veículo enquanto as portas se abriam e alguém descia uma maca.

— Coloque-a aqui — ordenou a paramédica, e deitei Izzy no lençol branco. — O que ela tem? — A mulher entrou em ação, me tirando do caminho para começar a examiná-la.

— Ela disse que as costelas estavam doendo. — Passei os dedos pelo cabelo. — E tem um hematoma enorme e o pulso dela está...

— Merda — sussurrou a socorrista, medindo o pulso de Izzy enquanto outro paramédico colocava um medidor de pressão arterial em seu braço.

— Acelerado — terminei. — Ela começou a falar arrastado e... — Droga, o que mais ela tinha falado? — O ombro dela estava doendo. O ombro esquerdo.

— Ela está hipotensa — observou um dos paramédicos, e os dois compartilharam um olhar que não tinha como significar algo bom. — Temos que ir.

— Qual o nome dela? — perguntou um deles, enquanto outros dois amarravam Izzy na maca e a colocavam na ambulância.

— Izzy — respondi, lutando contra o desejo de afastar alguém para que assim eu pudesse ir com ela. — Isabeau... — Como era? Porra, como era mesmo? — Astor! Ela é alérgica a penicilina e é O positivo.

O motorista me contornou apressado para voltar ao volante.

— Só parentes — disse o paramédico na traseira, já colocando um acesso. — Presumo que você seja... — Ele ergueu o olhar.

Não me deixe.

— O marido — eu me adiantei, subindo na plataforma. — Sou o marido dela.

◆◆◆

Ruptura de baço. Foi o que tinham me dito quatro horas antes.

Quatro longas horas, durante as quais tudo o que fiz, depois de vestir um uniforme hospitalar seco e ligar para minha mãe para garantir a ela que eu estava bem, foi ficar sentado naquela sala de espera e alternar entre assistir à cobertura do acidente em um canal nacional e acompanhar o ponteiro dos segundos no grande relógio acima da porta.

Ah, e ignorar completamente a prancheta na minha frente, porque como eu poderia saber qual era o seguro de Izzy?

Porque você disse que era o marido dela.

A cirurgia deveria durar apenas noventa minutos, o que me deixou inquieto, me remexendo na cadeira mais desconfortável do mundo havia cerca de duas horas.

E se eu tivesse piorado as coisas ao segurá-la? Ou quando a puxei para fora do rio?

— Tem certeza de que não posso fazer mais nada por você? — perguntou uma representante da companhia aérea, com preocupação e pânico no olhar. Acho que estávamos todos um pouco desnorteados. Ela havia anotado nosso nome quando nos conhecemos; eu lhe dera o de Izzy, e ela ficara pajeando os dez ou mais sobreviventes que tinham sido enviados para o hospital desde então.

Segundo o noticiário, havia passageiros em três hospitais locais.

— Estou bem — assegurei a ela. Não havia muito mais a fazer por mim, além dos onze pontos na testa.

— Certo. — Seu sorriso foi uma tentativa de me tranquilizar. — Ah, e um representante do exército disse que enviariam alguém aqui da região para buscar você, mas isso foi há algumas horas.

Fiquei tenso. Tinha prometido que não iria deixá-la.

— Você é — ela olhou para a prancheta — Nathaniel Phelan, correto? Que estava a caminho do treinamento básico?

Assenti, virando minha carteira encharcada na mão.

— Tenho certeza de que todo mundo está muito ocupado agora.

Ela me deu um tapinha desajeitado no ombro e passou para os passageiros seguintes, enquanto eu observava o relógio por mais dez minutos.

— É ele — disse uma enfermeira, apontando para mim, e eu arqueei as sobrancelhas, na esperança de que fosse uma médica ao seu lado, mas não era.

A mulher era um pouco mais alta que Izzy, com cabelo castanho-claro e olhos castanhos preocupados. A semelhança era inconfundível.

— Você é o *marido* da Izzy? — perguntou ela, avançando em minha direção como um touro que havia visto uma capa vermelha.

Eu me levantei.

— Você deve ser a irmã. Serena, certo?

Ela assentiu, enxugando uma única lágrima do rosto.

— Desculpe — sussurrei. — Sou só o cara que estava sentado ao lado dela.

Não somos casados.

— Evidente — ela sussurrou em resposta. — Acho que eu saberia se a minha irmã caçula fosse casada.

— Menti porque prometi que não iria deixá-la, e então eu posso ter... falsificado um documento concordando com a cirurgia.

Ela arregalou os olhos.

— Cirurgia? Quando apareci no ponto de encontro, só me disseram que ela estava aqui. Levei mais ou menos uma hora para me dar conta de que era o voo dela, e depois comecei a correr de um lado para o outro. — Ela fechou os olhos e respirou fundo, reabrindo-os quando parecia que tinha algum controle. — Me fale da cirurgia.

Apontei para a cadeira ao lado da minha e nós dois nos sentamos.

— Ela rompeu o baço no acidente e quebrou duas costelas, além de sofrer uma concussão. Estava com hemorragia interna.

Ela assentiu, absorvendo a informação com uma calma que me deixou admirado.

— Certo. E você autorizou a cirurgia?

— Eu não sabia o que fazer. — Entreguei a ela a prancheta. — Tomara que você saiba preencher.

— Eu faço isso. — Ela olhou para os formulários como se estivessem em outra língua. — Você acha que ela vai ficar bem?

— Espero que sim. Ela estava consciente até o momento em que a entreguei aos paramédicos. — Voltei a virar a carteira na mão e a observar o relógio.

— Ah, meu Deus, ela é alérgica a...

— Penicilina — terminei por ela. — Ela me contou. Eles sabem.

Ela se recostou na cadeira e olhou para a porta, aquela por que cirurgiões entravam e saíam nas últimas horas.

— Que sorte ela ter sentado ao seu lado.

— Não tenho certeza se chamaria qualquer coisa que aconteceu hoje de sorte, exceto que, de algum modo, nós estamos vivos.

— É a maior sorte que alguém pode ter.

A porta à esquerda se abriu, e dois homens em uniforme camuflado entraram. Meu coração foi parar na garganta.

— Nathaniel Phelan? — perguntou um deles, vasculhando a sala.

— Sou eu. — Ergui a mão e me levantei.

— Você está tendo um dia daqueles, hein. Foi liberado pelo médico? — perguntou o outro.

Assenti.

— Só precisei levar uns pontos.

— Ótimo. Vamos tirar você daqui. — Ele apontou para a porta.

Peguei a sacola transparente com meus itens pessoais e fui até eles.

— Tem alguma possibilidade de nós esperarmos? A mulher que estava sentada ao meu lado está passando por uma cirurgia.

Os dois trocaram um olhar, e eu soube que não sairia ganhando.

— É sua esposa?

— Não. — Balancei a cabeça.

— Mãe? Irmã? Filha? — perguntou o outro.

— Não. Só estou preocupado com ela.

Um vinco de pesar franziu sua testa.

— Lamento, mas fomos encarregados de tirar você daqui e, se ela não for uma parente próxima ou de sangue, realmente temos que ir. Ordens são ordens.

Senti um aperto no peito e assenti.

— Um segundo. — Serena ainda preenchia os formulários quando me juntei a ela. — Preciso ir.

Ela olhou para mim, seus olhos eram um pouco mais claros que os de Izzy.

— Obrigada por cuidar dela.

— Só... — Balancei a cabeça. Que merda de vida eu tinha, não podia nem mesmo pedir a ela para me ligar e dizer se deu tudo certo com a cirurgia. — Só diga a ela que eu não queria ir, mas ordens são ordens.

— Eu digo. Obrigada. — Ela estendeu a mão e pegou a minha, apertando-a. — Obrigada. Não tenho palavras para agradecer.

— Não tem nada para agradecer. — Inspirando fundo, voltei para perto dos soldados e depois os segui porta afora.

Isabeau ficaria bem. Tinha de ficar. Eu me recusava a acreditar que o destino, ou Deus, ou a energia cósmica do universo a faria passar por tudo aquilo e não sobreviver.

Mas eu nunca saberia.

— Podemos colocar você em outro voo, ou em um ônibus, se você não estiver... sabe... disposto a voar no momento. Ou tenho certeza de que eles podem te dar uma dispensa e permitir que você adie o básico — disse um dos soldados, enquanto saíamos do hospital.

— Não. — Segurei minha sacola com mais força. Agora tudo o que eu possuía estava ali dentro, e eu não tinha para onde voltar. — Não, estou pronto agora.

CAPÍTULO SETE
NATHANIEL

Cabul, Afeganistão
Agosto de 2021

— Mude de ideia — ordenei a Izzy, quando ela abriu a porta na manhã seguinte. Tudo bem, talvez fosse mais um apelo que uma ordem. Dormir não era um problema para mim havia anos, mas eu tinha me revirado na cama a noite toda depois que ela me contara o verdadeiro motivo de sua presença ali.

Procurar pela irmã iria matá-la. Cada passo de Izzy fora da embaixada era um risco calculado, e havíamos preparado a segurança com foco em um itinerário preciso, não para procurar uma agulha no palheiro. Os fotojornalistas americanos eram excelentes alvos de propaganda para o inimigo por ali, e, com o país desestabilizado, as chances de encontrar Serena durante a visita de Izzy pareciam desanimadoras.

— Bom dia para você também. — Izzy levantou uma sobrancelha para mim e manteve a porta aberta para que eu pudesse entrar. — Me dê uns três minutos e eu já fico pronta.

— Pronta para mudar de ideia? — Caralho, que perfume bom. A fragrância vinha direto de todos os sonhos que eu havia tido na última década.

— Não. — Ela abotoou o que parecia ser um blazer de linho até o pescoço e colocou um lenço na bolsa, com um par de fones de ouvido. — Pronta para entrar no helicóptero. Mayhew já se arrumou?

— Já está lá embaixo. — O assessor júnior era muito mais fácil de lidar do que Izzy, mas, por outro lado, eu nunca havia me apaixonado por ele, o que provavelmente influenciara minha opinião.

— Estou vendo que mais uma vez você está vestido para um funeral. — Ela olhou para meu equipamento de combate todo preto.

— Contanto que não seja o seu. Me diga uma coisa. O que exatamente você estava planejando quando veio para cá? — Eu me encostei na porta.

Ela olhou para minha M4.

— Você tem mesmo que carregar isso pra todo lado?

— Sim. — Não me preocupei em contar a ela sobre todas as outras armas que eu trazia presas ao corpo. — Agora, qual era o plano, Isabeau? Aparecer aqui e começar a chamar o nome da Serena?

Um rubor aflorou em suas bochechas quando ela colocou a bolsa no ombro e me encarou, levantando aquele queixo teimoso.

— Mais... ou menos.

Deixei a cabeça pender contra a porta por um instante.

— Eu sempre soube que você faria qualquer coisa por ela... vocês fariam qualquer coisa uma pela outra... mas isso não tem cabimento. Há quanto tempo ela está no país?

— Cinco meses. Serena teve a oportunidade de encerrar a reportagem mais cedo, quando a... — Ela estremeceu. — Abrupta entrega de Bagram indicava que... — Izzy procurava as palavras certas.

— Uma grande merda estava para estourar? — ofereci. — Porque é o que está acontecendo.

— Sempre soube que a retirada não seria tranquila. — Seu queixo levantou uns bons oito centímetros. — Simplesmente não pensei que Serena seria teimosa a ponto de ficar, especialmente depois que o pessoal da embaixada foi reduzido em abril. Mas ela é... — Izzy deu de ombros.

— Serena.

Izzy assentiu.

— Se eu conseguir encontrá-la, posso colocar algum juízo na cabeça dela e tirá-la daqui.

— Os outros membros da sua delegação sabem das suas intenções?

— Não. — Ela segurou as alças da bolsa com tanta força que eu meio que esperava que elas começassem a reclamar. — E eu sei que você também não vai contar para eles.

Eu me desgrudei da porta e, sem demora, invadi seu espaço.

— E o que te faz pensar assim?

Ela desviou o olhar e engoliu em seco, antes de o arrastar mais uma vez de encontro ao meu.

— Porque você me deve.

— Eu. Te. Devo? — Ergui as sobrancelhas. Pelo jeito as memórias dela do que acontecera em Nova York eram um pouco diferentes das minhas.

— Depois de me deixar em... — Ela fechou os olhos e soltou um suspiro lento por entre lábios franzidos, que exigiam toda a minha atenção.

Senti um embrulho no estômago, me lembrando exatamente de como aqueles lábios pareciam macios nos meus, na minha pele.

— Você me deve — insistiu ela, endireitando a postura, e nossos olhares colidiram. — Além do mais, já investiguei no jornal e reduzi para essas duas províncias, sem... você sabe... anunciar que eu estaria aqui com uma delegação do Congresso. Ela é fotógrafa do *Times*. Ela não pode simplesmente desaparecer, Nate. — Izzy revirou os olhos. — Quero dizer, sargento Green.

— Aqui as pessoas desaparecem o tempo todo.

— Bem, não a Serena. — Ela deu de ombros, como se, de algum modo, sua declaração pudesse dar à irmã mais velha uma camada de proteção impossível, que simplesmente não existia ali.

— E você está disposta a arriscar a vida nisso? — Eu não estava. Por mais que me importasse com Serena e tudo o que ela significava para Izzy, minhas prioridades eram nítidas como a porra do dia.

— Não vai chegar a esse ponto. — Izzy balançou a cabeça. — Nós dois sabemos que, por mais secreta que gostaríamos que esta missão de apuração de fatos fosse, ela não é. Serena vai saber que estou aqui. Ela vai nos encontrar, e nós vamos colocá-la no helicóptero, depois vou levá-la para casa comigo.

A descrença misturada com uma onda intensa de raiva percorria minhas veias. Dei um passo para trás.

— Você vai usar a si mesma como *isca*?

Os olhos dela se estreitaram.

— Por favor, não finja que está preocupado com meu bem-estar.

— Seu bem-estar tem sido minha preocupação nos últimos dez malditos anos! — retruquei, imediatamente me arrependendo do deslize. Droga, essa mulher me tirava do sério mais depressa que qualquer pessoa no planeta.

O silêncio nos envolveu enquanto eu lutava para acalmar a mente.

— Vamos. — Eu me virei e saí da sala, segurando a porta para ela passar primeiro.

A tensão irradiava entre nós enquanto descíamos os degraus e entrávamos no saguão.

— Isa! — Kacey Pierce, uma das assessoras juniores da senadora Lauren, irrompeu de uma das salas de conferência envidraçadas, com um caderno na mão. — Tem mais alguma coisa que você precisa enquanto estiver fora?

Izzy ajustou a bolsa, olhando a lista que Kacey tinha entregado para ela.

— Acho que é tudo.

Cheguei mais perto e me inclinei, os lábios perigosamente perto da sua orelha.

— Peça a ela para conseguir a última correspondência enviada por qualquer jornalista americano acompanhada de fotos, e imprimir para quando voltarmos.

Izzy virou a cabeça tão depressa, o olhar encontrando o meu, que mal tive um milissegundo para recuar antes que todo o saguão acabasse testemunhando uma quebra de conduta.

— Você vai me ajudar?

— É só uma sugestão. — Recuando ostensivamente, esperei na porta enquanto Izzy dava ordens à assessora júnior. Tinha de admitir, a liderança lhe caía muito bem.

Seguimos até o comboio, onde minha equipe já estava à espera. Ela protestou quando peguei sua bolsa e a joguei no chão do veículo blindado, de onde tirei um colete de Kevlar.

— Levante os braços.

— Isso é ridículo. — Ela estendeu os braços e eu passei o colete por sua cabeça e a trança francesa em que havia prendido os fios loiros nessa manhã.

— Assim como a sua presença aqui, mas pelo menos isto aqui segura as balas. — Passei as alças da parte de trás do colete sob seus braços e as prendi na frente com tanto profissionalismo quanto pude reunir.

— É pesado.

— Levar um tiro é pior. — Peguei um capacete de Kevlar depois de procurá-lo no veículo.

Ela me encarou.

— Sério?

— Eles não são tão ruins! — Mayhew, o outro assessor júnior, gritou de dentro do carro.

— Sem tratamento preferencial. — Dei de ombros. — Coloque o capacete, senão você fica aqui. — Ela não ia levar um tiro na cabeça enquanto eu estivesse aqui.

Ela o colocou na cabeça, depois subiu ao lado de Mayhew e, enquanto o restante da equipe entrava, eu me sentei no banco do carona, como no dia anterior.

Em poucos instantes atravessamos os portões da embaixada, rumo ao campo logo abaixo da estrada onde os helicópteros estavam estacionados.

Passamos por um portão de arame farpado e entramos no campo, onde seis Blackhawks estavam em vários estágios de preparação. Levar Izzy até um flagrante perigoso ia contra todos os meus instintos, mas eu sabia que ela simplesmente seguiria sem mim se eu recusasse, então saí do carro e abri a porta. Ela havia conseguido soltar o cinto de segurança sozinha dessa vez.

— Isso é um... campo de futebol? — perguntou Izzy, enquanto saltava do veículo.

— Sim — respondi, conforme Graham contornava o carro, Torres logo atrás.

— Qual é o nosso? — indagou Izzy.

— Vamos pegar os dois da frente.

— Dois? — Ela lançou um olhar confuso em minha direção.

— Sim. — Assenti. — Viajamos em dois, para o caso de alguma coisa acontecer, por exemplo, um deles ser abatido.

Ela arregalou os olhos.

— Black, Rose e quatro soldados estão na segunda aeronave — disse Graham, saindo do caminho quando Holt cambaleou para fora do carro, depois de Mayhew.

— Está quente *demais* — murmurou Holt, girando o pescoço enquanto Kellman revirava os olhos às suas costas.

— Por mim tudo bem. Ficamos com o primeiro — avisei Graham antes de me voltar para Kellman. — Boa sorte com aquele ali hoje. — Abri um sorriso enquanto Holt enxugava o suor da nuca.

— Eu devia te desejar o mesmo. — Ele lançou um olhar incisivo para Izzy, que observava os Blackhawks com olhos arregalados, antes de colocar os óculos escuros no rosto. — Parece que você tem um problema.

Porra, porra, *porra*. O que ela tinha na cabeça?

Fui até Izzy, a poeira cobrindo minhas botas, e peguei seu cotovelo, me inclinando de modo que ela pudesse me ouvir apesar do ronco agudo dos motores.

— Suponho que você nunca tenha superado o medo de voar.

— Estou bem. — Ela se desvencilhou de mim. — Vou ficar... bem.

— Estes aqui não são aviões grandes e confortáveis onde você pode colocar seus fones e fingir que está em outro lugar — avisei, enquanto seguíamos até o primeiro helicóptero.

— Eu consigo — gritou ela, olhando para mim por cima do ombro enquanto subia na aeronave para a qual tinha nos conduzido, passando pelo artilheiro da porta.

— Vai ser divertido — comentou Torres, com um sorriso.

Revirei os olhos e embarquei.

O Blackhawk foi criado para transportar tropas, e, sem hesitar, me dirigi para um dos assentos às costas do piloto, de frente para Izzy. O piloto se virou no banco, me entregando um fone de ouvido. Acenei com a cabeça, agradecendo, ajustei-o no capacete e o liguei, mas mantive o microfone no mudo.

Izzy colocou o cinto de segurança com surpreendente eficiência e tirou os fones de uma bolsa de ombro que parecia custar mais do que eu ganhava em um mês, olhando para eles com consternação.

Sim, aquilo não iria funcionar com o capacete, e submetê-la a um voo sem música era... inimaginável para mim, uma tortura que não estava disposto a lhe impor.

Ela guardou os fones de volta na bolsa e olhou pela janela como se não houvesse nada errado, mas suas costas estavam muito rígidas, os lábios pressionados, e o nó dos dedos branco enquanto apertava o assento e nós decolávamos.

Seu olhar encontrou o meu quando saímos do chão e, simples assim, não estávamos mais no Blackhawk. Estávamos nos encarando, mãos entrelaçadas, enquanto o voo 826 despencava no Missouri.

Ela fechou os olhos com força e eu soltei meu cinto, ajustando o rifle, então tirei meus AirPods de um bolso utilitário no Kevlar. Em seguida me adiantei, me ajoelhando à sua frente.

Um toque em seu joelho fez seus olhos se abrirem e encontrarem os meus. Senti um aperto no peito ao reconhecer o medo naquelas profundezas castanhas. Izzy piscou depressa, tentando esconder o medo, mas ela nunca foi capaz de esconder nada de mim.

Estendendo a mão, coloquei meus AirPods nos ouvidos de Izzy e me sentei novamente, ciente de seu olhar acompanhando cada movimento meu enquanto ela ajustava os fones.

A aeronave estava quase cheia, mas a sensação era de que abrigava apenas nós dois. Peguei meu celular, que estava sem internet, mas com as músicas que eu tinha baixado, e naveguei pela biblioteca.

Toquei em "Northern Downpour" e nossos olhos se encontraram conforme o helicóptero sobrevoava Cabul, em direção a Jalalabad.

Seus lábios se abriram e o modo como ela me olhou... Merda, parecia que estávamos em 2011, ou 2014, ou em qualquer outro ano em que o destino nos colocou no caminho um do outro. Era uma de suas músicas favoritas, uma das únicas coisas que tínhamos em comum. Seu ofegar trêmulo, o peito vacilante, quase acabou comigo.

Vê-la sentada ali, sem poder tocá-la ou exigir saber de quem era o anel no seu dedo, parecia um inferno ao qual eu não tinha certeza se conseguiria sobreviver, e, ainda assim, eu suportaria aquilo sem vacilar se significasse que eu poderia vê-la uma última vez.

Afinal, era Isabeau.

Ela cantarolava a letra, então desviou o olhar, encarando os joelhos.

Eu me inclinei para a frente e lhe entreguei meu celular para que ela pudesse escolher o que preferia ouvir, depois me recostei outra vez e peguei o exemplar de *A cor púrpura* que trazia no bolso da calça nas últimas semanas, começando a ler.

◆◆◆

A embaixada era toda tensão com um toque de caos quando voltamos mais tarde.

A reunião de Izzy com a liderança em Jalalabad havia durado apenas uma hora, talvez menos, mas o que ela ouviu não aliviou sua tensão nem a minha. Havia um clima de desespero, mas também de determinação, e eu tinha esperanças de que o último suplantasse o primeiro.

A notícia que tínhamos recebido assim que voltamos para o helicóptero, algumas horas antes, havia apenas confirmado o que todos sabiam: o país estava desestabilizado. Zaranj, no Sul da província de Nimruz, caíra nas mãos do Talibã naquele dia.

Esperado, e ainda assim... decepcionante.

— E estas são as últimas matérias de jornalistas americanos no país — disse Kacey, depois de contar a Izzy sobre o dia, entregando a ela uma pasta parda enquanto subíamos a escada até seu quarto.

— Perfeito. Obrigada. Vou tomar uma chuveirada para tirar a poeira, depois desço para jantar — disse Izzy, deixando Kacey na porta de seu quarto, antes de fechá-la.

Balancei a cabeça para Kacey, depois virei as costas para a porta de Izzy, como se estivesse de guarda.

Depois de trinta segundos, tentei abrir a porta, e consegui.

— Caramba, Izzy, custa trancar? — retruquei, fechando-a assim que entrei e passando o trinco.

— Eu sabia que você viria atrás de mim — disse ela na soleira do quarto, chutando os sapatos dos pés. — A pasta está em cima da mesa.

Eu a peguei e folheei as matérias mais recentes.

— Eles nem deveriam estar aqui — murmurei, verificando a assinatura do texto à procura do nome de Serena. — Há meses que os americanos têm sido avisados para cair fora.

— Você conhece Serena — argumentou Izzy, tirando o blazer e depois o jogando na cama. Eu não podia culpá-la por querer tirar o blazer. Havia feito um calor infernal lá fora. Ela se aproximou, só de calça social e blusa de alcinha com renda no contorno.

Não, eu não ia ficar reparando em como seus seios subiam contra o tecido.

Aquele caminho levava à loucura.

— Eu conheço Serena. — Balancei a cabeça quando cheguei à última das matérias. — Ela não mandou nenhuma matéria hoje, nem ontem, e a da semana passada não forneceu uma localização precisa. Vamos ter que verificar todo dia até achar o nome dela.

Izzy arregalou os olhos e os cantos de sua boca se curvaram em um sorriso que fez meu pulso acelerar.

— Você vai mesmo me ajudar, não vai, Nate?

Meu Deus, aquele sorriso, aqueles olhos...

— Sim. Eu quero que você saia daqui o mais rápido possível — admiti, gesticulando para seu anel. — E aposto que ele também.

Por sua inspiração profunda, eu havia ultrapassado os limites, mas não me importei. Nós éramos feitos de grandes limites ultrapassados, e nenhum de nós pertencia ao lado seguro.

Coloquei a pasta sobre a mesa e saí do quarto.

CAPÍTULO OITO
IZZY

Saint Louis
Novembro de 2011

— Ok, consegui descolar Twix, Butterfinger e um saco bem modesto de SunChips — disse Serena, enquanto entrava em meu sombrio quarto de hospital carregando seu tesouro. — A máquina de salgadinhos lá fora tem umas opções bem limitadas. — Ela olhou duas vezes para a televisão e pegou o controle remoto na cama. — Assistir essa coisa não vai ajudar.

Pulei para pegar o controle e fiz uma careta quando ela escapou para fora do meu alcance.

— Besteira. — Caindo de costas na cama, inspirei em meio à dor que tomou todo o meu flanco esquerdo.

— Merda, desculpe, Iz. — Serena fez uma careta e devolveu o controle remoto, em seguida se sentou na poltrona ao lado da cama, que ela ocupava desde que eu tinha acordado naquela manhã. Na verdade, ela havia me contado que passara a noite ali. Duas costelas quebradas e um baço rompido tinham detonado meu suprimento de sangue, mas algumas transfusões depois... Bem, pelo menos eu não estava morta.

Graças a ele.

Ninguém tinha morrido no acidente, o que foi um milagre, considerando os vídeos nos noticiários.

— Só espero que ver os vídeos ajude a refrescar minha memória — argumentei, me ajustando para sentar com mais postura, e, de imediato, lamentando a decisão. — Meu Deus, isso doeu.

— Então aperte o botãozinho. — Ela se inclinou e colocou a bomba analgésica em minha mão. — Você passou por uma cirurgia ontem... Ah, e depois de um *acidente de avião*. Faça um favor a si mesma e aperte isso.

— Não vai ajudar. Só vai enevoar ainda mais minha cabeça e me fazer dormir. — Assisti a mais um replay do vídeo amador do acidente, filmado por um pescador que estava no Missouri. Era... aterrorizante.

O avião surgia do nada. Como um míssil ensurdecedor através da névoa, errando o barco do pescador por pouco e batendo na água.

— Tem certeza de que quer se lembrar de tudo? — Serena perguntou suavemente, me entregando um Twix, meu chocolate favorito.

Rasguei o pacote e enterrei os dentes na satisfatória doçura do caramelo, refletindo enquanto mastigava e engolia.

— Para ser exata, quero me lembrar do que aconteceu depois de sair do rio. Eu me lembro da decolagem, do momento em que eu percebi que a gente ia cair, e até mesmo do caos para sair do avião. A água estava tão fria... — Balancei a cabeça. — Simplesmente não consigo lembrar o nome dele.

Todo o resto estava ali; a preocupação em seus olhos, a sensação de suas mãos me puxando para a margem. Ele me mantivera respirando e rindo, e depois me levara para a ambulância, segundo o que as enfermeiras tinham me contado.

Eu teria sangrado internamente até a morte debaixo daquela árvore se ele não tivesse feito o que fez.

— Desculpe. — Serena suspirou, abrindo o saco de batata frita. — Eu gostaria de lembrar, mas o pânico era tanto que não prestei atenção. — Ela me lançou um olhar de esguelha enquanto eu assistia à cobertura do resgate... embora eu já tivesse sido levada quando as equipes de reportagem apareceram. — Mas ele era um gostoso, isso eu posso garantir.

— Eu lembro como ele é. — Revirei os olhos. E o que ele estava lendo, e que ele havia sido criado em uma fazenda e estava se alistando no exército em troca de dinheiro para a faculdade. Só o nome me escapava, e praticamente tudo depois de me encostar naquela árvore.

— E ele se importou o suficiente para dizer para todo mundo que era seu marido. Autorizou sua cirurgia e tudo mais. — Um sorriso malicioso curvou os cantos de sua boca. — Por incrível que pareça, ele sabia o seu tipo sanguíneo e suas alergias também, o que significa que você devia estar consciente o bastante para contar a ele. E você explicou direitinho.

— Ela me encarou. — O médico disse que você não devia assistir TV com uma concussão.

Soltei um suspiro, mas apertei o botão de desligar no momento em que a enfermeira entrou para outra rodada de verificação de sinais vitais. Felizmente ela manteve as luzes apagadas, já que minha cabeça parecia um bilhão de quilos de dinamite prestes a explodir.

— Tem mais alguma coisa que eu possa pegar para você? — perguntou ela, anotando no prontuário pendurado no pé da cama.

O prontuário.

— Não, estou bem, mas obrigada. — Abri um sorriso, e ela se dirigiu para a porta e a fechou atrás de si. — Serena, pegue o prontuário.

Duas linhas apareceram entre as sobrancelhas de minha irmã.

— O quê?

— O prontuário. — Fiz um gesto em direção ao pé da cama. — Se ele assinou para autorizar a cirurgia, deve estar lá.

— Boa! — Ela pulou da cadeira, abandonando as guloseimas na mesa de cabeceira. — Até parece que é você que estuda jornalismo.

Estudar. Ah, merda, eu teria de voltar para Syracuse, mas a ideia de entrar em um avião era... Simplesmente não havia a menor possibilidade.

Eu não só teria de estar sedada como totalmente inconsciente e com um acompanhante, e mesmo assim não tinha certeza se conseguiria atravessar a ponte de embarque outra vez.

— Como vou voltar para a faculdade? — a pergunta retórica saiu como um sussurro.

Serena baixou a grade lateral de minha cama e se sentou na beirada, afundando o colchão enquanto me entregava o prontuário.

— Vamos dar um jeito. Só porque eles vão te liberar amanhã não significa que você tem que voltar para Nova York, Iz. Não precisa ter pressa. Tenho certeza de que mamãe e papai vão entender se você decidir tirar uma folga. E, se quiser mesmo voltar, posso simplesmente matar algumas aulas e te levar de carro. — Ela deu de ombros. — Sem crise. Também tenho certeza de que mamãe e papai vão estar aqui daqui a alguns dias, e eles podem te levar para casa, no Colorado, se você quiser.

— Obrigada. — Peguei o prontuário e o coloquei no colo. — Simplesmente não sei como me forçar a entrar em um avião.

Ele tinha entrado? Quando ele foi embora com os soldados na véspera, eles o haviam colocado de imediato no próximo voo para Fort Benning? Lógico, eu tinha medo de avião, mas pelo menos aquela não havia sido minha primeira experiência no ar.

— Então vamos resolver tudo — argumentou ela, quando o telefone ao lado da cama tocou, assustando nós duas.

Eu me inclinei, mas não consegui alcançá-lo, e os pontos na lateral do meu corpo protestaram com veemência. Ou talvez fossem as costelas quebradas, ou o baço. Não dava para saber. O meu corpo inteiro parecia estar com muita raiva de mim.

Serena correu para o lado da cama e atendeu o telefone, afastando o cabelo comprido do caminho. Mesmo depois de vinte e quatro horas no hospital, ela ainda conseguia parecer... perfeita. Se não a amasse tanto, eu a odiaria de tanta inveja.

— Alô? — atendeu ela, e uma voz abafada respondeu. Suas sobrancelhas se ergueram. — Ah! Graças a Deus. Mandei uma mensagem pela empresa de cruzeiro, mas não tinha certeza de quanto tempo levaria para chegar até vocês. Quando vocês voltam para casa? — *Mamãe e papai*, murmurou ela, ouvindo o que quer que estivessem dizendo. — Ela está bem. Vai ter alta amanhã. O baço rompido foi operado, tem a concussão, costelas quebradas, inchaços e hematomas, mas a pior parte já passou. Ela está bem aqui se você quiser... — Ela franziu o cenho.

Eu estendi a mão vazia.

— Estão falando sério? — Seu rosto ficou tenso. — Bem, podem dizer isso diretamente a ela. — Ela fechou os olhos e engoliu em seco, depois me entregou o telefone.

Senti o estômago já nauseado revirar de pavor.

— Alô?

— Isa! — respondeu papai. — Ah, querida. Sinto muito por você ter passado por isso.

Meus olhos ardiam, mas engoli as lágrimas. A mesma coisa acontecera quando encontrei Serena ao lado de minha cama. Parecia que as emoções eram simplesmente demais para meu corpo.

— Estou bem — forcei.

— Foi o que a Serena disse — acrescentou mamãe, e pude imaginá-los compartilhando o aparelho, inclinados para que ambos pudessem fazer parte da conversa. — Estou tão feliz que ela esteja aí para cuidar de você nos próximos dias.

— Vocês vão estar de volta até lá? — Segurei o telefone entre o ombro direito e o ouvido, e comecei a folhear meu prontuário.

— Bem. — Mamãe suspirou. — Querida, você sabe quanto tempo nós esperamos para fazer essa viagem, então, se você não está em perigo de vida nem gravemente ferida, não há uma razão verdadeira para nós voltarmos, não é?

Pisquei, minhas mãos ficando completamente imóveis.

Serena se sentou em seu lugar, na lateral da cama, me observando com um olhar especulativo que eu não consegui sustentar.

— Quero dizer, vamos nos ver no Natal. Faltam só quatro semanas, e tenho certeza de que você não vai querer perder nenhuma aula, que é o que a nossa volta para casa acabaria causando, na realidade — continuou mamãe.

— Vocês não vão voltar para casa? — Eu tinha de verbalizar, tinha de ter certeza de que era o que de fato os tinha ouvido dizer. Meus pais dominavam as palavras e todas as suas interpretações.

Serena pegou minha mão e a apertou.

— Se vão te dar alta amanhã, então você deve estar se recuperando — argumentou papai, seu tom mudando para o estilo pragmático que usava no escritório. — E eu sei que você passou por um choque, Isa, mas, na verdade, essa vai ser uma oportunidade para você superar o desafio e mostrar sua coragem.

Uma *oportunidade*?

— Não foi um *choque* — retruquei, enquanto sentia um aperto no coração. — Foi um desastre. Meu avião *caiu*. Tive que usar a saída de emergência em cima da asa, e depois nadar até a costa com uma hemorragia interna. — E, ainda assim, meus pais não iriam voltar para casa.

— E nós estamos muito orgulhosos de você! — Mamãe soava como se eu tivesse acabado de ganhar um troféu. — Acho que todos aqueles anos na equipe de natação valeram a pena.

Não que eles tivessem comparecido a uma única competição.

— Nós sabemos que você caiu, Isa — interrompeu papai. — E é por isso que você tem acesso total ao meu cartão de crédito para reservar outro voo de volta para Syracuse, evidentemente. Não se preocupe com nada... nós vamos pagar tudo.

Não se preocupe com nada, mas eles não vão estar aqui. Entendi.

— Não sei o que dizer.

— Não sinta que precisa nos agradecer. É óbvio que nós iríamos cobrir suas despesas de viagem. — Papai riu. — E estamos ansiosos para ver a lista do reitor quando voltarmos para os Estados Unidos.

Só pode ser brincadeira.

— É óbvio que vamos voltar para casa se você realmente precisar, Isabeau — disse mamãe, em um tom mais suave. — Tenho certeza de que poderíamos ser reembolsados pelo restante da viagem e, lógico, há sempre o próximo ano, se quisermos terminar o cruzeiro, certo?

— Não a mime, Rose. Serena já nos contou que a irmã vai receber alta, o que significa que ela está bem. Ela é uma Astor. Não é, Isa? — questionou papai. — Os Astor fazem o que precisa ser feito.

Ele realmente esperava que eu passasse por isso como fiz com todo o resto... com louvor. O que eu deveria fazer? Pedir aos dois que interrompessem as únicas férias que papai havia tirado nos últimos dez anos, em que não ficara em contato constante com o escritório?

Levantei o olhar para encontrar o de Serena, e a flagrei me observando com compaixão e um sorriso solidário.

— Vamos cuidar de tudo juntas — sussurrou ela. — Como sempre fazemos.

Assenti e pigarreei, desfazendo o nó que ameaçava fechar minha garganta.

— Estou bem. Serena vai me levar de volta para a faculdade.

— Lógico que vai — disse papai, o tom carregado de orgulho. — E nós veremos você no Natal. Eu sei que tudo isso tem sido horrível, mas estou feliz que conseguimos falar com você. Nós te amamos.

— Nós te amamos! — declarou mamãe. — E vamos comprar alguma coisa especial para você no próximo porto.

Diga que sua linguagem de amor são presentes sem usar palavras...

— Parece ótimo. Amo vocês também.

Serena e eu nos despedimos deles, e ela desligou o telefone.

— Sinto muito, Iz. Eu realmente pensei... — Ela suspirou, caindo na poltrona.

— Não, não pensou. — Minha voz suavizou. — Não vamos mentir uma para a outra. — As prioridades na vida de mamãe e papai eram a empresa de papai, e eles mesmos. Serena e eu sempre havíamos sido enfeites de capô, polidos como símbolos de status. Ainda assim, meus pulmões doeram quando respirei novamente.

— Você tem a mim. — Ela se inclinou. — Sempre vai ter.

— Eu sei. — Apertei sua mão por um instante, depois suspirei, trêmula. Chorar não iria ajudar, então me concentrei no prontuário no meu colo, folheando as páginas até encontrar os primeiros documentos. — Achei!

Serena se levantou e se inclinou sobre a cama.

— Tem certeza de que o cara não era médico? Porque a caligrafia dele é um horror.

— Nathaniel — sussurrei, meus dedos contornando a assinatura, mas não consegui ler o restante.

— Como diabos você viu Nathaniel nesse rabisco? — Ela balançou a cabeça. — Só estou vendo um N e... seja lá o que for.

— Nate. — Meus lábios se curvaram em um sorriso largo, o primeiro desde que acordara. — Os amigos o chamam de Nate. — Era tudo de que conseguia me lembrar, e provavelmente tudo o que eu descobriria, mas pelo menos tinha um nome para colocar no rosto do homem que havia salvado minha vida.

◆ ◆ ◆

Dois meses depois, ajustei a bolsa no ombro e sacudi a neve das botas no capacho do meu dormitório. Nevava no Colorado, então não era como se eu não estivesse acostumada com aquela coisa branca, mas em Syracuse *nevava*, especialmente em janeiro.

A neve da rua batia na minha cintura.

Fui até a sala de correspondência e girei o botão de minha caixa enquanto os alunos conversavam ao meu redor. Ergui as sobrancelhas diante da reveladora tira laranja, sinalizando que eu tinha um pacote para ser retirado.

Mandar encomendas não era bem o estilo da mamãe e do papai, e eu os tinha visto na semana anterior, antes de voltar para Nova York depois do recesso, então não havia absolutamente nenhuma chance de ser dos dois. Serena, talvez?

Fechei a caixa de correio, joguei uma das ofertas semanais de cartão de crédito no lixo e fui até a fila do guichê para pegar o que fora enviado para mim. Havia apenas duas pessoas na minha frente.

— Ei, Izzy! — Margo, minha colega de quarto, gritou do saguão com um forte sotaque sulista, caminhando em minha direção e deixando pegadas úmidas com sua bota por todo o chão enlameado.

— Ei — respondi. — Como foi em psicologia?

— Normal. — Ela deu de ombros enquanto avançávamos na fila, sacudindo a neve do cabelo preto retinto. — Estamos estudando transtorno de estresse pós-traumático. — Um olhar significativo cortou meu caminho. — Você tem considerado talvez... discutir o seu com um terapeuta?

Agradável e sutil.

— Eu não tenho TEPT. Tenho medo de avião. — Motivo pelo qual Serena e eu havíamos alugado um carro no Colorado, depois do recesso, apesar de meu pai insistir que eu não podia me dar ao luxo de deixar o medo de voar me deter.

— Fruto da experiência traumática de um maldito acidente de avião — informou ela, e a fila andou novamente.

— Eu já tinha medo de voar antes do acidente.

— Recibo? — perguntou o atendente, e entreguei o meu. Ele desapareceu na sala de correspondência.

— Só estou dizendo que isso me ajudou de verdade depois que eu perdi meu irmão — argumentou ela suavemente, e não pude deixar de encará-la.

A ideia de perder Serena era inconcebível.

— Então conversar talvez possa te ajudar também — sugeriu ela. — Eu moro com você. Sei que não dorme direito desde o acidente. Não custa tentar, e, pelo que estou estudando, quanto mais cedo você conversar com um profissional, melhor.

Talvez ela tivesse razão. No mínimo, um terapeuta poderia me dizer que eu estava perfeitamente bem, e talvez sugerisse algumas formas alternativas de transporte.

— Vou pensar no assunto.

— Ótimo! — Ela me abraçou de lado.

— Astor? — chamou o atendente, empurrando um embrulho sobre o balcão. A caixa marrom tinha trinta centímetros de largura, uns dezoito de comprimento e talvez seis de altura, se eu tivesse de arriscar um palpite.

— Sou eu. — Peguei a prancheta que ele me entregou e assinei na linha do destinatário.

— De quem é? — perguntou Margo.

— Não tenho certeza. — Parecia surpreendentemente leve quando a peguei do balcão e li a etiqueta de endereço impressa. — Transcontinental Airlines. — Senti um aperto no peito.

— É um cheque polpudo pela sua dor e sofrimento?

— Não faço ideia. — O que a companhia aérea poderia ter para me mandar? Um travesseiro melhor? Mil vouchers de viagem que eu jamais teria coragem de usar?

Pegamos o elevador até o terceiro andar, e Margo abriu nossa porta com a chave dela já que minhas mãos estavam ocupadas. Nossos móveis eram simples — camas, escrivaninhas e minicômodas combinando —, mas a decoração era toda de Margo. Tudo era rosa-choque e verde-limão, como se toda a sala tivesse acabado de sair de um anúncio da Lilly Pulitzer.

Coloquei a caixa em minha mesa, depois a abri, tirando de dentro a carta por cima de um saco plástico azul-escuro.

> Srta. Astor,
>
> Com a investigação inicial sobre o infeliz incidente relacionado ao voo 826 concluída, estamos devolvendo os pertences pessoais encontrados no bagageiro de seu assento. Embora muitos itens de papel estivessem encharcados e inviáveis devido à submersão do avião, queríamos devolver o possível.
>
> Pedimos desculpas pelo transtorno do tempo que você passou sem seus pertences,
>
> Transcontinental Airlines

Bufei uma risada e li a última linha em voz alta para Margo.

— Eles estão se desculpando pelo inconveniente da minha bagagem perdida.

— E a perda do seu baço? — Ela espiou por cima do meu ombro.

— Ei, acho que é minha bolsa! — Levantei o saco plástico com zelo. Com certeza estaria arruinada, depois de passar semanas no rio Missouri, mas eu meio que estava arruinada também, então nós combinávamos. Meus polegares separaram o plástico fechado, e o saco caiu, revelando uma mochila militar verde-oliva.

Meu coração parou e eu precisei respirar fundo para começar de novo.

— Não parece a sua bolsa — comentou Margo, com uma risada na voz.

— Não é minha. — Pousei a mochila na parte vazia da mesa. — É dele.

Suas sobrancelhas se ergueram enquanto ela se postava ao meu lado.

— *Dele* tipo... o cara dos sonhos que salvou sua vida como uma espécie de Príncipe Encantado saído de *SOS Malibu* versão rio?

Evidentemente eu havia passado um bom tempo falando sobre Nate, e tempo demais pensando nele: imaginando como estava, desejando ter algum modo de contatá-lo. Ele merecia muito mais que meus agradecimentos, e, além do mais, eu havia prometido que lhe enviaria livros, se ele tivesse permissão para ler durante o treinamento básico.

Se ele ainda estivesse no treinamento básico. Eu não sabia o suficiente sobre o exército para sequer adivinhar quanto tempo demorava uma coisa daquelas.

— Sim. — A mochila obviamente tinha sido lavada e, de algum modo, parecia exatamente a mesma de quando Nate quase a pegara para trocar de assento comigo. — Ele estava sentado no meu lugar.

— Abra. — Ela se inclinou.

Abri o zíper da mochila e encontrei um moletom com capuz surrado e macio do Saint Louis Blues e um iPod protegido por um saco ziplock. O aparelho ligou quando apertei o botão no saco plástico, "Panic! at the Disco" piscando na tela.

— Acho que todo o resto deve ter se estragado.

— Sinto muito que não seja a sua bolsa — lamentou Margo, voltando para sua metade do quarto.

— Eu não sinto — sussurrei. Como era possível me sentir tão... ligada a alguém que eu tinha conhecido por algumas horas? E não era só por ele ter me tirado do rio ou me carregado para uma ambulância. Ele havia segurado minha mão todo o tempo, sem desviar o olhar do meu.

Coloquei o moletom de volta na mochila e inspirei fundo. Ali, na etiqueta logo abaixo da alça no interior da mochila, em marcador permanente, estava escrito *N. Phelan*.

O sorriso retesou minhas bochechas. Eu sabia o nome dele. Onde quer que ele estivesse ou o que quer que estivesse fazendo, eu sabia o *nome* dele. Poderia encontrá-lo, nem que fosse só para devolver sua mochila.

Nathaniel Phelan.

CAPÍTULO NOVE
IZZY

Cabul, Afeganistão
Agosto de 2021

— Sargento Green. — Eu o cumprimentei no dia seguinte. Minha pilha de pastas pardas se equilibrava precariamente entre as mãos, o celular no topo, enquanto eu caminhava na direção de onde Nate montava guarda, na porta da sala de conferências de que nossa equipe havia se apossado como escritório na embaixada. Acho que fazia sentido chamá-lo de um nome totalmente diferente, considerando que ele parecia uma pessoa completamente diferente.

Mas ele havia colocado aqueles fones nos meus ouvidos na véspera, e tocado "Northern Downpour" para me distrair quando o helicóptero decolara. O que diabos eu deveria fazer com aquele detalhe? Era um vislumbre de quem havíamos sido naquela paisagem empoeirada e sombria em que, de algum modo, tínhamos nos transformado.

— Srta. Astor. — Nate assentiu, os olhos voltados para a frente.

— Isa! — Ben Holt veio voando pelo saguão atrás de mim, se esquivando da crescente multidão de americanos em busca de auxílio, e eu meio que esperava que derrapasse como em um desenho animado, mas ele conseguiu parar antes de esbarrar em mim.

— Onde é o incêndio? — perguntei, ajeitando as pastas.

— Você apresentou seu relatório à senadora Lauren ontem à noite, quando voltou? — A preocupação vincava a área entre suas sobrancelhas e eu suspirei, já prevendo o rumo da conversa.

— Sim. Enviei minha impressão inicial da viagem de ontem quando chegamos. — Já era fim de tarde e, depois de ficar contraindo todos os músculos do corpo durante os dois voos, meu emocional havia se desgastado, mas trabalho era trabalho. — Kacey ainda está esboçando a versão palatável lá dentro. — Acenei de volta para a sala de conferências.

— Merda — resmungou ele, deixando a cabeça cair para trás por um segundo. — Você precisa estar sempre tão adiantada? — Havia um lampejo brincalhão em seus olhos castanhos. — Cairia bem para nós, meros mortais.

— Não me adiantei. — Meu celular começou a tocar com uma chamada recebida. — Só fui precisa. Se eu não entregar minhas anotações, os assessores juniores não conseguem iniciar as deles. — O telefone se movia pela pasta superior a cada toque vibrante.

O nome e a foto de contato de Jeremy preencheram a tela.

Merda. Era a terceira ligação dele no dia.

— Me deixe ajudar — ofereceu Ben. Ele se atrasou por instante para pegar o telefone. O aparelho caiu da pilha de pastas, batendo no piso e quicando com o impacto.

Ben foi lento, mas Nate, como o esperado, tinha o reflexo de um maldito gato e pegou o aparelho antes que pudesse bater outra vez no chão. Eu estava perfeitamente ciente do corpo de Nate se levantando ao meu lado e, se não o estivesse encarando, à espera de qualquer reação possível, teria perdido a maneira como ele franziu a testa por um segundo quando viu a tela.

— Recuse a ligação — pedi, baixinho, meu coração batendo forte com a ideia de que ele atenderia.

Eu não estava pronta para a conversa que Jeremy queria, ou para a que eu precisava, que, por sinal, era uma bem diferente, e com certeza não estava pronta para que Nate conversasse com ele. Não. Isso não iria acontecer.

Nate podia não conhecer Jeremy, mas Jeremy com certeza sabia quem era Nate. Só que eu não tinha como culpar Jeremy por odiá-lo. Eu também não curtiria disputar a atenção do meu noivo com um fantasma.

O problema era que Nate não era mais um fantasma. Era de carne e osso, ali ao meu lado, cheirando àquele chiclete de hortelã pelo qual era obcecado.

O que significava que eu sabia exatamente qual era o gosto dele nesse momento.

— Tem certeza? — Os olhos azul-gelo de Nate se ergueram para encontrar os meus, o dedo apontado para o botão recusar.

— Absoluta. — Balancei a cabeça, jamais tão certa de algo na vida.

— Cara, você é rápido — observou Ben, se inclinando para minha pilha de pastas a fim de olhar meu celular. — O Jeremy, né?

Nate olhou para o telefone por mais um segundo, e eu sabia que estava memorizando todos os detalhes sobre Jeremy, como era de costume, arquivando as informações para mais tarde. Então tocou no botão recusar e, em vez de colocar o aparelho de volta na pilha em meus braços, ele o deslizou para o bolso lateral de minha calça preta.

Ele não me tocou diretamente, mas, caramba, era o que parecia.

— Como vão as coisas, afinal? — perguntou Ben, como se Nate nem estivesse presente.

— É... — Engoli em seco e não pude deixar de olhar para Nate, mas ele já havia recuado, assumindo sua posição indefectível na porta. As pastas ficavam mais pesadas a cada segundo que passávamos ali. — Não há muito o que dizer.

— Sabe, eu ouvi um papo. — Ben esfregou a nuca, me lançando aquele olhar de pena com o qual havia me acostumado nas últimas seis semanas. — Mas você não disse nada, então eu não queria forçar...

— O que eu agradeço — falei, interrompendo-o. — Prefiro me concentrar no trabalho que nós temos aqui, e deixar Washington em Washington. — O que eu precisava decidir não era de interesse público, muito menos da panelinha que fazia política na capital.

— Compreensível. — Sua voz suavizou. — Mas, se precisar de alguém para conversar — ele agarrou meu ombro —, estou aqui. — Com um aceno de cabeça solidário, passou por mim e entrou na sala de conferências.

— Me dê isso. — Nate se aproximou e pegou as pastas dos meus braços sem esperar que eu respondesse, e eu quase suspirei de alívio. — O que quer que ele esteja pedindo para você compartilhar, não compartilhe.

— Sério? — perguntei, dando meia-volta para encará-lo.

— Ele está... — A testa de Nate se enrugou, o que significava que ele estava procurando as palavras certas. — Ele está muito ansioso pela informação. Só uma intuição.

— Sim. — Lutei contra um sorriso, porque Nate estava certo. — Ele me convidou para sair em nossa primeira semana no Capitólio, e não tenho certeza se ele aceitou mesmo aquele não.

Nate franziu o cenho enquanto olhava através do vidro, para a sala de conferências.

— Os caras que esperam uma mulher chegar ao fundo do poço para poder agir são uns merdas — disse Nate.

— Registrado. — Prendi os lábios entre os dentes para não sorrir.

— O quê?

— Você sempre teve o dom de julgar o caráter de uma pessoa minutos depois de conhecê-la, e nunca vi você se enganando. — Dei de ombros, desviando o olhar rapidamente. — Você sabe que não precisamos de um guarda na porta, certo? Estamos na embaixada.

— E eu te disse que nas próximas duas semanas não vou estar mais que um cômodo longe de você. Não até você estar segura e confortável em um avião a caminho dos Estados Unidos. — Seus olhos deram uma rápida conferida nas pastas.

— Mas você vai ficar aqui, não vai? — sussurrei, o estômago embrulhando. Me colocar num avião só garantiria minha segurança, não a dele. Nunca a dele.

— Esses nomes não estão no nosso itinerário. — Ele arqueou uma sobrancelha.

— São todos formulários VEI — expliquei. — Vistos especiais de imigrante.

— Para pessoas empregadas por nós — disse ele. — Eu sei o que são VEIs. O que você está fazendo com uma pilha deles?

— Recebi instruções sobre como processá-los mais cedo, e percebi que poderia ajudar entre uma reunião e outra. — Quando olhei por cima do ombro, notei que o saguão estava lotado. — Entrei na sala de espera e cada cadeira estava ocupada. Eles estão sobrecarregados.

— Estão — concordou ele. — É bom ver que algumas coisas não mudaram — disse ele, se virando para entrar na sala de conferências. — Você ainda está tentando salvar todo mundo, menos a si mesma.

◆◆◆

A água gelada encharcava meus pés e o pânico tomava conta dos meus músculos, fazendo meus dedos dormentes ficarem inúteis enquanto eu lutava com o cinto de segurança. Estávamos afundando, e não havia nada que eu pudesse fazer a não ser ficar sentada ali, e me afogar. Os gritos ao redor encheram meus ouvidos enquanto eu forçava o cinto cada vez mais. A água subiu até meus joelhos e eu tentei gritar por socorro, mas minha garganta se recusava a colaborar.

O silêncio repentino me fez olhar para os outros passageiros, mas eles sumiram, todos evacuados pela saída de emergência do outro lado do corredor.

Eu estava sozinha.

Todos me abandonaram.

Forcei um grito, e o som saiu distorcido enquanto a água subia pelas minhas coxas e a iluminação do chão oscilava. Não havia ar suficiente, tempo suficiente. Eu ia morrer ali. A fuselagem afundava cada vez mais rápido, a água subindo até meu peito, mas aquele cinto idiota continuava preso.

Olhei para a esquerda e vi a saída de emergência aberta, mas não consegui chegar até lá.

Alguma coisa não está certa.

Ele não me deixaria. Ele nunca me deixara. Não até que eu...

— Izzy! — Nate irrompeu pela porta, mergulhando na água gelada, então desenganchou meu cinto com um gesto, mas ele parecia diferente. Mais duro. Mais velho. Mais rígido. A etiqueta com o nome em seu Kevlar dizia *Green*.

Foi um sonho.

Ofegante, me sentei na cama, a regata encharcada de suor e o coração martelando enquanto eu lutava para respirar. Minhas costelas pareciam estar comprimidas, mas forcei o ar a entrar e sair dos pulmões. Era tudo o que sempre fora preciso para escapar do pesadelo. Eu só tinha de me dar conta de que estava em um.

Saindo da cama, caí de joelhos e o carpete feriu minha pele exposta. Aquilo era real.

— Meu nome. É. Isabeau Astor. — Consegui dizer através do nó na garganta. — Eu era uma passageira do voo 826. — Pronto. Era uma frase completa. — Nós caímos na água. Eu consegui sair. — As palavras haviam sido incutidas em mim durante anos de terapia, embora sempre assumissem diferentes formas, dependendo do pesadelo. — Nadei até estar segura. Eu sobrevivi. — Quando terminei, minha garganta tinha aberto o bastante para que eu conseguisse inspirar fundo uma vez. Depois duas. — Nós sobrevivemos.

Olhei para o relógio. Eram quatro da manhã.

Ar fresco. Eu precisava de ar fresco.

Um bipe me alertou de que minha porta se abriu e então se fechou, mas os poucos raios de luar filtrados pelas janelas não me permitiam muita visibilidade.

— Izzy?

— Aqui. — Meus ombros relaxaram de alívio. Havia apenas uma pessoa a quem aquela voz poderia pertencer.

— Você gritou. — Sua sombra encheu minha porta, e eu vi que ele havia sacado a arma.

— Sou só eu — assegurei a ele, envolvendo o corpo com os braços.

Ele passou por mim, checando meu banheiro e depois a área ao lado da janela, antes de acender a luz da mesa de cabeceira atrás de mim.

— Porra.

Essa palavra foi o único aviso antes que eu escutasse um som que parecia ser o de Nate colocando a arma no coldre. Então ele me levantou nos braços, me aninhando no peito.

— Estou bem — jurei, mas isso não me impediu de derreter naquele abraço familiar. Ele não vestia mais o colete grosso de Kevlar, não que eu esperasse que o fizesse às quatro da manhã. Havia apenas algodão preto e macio, e um batimento cardíaco constante contra minha bochecha.

— Sim, parece que sim. — Ele nos levou até a sala de estar, depois se sentou no sofá, me segurando no colo e acendendo o abajur ao lado. — Merda, você está encharcada.

Eu devia ter me mexido, devia ter fugido para o outro lado do sofá, mas, em vez disso, coloquei as pernas para cima e me aconcheguei em Nate pelo simples motivo de que não havia lugar mais seguro no mundo.

— Foi só um pesadelo. — Minha pele esfriava sob as gotas de suor, e eu tremia.

Nate estendeu a mão por cima do ombro e puxou o cobertor do encosto do sofá para me cobrir, então passou um braço ao meu redor. Com a outra mão, acariciava meu braço para cima e para baixo em um gesto calmante e repetitivo.

— Um banho quente ajudaria?

— Nada de água. — Balancei a cabeça e mal consegui me impedir de encaixar o rosto no seu pescoço. Sabonete fresco e hortelã. Deveria ser ilegal cheirar tão bem.

— O avião — adivinhou ele, apoiando o queixo no topo da minha cabeça.

— O avião.

Minutos se passaram em silêncio enquanto minha frequência cardíaca diminuía para acompanhar a dele. Era uma das coisas que eu adorava quando estava perto de Nate. Não sentíamos necessidade de preencher cada segundo vazio com conversa.

— Você já teve pesadelos? — perguntei, sabendo que deveria sair do seu colo, me afastar dos seus braços e, ainda assim, sem conseguir me obrigar a isso.

— Na verdade, não mais. — Ele continuou com as carícias lentas e constantes em meu braço.

— O que foi que mudou?

— O acidente se tornou uma das coisas menos traumatizantes que eu já vivi — respondeu ele, baixinho. — Mas, quando eu tenho um pesadelo, geralmente é sobre não conseguir tirar você de lá, ou a corrente te carrega. Mas nunca passa disso. Minha luta perpétua para te levar até a margem. — Sua mão parou e ele apertou meu ombro. — E você? Com que frequência ainda tem pesadelos?

— Depende. Normalmente é só quando estou passando por algum estresse, ou alguma coisa fora do meu controle. — *Como agora.* — Parece que eu joguei anos de terapia no lixo. — Tentei brincar.

— Se a frequência diminuiu, valeu a pena.

De algum modo, eu duvidava de que ele tivesse se submetido a algo do gênero nos últimos três anos, considerando que se mostrara tão avesso antes.

Momentos se passaram, e o estranhamento de tudo aquilo me acertou em cheio.

— É assim que você ameniza a tensão a cada missão que recebe?

— Mais ou menos — zombou ele, balançando a cabeça, e tive certeza de que, se erguesse o olhar, veria aquele leve sorriso curvando seus lábios. Aquele que sempre me fazia arder com o desejo de beijá-lo.

Eu não podia ficar ali, aninhada a ele, como se não fosse noiva de outra pessoa.

Mas você é mesmo?

Movi a cabeça ligeiramente, e senti o caroço sob a bochecha, então recuei para encará-lo.

— Eu estava me vestindo quando ouvi você — revelou ele, puxando a corrente por baixo da camisa para revelar o que parecia ser uma plaqueta de identificação, mas embrulhada em fita adesiva preta.

A fita era para que não fizesse barulho ao se mover, se me lembrava corretamente.

— Isso explica o fato de você estar descalço — comentei, saindo de seu colo e levando o cobertor comigo. Era estranho ele estar usando identificação se eu nem mesmo tinha permissão de chamá-lo pelo nome. Ao longo de todos aqueles anos, ele havia mergulhado ainda mais fundo na vida que já tinha, enquanto eu mudara completamente a minha.

Ele pigarreou e foi para o outro lado do sofá, deixando meus pés sozinhos na almofada.

— O que você estava fazendo acordado às quatro da manhã? — perguntei, ajeitando o cobertor mais junto ao corpo, de modo a esconder o fato de que eu não usava sutiã para dormir.

Não que ele já não tivesse visto cada centímetro do meu corpo nu.

— Voltando da academia.

Baixei o olhar para seu quadril, onde uma arma repousava no coldre.

— E a primeira coisa que você faz depois do banho é se armar?

— Olha o que você está dizendo. — Ele sorriu, exibindo aquela covinha, e eu senti um maldito aperto no coração. — *Se armar.*

Era mais seguro me aninhar no seu peito, onde eu não o fitava bem nos olhos. Dez anos depois e seus olhos ainda me deixavam de perna bamba. O cara não precisava fazer nada além de me olhar, e aposto que eu gozaria... se ele me encarasse com intensidade suficiente. Segurei a ponta do cobertor.

Ele franziu o cenho.

— Você não está usando seu anel.

Meu rosto ficou quente e eu escondi a mão de volta sob o cobertor.

— Não durmo com ele — expliquei. O troço era incômodo e prendia nos lençóis, e talvez eu só precisasse de um tempo sem usar o símbolo da posse de Jeremy. — Não... não é confortável. — Terminei em um tom tão idiota que até me encolhi.

— Dá pra entender como uma pedra daquela iria se tornar... pesada. — Ele desviou o olhar, a mandíbula tensionada.

A culpa assentou como uma pedra em meu estômago, e mil coisas que eu queria dizer fizeram cócegas na ponta da língua. Então me lembrei da visão de suas costas encharcadas de água da chuva, recuando pelo corredor de meu apartamento em Nova York, de sua recusa em se virar quando chamei seu nome repetidas vezes, e senti um aperto no peito.

— Como a gente faz?

— Faz o quê? — Ele se inclinou para a frente, apoiando os cotovelos nos joelhos.

— Fica perto assim, pelas próximas duas semanas, e simplesmente ignora... tudo? — minha voz saiu como um sussurro.

Ele recolocou a plaqueta de identificação embaixo da camiseta.

— Só mais doze dias — respondeu, baixinho. — E nós simplesmente precisamos.

— Nate. — Fiz menção de me aproximar, mas o olhar que ele lançou me paralisou no ato.

— Não, Izzy. — Ele sacudiu a cabeça. — Eu só tenho uma fraqueza no planeta inteiro, e você está a *poucos metros* de distância quando deveria estar do outro lado do globo. — Aquela máscara que ele usava como armadura caiu, e a dor em seus olhos foi o suficiente para me fazer ofegar. — Então, por favor, tenha piedade de mim pelo menos uma vez na vida e só... — Seus olhos se fecharam com força. — Só ignore isso.

Estudei as linhas de seu rosto, a tatuagem que se moveu e ondulou no antebraço quando ele cerrou os punhos. Cada linha de Nate estava tensa, como se estivesse preparado para travar uma batalha que eu não conseguia ver. Não era justo com ele. Eu estava ali por escolha própria, e ele só tinha ficado por minha causa.

— Tudo bem — concedi. — Consigo ignorar isso.

— Obrigado. — Sua postura relaxou, e ele olhou para a mesa de centro na nossa frente. — O que é aquilo? — Ele apontou para a pasta.

— As últimas postagens de jornalistas americanos — respondi. — Kacey deve ter entrado e deixado em cima da mesa, depois que eu fui para a cama. Eu apaguei cedo.

— Ela tem uma chave?

— Sim. Ela é assessora júnior, não uma ameaça, Nate. — Revirei os olhos.

— Você precisa trancar sua porta — murmurou ele, esticando a mão para pegar a pasta.

— Se eu tivesse trancado, você também não teria conseguido entrar, certo? — desafiei, colocando as pernas sob o corpo enquanto ele me entregava a pasta.

Ele bufou.

— Como se um pedaço de metal fosse me manter afastado quando ouço você gritar.

Não me preocupei em argumentar que, se ele conseguia passar por uma porta trancada, então qualquer outra pessoa seria capaz de fazer o mesmo. Em vez disso, folheei as matérias. Perdi o fôlego quando vi a assinatura.

— Nate — sussurrei, empurrando a reportagem para ele. — Ela não está na foto, mas a matéria é de Serena.

Aposto que, se eu verificar meu telefone agora, vou encontrar um alerta do Google esperando na caixa de entrada.

Ele pegou a matéria e estudou a foto, suspirando.

— Ela está em Mez.

— O quê? — Contra a vontade, cheguei mais perto para poder ver também, meu ombro roçando em seu braço.

— Esse prédio. É o Santuário de Ali, também conhecido como Mesquita Azul. — Ele apontou para a construção ao fundo. — Ela está em Mazar-i-Sharif ou esteve há pouco tempo.

Não pude deixar de sorrir, porque ela havia enviado a matéria nessa noite mesmo, considerando o horário da postagem.

— Mas ela está viva.

— Ela está viva.

E agora sabíamos onde.

CAPÍTULO DEZ
NATHANIEL

Ilha Tybee, Geórgia
Junho de 2014

— Bola sete, caçapa do canto — gritei, virando o boné para trás, antes de me inclinar sobre a mesa de sinuca e dar minha terceira tacada consecutiva.

— Droga, Phelan — resmungou Rowell, a cabeça caindo para trás enquanto nossos amigos uivavam de tanto rir, garrafas se erguendo ao meu redor. — Precisa me esculachar desse jeito?

— Ei, foi você que me incentivou a jogar. — Um sorriso curvou o canto de minha boca enquanto eu estudava a mesa de fundo de que havíamos nos apossado em nosso bar de praia favorito, na ilha de Tybee. Havia três outras mesas próximas, uma pista de dança que sempre parecia cheia de areia e um bar que se abria para a brisa do oceano, um salva-vidas no verão da Geórgia, mesmo às dez da noite. — Três, caçapa lateral. — Acertei a tacada quando a batida mudou nos alto-falantes irritantemente altos atrás de mim, e, pelo barulho que ouvi, meu palpite era de que um grupo de mulheres tomara a pista.

Eu teria de concordar que tinha sido uma boa escolha de música. "Miss Jackson" não era minha favorita do Panic! at the Disco, mas chegava perto. A favorita? Agora era "Northern Downpour"... a última música que ouvira antes de embarcar no voo 826.

Porra, por que me lembrei daquilo? Lampejos de olhos castanhos de tirar o fôlego invadiram minha memória, assim como haviam feito com meus sonhos ao longo dos últimos dois anos e meio. *Isabeau*.

— Lá se vão mais vinte. — Rowell se encostou na parede, obviamente resignado com a ideia de uma carteira um pouco mais leve depois daquele jogo.

— Vai ter um pouco de misericórdia pelo cara? — perguntou Torres, passando a mão pelo cabelo escuro curto enquanto eu examinava a mesa. Depois de dois anos no mesmo pelotão, um deles passado no deserto, ele era a coisa mais próxima que eu já tivera de um melhor amigo.

— Por que eu faria isso? — Alinhei outra jogada. — Bola seis, caçapa do canto. — E lá se foram outros vinte de Rowell. — Gostaria de ter apostado um pouco menos? — perguntei a Rowell por cima do ombro.

— Achei que você fosse um garoto do campo, criado em Illinois. — Ele olhou ao redor, para o restante de nosso pelotão que tinha saído naquela noite. — Alguém mais sabia que ele era esse falastrão? — Todos balançaram a cabeça.

— Ele fala pelos cotovelos. — Torres riu e tomou outro gole de sua cerveja.

— Caramba — observou Fitz, inclinando o corpo esguio para o lado a fim de ver além de mim enquanto eu estudava a mesa. Eu havia colocado efeito demais naquela bola e tinha acabado em um ângulo péssimo. — Tenho certeza de que uma irmandade inteira acabou de ir para a pista.

Quase todas as cabeças de meu pelotão se viraram, o que não me surpreendeu. Éramos apenas nós, solteiros, naquela noite. A maioria dos homens casados preferira passar o último fim de semana antes do embarque com a família.

— É uma despedida de solteira — explicou Torres, um sorriso lento se abrindo no rosto enquanto eu me movia para o outro lado da mesa, de modo a alinhar a melhor tacada possível. Um grupo de mulheres dançava em meu campo de visão, um monte de camisetas rosa-choque em torno de uma branca, com um véu iluminado.

Sim, era uma despedida de solteira mesmo.

— Você teria me ajudado se tivesse conseguido tirar algumas das bolas do caminho, Rowell — comentei, me curvando para me concentrar.

Rowell grunhiu em resposta.

Ergui o olhar enquanto a mulher mais próxima na pista de dança girava, braços levantados, o cabelo loiro esvoaçante enquanto dançava o refrão.

Foi apenas um vislumbre, mas meu coração parou e meus dedos no taco escorregaram, me fazendo errar completamente a jogada. A bola branca quicou pelo feltro verde, e eu me assustei.

— Acho que a sua sorte tinha que acabar algum dia. — Rowell riu enquanto eu me endireitava, esquadrinhando a pista de dança com foco obstinado.

Não era ela. Uma loira diferente estava na beira da pista. Ou era a mesma loira? Minha mente estava me enganando?

Foi a música? A maneira como fez a lembrança aflorar mais uma vez?

Não havia a menor chance de ser ela.

Mas a onda de adrenalina em minhas veias gritava que sim. Joguei meu taco de sinuca para quem estava mais próximo e me *movi*.

— Phelan! — gritou Fitz, mas eu já estava no meio da pista de dança, antes mesmo de pensar em uma resposta.

A luz estroboscópica acendia quando a música mudava, os rostos ao meu redor estavam desfocados conforme eu me virava à esquerda, depois à direita, depois à esquerda novamente, tentando ver o rosto de cada mulher de regata rosa que dançava perto de mim nos flashes de luz. Eram seis... não, sete.

E nenhuma era ela.

Droga. Eu estava perdendo o controle? Havia visto bastante merda em ação, e o acidente de avião tinha mesmo ferrado com minha cabeça de um modo que eu tentava não remoer, mas alucinações? Eu não estava tão ferrado, estava?

— Você está bem? — perguntou Torres, aparecendo à minha esquerda, no meio da pulsante pista de dança.

— Pensei ter visto alguém.

Uma mulher tinha cabelo escuro. A outra era ruiva. Loira. Sorriso errado. Não eram os olhos dela.

— Deu pra perceber. Você saiu correndo como se a sua bunda estivesse pegando fogo.

— Com medo de que eu te deixe sem um puto agora que é minha vez? — perguntou Rowell à minha direita, mas havia uma ruga de preocupação em sua testa, apesar do tom de censura.

Como se fosse um ato do destino ou alguma outra força igualmente fortuita, a multidão se separou por um instante. Era tudo de que eu precisava.

Parada no bar estava Isabeau Astor, em carne e osso. Ela prendeu o cabelo atrás da orelha, me dando uma visão completa de seu perfil, e meu coração foi parar na garganta.

— Apareceu coisa melhor pra fazer — falei para Rowell, mal olhando para ele antes de atravessar a multidão.

— Melhor do que ganhar cento e sessenta dólares? — bradou ele por sobre a música.

— Estou saindo do jogo — gritei por cima do ombro. — O dinheiro é seu!

A multidão convergiu novamente, todos pulando no ritmo da música enquanto eu abria caminho entre quem dançava até chegar ao outro lado da pista.

A noiva tinha se juntado a Izzy perto da curva do bar, e uma confusão de emoções surgia enquanto eu parava do outro lado, de onde podia ver todo o seu rosto. Abri a boca uma vez, depois duas, mas não conseguia pensar no que dizer.

Havia todas as chances do mundo de ela não se lembrar de mim, ainda mais com a concussão que tinha sofrido. E, por mais que eu me perguntasse sobre ela, sonhasse com ela, jamais me permitiria pensar que realmente a encontraria de novo, ou o que diria se o fizesse.

Izzy estava completamente distraída na direção oposta, tentando chamar a atenção do barman, mas a noiva olhou em minha direção, depois levantou a sobrancelha quando percebeu que eu observava sua amiga.

Hora de falar, antes que a noiva me acusasse de ser um tarado, e o momento já tinha potencial para ser estranho pra caralho.

— Eu devo ter sonhado com você um milhão de vezes — eu disse, alto o suficiente para ser ouvido. *Sutil, Nate. Muito sutil.*

Izzy revirou os olhos sem sequer olhar em minha direção.

— Ela não está interessada. — A noiva se inclinou na minha linha de visão, bloqueando Izzy, e balançou a cabeça. — Acredite em mim, ela acabou de sair de um relacionamento de merda. Você também não está interessado.

— Confie em mim, ela está interessada. — Sorri. Era preciso tirar o chapéu para amigos leais.

Izzy fez um ar de deboche e virou mais a cabeça, me ignorando de modo acintoso. Ela era tão bonita. Ainda mais do que eu me lembrava. E estava em um bar cheio de garotos de fraternidade de férias e soldados prestes a embarcar em missão. Eu não poderia nem imaginar quantas vezes ela devia ter sido abordada naquela noite.

— E desde quando você sabe no que ela tem interesse ou não? — A noiva me fuzilou com olhos ligeiramente vidrados. — Estamos tendo uma noite de garotas. Então basta voltar para qualquer que seja — ela apontou para a camiseta preta básica apertada no meu torso — a academia de onde você saiu.

— Gostei de você — confessei à noiva, depois me inclinei mais sobre o balcão para conseguir ver Izzy. — E eu sei que ela gosta de ler e odeia voar.

Izzy enrijeceu e seu olhar tremeu, mas ela ainda não me encarava.

— Palpite aleatório — bufou a noiva, cruzando os braços.

— Eu sei que ela é alérgica a mariscos e a penicilina — continuei. Izzy arregalou os olhos enquanto lentamente se virava em minha direção. — E ela tem Tylenol e pomada antibiótica na bolsa.

O olhar de Izzy encontrou o meu, os lindos olhos castanhos brilharam em reconhecimento, e seus lábios se abriram. Ela parecia tão chocada quanto eu.

— Ah, e o tipo sanguíneo é O positivo. — Meu sorriso de algum modo se alargou. — Estou esquecendo alguma coisa?

Ela se desviou da noiva, e minha respiração parou enquanto ela se aproximava até que apenas alguns centímetros nos separassem.

— Nathaniel Phelan?

— E aí, Isabeau Astor.

Ela gritou e pulou em mim, jogando os braços em volta do meu pescoço. Eu a peguei com facilidade, abrindo as mãos em suas costas e a abraçando com força. Esqueça a estranheza. Aquilo era como voltar para casa.

A última vez que me sentira tão aliviado, tão completo, tinha sido no momento em que alcançara a costa após o acidente.

— Estou com a sua mochila — disse ela, enquanto se afastava estudando meu rosto, como se à procura da cicatriz que meu boné escondia.

— O quê? — Eu a coloquei de pé e forcei minhas mãos a soltá-la.

— Sua mochila. — Ela abriu um sorriso, e senti meu coração apertar. Merda, eu não havia me preparado para repetir aquela conexão instantânea que tinha sentido no avião. Era tudo muito real, brilhando intensamente em meu rosto. — A companhia aérea enviou para mim, porque você estava sentado no meu lugar.

— Para com isso. — Ergui as sobrancelhas.

Ela assentiu, o sorriso tão largo quanto o meu.

— Estou com seu moletom e seu iPod; não acredito que você o colocou em um saco ziplock, mas funcionou. Meu queixo quase caiu quando liguei. Não estou com eles aqui comigo, lógico... está tudo no meu apartamento em Washington... mas não tenho certeza em que caixa, já que nem tive tempo de desfazer as malas entre a formatura, a mudança e agora a despedida de solteira da Margo — disparou ela, gritando para ser ouvida.

Ela *ainda* tagarelava, e não havia nada melhor no mundo inteiro.

— Puta merda, esse é o Cara do Avião? — perguntou a noiva, Margo, me encarando como se tivesse visto um fantasma.

— Sim! — Izzy assentiu. — Dá pra acreditar? Nate, esta é Margo. Margo, este é Nate. — Ela passou o braço pelo cotovelo de Margo. — Ela estava comigo quando eu recebi a mochila.

— Oi, Margo. — Consegui desviar o olhar de Izzy por tempo suficiente para cumprimentar a noiva com um aceno de cabeça.

— Oi, Cara do Avião! — Ela deu um beijo na bochecha de Izzy. — Se precisar de mim, estou na pista! — Com os braços para cima, ela correu de volta para junto das outras damas de honra.

Izzy e eu ficamos parados ali, nos encarando, a batida da música pulsando ao nosso redor.

— Você quer pegar uma bebida? — perguntei, de repente me lembrando de que ela estava no bar por um motivo.

Ela assentiu e nós dois voltamos para o bar, nossos braços roçando enquanto eu erguia a mão direita e sinalizava para o barman. Porra, era como se eu tivesse dezesseis anos de novo; foi assim que aquele toque inocente me fez sentir.

— Você também não está bebendo? — perguntou ela, depois que paguei nossos refrigerantes.

— Já tomei umas cervejas. — Dei de ombros. Não havia nenhuma chance de eu entorpecer um único segundo daquele reencontro. — Quer pegar uma mesa lá fora?

— Com certeza.

Atravessamos a multidão do bar e chegamos ao pátio na orla, onde conseguimos um dos dois assentos da ponta. Então nos encaramos novamente, dessa vez em relativo silêncio.

— É agradável aqui — disse ela.

— Você está ótima — falei ao mesmo tempo.

Nós dois sorrimos.

— Obrigada, mas provavelmente tem a ver com o fato de eu não estar com uma hemorragia interna. — Ela deu de ombros, com um ar brincalhão.

— Você ficou mesmo um pouco pálida por um minuto. — Abri um sorriso e tomei um gole de minha coca-cola.

— Não lembro de nada depois de chegar à margem — admitiu ela, baixinho, limpando a condensação do copo.

— Mas... — Franzi a testa. — Você jurou amor eterno e devoção a mim. Prometeu que nós teríamos três filhos e tudo mais. — Merda, era difícil manter uma expressão séria.

Ela nem tentou, podia ver seus olhos se revirando sob a iluminação da rua.

— Muito engraçado.

Inspirei fundo, vasculhando minhas lembranças daquele dia. Isso era incrivelmente surreal.

— Fomos até uma árvore para você se sentar — comecei, e então contei a ela tudo de que conseguia me lembrar.

— Você salvou minha vida — disse ela, quando cheguei na parte da ambulância.

— Não. Tecnicamente, foram os paramédicos.

— Te achei! — gritou Fitz, atravessando o pátio. — Você sumiu. — Ele olhou para a camiseta de Izzy. — Com uma convidada da despedida de solteira, pelo que estou vendo.

— Izzy, este é Fitz. — Tomei um gole.

Izzy estendeu a mão e Fitz a apertou.

— Oi, Fitz. Sou Isabeau Astor. A esposa do Nate.

Tapei a boca com a mão para não cuspir coca do outro lado da mesa.

— A esposa dele? — Fitz ergueu as sobrancelhas para mim. — Justin e Julian sabem disso, visto que são seus melhores amigos?

Rowell e Torres definitivamente não faziam ideia de que, por causa de uma garota, eu havia mentido para conseguir entrar em uma ambulância.

— De acordo com meus registros médicos — disse Izzy, com uma risada que despertou todas as emoções de meu corpo, até aquelas que eu fizera o possível para calar desde quando eu tinha sido enviado para minha missão.

De algum modo, consegui engolir sem fazer papel de idiota.

— Achei que você tinha dito que não se lembrava de nada.

— Minha irmã me contou. — Ela se recostou no assento.

— Sua irmã precisou te contar que você era casada? — perguntou Fitz, apoiando os cotovelos na mesa. — Por favor, continue. O Phelan aqui não conta quase nada da vida dele.

— Eu menti para os paramédicos para poder entrar na ambulância com ela — expliquei.

— Depois do acidente — finalizou Izzy. — Nós estávamos sentados juntos quando o avião caiu.

A cabeça de Fitz virou em minha direção.

— Você estava na porra de um desastre de avião?

Dei de ombros.

— Como você acha que ele conseguiu... — Izzy se inclinou sobre a mesa, esticou a mão para meu boné e eu abaixei a cabeça para que ela pudesse pegá-lo. Ela tirou o boné com uma das mãos e afastou os fios curtos de meu cabelo para cima com a outra, mostrando a Fitz a cicatriz que ele havia visto várias vezes ao longo dos últimos dois anos. — Isso? Eu sabia que você ia ficar com uma cicatriz!

— Onze pontos — comentei.

— Você ganhou essa cicatriz em um *acidente de avião*? — A voz de Fitz falhou.

— Sim — disse Izzy, recolocando meu boné antes de voltar a se sentar.

— Pensei que a gente fosse amigo! — Ele levou a mão ao peito.

— Nós somos — assegurei.

— Amigos contam aos amigos quando sofrem acidentes de avião — argumentou ele.

— Torres sabe. — Dei de ombros novamente.

— Isso doeu. — Fitz ficou todo melodramático, cambaleante, como se eu o tivesse ferido. — Você contou para o Torres, mas não para o restante de nós?

— Talvez eu estivesse guardando a história.

— Para quê? Este destacamento em vez do último?

— *Este* destacamento? — perguntou Izzy, e a preocupação em seus olhos causou um aperto em meu peito. Ninguém se preocupava comigo, exceto minha mãe.

O clima imediatamente mudou.

— Sim. — Assenti. — Nós vamos embora em breve.

— Quando? — Duas pequenas linhas apareceram enquanto ela franzia as sobrancelhas.

— Muito em breve. — Dali a dois dias, mas ainda não era de conhecimento público.

Fitz pigarreou.

— Bem, vou voltar para dentro, pra assistir o Rowell espancar o Torres na sinuca. Legal conhecer você, sra. Phelan.

— Tecnicamente, ele é o sr. Astor. — Ela o corrigiu com um sorriso que não alcançou seus olhos.

— Não me surpreende. Meu parceiro é um cara legal. Sempre foi feminista.

Fitz me deu um tapinha no ombro e entrou.

Por um momento, o som das ondas quebrando abafou a música que saía do bar.

— Você pode me dizer para onde vai? — perguntou ela.

— Afeganistão. — Estava em todos os noticiários, então não chegava a ser violação de confidencialidade.

O semblante dela mudou.

— E você já esteve lá antes?

Assenti.

— Nós voltamos há pouco menos de um ano, mas eu entrei para a unidade um pouco tarde e saí um pouco mais cedo, então não estive lá o tempo todo.

Um explosivo caseiro havia encerrado a missão um mês antes para mim, mas pelo menos eu saí de lá vivo.

— E já vai voltar? — Os olhos dela reluziam. — Isso é justo?

— *Justo* não é uma palavra que se aplica muito à vida militar. — Ajeitei o corpo no banco.

— É o que você está fazendo aqui, né? — Ela apontou para o bar. — Curtindo antes de partir?

— Sim. Estamos estacionados em Hunter. Fica a cerca de meia hora daqui. — Aproveitei a óbvia abertura para mudar de assunto. — E você mora em Washington, mas está aqui para uma despedida de solteira?

— Acabei de me mudar para Washington para estudar direito.

Fiz as contas e não batiam.

— Ano que vem não deveria ser seu último?

— Eu me formei um ano antes. — Ela deu de ombros, como se não fosse grande coisa, mas então desviou o olhar, se concentrando em seu refrigerante, e eu soube que era grande coisa, mas não no bom sentido. — De todo modo, Margo é de Savannah, e ela queria que a despedida de solteira dela ficasse perto para as irmãs, já que o casamento vai ser em Syracuse, no mês que vem. Vamos para lá amanhã de manhã.

— E simplesmente coincidiu de nós estarmos ao mesmo tempo no mesmo lugar por doze horas completas.

Eu não conseguia parar de encará-la, com o cuidado de memorizar cada detalhe de seu lindo rosto. Havia mudanças sutis aqui e ali, resultado de dois anos e meio, mas ela continuava exatamente como eu me lembrava.

— Por falar em coincidência.

— Serendipidade — comentou ela, com um sorriso que desceu direto para o meu pau. Em qualquer outro lugar, em qualquer outra hora, eu a teria convidado para sair.

Mas ela morava a mais de oitocentos quilômetros, e eu estava em missão.

— Eu não queria te deixar. — As palavras escaparam.

Seus olhos se arregalaram.

— No hospital — expliquei. — Eu queria ficar até você acordar, saber se tinha corrido tudo bem. Mas os recrutadores apareceram para me buscar.

— Serena me contou. — Ela suspirou. — Eu não conseguia lembrar o seu nome. Tudo ficou um pouco confuso por causa da concussão. Consegui identificar o nome *Nathaniel* nos registros do hospital... Aliás, a sua letra é bastante singular, e depois a sua mochila apareceu e, embaixo de uma aba pequena estava escrito *N. Phelan*. A companhia aérea não quis fornecer as informações de contato, e você... você não existe na internet. Não tem redes sociais. Nada. Eu procurei.

— Não gosto de ter pessoas aleatórias assistindo aos destaques da minha vida. — Ela havia procurado por mim. *Eu*. Um cara cujos pais nem tinham se preocupado em aparecer para a formatura do ensino fundamental ou da academia militar, não que eu culpasse mamãe.

— Você pelo menos arranjou um telefone? — Ela arqueou a sobrancelha.

Eu me inclinei um pouco para o lado e tirei o celular do bolso de trás, deslizando-o pela mesa como prova.

Ela pegou o aparelho e sorriu, apertando o botão central. A tela iluminou seu sorriso, e ela digitou no visor.

— Aqui vamos nós. — Ela o devolveu. — Mandei uma mensagem para mim... assim eu posso pelo menos pegar o seu endereço para devolver suas coisas. E podemos conversar sobre seu gosto musical?

— Pode ficar com as coisas. Algum problema com Panic! at the Disco? — perguntei, guardando o celular de volta no bolso.

— Na verdade não. Essa foi uma banda que você me apresentou, mas Radiohead? Pearl Jam? Você já saiu dos anos noventa? — brincou ela.

— Ei, metade das músicas daquele iPod é deste século. Pelo menos eu acho. — Franzi a sobrancelha. — Merda, não lembro.

— Eu sim. Sei o nome de todas elas. — Ela tomou um gole de sua bebida.

— Ah, é? — Droga, era bom sorrir, e não um daqueles sorrisos falsos, mas um real, sincero. Era a única coisa que eu havia esquecido a respeito de Izzy: como tinha sido fácil conversar com ela durante o tempo em que ficamos parados na pista.

Ela ergueu o primeiro dedo.

— Panic! at the Disco, "Northern Downpour". — Ela levantou mais um dedo. — Radiohead, Creep — continuou ela, então me deixou de queixo caído ao nomear cada música.

— E, de todas, qual é sua favorita? — perguntei.

— "Northern Downpour." — Ela sorriu. — Também me lembro de você fazendo isso. Perguntas para me distrair.

— Talvez eu só estivesse tentando te conhecer melhor.

— Tudo bem. Vamos inverter agora. Qual é a *sua* favorita?

— Engraçado, é a mesma. "Northern Downpour."

Passamos as horas seguintes ali fora, conversando sobre música e livros. Ela me contou de sua experiência na faculdade, e eu falei sobre as aulas a que consegui assistir durante o ano que não havíamos passado no deserto.

Desviei de todas as perguntas sobre meu treinamento, não porque ela não merecesse reciprocidade ao compartilhar os detalhes de sua vida, mas porque não queria que aquele ano de merda reivindicasse nem um segundo do tempo que eu tinha com ela.

As horas se passaram de forma tão natural quanto respirar, e, quando todos estavam prontos para ir embora — todos menos nós —, de algum modo conseguimos dizer tchau.

Eu a abracei apertado, a garota com quem eu sobrevivera ao impossível, a garota por quem teria dado o braço direito em troca de uma chance.

— Faça uma boa viagem amanhã, ok? Não estarei lá para te arrastar pela saída de emergência.

— Vou fazer o possível. — Ela suspirou e me abraçou de volta, se encaixando em mim com o tipo de perfeição que não existia no meu mundo. — Não morra por lá.

— Vou fazer o possível. — Descansei o queixo no topo de sua cabeça e fechei os olhos, inspirando o cheiro de maresia, limão e um perfume que eu não sabia o nome, mas jamais esqueceria.

Parecia que ela havia tomado de volta a peça perdida que eu encontrara quando a vi naquela noite, enquanto se afastava com as amigas, indo em direção à casa de temporada sobre a qual me contara antes.

Ela estava quase fora de vista quando Torres e Rowell finalmente saíram do bar, depois de pagarem a conta.

— Cara! — exclamou Fitz. — Vocês perderam a Garota Desastre de Avião!

— O quê? — Torres deu uma olhada em meu rosto, depois seguiu minha linha de visão.

— Aquela era Izzy. — Fiquei observando até ela virar a esquina.

— Não brinca. — Os olhos de Torres se arregalaram. — Perdi a oportunidade de conhecer a primeira e única Isabeau? Eu vi vocês dois no pátio, mas não queria interromper, caso você estivesse investindo...
— Ele balançou a cabeça. — Era ela, sério?

— Sério. — Assenti.

— Que porra é essa de acidente de avião? — perguntou Rowell, e fomos para o carro.

Contei a eles a história enquanto, como motorista da rodada, dirigia para aqueles bundões de volta para a base e Fitz levava os outros.

Levei horas para conseguir dormir naquela noite e, quando consegui, sonhei com ela. Não teve avião. Não teve rio. Não teve ambulância. Só ela.

O telefone tocou na manhã seguinte, quando terminei minha corrida, e não reconheci o código de área, mas atendi, o peito ofegante por causa dos quinze quilômetros que acabara de percorrer.

— Alô?

— Nate? — O sorriso em meu rosto foi instantâneo.

— Izzy?

— Sim. — Ela riu, nervosa. — Olha, você não vai embora hoje, né?

— Não. — Olhei para a pilha de caixas em meu quarto no alojamento, já embaladas para seguir para o depósito. — Por quê? Está tudo bem? — Fazendo malabarismos com o celular, tirei a camisa e a joguei na pilha da última leva de roupa daquela noite.

— Não peguei o avião.

CAPÍTULO ONZE
NATHANIEL

Cabul, Afeganistão
Agosto de 2021

Eu tinha acabado de passar meu Kevlar pela cabeça e prender o velcro quando três batidas fortes soaram na porta do quarto. Havia uma mulher mais que furiosa à minha espera do outro lado quando a abri.

— Como assim eu não vou com você? — gritou Izzy para mim, as mãos cerradas nos quadris. Ela estava vestida para mais um dia no escritório, com calça de linho preta e uma blusa que mostrava um pouco dos ombros, mas os saltos me fizeram sorrir. E o perfume? Por Deus, Izzy era a única mulher que eu conhecia capaz de usar Chanel em uma maldita zona de guerra.

— Como você sabe que estou indo para algum lugar? — perguntei, apoiando uma mão no batente da porta e a outra na maçaneta.

Ela me fuzilou com o olhar, os olhos se demorando em meu equipamento de combate, então ergueu uma sobrancelha.

— Porque Orange ou Blue, sei lá qual é a cor do nome dele, me falou que iria montar guarda do lado de fora da sala de conferências hoje enquanto nós trabalhamos, e estou mais que ciente de que você não trocaria nossas babás se não fosse sair — disparou, com fogo no olhar.

— Primeiro, foi o sargento Black. Segundo, não vamos discutir no corredor como dois universitários dramáticos.

— Por mim tudo bem. — Ela passou por baixo de meu braço e marchou quarto adentro, cruzando os braços enquanto admirava o espaço. Não era uma suíte como a dela, apenas um quarto individual com banheiro privativo, que era quase tão bom quanto qualquer coisa que eu já tivera nos Estados Unidos. Em termos de acomodação, era o Ritz-Carlton do Afeganistão.

Um suspiro surgiu em meus lábios quando me dei conta de que não havia como expulsar Izzy do quarto sem criar ainda mais alarde, então fechei a porta para nos dar privacidade.

— Pensei que você quisesse resgatar Serena. Mexi uma tonelada de pauzinhos para fazer um voo acontecer, e vou ver se ela ainda está por lá, por isso pedi ao sargento Black para ficar de olho em você, já que ninguém da sua comitiva tem reunião hoje.

Deveríamos estar de volta à estrada — ou ao céu — no dia seguinte, mas, com tudo o que estava acontecendo no país, eu queria convencê-la a pegar um avião para casa se eu trouxesse Serena de volta.

— Vou com você. — Ela ergueu o queixo.

— Você tem zero motivo para ir comigo. — Balancei a cabeça. — Não vai rolar.

— Você não pode me dizer para onde eu vou!

Avancei até que a ponta de minhas botas tocasse a ponta de seus saltos.

— É *exatamente* o tipo de coisa que eu posso fazer como chefe da sua segurança. Lembre-se de que você concordou em seguir todas as ordens lá fora — argumentei, apontando para a porta. — Você só pode dar chilique aqui dentro.

O queixo dela caiu.

— *Não* estou dando chilique, Nathaniel Phelan.

— Está sim. — Um canto de minha boca se curvou. — Goste ou não, Isabeau, você é uma assessora sênior do Congresso, o que significa que, a menos que tenha um motivo para se colocar em perigo, não vou te sacudir na frente do inimigo como um alvo interessante.

— E se eu tiver um motivo?

— Você não tem. Mudei seu itinerário hoje de manhã, assim que li relatos de que tudo indica que Konduz vai cair hoje. — Algumas horas antes eu a tinha aninhado em meu colo, o que era algo que tentava desesperadamente esquecer. Havia sido um deslize de minha parte, mas, no segundo em que a vi ajoelhada naquele chão, tremendo com a ansiedade, tinha agido por instinto, como sempre fazia quando se tratava de Izzy. — Sem chances de você insistir nesse itinerário.

Ela engoliu em seco e assentiu.

— O que eu agradeço, por mais que odeie. — Fechando os olhos, ela esfregou a ponte do nariz.

— Na verdade eu iria me sentir muito melhor se todos vocês enfiassem os seus traseiros refinados em um avião e desistissem dessa viagem. Minimize os riscos, Izzy — implorei, descaradamente.

— Nós temos um trabalho a fazer — retrucou ela. — A chegada da senadora Lauren na semana que vem continua de pé...

— O que é um erro. — Recuei um passo para dar alívio a meus pulmões, invadidos pela doçura perfeita de seu perfume. — Este país vai cair muito mais rápido que o previsto.

— Os relatórios dizem que nós temos de seis a doze meses — argumentou ela, mas pelo franzir de seus lábios vi que Izzy sabia que eu não estava blefando.

— Sim, bem, eu confio mais no que os meus olhos veem em um lugar que conheço muito bem do que na análise otimista de uma pessoa que está a meio mundo de distância, e o que está acontecendo lá fora — apontei para a janela — *não* é a melhor das hipóteses.

— Não sou idiota, Nate. Sei disso. — O pânico brilhou em seus olhos. — Mas Serena está lá.

— E eu conheço a aparência de Serena. Já tenho informantes na área, então, quando eu chegar lá, espero que alguém a tenha rastreado. Vou estar de volta antes do jantar.

— Ela pode não te reconhecer — retrucou ela.

— Ah, sério, esse é seu melhor argumento? — Ergui uma sobrancelha para ela, e ela baixou o olhar, mas não naquele estilo *Você venceu* que eu já tinha visto antes, ou mesmo em um *Ok, vou ceder*. Não... a emoção atrás daquele cenho franzido era culpa. — O que você fez, Isabeau?

Ela engoliu em seco.

— Mazar-i-Sharif ainda é seguro.

Meus olhos brilharam.

— Você está me zoando se pensa assim. Sheberghan caiu nas mãos do Talibã ontem. As informações obtidas indicam que não é só a província de Konduz sendo invadida, mas também Sar-e Pol e Takhar. O que tudo isso tem em comum, Izzy?

— Não vou ficar sentada aqui esperando você ver se consegue encontrá-la. Talvez você não consiga convencê-la a sair do país, mas eu sim. Encontrá-la não significa nada se não conseguirmos colocá-la no helicóptero — alegou ela, mas aquele tom... Ela não estava me contando tudo.

— Essas províncias ficam *todas* ao norte — falei, ignorando sua argumentação. Talvez aquilo fizesse de mim um idiota, mas eu não tinha nada contra amarrar Serena e jogá-la no ombro se isso significasse que Izzy iria se mandar do país. — Se Samangan cair, vai deixar a província de Balkh, Mazar-i Sharif, isolada. Você entende?

— Eu entendo que, a cada dia que ela continua lá, aumenta o risco de nunca mais sair, então eu fiz o que tinha de fazer.

Ela mudara o itinerário. Dava para saber só de olhar naqueles olhos irritantemente lindos. Senti o estômago embrulhar no mesmo instante em que a voz de Webb soou através do rádio em meu ouvido.

— Sargento Green.

Toquei no botão de "falar".

— Green aqui.

— Sua saída foi adiada para dar aos assessores tempo para se organizar, já que o itinerário acabou de mudar; agora eles vão se encontrar com lideranças e um grupo de americanos presos em Mez, ao meio-dia.

Não tirei os olhos de Izzy.

— E nós achamos que isso é seguro, senhor?

— Os pedidos vêm direto do gabinete da senadora Lauren. Pelo jeito ela tem constituintes nesse grupo, e nós vamos evacuá-los.

— Entendido. — Que. Se. Foda. Saí do rádio e me inclinei, chegando bem perto de Izzy. — Você agiu pelas minhas costas.

— Sim — sussurrou ela, arrastando a língua sobre o lábio inferior, nervosa. — Mas nós estamos economizando...

— Não — explodi. — Não tem desculpa. Se você agir pelas minhas costas de novo, acabou. — Ela estava se colocando em perigo, o que corroía minhas veias como ácido. Serena teria feito o mesmo por ela, mas eu não estava apaixonado de modo irrevogável por Serena. Apenas Izzy. Sempre Izzy. — Ou você confia em mim, ou nada feito.

Eu queria retirar as palavras assim que saíram de minha boca, porque *aquele* era exatamente o motivo pelo qual as coisas *não* funcionaram entre nós, para começo de conversa. Não que alguma vez tivesse existido um *nós*. O que Izzy e eu havíamos sido era indefinível.

— Eu só... — começou ela.

— Ou você confia em mim, ou nada feito — repeti.

Ela assentiu.

— Desculpe.

— Você vai querer trocar esse sapato. — Abri a porta e apontei para o corredor.

Duas horas depois, afivelávamos os cintos de segurança em um dos quatro Blackhawks que iam para Mez, acompanhados por um Chinook.

— O Chinook não vai nos atrasar? — gritou Holt acima do zumbido dos rotores.

— Eles são mais rápidos do que nós! — Kellman berrou em resposta, verificando o cinto do assessor a seus cuidados. Naturalmente, três dos outros membros da comitiva decidiram nos acompanhar para "apuração de fatos", depois que a viagem fora anunciada. Os políticos nunca pareciam se incomodar de enviar seus subordinados para situações nas quais não se arriscariam.

Izzy apertou o cinto à minha frente, os movimentos suaves, sem nenhum indício de seu medo de voar. A mulher sofisticada diante de mim não se parecia em nada com a mulher devastada que eu encontrara no chão de madrugada. Aquela mulher era uma profissional completa, vestida com o oposto de seu short de dormir e regata. Mas, quando ela apertou as almofadas do assento, vi que o nó dos seus dedos estava branco, e que havia uma rachadura em sua fachada.

Eu me inclinei para a frente e coloquei meus AirPods em seus ouvidos mais uma vez.

Seu olhar encontrou o meu, e, porra, meu pulso acelerou, porque aquele olhar, o mesmo que vira em seu rosto quando tínhamos ficado de mãos dadas durante aquele acidente, dez anos antes, assustado e de algum modo confiante, me fez sentir como se ela fosse minha novamente. Mas o anel brilhando ao sol era um lembrete dilacerante de que ela não era minha. Se o modo como ela reagira àquela ligação servisse de indício, ela pertencia a alguém chamado Jeremy. E, pelo jeito, *Jeremy* era bom o suficiente para ela. Estável o suficiente. Rico o suficiente para apaziguar os pais também, a julgar pelo tamanho da pedra no dedo de Izzy.

Adicionei *Jeremy* a minha lista de nomes idiotas de garotos de fraternidade, bem no topo, com Chad e Blake. No entanto, idiota ou não, era ele que ela havia escolhido. Eu era só o cara disposto a voar para uma zona de combate por ela. Não importava quanto tempo tinha se passado; eu não conseguia superar. Não era culpa de Izzy que eu ainda a amasse. Era minha.

Entreguei meu celular para ela escolher o que queria ouvir.

Você escolhe, articulou ela, devolvendo o aparelho e me lembrando demais daqueles dias ensolarados em Savannah. Senti um aperto no peito, e rolei minha playlist, escolhendo a música que combinava.

O helicóptero decolou enquanto eu dava play na versão acústica de "This Is Gospel", e Izzy arregalou os olhos. Ela desviou o olhar na hora em que o refrão iria entrar, e em minha mente ouvi a letra sobre superar um amor com tanta nitidez quanto se eu estivesse com um dos fones... prova de que eu conhecia a música muito bem. Era outra de suas favoritas.

Mas era eu quem precisava superar.

◆◆◆

— Só podemos esperar mais dez minutos — avisei Izzy, enquanto ela esquadrinhava a sala vazia que tínhamos confiscado no aeroporto de Mazar-i-Sharif. A expressão de expectativa e angústia em seu rosto fez meu peito apertar outra vez.

— Dez minutos podem ser muito tempo — murmurou Torres ao passar.

Eu não iria arriscar levá-la para a cidade, ou para mais longe do que uma corrida de dois minutos de helicóptero. Os estadunidenses e aqueles que haviam sido qualificados para os vistos especiais de imigrante haviam se reunido ali nas últimas três horas, discutindo suas necessidades de evacuação enquanto os representantes da liderança apresentavam seu relatório para os assessores do Congresso.

Os pequenos grupos que tinham seus vistos e queriam evacuação imediata já estavam embarcados no Chinook, e havia apenas alguns retardatários pegando a papelada que Izzy e a equipe dela tinham trazido para ajudar a acelerar o processo de visto.

— E você não vai me deixar sair para procurar? — perguntou Izzy outra vez, a esperança se apagando em seus olhos.

— Sair gritando o nome de Serena por cima dos telhados não vai surtir o efeito que você procura. — Eu odiava gostar tanto daquela ingenuidade. Significava que tinha feito meu trabalho de manter os horrores da guerra longe... até que ela fora procurá-los. — Segundo os contatos que nós temos aqui, ela sabe que alguém quer vê-la.

— Mas você não contou a ela que era eu? — O olhar de Izzy se desviou das costas do civil que ela acabara de ajudar do outro lado da mesa até o meu.

— Quer dizer, se eu anunciei que uma assessora de uma congressista dos Estados Unidos estava aqui, procurando uma agulha num palheiro? Não, não fiz isso. Porque eu gosto de você viva.

Ela se levantou e olhou para mim, a cadeira rangendo no chão de linóleo, e observei as reações de cada pessoa na sala que não fazia parte de minha equipe ou da dela. Restavam apenas algumas agora, e estavam se dirigindo para a porta, já que Graham começou a fechar o lugar.

— Não vou deixá-la aqui — sibilou Izzy, mantendo a voz baixa.

Lancei um olhar ao intérprete ao seu lado, e ele recuou, nos dando espaço, mas Torres ficou por perto. Ele sempre o fazia quando sentia que eu estava a um passo de explodir.

— Você vai, se ela não estiver aqui em dez minutos. — Eu me inclinei em sua direção. — Você prometeu que faria o que eu pedisse, e estou cobrando a promessa. Nós vamos embora daqui a dez minutos, esteja Serena a bordo ou não.

O corpo de Izzy ficou tenso e ela estreitou os olhos para mim.

— E passar os próximos... sei lá quanto tempo... me perguntando se ela está viva ou morta? Me perguntando se eu poderia ter feito ou dito alguma coisa que poderia tê-la trazido para casa? Não, Nat... — Ela fez uma careta, mas se recuperou rapidamente. — Sargento Green, não vou fazer isso, não de novo.

— Acho que ela não está mais falando da irmã — sussurrou Torres, antes de recuar.

— Bem observado — respondi, e ela ergueu o queixo teimoso. — Srta. Astor — comecei de novo, baixando a voz, mais que consciente das pessoas ao nosso redor —, você não pode controlar as decisões que outras pessoas tomam, e também não é culpada pelas consequências dessas escolhas. — O fato de termos chegado tão longe sem ter essa discussão era surpreendente, mas eu com certeza não iria começá-la agora, usando linguagem cifrada, e esse estava longe de ser o local apropriado.

— Tem certeza? — Ela passou os braços em volta da cintura, tomando o cuidado de não prender o lenço de seda estampado que cobria seu cabelo. — Porque eu tive alguns anos para pensar nesse assunto, e tenho quase certeza de que, se eu tivesse simplesmente olhado para *alguém* e dito "Por favor, volte para casa", talvez esse alguém tivesse voltado. — Seus olhos procuraram os meus, e eu me esforcei para fazer meu coração manter a compostura.

Ela nunca pedira. Não abertamente. Por outro lado, eu jamais lhe dera uma razão para pensar que eu teria ficado.

— Ei, Isa, vamos indo? — perguntou Holt, enquanto se aproximava, então parou, olhando de mim para ela, as sobrancelhas perfeitamente erguidas. — Interrompi alguma coisa?

— Não — respondi.

— Sim — admitiu Izzy.

— Ok, bom, vou sair com Baker e Turner — disse ele, recuando lentamente.

Kellman assobiou ao passar, conduzindo Holt pela porta atrás de nós, deixando apenas Graham e alguns outros operadores na sala. Se eu não tivesse prometido a ela aqueles dez minutos, Izzy já estaria afivelada no Blackhawk.

— Você alguma vez pensou em mim? — questionou, a voz se tornando sussurro.

Cerrei a mandíbula, lutando contra a vontade de contar a verdade. *Todo maldito dia.*

— É uma pergunta capciosa — respondi finalmente.

Ela piscou.

— Não dessa maneira. O que quero dizer é, você parou para pensar em como era para mim ficar em suspenso por *anos*, imaginando se você estava em algum conflito por aí, ou se tinha... morrido? — A última palavra saiu estrangulada. — Tem ideia de quantas vezes eu chorei até dormir, apavorada diante da possibilidade de você ter sido enterrado em algum lugar? Sem saber onde ficava seu túmulo?

Merda. Meu estômago embrulhou e eu soltei um suspiro lento, sem me esquecer de que minha equipe estava ali, tentando nos dar espaço.

— Esta não é a hora.

— Nunca é a hora — retrucou ela. — Esse sempre foi o problema, então acho que é bom saber que algumas coisas não mudam. Você me pede para ignorar — ela gesticulou entre nós — *tudo*, e depois saca essa baboseira de tocar aquela música no helicóptero? Desculpe, *sargento Green*, mas nem todo mundo consegue ir embora sem nem olhar para trás, como você, que passou direto para a próxima missão. Estou errada?

Graham ergueu as sobrancelhas onde estava, no meio da sala, depois virou as costas para nós quando lancei um olhar furioso em sua direção.

— Parece que você seguiu em frente sem problemas — sussurrei, olhando de modo significativo para seu anel.

Ela engoliu em seco e colocou a mão esquerda no cotovelo, escondendo o anel, e teve a decência de parecer... Merda, o que era aquilo? Arrependida?

— Todo dia — disse ela, sem se alterar. — Eu procurava seu nome no Google todo maldito dia, sargento Green, com medo de que um obituário fosse aparecer. Não se esqueça de que você foi o primeiro termo que eu usei para um alerta do Google. Vai me *destruir* se eu tiver de fazer a mesma coisa por Serena.

Desviei o olhar, parecia faltar ar em meu pulmão enquanto assimilava tudo o que Izzy dizia. Aquele alerta salvara minha sanidade no passado. *Ela* havia salvado minha sanidade. Eu devia a ela mais do que jamais seria capaz de pagar naquele departamento, mas não significava que estava disposto a me expor, jogando nosso relacionamento na mesa de autópsia. Havia coisas que eu jamais seria capaz de contar a ela, que nunca iria revisitar ou repetir só para que ela pudesse ter um pouco daquele encerramento precioso sobre o qual todos falavam tanto. Mas isso? Eu poderia dar a ela.

— Eu nunca atualizei meu formulário de parente mais próximo — confessei a ela com suavidade, abaixando a voz para que só ela pudesse ouvir, já que, de algum modo, tínhamos voltado a levantar a voz.

— O quê? — Ela piscou.

— Nunca mudei a papelada. — Balancei a cabeça. — Se algum dia alguma coisa tivesse acontecido comigo, falariam com você. Provavelmente, não contariam os detalhes de onde, como ou por quê. Mas teriam avisado que eu estava morto. Embora talvez levasse alguns dias para localizar você, já que passei a eles o seu endereço de Nova York.

Toda a sua expressão se suavizou e a tristeza que irradiava de seus olhos me dilacerou com precisão letal.

— Então agora você vai saber, quando voltar para a sua vida real — continuei, meus dedos se crispando ao pensar na pedra gigante em sua mão esquerda. — Não ter notícias é bom. A menos que você queira que eu tire você de lá, já que o seu sobrenome provavelmente não vai ser Astor por muito tempo, e isso pode fazer o noivo se perguntar por que você está sendo notificada...

— Não. — Ela balançou a cabeça veementemente. — Não mude nada. Quero dizer, a menos que apareça alguém que precise saber mais do que eu, claro. — Ela mudou seu peso de um pé para o outro, e desviou os olhos antes de, com relutância, voltar a me olhar. — Tem alguém de quem eu deveria saber?

— Por aqui — disse Elston, enquanto abria a porta da frente, me poupando do constrangimento de responder a Izzy.

— Obrigada, sargento Rose — respondeu uma voz feminina às suas costas. Uma voz que reconheci. Minha cabeça virou na direção da porta enquanto meu pulso acelerava com a esperança de que meu plano realmente tivesse *funcionado*.

Izzy saiu correndo e não me preocupei em impedi-la enquanto ela desviava das mesas e passava por Graham. Elston mal saiu do caminho antes de ela se jogar em cima da mulher.

— Serena!

CAPÍTULO DOZE
IZZY

Ilha Tybee, Geórgia
Junho de 2014

— Eu nunca teria imaginado que você é do tipo que toma casquinha de Oreo — comentei, dando uma lambida no sorvete de noz-pecã enquanto Nate e eu vagávamos sem rumo por Tybee. Eu havia prendido o cabelo em um coque bagunçado para combater a umidade, deixando o pescoço e os ombros expostos ao sol de junho.

— Nunca teria te imaginado uma garota do tipo "tomo sorvete às dez da manhã", mas aqui estamos — rebateu ele, exibindo aquela maldita covinha. E os olhos? Sim, eles ainda continuavam tão incríveis quanto eu me lembrava.

Atravessamos a rua e seus dedos roçaram a parte inferior de minhas costas quando ele trocou de lugar comigo na calçada, caminhando pela beira da rua. Em uma escala de um a dez das coisas não sexuais mais sexy que um cara podia fazer, aquilo seria um doze. Ou seja, não tinha como o meu pulso desacelerar.

Algo havia mudado dentro de mim no segundo em que o reconhecera, na noite anterior, e, por mais que quisesse voltar a ser quem eu era na véspera, não podia, não quando tinha a inexplicável, caótica, absurda impressão de que estava, de algum modo, ligada àquele homem.

O homem para quem eu havia ligado do aeroporto, duas horas antes, sentada na minha mala, do lado de fora da porta de embarque, enquanto Margo assistia, preocupada que eu acabasse presa ali.

Eu não tinha me preocupado. Nem por um segundo. Ele não havia me deixado naquele avião nem me abandonado no rio. Nate me mostrara tudo de que eu precisava saber sobre seu caráter dois anos e meio antes. O que também significava que eu temia que minha impetuosidade tivesse arruinado seu dia.

— Tem certeza de que não estraguei seus planos para hoje? — Eu o encarei por trás de minha casquinha. — Eu não estava muito racional quando mudei meu voo hoje de manhã. É que eu fiquei parada ali, vendo as outras garotas despachando as malas, e não consegui fazer o mesmo. — Ah, Deus, eu estava descontrolada, e não havia como parar o fluxo de palavras. — Eu não podia ir embora se tivesse a mínima chance de passar mais cinco minutos com você. E eu sei que isso parece — franzi o nariz — assustador. E é pior porque ontem à noite eu nem me preocupei em perguntar se você estava saindo com alguém, e quem sabe? Talvez você tenha namorada, e agora eu acabei de ferrar com seus planos...

— Izzy — interrompeu ele, erguendo as sobrancelhas sob o boné do Saint Louis Blues e segurando meu ombro nu com a mão. Merda, seu toque era gostoso. — Eu não tenho namorada. Se fosse o caso, eu teria te contado ontem, e eu não estaria aqui com você agora. — Um canto de sua boca se curvou em um sorriso, resultando em uma leve pontada entre as minhas pernas. — Ou, pelo menos, eu não teria mais uma namorada.

Significava que ele também sentia o que quer que fosse essa atração entre nós?

— Então... não estraguei seus planos mudando os meus?

Ele balançou a cabeça.

— Não consigo imaginar nada melhor do que passar meu último dia nos Estados Unidos com você. Contanto que você pare de zoar meu sabor de casquinha, já que você tem o gosto de uma mulher de oitenta anos no quesito sorvete.

— Não — respondi, defendendo meu sabor favorito.

Último dia nos Estados Unidos. Ele iria embora na manhã seguinte. Senti o estômago embrulhar.

— É noz-pecã — brincou ele. — Existe desde o fim dos anos 1800. É como a avó de todos os outros sabores de sorvete. — Ele deu uma lambida no meu sabor preferido.

— É um clássico. — Lambi a lateral de minha casquinha e seus olhos brilharam, acompanhando o movimento.

— Ainda não consigo acreditar que você está aqui. — Ele balançou a cabeça, me olhando do mesmo jeito que eu devia estar o encarando... com incredulidade.

— Idem. — Eu me virei e continuamos andando, ziguezagueando por aquela rua charmosa.

— Estou aqui há alguns anos, então minha presença não é uma surpresa tão grande assim. — Ele deu outra mordida. — Você aparecer, isso sim é coincidência.

Quem fazia isso, dar *mordidas* no sorvete?

Alguém que não tem tempo para deixar derreter.

Por outro lado, meu olho havia sido muito maior que a barriga quando tinha pedido o meu. Joguei a casquinha no lixo e vi uma livraria adiante.

— Você ainda está lendo aquela lista de livros?

— Bem devagar. — Ele deu outra mordida, detonando o que restava. — É difícil ter tempo para ler entre aulas da faculdade e pessoas atirando em você, mas estou progredindo um pouco.

Parei de súbito, olhos arregalados.

Nate se virou, franzindo a testa.

— Merda. Eu esqueço que você provavelmente não está acostumada a ouvir coisas assim.

— Está tudo bem. — Forcei um sorriso. Não estava. Nem perto disso. Pensar em Nate sendo baleado era... incompreensível.

— Não está. Esqueça o que eu disse. — Ele jogou o que sobrou de seu sorvete no lixo ali perto e estudou a rua ao redor. — Tenho uma ideia.

Ele estendeu a mão.

Eu a peguei.

— Vá em frente.

◆◆◆

Duas horas depois, estávamos sentados no balanço duplo de madeira em North Beach, Nate nos embalando com suavidade, meus pés estendidos sobre seu colo para descansar no braço oposto. A madeira em minhas costas incomodava um pouco enquanto eu vasculhava as páginas de *Outlander*, marcando minhas passagens prediletas com caneta néon amarela, Nate fazendo o mesmo com *Seus olhos viam Deus*, mas não me importei.

Eu não conseguia me lembrar de ter vivenciado um momento mais perfeito em todos os meus vinte e um anos.

— Não acredito que esse foi o livro que você escolheu — murmurou ele, olhando em minha direção antes de passar o marcador na página que estava lendo.

Sua ideia tinha sido... estonteante. Nate havia me levado até uma livraria e pedido que escolhesse um de meus livros favoritos que eu achava que ele ainda não tinha lido e fizera o mesmo, comprando os dois e um pacote duplo de marcadores amarelos.

— Um pouco de romance não vai te fazer mal. — Um sorriso curvava minha boca quando a brisa do oceano agitou as páginas do calhamaço. — Além disso, está sendo adaptado para o audiovisual. Estreia em agosto, acho. Você vai me agradecer.

— Ainda vou estar destacado em agosto. — A lateral de sua mão roçou meu joelho enquanto ele endireitava o livro, e senti um frio na barriga. Eu estava hiperconsciente de tudo a respeito dele, desde o modo sutilmente sexy como curvava a aba do boné ao cuidado que tivera ao borrifar protetor solar em mim para que não me queimasse com o short jeans e a parte de cima do biquíni que eu havia vestido quando pensamos em ir à praia. — E suas aulas vão começar, certo? — Ele virou outra página, folheando o conteúdo.

— Sim, em Georgetown — respondi, escolhendo apenas as frases mais românticas para destacar e imaginando seu rosto quando chegasse àquelas passagens. Ele estaria a meio mundo de distância.

— Você não parece feliz. — Ele inclinou a cabeça enquanto me encarava por baixo do chapéu. — Pelo que eu soube, é um lugar excelente.

— Sim, é. — Protegi meus olhos do sol com a mão para ver melhor seu rosto. — E não é que eu *não* seja grata por ter sido aceita; é só que... — Suspirei, relaxando os ombros, e olhei para as famílias domingueiras brincando na praia.

Ele se mexeu, e suas mãos emolduraram meu rosto por um instante quando colocou seu boné em minha cabeça.

— Para proteger do sol.

— Obrigada. — Sorri com o gesto doce, meus dedos deslizando pela aba do boné. — Nunca usei seu moletom — soltei. Merda, eu devia ter tomado minha medicação para TDAH, mas era fim de semana e imaginei que estaria voando, e os remédios sempre matavam meu apetite, e às vezes eu só queria fazer um lanche para me distrair, e agora eu estava dizendo tudo o que me vinha à mente.

— Mas devia — argumentou ele. — Usar, quero dizer. Você já está com ele há mais tempo do que eu, pensando bem. O mesmo vale para a mochila e o iPod. Eles são praticamente seus. — Sua covinha apareceu e meu coração acelerou. — Na verdade eu estou oficialmente dando tudo para você.

— Você não quer que eu despache? — Foi a única desculpa em que havia pensado para pedir seu endereço, já que não achei que ele receberia mensagens no próximo ano... durante a missão.

— Não. Meio que eu curto a ideia de você usar. Contanto que não esteja tudo estragado por conta do rio. — Ele fez uma careta. — Está nojento?

— Não. — Eu ri. — Por incrível que pareça não está nojento, se bem que as partes brancas não parecem mais tão brilhantes como antes. Mas qualquer outra coisa que você botou ali dentro deve ter sido destruída, porque só enviaram isso.

— Você já pegou sua bolsa?

Assenti.

— Apareceu um mês depois da sua mochila. Acho que a minha identidade ajudou.

— Acho que sim. — Ele baixou o olhar de volta para o livro, mas seu marcador pairava sobre a página, imóvel. — Você ainda tem medo de voar? — perguntou, baixinho. — Sempre me perguntei se o acidente...

— Me ferrou ainda mais? — ofereci, marcando uma passagem particularmente atrevida.

— Eu não ia falar com essas palavras, mas agora que você mencionou... — Ele me lançou um olhar arrependido.

— Fiquei um ano e meio sem voar — admiti, folheando o capítulo seguinte até chegar as minhas partes favoritas. — Precisei de muita terapia. Para conseguir voar e para os pesadelos. — Ainda que estivesse calor, o assunto fez um calafrio subir pelas minhas costas. — Mas agora eu tenho mecanismos de enfrentamento para os dois.

— Mecanismos de enfrentamento?

— Bem, sim. Mas, eu continuo tendo ataques de pânico, não consigo detê-los por completo. Nós de fato sofremos um acidente de avião. E, óbvio, fizemos o melhor com o que tínhamos, mas nunca vou ser capaz de dizer a mim mesma que a probabilidade é quase zero novamente, porque agora o medo tem fundamento. — Meus olhos se estreitaram. — Você nunca teve problemas para voar depois do que aconteceu?

Ele ergueu um dos ombros em um gesto de indiferença.

— Me colocaram no voo seguinte partindo de Saint Louis, então eu simplesmente... — Ele engoliu em seco. — Voei. Falei para mim mesmo que, se o desejo do universo fosse que eu morresse num acidente de avião, eu morreria. Mas eu entendo os pesadelos. Faço todo aquele lance de reafirmação, "Você não está mais lá; você está em casa", que eu vi algum terapeuta falar no YouTube.

Minhas sobrancelhas se ergueram.

— Algum terapeuta falar no *YouTube*?

— Ter a assinatura de um psiquiatra na sua ficha não é exatamente bom na minha área. — Ele marcou outra frase e continuou: — Eu faço o que tenho que fazer naquele momento, depois sigo em frente. Como você disse — concluiu, me encarando. — Mecanismo de enfrentamento, acho.

— Tem alguma coisa de que você tem medo? Tem que ter alguma coisa, certo?

— Com certeza. Ficar parecido com o meu pai. — Ele se inclinou para a direita e tirou algo da mochila. — Chiclete?

— Não, obrigada. — Acho que aquele tópico não estava aberto a discussão.

Ele colocou um chiclete na boca e passamos mais uma hora apenas assim, nos balançando, e marcando nosso livro favorito um para o outro.

Quando terminamos, o sol já estava forte e minha pele, pegajosa de suor.

— Quer dar um mergulho? — perguntei a ele, balançando a cabeça em direção à praia.

— Boa ideia. — Guardamos os livros na mochila e caminhamos até a água, escolhendo um local isolado. Ele tirou duas toalhas da mochila e eu levantei as sobrancelhas. — É o que falta colocar na mala — disse ele, em resposta à minha pergunta tácita.

Em seguida, nos despimos. Para mim, foi uma simples questão de rebolar para fora o short jeans e chutar as sandálias para longe.

Tentei desgrudar os olhos de seu corpo enquanto ele puxava a camisa por cima da cabeça. Fracassei. Miseravelmente. Mas, em minha defesa, Nathaniel Phelan fora criado para ser olhado, para ser admirado, para ser babado.

Sua barriga parecia tirada de um anúncio da Abercrombie, marcada por músculos que ondulavam e flexionavam, e a entrada que fazia um caminho até sua sunga de praia me deixava com água na boca, querendo percorrer aquelas linhas com a língua. Seu tórax era definido, seus braços, fortes, e cada centímetro de pele que eu podia ver havia sido queimado pelo sol, resultando em um bronze inquestionável.

— Pronta? — perguntou Nate, a satisfação curvando meus lábios quando ele deu uma conferida em mim. Meu físico não estava no mesmo patamar... eu tinha curvas que diziam quanto tempo eu havia passado estudando naquele ano... mas o modo como seus olhos se incendiaram fez eu me sentir... linda.

Tirei o boné e balancei o cabelo.

— Pronta.

Entramos na água e eu engasguei quando a primeira onda fria atingiu minha barriga antes aquecida pelo sol. Nate riu e depois mergulhou completamente, com a confiança de alguém que fazia isso com mais frequência que eu. Quando ele se levantou, o mar batia no elástico de seu short e eu encarei, paralisada, enquanto a água escorria de sua pele.

Então pisquei e me aproximei, minha mão subindo, mas sem tocar as cicatrizes quase imperceptíveis na parte superior de sua barriga.

— O que aconteceu?

Ele tensionou a mandíbula, mas então sorriu rapidamente.

— Rompi o baço no Afeganistão, na última viagem. Agora nós temos cicatrizes iguais.

Meu olhar se arregalou mais a cada segundo enquanto as ondas passavam por nós.

— Acidente de avião? — Tentei brincar.

— Um explosivo caseiro.

De repente, meu corpo estava tão frio quanto a água ao nosso redor.

— Você foi atingido?

— O veículo em que eu estava explodiu. — Ele estendeu a mão, ajeitando meu cabelo atrás das orelhas com a ponta dos dedos frios. — Não me olhe assim, Izzy.

— Assim como? — Foi apenas um sussurro enquanto a onda seguinte me atingia um pouco mais alto. — Como se estivesse preocupada?

— Minha mãe se preocupa o bastante por todas as outras pessoas do planeta. Você não precisa. Estou bem. Está vendo? — Ele estendeu os braços e se virou lentamente, mas não saboreei a visão de suas costas e torso nus como alguns minutos antes. O que eu enxergava naquele momento eram todos os lugares onde ele poderia ser ferido. Cada vulnerável centímetro.

— Você gosta? — perguntei, quando ele me encarou novamente. — Do que você faz?

— Sou bom no que eu faço. — Ele encolheu os ombros.

— Não é a mesma coisa.

— Diz a mulher que não parece muito animada para começar Georgetown com vinte e um anos. — Ele ergueu uma sobrancelha escura.

— Ninguém está tentando me matar — disparei.

— É por isso que o que eu faço não me incomoda. — Ele se aproximou, a mão espalmada na minha cintura para me firmar quando uma onda maior ameaçou me arrastar de volta à costa. — Se ninguém está tentando te matar aqui, significa que estou fazendo meu trabalho lá. É assim que eu escolho ver as coisas. É como preciso encarar a situação.

— E esse é o seu sonho?

— Não entendi. — Seus dedos se flexionaram, me segurando mais forte, e lutei para não me esfregar nele.

— É o que você vai fazer pelo resto da vida? É a sua carreira? — *Diga que não. Diga que vai sair depois de três anos, como me contou no avião.*

— Sou muito bom nisso, Iz — respondeu ele, com suavidade. — Já sou um soldado. Provavelmente vou dar uma olhada na seleção das Forças Especiais quando voltarmos. Meu amigo Torres tem um legado... o pai dele era um Delta, e prometi que iria pensar em passar pelo processo com ele.

Se ele voltar.

— Você vai me contar por que não está andando por aí com um sorriso radiante por ter entrado no curso de direito de Georgetown? — Ele mudou de assunto, e eu entendi a deixa.

— Não era meu sonho, só isso. — Recuando, afundei na água, deixando o poder das ondas insistentes me lembrar de como éramos ambos insignificantes em relação ao mundo que nos rodeava. Então fiquei de pé e afastei o cabelo dos olhos.

— De quem era o sonho? — Ele franziu o cenho enquanto íamos mais para o fundo, a água descansando logo abaixo de meus seios entre as ondas.

Desviei os olhos daquele penetrante olhar azul.

— Não precisa me contar. Nunca vou te pressionar por uma coisa que você não queira dizer. — Ele passou as mãos pelo cabelo. — Nem tenho direito de saber, aliás. A gente se conhece há um total de quê? Dezoito horas, se somar todo o nosso tempo juntos?

A declaração me fez encará-lo.

— Dois anos e meio — corrigi. — Nós nos conhecemos há dois anos e meio. E eu não queria me formar cedo, mas meu namorado era um ano mais velho e disse que queria que eu o acompanhasse. — Um gosto amargo encheu minha boca. — E meus pais ficaram tão empolgados com a possibilidade de eu me casar com um Covington...

— Você estava noiva? — Seu olhar caiu para minha mão, como se ele tivesse perdido alguma coisa. — E o que seria um Covington?

— Não. — Balancei a cabeça. — E Covington é uma *pessoa*. — Deixei escapar uma risada amarga, diante de minha própria tolice. — Meu Deus, amo o fato de você não saber do que se trata. Que bom que você não pode me contar sobre todos os senadores que vieram do seu ramo da família, ou qual é seu patrimônio líquido, porque, acredite, o meu pai poderia cuspir essas informações como um computador. A ideia de eu me casar com alguém de uma família como aquela o fazia praticamente salivar. É isso que eles querem para eles mesmos, apesar de dizerem que é para *mim*, e é por isso que ele se ofereceu para pagar meu curso em Georgetown se eu me formasse em Syracuse mais cedo e acompanhasse...

— O babaca — sugeriu Nate. — Não quero saber o nome dele. Se ele foi estúpido o suficiente para te perder, como o termo *ex* indica, então ele é um otário.

Daquela vez minha risada foi tudo menos amarga.

— Sim, podemos deixar assim. O *babaca* também foi aceito em Georgetown, óbvio, então nós começamos a planejar. — Suspirei. — Eu admito que foi bom corresponder às expectativas dos meus pais pela primeira vez. Eles apareceram para a formatura e até deram uma festa gigante. Nós alugamos um apartamento perto do campus, fizemos o depósito e tudo mais... — Franzi a testa. — Eu devia ter sacado no segundo em que Serena me falou que não gostava dele. Ela é uma juíza de caráter boa demais. — Eu subia e descia ao balanço das ondas, agora que estávamos mais no fundo. — Enfim, ele conseguiu uma vaga depois de ficar na lista de espera de Yale pouco antes da formatura, e agora está em New Haven.

— Ele trocou você por uma *faculdade*?

— Sim — cuspi, quando a onda seguinte cobriu meu rosto, e Nate me puxou para seu torso, sólido como uma rocha. Meu coração batia descompassado, mas o de Nate parecia constante sob a mão que estendi sobre seu peito. *Foco*. — E eu tentei todo aquele lance de "relacionamento a distância", porque sou ingênua. E ele... — Procurei as palavras certas. — Ele recusou, de modo respeitoso, vendo que tinha uma infinidade de mulheres que não eram *recém-ricas* para escolher em Yale.

— Babaca — murmurou Nate.

— Babaca — concordei. No entanto, naquele momento, com a água fria correndo ao nosso redor e a pele quente de Nate sob meus dedos, eu me sentia grata pelo meu status de solteira. Nate era o total oposto de tudo o que aquele *babaca* havia sido. Ele era sincero, brutalmente honesto, corajoso ao extremo e absurdamente cuidadoso comigo. — Meus pais ainda não se recuperaram da decepção esmagadora de um *quase* casamento com a família Covington. Então agora estou em Georgetown, porque segui o sonho de outra pessoa, e ainda não descobri o que fazer com ele.

— Encontre uma maneira de torná-lo seu — sugeriu ele, me levantando quando a onda seguinte estourou. — Encontre um jeito de fazer a diferença.

Encorajada pelo modo como ele me segurava, estendi a mão e corri os dedos pelo seu cabelo molhado. No dia seguinte, àquela hora, eu estaria em Washington, e ele a caminho de uma zona de guerra.

— Se eu pudesse fazer a diferença, iria encontrar uma maneira de manter você aqui.

Uma emoção que não consegui definir, mas que parecia muito com desejo, perpassou seu rosto.

— Acho que você precisaria conseguir uma permissão do Congresso. — Seu olhar desceu para minha boca.

— Acho que você vai ter que ir então. Nunca me interessei muito por política — sussurrei, enquanto outra onda empurrava meu corpo firmemente contra o dele.

— Nem eu. — Seus braços se fecharam em minhas costas. — Izzy?

— Nate? — Deus, eu não conseguia parar de olhar para sua boca.

— Vou te beijar agora. — A convicção em suas palavras fez minha pele corar.

— Vai? — Passei a língua pelo lábio inferior, sentindo gosto de sal.

— Sim. — Ele abaixou a cabeça lentamente, me dando tempo mais que suficiente para protestar. — Então, se você não quiser...

— Eu quero. — Inclinei o rosto e me arqueei, roçando minha boca na dele. Não foi nada, só o princípio de um beijo, mas trouxe todas as terminações nervosas em meu corpo de volta à vida, e cada uma delas queria Nate.

Seus olhos azuis brilharam de surpresa, e então ele trouxe a boca para a minha e me beijou sem ressalvas. Seus lábios estavam frios, mas sua língua, quente, e ele a deslizou por meus lábios entreabertos até encontrar a minha. Hortelã e sal consumiram todos os meus pensamentos. A eletricidade dançava ao longo de minha pele.

Mais. Eu precisava de mais.

Seus dedos se enfiaram em meu cabelo, e ele inclinou minha cabeça para me beijar de modo ainda mais intenso. Eu não era nenhuma inocente, mas jamais havia sido beijada assim. Ele tomou minha boca como se eu fosse a chave para seu próximo batimento cardíaco, com partes iguais de delicadeza alucinante e necessidade vertiginosa.

Foi o melhor primeiro beijo desde... sempre.

Eu gemi, e ele me levantou para que nossas bocas ficassem niveladas, sem interromper o beijo.

Minhas pernas envolveram sua cintura como se pertencessem àquele lugar, meus tornozelos cruzados na parte inferior de suas costas. Beijar Nate não foi somente tudo o que eu havia sonhado; foi *melhor*.

— Merda — xingou ele, afastando a boca quando nós dois ficamos ofegantes, e descansando a testa na minha.

— Não foi como você esperava? — Entrelacei os dedos atrás de seu pescoço enquanto outra onda atingia minha pele aquecida, mas ele nem sequer se mexeu.

— Nada disso. — Ele depositou um beijo em meu queixo, depois em minha garganta, antes de retornar a meus lábios. — Foi tudo o que eu esperava e muito mais. Eu *sabia* que seria assim com você.

— Química — murmurei, mas não era essa a palavra que andava rodeando a minha mente. *Destino*. Não havia outra maneira de explicar isso, de nos explicar.

— É mais que isso, mas acho que tentar definir não seria justo com a gente. Porque você vai pegar um avião daqui a algumas horas. — Ele estudou meu rosto, como se o estivesse guardando na memória.

— Nosso timing é péssimo. — Minhas coxas apertaram sua cintura enquanto eu lhe dava um beijo na bochecha.

— Nosso timing é uma merda. — Sua mão acariciou minhas costas, mas jamais chegou a minha bunda.

Eu gostaria que ele tivesse me tocado. Eu o queria de todas as maneiras possíveis e imagináveis até o pôr do sol.

— Então me dê as próximas horas.

Cada linha daquele corpo se apertou contra mim, e sua respiração ficou mais ofegante quando deixei uma trilha de beijos na lateral de seu pescoço.

— Izzy — gemeu ele, os dedos se apertando em meu cabelo para me afastar com suavidade. A luxúria em seus olhos diminuindo a dor da rejeição. — Não quero horas. Eu quero noites. Dias. Semanas. Quero te arrastar para um quarto e ficar trancado com você até conhecer cada centímetro do seu corpo, sentir o gosto de todos os lugares em que você gosta de ser beijada, explorar todas as maneiras de fazer você gozar, e depois ouvir sua voz ficar rouca de tanto gritar meu nome. Isso é... — Ele balançou a cabeça.

— Sim. Isso é um sim. — Tudo o que ele tinha listado parecia fantástico.

— Eu ia dizer loucura. — Ele sorriu e eu me derreti com aquele vislumbre de covinha. — E na semana que vem, quando cada segundo deste momento ficar se repetindo em looping na minha cabeça, talvez eu me dê uma surra por dizer isso, mas eu quero a única coisa que a gente não tem, Izzy, e é tempo.

— Eu sei. Eu também. — Eu queria uma chance, uma chance real e demorada de ser o que poderíamos ser. — Isso significa que você vai parar de me beijar?

— Porra, não. — Ele me beijou longa e demoradamente, o ritmo mudando para uma sedução lenta e minuciosa. — Vou te beijar sempre que você pedir, Isabeau Astor.

— Promete? — Sorri contra sua boca.

— Juro. — Ele cumpriu a promessa, me beijando até nossa pele enrugar na água. Ele me beijou enquanto nos enxugávamos, enquanto caminhávamos até sua caminhonete, e antes e depois de nosso almoço tardio.

Nate me beijou até meus lábios ficarem inchados e eu conhecer cada linha daquela boca com a mesma familiaridade com que ele conhecia a minha.

Então minha mala foi despachada, o livro que ele havia escolhido enfiado na bagagem de mão, e o nó em minha garganta apertava a cada passo enquanto ele me acompanhava até o controle de segurança do aeroporto.

E se o momento que queríamos ter nunca chegasse?

E se aquilo fosse tudo o que teríamos?

E se...

— Pare. — Ele me virou em seus braços e pegou meu rosto com as mãos. — O que quer que esteja pensando, pode parar.

Meus olhos ardiam e eu sabia que não era por causa do sal e do sol.

— E se você não voltar para casa?

Ele franziu o cenho e se inclinou lentamente, dando um beijo em minha testa.

— Eu vou voltar.

— Você não tem como saber disso. — O tecido da camiseta era macio entre meus dedos enquanto eu cerrava os punhos contra seu peito.

— Não precisa se preocupar comigo. Sou duro na queda. — Ele me abraçou com força, apoiando o queixo no topo de minha cabeça.

— Você diz isso como se fosse me impedir de me preocupar todos os dias, um ano inteiro.

— Não. — Ele segurou meus ombros e se recostou, olhando para mim com tanta intensidade que perdi o fôlego. — Não faça isso também. Não se atreva a ficar sentada se preocupando. Não desperdice a sua vida esperando por mim, Izzy.

Meus lábios se separaram, mas não havia palavras para expressar o modo como meu coração se agitava com aquela exigência, pronto para desistir... ou se quebrar.

— Não vou fazer isso com você. — Ele segurou a lateral de meu rosto, acariciando minha bochecha com o polegar. — Você merece muito mais.

— E se eu quiser fazer isso comigo? — Merda, isso foi minha voz embargada?

— Não — implorou ele, a voz se transformando em um sussurro. — Você acabou de desenraizar toda a sua vida por um cara. Não desperdice meses por outro. — Ele ergueu uma das sobrancelhas. — E não pense que isso tem alguma coisa a ver com não te querer, ou alguma besteira. Nossa, o que eu faria por você se eu... pudesse.

— Então, como a gente fica?

— Nós somos... — Ele engoliu em seco e respirou fundo. — Nós somos nós. Nate e Izzy.

— Indefinidos — sussurrei, me lembrando de suas palavras anteriores, de que não seria justo para nenhum de nós tentar rotular o inexplicável.

— Se você quiser escrever, eu escrevo de volta. Se não quiser, então não vou te pressionar. Quero que você tenha todas as oportunidades que deseja em Washington.

— Mesmo que essas oportunidades signifiquem outra pessoa? — desafiei. Talvez fosse infantilidade, mas eu não me importava. Não quando estávamos prestes a pegar o presente que o destino nos deu e o desperdiçar com a teimosia dele de não querer que eu o *esperasse*.

Ele sustentou meu olhar com uma expressão firme e inabalável, e assentiu.

— Mesmo que signifiquem outra pessoa. Cada segundo que eu passei com você foi um presente que eu nem merecia, e eu me recuso a pensar em você aqui, perdendo... qualquer coisa por minha causa.

— E daqui a um ano? — Encostei a bochecha em sua palma.

— Pode ser menos... só prefiro me preparar para o longo prazo.

— O que acontece quando você voltar para casa?

Ele suspirou, depois abaixou a cabeça e me beijou como se não estivéssemos no meio do aeroporto. Ele me beijou como se não houvesse ninguém olhando, como se tudo no dia seguinte se tratasse de um borrão.

— Sabe qual a melhor parte de não definir isso?

— Minha relutante liberdade? — murmurei.

Ele riu.

— Não. As possibilidades, Izzy. Isso é o que nós somos. Possibilidade.

Possibilidade. A mesma razão pela qual ele amava o nascer do sol.

Tudo em mim gritava para me manter firme, mas eu o deixei ir, porque era o que ele queria e, sinceramente, era provavelmente do que eu precisava. Tinha acabado de sair de um relacionamento de dois anos. Embarcar em outro quando estava fadada a sabotá-lo com minha bagagem emocional não resolvida era a última coisa que eu queria fazer com Nate. Se em algum momento nosso relacionamento tivesse uma chance, ele estava certo... não seria agora.

Beijei-o uma última vez e recuei.

— Só... não morra. — Eram as últimas palavras que me lembrava do acidente, mas pareciam se adequar àquela ocasião também. Eu não tinha certeza do que isso dizia sobre nós.

— Não é minha intenção. — Um canto de sua boca se ergueu, mas não foi um sorriso completo.

Eu pisquei.

— Foi o que você disse...

— Eu sei. — Ele recuou, enfiando as mãos nos bolsos do short. — Eu me lembro de tudo sobre você. Agora entre naquele avião para que eu possa me lembrar disso também.

— Possibilidades? — Meu peito estava tão apertado que doía respirar.

— As melhores. — Ele abriu um sorriso, mostrando aquela covinha, e desapareceu na multidão.

CAPÍTULO TREZE
IZZY

Mazar-i-Sharif, Afeganistão
Novembro de 2021

— Serena! — Passei os braços em volta de minha perplexa irmã mais velha, fechando-os acima da mochila que ela usava, e segurei firme, meu coração batendo de modo tão descontrolado que eu meio que esperava que saltasse do peito. Funcionou. Ela estava ali. Cada pauzinho que eu havia mexido para ocupar o lugar de Newcastle valera a pena, porque ela estava *ali*. Parecia quase fácil demais, simples demais, mas eu não diria nada, para não trazer azar.

Eu iria levar minha irmã para casa.

— Iz? — Serena ficou tensa por um instante antes de seus braços se fecharem lentamente ao meu redor, sua câmera entre nós, presa na alça pendurada ao seu pescoço. — Isabeau? — Suas mãos se moveram para meus ombros e ela me afastou, os olhos castanhos arregalados enquanto examinava meu rosto. — O que é que você está fazendo aqui? — gritou, havia algo parecido com pavor em seu rosto, duas linhas vincando-se entre suas sobrancelhas.

— Me diga como você está, e não minta pra mim. — Não havia como reprimir meu sorriso.

Eu a tinha encontrado. Bem... Nate a tinha encontrado. Ela parecia precisar de umas boas horas de sono e talvez necessitasse lavar a muito útil camisa e o lenço azul que eu inadvertidamente tinha puxado para baixo ao abraçá-la com tanta força, mas tudo isso era fácil de remediar.

— Eu não estou brincando! — Seus dedos se cravaram em meus ombros e a voz se elevou em pânico. — Você não devia estar aqui!

Pisquei. Imaginar que ela poderia ficar irritada com minha interferência e ver sua reação propriamente dita eram duas coisas diferentes.

— Mas eu vim por sua causa.

— Você *o quê*?

Certo, ela estava um pouco mais do que irritada. Estava puta.

Uma comoção irrompeu atrás de Serena, e ela desviou os olhos, fitando por cima do ombro para checar.

— Ele está comigo. É meu intérprete — disse ela a um dos companheiros de equipe de Nate. White? Gray? Brown? Quem quer que fosse. O operador... para usar a terminologia de Nate... baixou a arma e deixou um homem barbudo entrar. Ele rapidamente se postou do lado de Serena, olhando de uma para a outra, com surpresa e um reconhecimento óbvio do qual eu não compartilhava.

— Izzy, este é Taj Barech, meu intérprete — disse Serena. — Taj, esta é a irmã de quem eu tanto falei, *aquela que deveria estar em Washington*. — Ela cuspiu cada uma das palavras em minha direção.

— É um prazer conhecê-la — cumprimentou ele com um aceno de cabeça e um sorriso enérgico.

— Igualmente — assegurei a ele, enquanto Nate se colocava ao meu lado.

Serena arregalou os olhos até dimensões impossíveis, seu queixo caiu enquanto o encarava.

— Só pode ser brincadeira.

— Bom te ver, Serena — disse Nate, com uma das mãos no rifle pendurado em seu ombro. — Nada de fotos minhas ou dos rapazes.

— Conheço as regras quando se trata do seu tipo. — Seu olhar se estreitou, e ela tirou as mãos dos meus ombros. — Não acredito que você permitiu que Izzy...

— Ele não me *permitiu* fazer nada! — rebati, recuando um passo. — Acredite, se dependesse dele, eu estaria no primeiro voo para fora daqui.

— Se dependesse de mim, você nem teria vindo para cá, para começo de conversa — ele resmungou, antes de se dirigir a Serena. — Ela ocupou o lugar de outro assessor. Eu nem sabia que ela estaria no país antes de pisar na pista, ou teria feito alguma coisa para impedi-la.

— Olha, bom, danem-se *vocês dois*. — Cruzei os braços. — Sou uma mulher adulta que toma as próprias decisões, uma coisa que nenhum de vocês parece entender.

— Foi uma decisão ruim, Isabeau. — O tom de voz de Serena se ergueu outra vez. — Tem alguma ideia de como este lugar é perigoso?

— Desculpe... o quê? Não consigo dar três passos para fora do quarto sem o sargento Azedo aqui bancando a minha sombra. — Gesticulei em direção a Nate. — Então, sim, entendo que este lugar é perigoso demais. E você? Porque não estou vendo guardas armados *te* acompanhando.

Taj olhou entre nós três e inclinou a cabeça para o lado.

— Isso parece um assunto de família. Vou esperar... em outro lugar.
— Ele se afastou devagar, mas não havia muitos lugares onde pudesse se esconder na sala quase vazia.

— Olha, por mais divertido que seja finalmente ter alguém do meu lado quanto à viagem de campo de Isabeau ao Afeganistão... — começou Nate.

— Presumir que estou do seu lado em qualquer coisa é um erro crasso. — Serena fuzilou Nate com o olhar.

— ... nós temos que embarcar — concluiu ele, ignorando completamente a alfinetada de minha irmã. — Estão esperando por nós.

— Então, tire ela daqui já — rebateu Serena.

— Ótimo, então vamos — chamei, me encaminhando para a saída.
— Podemos terminar a discussão na embaixada.

— Espere um pouco. Você acha mesmo que eu vou com você? — perguntou Serena, correndo para me alcançar e segurando meu cotovelo.

Parei no meio do caminho, girando para encará-la enquanto o pavor me embrulhava o estômago.

— Por que outro motivo você acha que eu estaria aqui?

Sua raiva evaporou, mas a expressão de pena que a substituiu não parecia muito melhor.

— Izzy, não posso ir embora. Tenho um trabalho a fazer aqui. Os seis meses ainda não terminaram. Estou em missão por mais trinta dias.

— O país está... — Balancei a cabeça.

— Desmoronando — completou Nate, caminhando em nossa direção. — O país está desmoronando.

— Então o meu trabalho é cobrir isso — afirmou Serena, como se estivesse dando fim à discussão.

— Você não está falando sério. — As palavras saíram em um sussurro.

— Estou. — Ela ajustou as alças da mochila. — Estou aqui fazendo exatamente o que deveria estar fazendo. É a cobertura mais longa que eu já recebi. Eu batalhei por essa matéria e não vou terminar minha apuração mais cedo só porque está ficando perigoso. Eu nunca iria conseguir entrar de cabeça erguida na redação.

Nate levou a mão ao fone de ouvido e inclinou a cabeça para o lado.

— Trabalhando nisso — ladrou ele, naquele tom profissional com o qual já havia me acostumado, antes de encarar Serena. — Serena, entendo o que você está dizendo, mas não é seguro para você ficar. Você sabe disso. Izzy sabe disso. Três províncias caíram nas últimas vinte e quatro horas. Eu entendo perfeitamente a sua dedicação profissional, mas, pelo bem da sua irmã, não posso deixar de implorar para você entrar naquele helicóptero.

E *aquele* tom? Aquele não era o sargento Green. Aquele era meu Nate. Olhei para ele e senti um aperto no peito. Por baixo de todo o Kevlar e as armas, ele ainda era o mesmo homem que me abraçara naquela manhã, depois de meu pesadelo. O mesmo homem que havia me tirado daquele avião, dez anos antes.

— Você entende a minha dedicação profissional, não é? — comentou Serena, com um suspiro. — A sua dedicação profissional é a única razão pela qual a Izzy acabou no escritório da senadora Lauren, merda. Você vai encerrar a sua missão mais cedo?

Ela. Não. Fez. Isso. Minha cabeça se virou para Serena, mas ela não percebeu a elevação bizarra de minhas sobrancelhas porque estava olhando para Nate.

— O quê? — perguntou Nate.

Serena bufou.

— Você pensou seriamente que era só coincidência ela ter passado os últimos três anos trabalhando para a mulher que está defendendo uma legislação para acabar com esta guerra? Que ela foi embora para Washington logo depois de você... — Sua voz falhou.

Um músculo na mandíbula de Nate se contraiu enquanto ele lentamente procurava meu olhar.

Meu estômago embrulhou.

Merda. Não importava que a legislação nunca tivesse tido uma chance, ou que eu basicamente estivesse batendo a cabeça contra uma parede de tijolos, a julgar pelo progresso que fizemos. Eu tinha passado os últimos anos lutando inutilmente para acabar com o conflito que arrancara Nate de meus braços inúmeras vezes, e agora ele sabia.

Vi tudo naqueles olhos azuis. Choque, descrença, negação e uma emoção muito perigosa para ser reconhecida, difícil de ser nomeada. Ele olhou para mim como costumava fazer antes de Nova York, derrubando a parede atrás da qual havia se escondido.

— Ah, merda. Você pensou que fosse coincidência. Você não sabia mesmo — murmurou Serena.

Eu não conseguia desviar o olhar. Não conseguia falar. Não foi possível confirmar ou negar a verdade flagrante que Serena colocou a seus pés, me expondo com nada mais que algumas palavras. Todo o Kevlar do mundo não poderia proteger meu coração do desejo tolo de se atirar em cima de Nate.

— Izzy, desculpe — lamentou Serena, suavemente.

Nate piscou e desviou o olhar.

— Eu sei. Chegada prevista em cinco minutos. — Ele estava falando pelo rádio e, quando terminou, encarou Serena. — A parada é a seguinte, vou colocar Isabeau naquele helicóptero daqui a cinco minutos. Espero mesmo que você também esteja nele.

Ela engoliu em seco e olhou para onde Taj estava conversando com o sargento Alguma Cor.

— Mesmo que eu quisesse ir, o que eu não quero, não posso deixá-lo. Ele ainda não tem um visto.

— Ele deu entrada na papelada? — perguntei. — Porque, se isso é tudo o que prende você aqui, eu posso...

— Está em aberto. — Ela avançou, emoldurando meu rosto com as mãos. — O que eu te disse na primeira vez que você me pediu para não cobrir uma zona de guerra?

— Que ignorar uma situação não a torna melhor para as pessoas que a vivem. — Minha garganta ameaçou se fechar, o corpo reconhecendo a derrota antes do coração.

— Ainda sinto o mesmo. Ir embora não vai ajudar essas pessoas. O mínimo que eu posso fazer é ser testemunha.

— Você não vem comigo, né? — Minha voz vacilou na última palavra.

Ela balançou a cabeça.

— Trabalhei demais para chegar onde estou e desistir agora.

Pressionei os lábios entre os dentes e lutei contra o imediato ardor em meus olhos. A mesma paixão que sempre havia admirado em Serena tinha o potencial de matá-la, e eu não sabia o que fazer a respeito.

— Vou dar a vocês um minuto, mas é tudo o que nós temos — avisou Nate, baixinho, antes de caminhar na direção de Taj.

— Não vou poder voltar — sussurrei. — Mexi cada pauzinho que estava ao meu alcance para chegar aqui, e tenho a sensação de que Nate fez o mesmo.

Ela sorriu.

— Só você viria me procurar, e eu te amo por isso. — Serena se inclinou para a frente, encostando a testa na minha. — Mas não posso ir embora. Ainda não.

— E se a província cair antes dos seus trinta dias acabarem? — Mal pude pronunciar as palavras. — Por favor, me diga que você vai sair antes disso. Não posso te deixar aqui...

— Eu vou embora se a província cair.

— Me prometa.

— Prometo. Não estou tentando me matar. Mas não vou embora sem Taj. Seria indescritivelmente cruel abandonar a pessoa que fez tanto por mim, e ele não vai mais estar seguro aqui, não depois do trabalho que fez para mim, o trabalho que fez pelo nosso governo nos últimos anos. Você sabe que eles vão matá-lo na primeira oportunidade.

A esperança floresceu em meu peito.

— Eu posso ajudar na papelada de Taj. Pelo menos vou fazer o possível para pressionar. O Departamento de Estado está sobrecarregado.

— Eu agradeço. — Suas mãos caíram sobre meus ombros. — Mas lembre que estou aqui porque escolhi estar. O que está acontecendo é mais importante do que eu.

— Não para mim. — Fiz uma careta. — E, sim, eu sei perfeitamente que isso soa egoísta.

Serena riu e me puxou para um abraço.

— Senti sua falta. E não importa o que aconteça, minha cobertura aqui termina em um mês. Estarei em casa antes de você se dar conta.

Nate passou, seguido pelos demais operadores, mas não consegui deixá-la ir, mesmo quando o vento invadiu a sala, de algum modo mais quente que o ar sufocante e estagnado ali dentro.

— Fique com Nate — sussurrou Serena. — Esse cara tem os defeitos dele, mas não tem nada neste mundo que ele não faça para te manter em segurança.

— E como você pode saber? — Encontrei forças para recuar de modo a encarar minha irmã.

Um sorriso curvou seus lábios.

— Porque eu vejo o jeito como ele olha para você. Acho que não mudou nada.

Balancei a cabeça.

— Ele tem sido um total babaca desde o segundo em que eu saí do avião. A única razão pela qual Nate olha para mim é porque está encarregado da minha segurança. — Mas essa não era toda a verdade. Sentindo o olhar dele sobre mim, olhei por cima do ombro e o flagrei à minha espera na porta. Voltei a olhar para Serena. — Mas já faz um ou dois minutos que ele tem se comportado como... Nate. Estamos tirando o melhor proveito de uma situação bem esquisita.

— Estão, é? — Ela recuou alguns passos, os dedos deslizando pelos meus braços até segurar minhas mãos. — Se eu tive que prometer que iria embora se a província caísse, então você precisa me prometer uma coisa também.

— Que promessa você quer em troca? — Apertei suas mãos e disse a mim mesma que aquela não seria a última vez que a veria. Se sequer pensasse assim, não seria capaz de partir.

— Me prometa que não vai casar com Jeremy. — Ela cutucou meu anel com o dedo.

Eu pisquei. Não havia como ela saber.

— Porque ele é a escolha da mamãe e do papai ou porque você nunca gostou dele? — Ela havia tornado sua opinião pública em alto e bom som na noite em que Jeremy me pedira em casamento, durante a festa de Natal badalada e muito concorrida de nossa família.

— Não. — Sua voz baixou e sua postura suavizou enquanto ela sorria para mim como se estivéssemos naquele apartamento em Washington e não no meio de uma zona de guerra. — Porque eu vejo o jeito como você também olha para ele. — Ela olhou de um jeito significativo por cima de meu ombro. — Você não tem direito de se casar com um homem enquanto está apaixonada por outro.

— Não estou... — Puxei as mãos, mas ela segurou firme.

— Está. — Ela apertou meus dedos e depois me soltou. — E Jeremy nunca foi bom o suficiente. Pare de se contentar com menos do que merece. Pare de seguir o caminho que mamãe e papai traçaram para você, a menos que seja aquele que *você* quer. — Um passo de cada vez, ela recuou. — Te vejo daqui a um mês. Vamos comer pizza naquele lugarzinho perto do antigo apartamento. Que saudade de uma pizza. — Ela deu outro sorriso, depois se virou e saiu, levando Taj consigo.

De algum modo, me obriguei a caminhar até Nate.

De algum modo, ele me colocou no helicóptero.

De algum modo, consegui respirar quando decolamos, deixando minha irmã para trás, em Mazar-i-Sharif.

Nate colocou seus fones em meus ouvidos e tocou algumas de minhas músicas favoritas no voo de volta a Cabul, mas quase não abafou o barulho de meus pensamentos. Eu tinha estado com ela, tinha abraçado Serena, e agora minha irmã se fora. Nosso voo de volta aos Estados Unidos estava marcado para dali a dez dias.

Haveria alguma maneira de convencer Serena a partir até lá?

Como foi que eu tinha deixado isso acontecer?

— Você não falhou — disse Nate calmamente, abrindo a porta de meu carro quando chegamos à embaixada.

Eu estava tão consumida por meus pensamentos que nem percebi que tínhamos chegado.

— Por que você diria isso? — Pelo menos o cinto de segurança não emperrou quando saí do carro.

— Porque conheço você e sei como você pensa.

Infelizmente, ele estava certo.

— Parece muito com um fracasso. — O calor me golpeava impiedosamente enquanto caminhávamos em direção à entrada.

— Ela fez a escolha dela. — Passamos pelos fuzileiros, e Nate abriu a porta. — Serena sempre foi teimosa quando se trata de seu trabalho.

Assenti, mas isso não diminuía minha dor. O ar fresco no meu rosto foi um alívio quando entramos no saguão da embaixada e seguimos em direção à escadaria. Eu queria deitar na cama e dormir até aquele doloroso sentimento de total derrota desaparecer. Para minha sorte, nenhum funcionário estava à espera, o que significava que eu tinha uma chance de chegar ao quarto sem ser notada.

Nate e eu subimos a escada em silêncio.

— O que Serena disse é verdade? — perguntou ele, quando nos aproximamos da porta de minha suíte. — Sobre o motivo de você ter ido trabalhar para a senadora Lauren? De você ter entrado para a política?

Estaquei no meio do caminho.

Ah. Deus. Eu quase tinha esquecido que Serena havia acidentalmente me delatado. Abri a boca para responder, mas alguém saiu do quarto ao lado do meu, me poupando do constrangimento.

— Droga, esperei por você o dia todo — disse um homem irritado, e Nate e eu olhamos para o corredor e vimos a figura caminhando em nossa direção em passos firmes, o rosto ficando desastrosamente mais reconhecível a cada passo.

Não era qualquer homem.

Jeremy estava ali.

Senti um peso no estômago.

— Cansei de ouvir que você não quer conversar. — Ele pegou meu braço e apertou com força na parte superior. — Simplesmente voei até o fim... — começou ele, parando abruptamente quando Nate o arrancou de mim. Jeremy bateu contra a parede ao meu lado enquanto Nate colocava o antebraço no pescoço dele.

— Ninguém te ensinou a não tocar em uma mulher sem o consentimento dela?

Cada linha do corpo de Nate irradiava ameaça.

Ah, merda.

— Não! — Coloquei a mão no ombro de Nate. Se ele machucasse Jeremy, as consequências seriam terríveis para a carreira pela qual tinha lutado tanto. — Não. Está tudo bem. Eu estou bem.

— Isa... — Jeremy conseguiu guinchar.

— Você o conhece? — Nate me perguntou, estreitando os olhos com censura.

— Sim. — Assenti, tentando engolir o enorme nó em minha garganta. Jeremy nunca havia me segurado daquele jeito antes.

— É claro que ela me conhece! — crocitou Jeremy, esticando o pescoço de modo melodramático.

Nate deixou cair o antebraço e recuou um passo. Durante todos esses anos, eu jamais havia visto os dois lado a lado para compará-los, mas, agora que o fizera, as diferenças eram surpreendentes.

Jeremy era sofisticado, cabelo escuro penteado com gel, sapatos Armani. Seu rosto era impecável, e eu tinha certeza de que iria abrir aquele sorriso de político num piscar de olhos, com a absoluta crença de que isso influenciaria alguém a tomar seu partido.

Mas ele não conhecia Nate. Nathaniel era alguns centímetros mais alto, cheio de músculos, e exsudava uma aura de nem-tente-mexer-comigo. Para conseguir um sorriso de Nate, tinha que merecer. E cada cicatriz que o homem ostentava só o fazia... melhor.

— Sou o noivo de Isabeau! — Jeremy ajeitou a gravata Hermès que eu lhe dera de aniversário.

Hermès. Em uma maldita zona de guerra.

A mágoa que vislumbrei nos olhos de Nate me dilacerou em um simples relance, mas ele rapidamente disfarçou enquanto desviava o olhar do meu, avaliando Jeremy de maneira totalmente nova. Seus olhos se fixaram no distintivo que Jeremy tinha prendido no paletó.

O distintivo que dizia *Jeremy Covington*.

O corpo de Nate conseguiu ficar ainda mais rígido.

— Não sei quem é que você pensa que é — começou Jeremy, praticamente cutucando o peito de Nate.

Não é uma boa ideia.

— Ele é o encarregado da minha segurança — expliquei depressa. — Vamos só... — Merda, isso foi péssimo. *Muito* péssimo. Eu precisava afastá-lo de Nate antes que a situação se tornasse ainda pior. — Vamos só entrar no quarto e conversar. — Minha mão tremia enquanto eu procurava a chave da suíte, mas Nate já havia sacado a dele.

Ele abriu a porta com eficiência e recuou, mantendo-a aberta para que Jeremy pudesse entrar.

Eu o segui, parando a fim de encarar Nate, que olhava para a frente com indiferença profissional.

— É complicado.

— Parece bem simples para mim. — Seu sarcasmo soou quase silencioso, mas não o bastante. — Você vai se casar com o *babaca*.

CAPÍTULO CATORZE
IZZY

Georgetown
Outubro de 2014

Eu estive pensando em tirar uns dias. Talvez não este ano, já que você vai estar no meio das aulas quando eu conseguir dispensa geral — também conhecida como férias —, mas talvez ano que vem a gente possa escolher um lugar onde o outro nunca esteve e pegar a estrada. Deixar tudo para trás por uma ou duas semanas e só... existir. E sei que você provavelmente já viajou muito mais que eu. Eu não tinha dinheiro para isso quando era criança, mas a única coisa boa de estar destacado é o tanto de dinheiro que eu consegui economizar. Então, se você estiver deprimida, na sua próxima carta responda com uma lista dos lugares para onde gostaria de ir. Vamos para algum lugar quente, Izzy. Algum lugar com praia. Algum lugar em que eu possa ~~essa~~

Ele havia riscado aquela parte tantas vezes que a caneta rasgara o papel. Suspirei e coloquei a carta no balcão da cozinha.

Como era possível sentir tanta saudade de alguém quando você na verdade havia passado pouquíssimo tempo com ele?

— Quantas vezes você leu isso? — perguntou Serena enquanto terminava o jantar diante de mim, no cooktop da ilha da cozinha.

— Uma ou duas vezes. — Assim como Nate, eu era capaz de encontrar os pontos positivos em uma situação ruim, e uma coisa boa que veio com o fato de aquele *babaca* ter me deixado por Yale foi Serena se mudar para o apartamento de dois quartos quando o *Post* a contratou. Ela gostava de se martirizar por não ser o *Times*, mas eu estava em êxtase por tê-la comigo.

— Parece mais umas cem vezes — ela murmurou, virando o queijo grelhado na frigideira.

— Você sabe que eu curto cozinhar, né? — O outro lado estava mais que um pouco carbonizado. — Eu morei com Margo no ano passado, em Syracuse. Eu sei fazer.

— Seu trabalho é estudar. — Ela apontou a espátula coberta de queijo para mim.

— Estude, Isabeau. Não fique decorando as cartas de amor do Nate.

— Não são cartas de amor. — Peguei a carta para evitar que caísse queijo nela. — Ele falou com todas as letras que nós não estamos juntos.

— Certo. — Ela arqueou uma sobrancelha.

— Você parece a mamãe quando faz assim — murmurei.

Ela fez uma careta e arrancou a carta de minhas mãos.

— Retire o que disse! — exigiu ela, segurando a carta acima do queijo grelhado, agora fumegante.

— Você vai colocar fogo no apartamento!

— Retire. O. Que. Disse. — Ela segurou a carta logo acima da frigideira.

— Tudo bem, eu retiro! — Eu avancei, mas ela fugiu e então começou a ler. — Serena!

Ela assobiou baixinho, se recostando no outro balcão.

— O homem é bom com as palavras.

— Eu sei disso. — Peguei o cabo da frigideira e a tirei do fogo, depois abri a janela na esperança de evitar outro encontro com o alarme de fumaça e nossos vizinhos do 3C, que detestavam barulho.

— Me prometa que você está vivendo, não apenas existindo. — Ela leu o final da carta, soltando um suspiro comprido. — Viu? Até o cara que está obviamente apaixonado por você quer que você saia mais. O que é estranho, mas, se me ajuda a te convencer, então sou totalmente a favor.

— Primeiro, Nate *não* está apaixonado por mim. Alguém que te ama não te joga pra outros homens e te manda aproveitar enquanto está fora. — Eu entendia o ponto de vista de Nate, de verdade, mas isso não significava que concordava com ele.

— No caso de vocês? — Ela acenou com a carta enquanto o cheiro de fumaça se dissipava.

— É exatamente o que alguém que te ama diria para você fazer. Olha, esse cara tem meu respeito. Ele poderia ter trancado você na Geórgia e te deixado esperando. Em vez disso, pensou no que seria melhor para *você*. — Ela fez outra careta. — Acho que você pode ter encontrado o último bom moço do planeta, e não me importo com a opinião da mamãe e do papai sobre o assunto.

Meus pais não sabiam muito sobre Nate, mas haviam deixado claro que namorar um soldado alistado era um grande retrocesso comparado a um Covington. Eu não tinha me preocupado em explicar a eles que não estávamos namorando depois desse comentário e, sinceramente, o que quer que eu *tivesse* com Nate era um avanço comparado a meu relacionamento com Jeremy. Ele me enviara uma DM no Insta, na semana anterior, que eu havia ignorado solenemente. Aquele cara tinha muito o que amadurecer.

— Então por que você quer tanto que eu saia mais? — Eu me acomodei no banco da cozinha e comecei a procurar um delivery no celular.

Parecíamos crianças de novo, cuidando de nós mesmas enquanto mamãe e papai estavam em algum baile de gala, só que éramos adultas. Mais ou menos. Como minha definição de adulto incluía pagar as próprias contas, e papai ainda cobria minhas mensalidades, livros e o apartamento, eu não me considerava exatamente um exemplo de independência. Não como Nate.

— Porque ainda existem muitos caras decentes que não estão perpetuamente indisponíveis. — Ela me encarou. — E você precisa de pelo menos algumas noites por semana sem... isso aí.

Olhei para o moletom de Nate.

— O que tem de errado com isso aqui?

— Nada. — Ela revirou os olhos. — O que está rolando com Paul, afinal? Foi o segundo encontro de vocês há algumas noites, certo?

— Patrick — corrigi, encontrando um restaurante local que tinha um prazo de entrega razoável. — E tenho certeza de que não vai dar certo.

— Chocante. — Seus olhos se acenderam com falsa surpresa. — Me deixe adivinhar. Vocês dois fazem direito em Georgetown, e isso já é ter muito em comum. Ele quer entrar para a política, o que você abomina. Ele é bonito, mas simplesmente não acelera seu coração. Legal, mas não incrível? Ah, e a sentença de morte para todo pretendente em potencial de Isabeau Astor... ele está disponível.

— Ele é um aluno do segundo ano que quer ingressar na área de direito corporativo, e tenho certeza de que se sente mais atraído pelo celular dele do que por mim. — Patrick não me olhava como se eu fosse a resposta para todas as perguntas. Ele só tinha me beijado uma vez, e com todo o calor de uma marmita de três dias atrás. E...

Suspirei. Ele não era Nate.

Nenhum deles era.

— Vamos fazer uma troca. — Acenei com meu celular. — Jantar pela carta de volta.

Ela inclinou a cabeça para o lado e estudou o papel.

— Eu preferia de verdade que ele não tivesse editado essa parte. Aposto que era sexy.

— Serena!

— Tá bom. Fique com a carta do seu não namorado. — Ela me devolveu o papel e escolheu o pedido no meu celular.

Eu a dobrei cuidadosamente e a coloquei de volta no envelope para poder guardá-la com as outras. Ele havia enviado um pacote da última vez, que incluía três livros com trechos recém-sublinhados. Eu tinha separado os meus para enviar também, e havia começado a montar uma caixa de aniversário, que precisava postar nos dias seguintes, se quisesse ter alguma esperança de alcançá-lo a tempo. Até então tinha chiclete de hortelã, aqueles brownies pelos quais ele revelara uma fraqueza secreta, e um moletom de Georgetown para usar na base, ou base avançada de operações, como ele chamava, em seu tempo livre.

— Sabe, você devia assistir à corrida para o Congresso em casa — argumentou Serena, devolvendo meu telefone.

— Alguém interessante? — Guardei o celular no bolso de trás da calça jeans. — Ou alguém que você acha interessante porque é uma repórter poderosa em uma cruzada em nome da verdade e justiça?

— Não pode ser os dois? — Ela jogou o sanduíche queimado na lata de lixo e colocou a frigideira na pia.

— Normalmente, não.

— Ela defende o fim da guerra no Afeganistão na sua plataforma de governo.

Meu olhar disparou até o dela.

— Achei que talvez isso chamasse sua atenção. — Ela se inclinou em minha direção, apoiando os cotovelos na pequena ilha. — Não tenho certeza se ela tem os números para ser eleita e, sinceramente, não vejo uma legislação como essa sendo aprovada. Não com a atual composição do Capitólio. Ainda assim, aposto que o papai iria mexer alguns pauzinhos para te conseguir um estágio, se ela ganhar.

— Política? — Balancei a cabeça. — Não, obrigada. Qualquer pauzinho que o papai mexe tem um preço, e estou de olho no terceiro setor. — Em algum lugar, eu poderia fazer a diferença.

— Papai vai ficar em êxtase. — Ela sorriu. — Você devia contar a ele no Natal, só para que possamos vê-lo ficar vermelho como uma peça da decoração.

— Ele aceitou bem o seu curso de jornalismo. — Peguei o caderno mais perto de mim e o abri na primeira página em branco, numerando de um até dez na margem esquerda.

— Porque ele ainda tinha esperança de que você seria a chave para ganhar um pouco de poder político com Covington. Papai quer um político na família mais do que jamais nos quis.

— A mais triste verdade. — Os últimos anos só tornaram o fato óbvio. — O mínimo que poderíamos ter feito era dar a ele um herdeiro com um MBA para a Empreendimentos Astor.

— Não estou trabalhando duro para me livrar dessa coleira só para ele me colocar um arreio e me levar para dar um passeio em qualquer direção que julgar adequada. Não. — Ela balançou a cabeça.

— Nisso nós concordamos. E vamos nos poupar desse constrangimento no Natal. Vou dar a notícia quando vierem para o meu aniversário, em março.

Serena fez uma careta, mas disfarçou depressa.

— Olha, eu sei que você está animada porque eles disseram que vêm, mas só não... — Ela mordeu o lábio inferior.

— Crie muita expectativa? — terminei a frase que ela obviamente não queria concluir.

— Exatamente.

— Eles vêm. — Levantei as sobrancelhas diante do ceticismo de minha irmã. — Vêm. Eles prometeram. Além disso, eles já reservaram o hotel.

— Só não quero te ver desapontada. De novo. Eu não os chamaria de confiáveis, e é por isso que acho que faria bem para você namorar alguém que, de fato, *seja*. — Ela lançou um olhar incisivo para a carta.

— Nate ainda não me decepcionou. — Encarei os números vazios na lista, meu cérebro girando com minha palavra favorita... *possibilidades*. Algum lugar com praia. Algum lugar onde Nate pudesse me beijar na água. Foi o que eu fingira que estava escrito naquela parte riscada da carta.

— Ah, e é Lauren — disse Serena.

— Quem?

— A mulher que está concorrendo ao Congresso. Eliana Lauren.

— Vou pesquisar sobre ela. — O mínimo que eu podia fazer era ver se a mulher merecia meu voto.

Bati minha caneta ao lado do número um, em seguida escrevi uma única palavra.

Fiji.

◆◆◆

Em dezembro, minha coleção de cartas havia crescido exponencialmente, assim como meu estresse. A faculdade de direito era ainda mais difícil do que eu tinha imaginado. As finais não me deixavam quase nenhum tempo para ler, e o meu diálogo com Nate não estava lá essas coisas.

E, para ser justa, Nate não dissera uma única palavra sobre eu ter lhe dado um perdido por quase um mês; simplesmente continuara escrevendo, me contando o quanto estava orgulhoso de meu progresso na faculdade de direito.

O Natal tinha sido uma estranha extravagância de presentes caros e abraços estranhos com tapinhas, mas janeiro chegou e eu consegui entrar no ritmo mais uma vez.

Nunca se desculpe por fazer o que precisa fazer. Foi o que Nate disse em uma carta no fim de janeiro.

Fevereiro, consegui não estragar um relacionamento por três semanas.

Na quarta, eu o liberei. Por acaso, era a mesma semana em que mamãe e papai cancelaram a viagem para Washington no meu aniversário, por conta da inauguração dos novos escritórios de papai em Chicago.

Eu não conhecia o pai de Nate, e ele jamais me contara por que temia se tornar como o pai, mas estava começando a sentir o mesmo em relação ao meu. Eu não precisava ser a prioridade número um de meus pais, mas ficar entre as dez primeiras teria sido legal de vez em quando.

— De novo? — perguntou Margo em março, durante nossa ligação semanal.

— Ei, ele teve direito a quatro encontros — argumentei, segurando o telefone entre o ombro e a orelha enquanto dobrava a última roupa limpa e a guardava. — Nem todas nós estamos em um casamento feliz com vinte e dois anos.

— Você nem fez vinte e dois! — ela me lembrou. — Só vai fazer amanhã.

— Você me entendeu. — Pendurei minha camisa favorita e coloquei o moletom de Nate na gaveta embaixo da cama. — Simplesmente não vejo razão para enrolar alguém quando sei que não vai dar certo.

— Nunca vai dar certo se você não tentar de verdade — argumentou ela.

Olhei para a caixa de cartas na minha mesa.

— Concordo plenamente com você.

Uma risada alta soou na sala de estar.

— Parece que alguém está se divertindo — comentou Margo.

— Serena está com o namorado, e é por isso que estou escondida no quarto.

— E como vão as aulas?

— Tudo ótimo, mamãe. — Sorri quando ela bufou. — Sério, estou estranhamente em dia, e é sexta-feira à noite. Tenho o fim de semana inteiro para assistir TV ou...

— Escrever para Nate — sugeriu Margo, cantarolando.

— Você está começando a parecer Serena.

— Serena adora Nate. Eu estou... — Ela ficou muda.

Joguei meu cesto de roupa suja vazio na parte de baixo do abissalmente pequeno armário.

— Fala logo.

— Estou me abstendo de fazer comentários até ficar um pouco mais claro se vocês são algum casal predestinado de conto de fadas ou se foi o trauma inicial do acidente que uniu vocês.

— E como vão as *suas* aulas, estudante de psicologia? — perguntei, não que eu não tivesse me perguntado a mesma coisa uma ou duas vezes. Mas o modo como sentia falta dele tantos meses depois tinha de significar algo mais. Juntando as nossas cartas aos curtos períodos que havíamos tido, em tese eu já conhecia Nate melhor que o babaca do Jeremy. As cartas não deixavam muito espaço para baboseiras, daquele modo que encontros vazios em cinema faziam.

— Estou pendurada em uma matéria — admitiu Margo.

— Tipo pendurada mesmo? — perguntei, fazendo uma pausa. — Ou perigando tirar um C?

— É basicamente a mesma coisa.

Eu sorri.

— Não, não é. Mas, falando sério, tem alguma coisa que eu possa fazer?

— Além de voltar para a tundra do Norte do estado de Nova York e me levar para tomar café todas as tardes para que eu possa ver seu lindo rosto?

— Certo. Além disso. — A campainha tocou, mas me joguei na cama, certa de que Serena iria atender.

— Não. Só me escutar reclamar nas nossas ligações.

— Sempre feliz em ajudar.

— Izzy! — gritou Serena.

— Preciso ir; acho que nosso jantar chegou. — Nós nos despedimos e eu desliguei.

— Izzy! — Serena gritou novamente.

— Estou indo! — Ajeitei minha calça de pijama de flanela macia mais alto nos quadris e fechei o moletom de Georgetown sobre meus seios sem sutiã, de modo a não assustar a companhia de Serena nos dois segundos que levaria para pegar meu jantar e ficar livre para desaparecer na caverna de meu quarto.

Abri a porta e encontrei Serena sorrindo para mim com malícia, bizarramente semelhante ao gato Cheshire.

— Sim?

— Vou sumir daqui nesse fim de semana. O colega de quarto de Luke saiu da cidade, então vamos ter a casa só para nós. Ele está jogando algumas coisas em uma bolsa para mim agora. — Ela parecia tão feliz que não tive coragem de lembrá-la de que o dia seguinte era meu aniversário.

— Isso parece incrível! Divirta-se! — Abri um sorriso forçado e rezei para ela não perceber.

Ela me apertou com força.

— Você vai ter o melhor aniversário. Me prometa que vai mesmo sair do apartamento.

— Eu vou. — Era uma mentira descarada. Eu deixaria o apartamento por tempo suficiente para buscar café no fim do quarteirão, e só. Já estava planejando uma maratona completa no sofá.

Ela se afastou e estudou meu rosto como se pudesse detectar mentiras.

— Tudo bem. O jantar está na bancada da cozinha. Eu te amo, Iz.

— Te amo.

Ela apertou meus dedos e saiu correndo, agarrando a mão do namorado e fechando a porta da frente antes mesmo de eu chegar à sala de estar.

— Estranho, mas tudo bem — murmurei, me virando para a cozinha e para o aroma de comida chinesa recém-entregue.

Dei um pulo ao ver o homem bonito encostado casualmente no balcão, como se *devesse* estar ali, e não a meio mundo de distância. Estava vestido com jeans e um casaco que ainda nem tinha aberto; uma mochila camuflada bem puída jazia no chão, a seus pés. Apesar da exaustão em seus olhos azuis, ele parecia tão lindo que eu mal conseguia respirar.

— Nate? — Ele estava ali. Nos Estados Unidos. Na minha cozinha.

— Ei. — Ele sorriu, exibindo aquela covinha.

Meu coração disparou como um cavalo de corrida, e eu também. Levou menos de um segundo para eu saltar no sofá. Quem se importava se as almofadas saíssem voando? Eu não iria perder tempo dando a volta. Ele me pegou nos braços antes que eu pudesse aterrissar do outro lado.

— Você está aqui — murmurei contra a pele quente de seu pescoço, meus pés balançando enquanto ele me abraçava com força.

— Feliz aniversário, Isabeau — disse ele.

O melhor presente *de todos*.

CAPÍTULO QUINZE
IZZY

Cabul, Afeganistão
Agosto de 2021

Eu me encostei na porta fechada, o coração acelerado pelos motivos errados, enquanto observava Jeremy inspecionar a suíte, olhando o arranjo dos assentos e o pequeno espaço. Pelo visto, a conversa que eu evitara nas últimas seis semanas iria acontecer, quer eu estivesse pronta ou não.

Senti uma raiva surgir de forma abrupta, esquentando minha pele. Como ele *ousava* aparecer assim?

Você sempre terá a opção de mandar Nate jogar o babaca na calçada.

Se bem que eu duvidava de que Nate falaria comigo depois daquela interação no corredor. Com certeza ele já estava ligando para seu substituto.

Você vai se casar com o babaca. Deus, a expressão em seu rosto era pior que a de alguém traído. Nate parecera... decepcionado. E, considerando que ele conhecia minha história com Jeremy, eu não poderia culpá-lo.

Eu estava desapontada comigo mesma pelo tempo que tinha deixado aquela situação se prolongar. O peso do anel em meu dedo parecia uma âncora, me amarrando àquela pessoa que eu estava começando a perceber que jamais havia me merecido.

— Seu quarto é melhor do que o que me deram — comentou Jeremy, tirando o paletó azul-marinho para revelar uma camisa imaculadamente passada. Ele estava vestido para entrar na câmara do Senado, não no Afeganistão. Depois de colocar o terno nas costas da cadeira, ele se virou para mim, os olhos castanhos me esquadrinhando com a mesma impessoalidade que oferecera à suíte. Pela pequena ruga em sua testa vi que ele me achava tão medíocre quanto as próprias acomodações.

Pela primeira vez desde que começamos a namorar em Syracuse, eu não dava a mínima para o que ele pensava de mim, da calça que eu usava na viagem ou da blusa empoeirada. Eu não precisava mais impressioná-lo.

A ideia me fez me empertigar um pouco mais.

— O que você está fazendo aqui? — Tirei o lenço e o coloquei na bolsa, então cruzei os braços. Depois de não conseguir enfiar Serena no helicóptero, aquela era a última coisa com a qual queria lidar.

Não havia palavras para a merda que estava acontecendo, ou para como eu me sentia em relação àquilo. Cada fracasso em minha vida estava emergindo naquele dia. Eu me sentia um emaranhado de fios desencapados prestes a entrar em curto com a menor provocação.

— Você nunca gostou de meias palavras, não é, Isa? — Ele avançou, me oferecendo um de seus cinco sorrisos ensaiados. Aquele era o número quatro, sua versão estou-arrependido-mas-garotos-serão-sempre-garotos.

Isa. Porque havia sido meu pai quem nos apresentou.

Levantei a mão e ele parou no meio da sala, arqueando uma sobrancelha bem cuidada.

— Me deixe adivinhar: você pegou emprestado o jato particular do papai? — Inclinei a cabeça para o lado. — Ou isso é uma parada de campanha?

— Como você pode imaginar, esta pequena viagem na verdade significou o cancelamento de três aparições públicas minhas. — Seu sorriso vacilou, e ele coçou a ponta do queixo. — Aparições nas quais você deveria estar ao meu lado.

— O que não iria acontecer, quer eu estivesse nos Estados Unidos ou não. — Balancei a cabeça e fui até a mesinha atrás do sofá, deixando minha bolsa em cima dela e mexendo os ombros tensos. — E você não deveria estar aqui, Jeremy. Eu te pedi espaço, e me seguir até o outro lado do mundo não é bem a definição de me dar espaço.

— Fala sério, Isa. — Ele me ofereceu o sorriso número três, o de menino, que usava sempre que tentava conseguir o que queria, aquele que havia me convencido de que tínhamos uma chance real de retomar nosso relacionamento. — Pensei que você adorasse todos aqueles gestos românticos e ousados dos livros que lê. Voei para uma zona de guerra por você. Isso não te diz o quanto eu te amo? O quanto eu quero fazer nossa relação dar certo?

Mantive o sofá entre nós quando ele veio em minha direção.

— Isso me diz que você provavelmente já teve uma oportunidade de ser fotografado lá embaixo, onde sem dúvida estava ajudando a processar vistos ou conversando com possíveis constituintes sobre a melhor forma de evacuar essas pessoas.

A surpresa brilhou em seus olhos, e então ele baixou o olhar enquanto passava os dedos pelo braço do sofá.

— Naturalmente eu fiz o que foi necessário para convencer o meu pai de que se tratava de uma despesa de campanha.

— Você ainda não se cansou disso? De viver em função de tranquilizar o seu pai? Deus sabe que eu sim. — Nem tinha me dado conta disso até que as palavras saíram de minha boca. Eu estava presa em um ciclo perpétuo de tentar agradar os homens em minha vida, apenas para que me abandonassem em nome da conveniência. Ver Nate só deixara isso muito mais óbvio porque, infelizmente, em vez de quebrar o padrão, ele havia se tornado parte dele.

— Por favor, Isa. Você sabe que não posso ser eleito sem a ajuda do meu pai... nós jogamos o jogo. É o que nós fazemos.

— Certo. Bem, fique à vontade para voltar àquele avião. — Se eu tivesse revirado os olhos com mais força, eles teriam saído de minha cabeça. A política sempre vinha em primeiro lugar para ele. Era uma das muitas razões pelas quais meus pais o amavam mais que eu.

— Venha comigo. — O olhar suplicante que ele me lançou não parecia ensaiado, e isso quase me desarmou.

— Se eu tiver que ouvir mais uma pessoa me dar um sermão sobre o quanto é arriscado... — comecei.

— Ah, não — interrompeu ele, balançando a cabeça. — Não tenho nada além do mais puro respeito pelo trabalho que você está fazendo aqui. Vai ficar ótimo no seu currículo e ser um ponto de discussão para entrevistas futuras, mas...

Meus olhos flamejaram. Evidentemente, para ele era tudo uma questão de pontos.

— Mas o quê?

Ele se encolheu e me ofereceu o sorriso número três novamente.

— Mas nós tínhamos um acordo. Você me apoiaria na campanha, e eu não te pressionaria a abandonar a carreira depois que fosse eleito.

Minha boca se abriu, depois se fechou e repetiu o processo enquanto eu lutava para encontrar as palavras.

— Você é tão louco a ponto de achar que eu iria aparecer de braço dado com você depois de entrar no seu escritório e encontrar Clarisse Betario esparramada na sua mesa como se fosse o almoço? — A lembrança fez meu estômago embrulhar, mas meu coração não doeu como deveria.

— Aquilo foi... lamentável — admitiu ele. — Mas não aja como se tivesse ficado magoada. Nós nos conhecemos bem demais para mentir. Você ficou puta. Provavelmente constrangida...

— Humilhada é a palavra! — Minhas mãos se fecharam em punhos, minhas unhas cravadas nas palmas. — Todo mundo naquele escritório sabia o que estava acontecendo e, acredite, as pessoas ficaram mais do que felizes em me contar que não foi um caso isolado. Você estava tendo um caso fazia seis meses! A tinta do nosso anúncio de noivado nem tinha secado ainda.

Ele inspirou lenta e profundamente, e seus olhos se desviaram, um hábito que ele ainda tinha de aprender a controlar, e que significava que estava procurando uma desculpa.

— Lamento que você tenha ficado constrangida, Isa. De verdade, sinto muito.

Eu pisquei.

— Mas você não se arrepende de ter me traído? — De todas as táticas que imaginei que ele usaria, essa não era uma delas.

— Concordamos em nunca mentir um para o outro. — Ele endireitou os ombros.

— Certo, porque esse foi o único caminho a seguir depois do que aconteceu após Syracuse! — Eu havia sido incrivelmente estúpida em confiar em Jeremy de novo.

— Você nunca vai esquecer esse assunto? — Ele passou as mãos pelo cabelo, bagunçando os perfeitos fios castanhos. — Achei que já tínhamos deixado isso para trás!

— Sim, mudamos o assunto para você fodendo suas funcionárias. Grande avanço. — Fiz sinal de positivo com o polegar e tirei os sapatos. Felizmente, tinha optado por sapatilhas para a reunião em Mazar-i-Sharif, mas meus pés ainda não estavam prontos para me perdoar.

— Olha, eu pensei que tínhamos discutido sobre um relacionamento aberto...

— Você discutiu! — Bati a mão na mesa, o som do impacto do anel de noivado contra a madeira pontuando meu desgosto. — Eu nunca concordei. Você sabia que a ideia nunca iria me convencer. Eu *jamais* concordaria com isso!

— Seu pai quer...

— Meu pai não decide nada por mim. — Eu reconheci o quanto essas palavras eram verdadeiras, mas só porque enfim estava me dando conta de quão falsas haviam sido no passado. Até mesmo Jeremy fora escolha de papai, não minha, e eu estava tão faminta pela aprovação dele que tinha ido contra meus instintos e dado uma segunda chance a um relacionamento que nunca merecera uma primeira. — E, por mais que esteja desesperado por alianças políticas, ele jamais esperaria que eu aceitasse menos do que eu mereço, e finalmente estou vendo que você, Jeremy, é *bem* menos.

Ele engoliu em seco e olhou para minha mão.

— Se você ainda está usando o anel, então ainda há esperança.

— Não o tirei porque as suas ações me deixaram sem palavras — respondi, passando por ele em direção à cozinha. — Não sei como dizer às pessoas por que *não* o estou usando.

— Então continue usando — sugeriu ele, me seguindo.

Tirei uma garrafa de água da geladeira e não lhe ofereci uma. Ele já havia tirado o suficiente de mim. Então abri a tampa e bebi quase metade em goles ávidos, antes de pousar a garrafa no balcão.

— Se nós estamos buscando total honestidade, então vamos tornar o rompimento público — argumentei, apoiando as mãos no balcão e pulando para me sentar no tampo. — Nenhum de nós quer esse noivado de verdade. Foi arquitetado por todos ao nosso redor como fachada.

— Não só para o bem da minha carreira, mas para o da sua também. — Ele afrouxou a gravata.

— Eu nunca quis entrar para a política. — Balancei a cabeça.

Ele riu, e não foi o som alegre e melodioso que havia aperfeiçoado ao longo dos anos. Soou cru e um pouco feio, mas pelo menos era real.

— Não vamos fingir que nós dois não sabemos exatamente por que você entrou para a política. — Ele enfiou as mãos nos bolsos. — Exatamente por que você ainda está *aqui*.

Eu me agarrei à borda do balcão, me preparando para o mordaz ataque verbal que fizera de Jeremy uma estrela no escritório do promotor. Afinal, o serviço público parecia muito melhor em seu currículo que a prática privada.

— Não aja como se não houvesse três de nós neste relacionamento desde o segundo em que te reencontrei em Washington, há dois anos. — Ele estreitou os olhos. — Ou você achou que eu não reconheci o seu guarda-costas lá fora? Como se você não tivesse a foto dele colada na geladeira durante nosso primeiro *ano* de relacionamento. Você nunca esqueceu esse cara. Eu posso ter dormido com outras mulheres, mas com certeza não amava nenhuma delas.

Outras mulheres? Quão ingênua eu havia sido?

— Como poderíamos ter um relacionamento dedicado e comprometido quando nunca houve espaço para mim no seu coração? — continuou Jeremy. — Talvez você não admita, mas nós dois sabemos que ele ficou entre nós nos últimos dois anos. Lógico que eu fui procurar alguém que me quisesse de verdade, porque você nunca me amou mesmo. Não fazia a menor diferença ele ter te deixado em Nova York. Você ainda era louca por ele.

Inspirei fundo, mas não neguei.

— Cuidado com suas palavras, Jeremy.

Ele ergueu as mãos e recuou dois passos, saindo do quarto.

— Ah, Deus me livre de falar mal do santo Nathaniel Phelan. Me diga, ele é o motivo de você ter recusado as minhas ligações? O motivo de ter mais que depressa ocupado o lugar do Newcastle naquele avião? Você sabia que ele estava aqui? Você tem desfrutado do mesmo tipo de diversão pelo qual vem me censurando?

— Não te devo resposta nenhuma — rebati, erguendo o queixo. — Mas, só para você não pensar que sou igual a você, não. Eu não procurei Nate. Foi uma coincidência ele estar lotado aqui e ser designado para a minha segurança.

— Claro que foi. — Jeremy olhou para a parede, como se pudesse ver Nate parado do outro lado. — Esse é o problema com vocês dois, né? Um parece surgir como num passe de mágica na vida do outro.

— O que você quer dizer? — Nate e eu tínhamos uma ligação que eu odiava, mas que também me encantava, e isso não estava em discussão, não com Jeremy.

Ele se moveu depressa, fazendo menção de pegar meu braço, e eu deslizei para fora de seu alcance.

— Se você encostar um dedo em mim de novo eu vou gritar. Você vai estar morto em segundos. Nate não dá a mínima para quem é o seu pai. — A ameaça saiu de minha boca antes que eu pudesse pensar duas vezes em arriscar a carreira de Nate por uma situação que eu deveria ter sido capaz de resolver.

Por outro lado, ela funcionou, porque Jeremy deu um passo para trás.

— Você transou com ele? — O rosto de Jeremy ficou com um tom manchado de vermelho. — Quero dizer, desta vez?

— Vai mesmo me perguntar isso? Como se fosse eu a traidora desse relacionamento? — Deslizei do balcão, mas deixei os braços relaxados ao lado do corpo, prontos para pegar o botão de pânico no bolso se Jeremy decidisse que só me agarrar não seria suficiente dessa vez.

— Ele me prendeu na parede, Isa. — Um canto da boca de Jeremy se curvou para cima, mas não chegou ao sorriso número dois, o sorriso malicioso. — Uma reação bem passional, na minha opinião. Muito perigosa também, na minha opinião.

— Ele. É. Meu. Segurança. — Cuspi cada palavra.

— Um segurança teria segurado meu pulso. Aquele cara foi direto na minha garganta. — Ele piscou, e então sua expressão mudou, como se calculasse algo. — Espere um pouco. Isso pode funcionar.

— Desculpe? — Cada minuto que passara em sua companhia me convencia do contrário.

— Por mais que eu fique com meu orgulho ferido, você vai ver que eu sou capaz de fazer concessões. Vim aqui para resgatar você e é exatamente isso que eu vou fazer. Quer se vingar de mim? Tudo bem, faça isso. Você pode ter esse cara, e eu posso continuar com mais... discrição.

— Lá estava ele, sorriso número um, o político.

Meu queixo caiu.

— Você não entende? — Ele deu de ombros, o gesto perturbadoramente alegre. — É perfeito. Nossas famílias conseguem o que querem, nossas carreiras não são prejudicadas, e nós dois encontramos satisfação em outro lugar. Não seria o primeiro arranjo desse tipo. Metade dos relacionamentos em Washington é de fachada. Pense nisso menos como um casamento e mais como uma parceria. Uma aliança.

Eu o encarei, perplexa, enquanto qualquer sentimento que nutrisse por ele murchava e morria. Talvez eu sempre soubesse que nosso relacionamento era notavelmente conveniente, mas ainda acreditava que era baseado em afeto e amor mútuos.

No entanto, aquela dor opaca em meu coração ao lembrar da infidelidade de Jeremy não era nada comparada a como doía respirar sabendo que Nate estava do outro lado da parede. *Porra*. Eu estivera me enganando nos últimos dois anos.

— Vai ser ótimo — continuou Jeremy, balançando a cabeça com entusiasmo. — Todo mundo consegue o que quer.

— Só que eu não quero *você*. — Arranquei o anel do dedo.

— Ninguém soube do que aconteceu. Nós ainda temos tempo de salvar a situação. Vamos dizer que eu viajei para cá por causa de uma nobre preocupação com a sua segurança, e a mídia vai engolir. — Ele me ignorou, olhando para o centro da sala enquanto cuspia um discurso sobre como manipular tudo, como controlar qualquer que fosse o resultado.

— Jeremy — chamei, com força suficiente para que ele se voltasse para mim.

— O quê? — Sua testa se franziu quase comicamente.

— Eu cometi um erro, e sinto muito. — Estendi a mão para ele.

Seu rosto suavizou quando nossos dedos se tocaram.

— Tudo bem. Tudo pode ser corrigido. Ainda quero me casar com você.

Coloquei o anel na palma de sua mão e depois fechei seus dedos, cerrando seu punho ao redor do diamante de família.

— Mas eu não quero me casar com você. Cometi um erro pensando que o que sentia por você poderia florescer, se eu fosse paciente. Cometi um erro cedendo à vontade dos meus pais só porque era confortável, porque achei que finalmente teria a aprovação deles. Cometi um erro quando me contentei com uma pessoa que obviamente desconhece o significado de amor, de dedicação ou de exclusividade. Eu nunca vou ser o que você deseja, e você nunca vai me dar o que eu mereço. Cometi um erro quando disse sim, e agora estou corrigindo esse erro.

Ele olhou para o próprio punho.

— Você não está falando sério.

— Estou. — Assenti, aproveitando a oportunidade para passar por ele e caminhar em direção à mesa onde ele havia deixado o casaco. Peguei aquela roupa caríssima e fui até a porta, segurando a maçaneta.

— Não — argumentou Jeremy, dando meia-volta para me encarar, balançando a cabeça enfaticamente. — Você não está me rejeitando. Isso não é possível.

Suspirei e abri a porta enquanto uma onda de compaixão lavava o que quer que restara de minha raiva.

— Ah, Jeremy. Alguém devia ter dito não para você há muito tempo.

Ele arregalou os olhos.

— Ei — falei para o corredor, então me assustei. Não era Nate quem estava de guarda à minha porta. Era o sargento Gray.

Senti um nó no estômago.

— Srta. Astor? — perguntou o sargento Gray, erguendo as sobrancelhas grossas.

— Oi. — Forcei um sorriso. — Desculpe. O sr. Covington já está de saída. Você poderia, por favor, garantir que ele volte para o quarto? — perguntei.

— Isa! — argumentou Jeremy.

O sargento Gray rapidamente reprimiu um sorriso.

— Perfeitamente. Sr. Covington, acredito que sua suíte fica ao lado.

— Foda-se. — Jeremy passou por mim, tirando o paletó de minhas mãos. — Você vai se arrepender, Isa, e, quando isso acontecer, talvez eu não esteja disposto a te aceitar de volta.

O sargento Gray ignorou estoicamente a conversa.

Deixei Jeremy dar a última palavra, ciente de que não havia possibilidade de a conversa terminar de outra maneira. Ele simplesmente continuaria falando.

— Obrigada — agradeci ao sargento Gray. Quando ele assentiu, fechei a porta, trancando-a, e me recostei na madeira, deslizando para baixo lentamente, até minha bunda bater no chão.

Eu deveria estar com raiva de muitas coisas. As constantes manobras políticas de meu pai, a maneira leviana como Jeremy tratara sua traição, ou minha própria participação em algo que obviamente nunca poderia ter dado certo.

Mas a ira consumia meus pensamentos e arrepiava minha pele porque Jeremy tinha razão em um detalhe.

Não importava quem eu conhecesse, quem namorasse ou quem tentasse amar.

Nate sempre estaria no caminho, mesmo que nunca estivesse fisicamente presente.

Era impossível entregar meu coração de novo se eu jamais o havia recebido de volta.

CAPÍTULO DEZESSEIS
NATHANIEL

Georgetown
Março de 2015

— Só temos dois dias, e você quer passar a noite em um bar? — gritou Izzy, acima da batida forte do baixo na boate, enquanto observávamos a pista de dança lotada.

— Prometi a sua irmã que iria sair com você — respondi. — Esse foi o acordo para ela manter minha viagem em segredo. — Meu pulso acelerou com a empolgação da multidão que nos rodeava, a proximidade, a quantidade de gente. Havia muitas pessoas entre nós e a saída. Muitas pessoas para acompanhar onde estavam as mãos de quem, quem poderia estar pegando o quê. Muitas pessoas. Apenas.

Essa tinha sido uma ideia ruim, mas eu havia lutado com unhas e dentes pelo passe livre de fim de semana antes de concluir o treinamento de reintegração com o restante de minha unidade. Não que aquela merda ajudasse, de um jeito ou de outro.

— Eu sei que você deve estar exausto depois de passar a noite sem dormir — começou ela, franzindo as sobrancelhas. Porra, eu quase tinha esquecido de como seus cílios eram longos. As fotos não lhe faziam justiça.

— Estou bem. Não vamos passar seu aniversário preocupados comigo. — Acho que não tinha sido tão furtivo quanto havia imaginado durante minhas horas acordado, mas pelo menos mantive minha promessa pessoal de dormir no sofá e controlar as mãos. Olhando para ela agora, com aquela blusa decote V e um jeans que parecia ter sido feito com o único propósito de realçar sua bunda, eu tinha certeza de que estava virando um santo. Eu devia ter sido canonizado no segundo em que ela me convidara para dormir em sua cama e eu conseguira recusar.

Não havia nada que eu quisesse mais do que puxá-la para mim e continuar de onde tínhamos parado nove meses antes, com minha língua em sua boca e aquelas pernas enroladas em minha cintura. Mas havia coisas que Izzy não sabia, e eu tinha a impressão de que, depois que soubesse, não iria me querer em sua cama, nem que fosse só para dormir.

Não importava o quanto eu a quisesse, no fim das contas eu sabia que nunca poderia tê-la, isso era lógico. Ela estava fora do meu alcance em todos os sentidos. Muito em breve Izzy estaria mudando vidas mundo afora, e a única coisa em que eu era bom parecia ser acabar com elas. Eu estava me tornando incomensuravelmente mais violento que meu pai. Pelo menos ele nunca havia matado ninguém.

— Vem — chamei, estendendo a mão. — Vamos descolar para você a bebida que eu prometi a Serena.

— Uma bebida e a gente vai embora. — Ela entrelaçou os dedos nos meus e, como se estivéssemos de volta àquele avião, despencando rumo à incerteza, senti o calor inconfundível de casa.

— Fechado. — Eu nos guiei pela multidão, lutando contra a subida de minha pressão arterial, que parecia aumentar um pouco mais a cada pessoa que esbarrava em nós, depois reivindiquei as duas únicas banquetas vazias no bar.

Izzy pegou a mais próxima da porta e eu sentei de frente para ela, olhando casualmente por cima do ombro para ver quantas pessoas estavam atrás de nós. Havia apenas meia dúzia entre o canto do bar e a parede, então aquele era definitivamente o menor dos males.

Mas tudo ainda era muito ruim. Havia pessoas entre nós e todas as saídas daquele lugar.

— Então, o que vai ser? — perguntei, baixando a voz agora que não estávamos no raio direto dos alto-falantes. — Cerveja? Tequila? Cosmopolitan?

— Não. — Ela tamborilou as unhas pintadas no balcão e olhou para as prateleiras de bebida enquanto a bartender se aproximava.

— O que posso trazer para você? — perguntou a bartender, abrindo um sorriso.

Alguns anos antes, aquela mulher de cabelo escuro seria exatamente o meu tipo. Mas tinha descoberto, no ano anterior, que meu tipo agora era Isabeau Astor. Não apenas loira. Não apenas de olhos castanhos. Não apenas de raciocínio rápido e risada contagiante. Não apenas com aquela tendência de falar sobre catorze assuntos ao mesmo tempo com lábios mais macios que seda. Somente esse pacote completo parecia ser o meu tipo. Ninguém mais. Eu me apaixonara por ela um pouco mais a cada carta, a cada segredo que ela compartilhava, a cada vez que me fazia rir. Não que não tivesse aparecido ninguém enquanto estávamos no deserto, ou que eu tivesse me iludido pensando que ela estava ali, à minha espera, em especial depois que eu mesmo lhe pedira que não fizesse isso. Simplesmente ninguém era Izzy.

O que me colocava — a nós dois — em uma situação complicada.

— Uma taça de champanhe — pediu Izzy, com um sorriso.

— Champanhe? — perguntou a bartender, se inclinando como se tivesse ouvido mal.

— Sim — respondeu Izzy, enfiando a mão na bolsa e entregando a carteira de motorista para a mulher. — É meu aniversário.

— É mesmo? Feliz aniversário. — A bartender sorriu e devolveu a identidade de Izzy. — E para você? — perguntou ela, se virando para mim e se inclinando, embora eu nada tivesse falado.

— Uma cerveja, por favor — respondi, pegando a carteira. — E vamos ficar com a garrafa de champanhe, se não servirem em taça.

— Deixa comigo — disse a mulher de cabelo escuro, começando a trabalhar.

— Então, de que parte do dia de hoje você gostou mais? — perguntou Izzy. — Quando te arrastei para minha pizzaria favorita? Minha padaria favorita para meus cupcakes favoritos? Ou quando arrastei você pelo campus?

— Tudo sobre ver você — respondi, com sinceridade. A habilidade de falar o que me passava pela cabeça perto de Izzy era minha parte favorita de nosso... o que quer que aquilo fosse. Não havia necessidade de jogos, de me fazer de tímido ou mesmo de flertar. Eu podia ser exatamente quem era, dizer exatamente o que estava pensando quando o assunto era Izzy.

O dia estava sendo tudo o que eu vinha imaginando desde que saíra de Savannah, e tinha de dar o crédito, enorme, a Serena por fazer as coisas acontecerem. No segundo em que havia lhe enviado uma mensagem da conta do Instagram que Izzy insistira que eu criasse dizendo que queria surpreender a irmã, Serena tinha surtado de tão contente. Naquela breve conversa, ela também deixara escapar o fato de que seus pais haviam abandonado Izzy, como de hábito, e que a irmã não estava saindo com ninguém.

Não vou mentir, eu havia ficado... aliviado; com o lance do namorado, não em relação aos pais. Não que Izzy não merecesse alguém. Ela merecia. Eu só estava feliz, de um jeito egoísta, por tê-la comigo no fim de semana.

Seu sorriso se abriu, instantâneo e deslumbrante.

— Espere até chegarmos em casa e eu te obrigar a assistir a *O feitiço de Áquila*.

— Sua xará? — Os cantos de minha boca se curvaram. — Não vejo a hora. — Eu seria capaz de me sentar e observar alguém lendo uma lista telefônica se isso significasse uma chance de ficar com Izzy... Só não tinha certeza se iria durar muito mais tempo naquele bar sem perder o que me restava de sanidade.

— Se pudesse assistir a um único filme pelo resto da vida, qual seria? — perguntou ela.

— Essa é difícil. — Meus olhos encontraram os dela, e eu soube o que ela estava fazendo... a mesma coisa que eu fizera no avião... me distraindo com perguntas.

— Sem pressa.

— *O Senhor dos Anéis: o retorno do rei* — respondi. — Mas talvez minha resposta mude para *O feitiço de Áquila* depois dessa noite. Quem sabe?

Ela se inclinou e roçou a boca na minha, e cada nervo de meu corpo entrou em alerta máximo.

— Obrigada por hoje.

Passei os dedos pelo cabelo de Isabeau e a puxei para perto, aprofundando o beijo, mas mantive a língua firmemente atrás dos dentes. O gosto de Izzy me atingiu como uma onda que inundava cada célula de meu corpo. Conseguir me controlar foi uma luta, mas eu venci. Eu não ia beijá-la da forma como queria na frente de todas aquelas pessoas, então me afastei antes de continuar.

Ela sorriu contra minha boca quando nos separamos, a mão subindo para o peito.

— Você devia sentir como meu coração está batendo forte. — Seus dedos roçaram o pequeno colar com cadeado que eu tinha comprado para ela de aniversário. Aquela merda que vinha em caixinhas azuis era cara, e ela havia protestado, mas imaginei que garotas elegantes usassem joias elegantes.

— O meu também. — Talvez a admissão não tivesse sido fácil, mas eu não sentia esse tipo de pressão ao lado de Izzy.

— Aqui — disse a bartender ao retornar, colocando nossos drinques diante de nós.

Izzy se recostou e eu imediatamente lamentei a perda de sua boca.

— Obrigado. — Coloquei meu cartão de débito no balcão antes que Izzy pudesse sequer tentar. — Pra abrir a conta.

— Não vamos precisar de uma conta. — Izzy balançou a cabeça enquanto pegava a delicada haste da taça de champanhe entre os dedos.

— Só vamos ficar para uma bebida. — Ela olhou em minha direção. — E obrigada.

— Vou fechar sua conta. — A garçonete assentiu e levou meu cartão para o caixa.

— Tem certeza de que só quer uma bebida? — Levantei as sobrancelhas para Izzy. — É seu aniversário. Estou disposto a fazer o que você quiser.

— Não quero ficar bêbada na última noite em que vou ter você para mim. — Ela deu de ombros.

Eu teria argumentado, mas sabia exatamente como ela se sentia. Eu queria me lembrar de cada segundo.

— Feliz aniversário, Isabeau. — Levantei minha cerveja.

— Obrigada, Nate. — Ela sorriu e bateu a taça no meu copo. — Fico tão feliz por você ter vindo.

— Eu também.

Depois que a bartender trouxe meu cartão de volta, Izzy e eu ficamos sentados ali, conversando sobre suas aulas por quase meia hora, enquanto ela bebia seu champanhe e eu mal tocava na cerveja. Toda vez que ela tentava direcionar a conversa para como tinha sido meu destacamento, eu cuidadosamente alterava o curso de volta para ela. Tentei ficar parado, me concentrar apenas em seu sorriso, sua risada, a luz em seus olhos, o modo esmagador como a queria, sem a menor ideia do que fazer a respeito. Mas o lugar parecia ficar cada vez mais apertado, as pessoas se aproximavam, se aglomerando ao nosso redor para chegar ao bar, esbarrando em minhas costas, colocando a mão no bolso para pegar... carteiras.

Apenas. Carteiras.

Não armas.

Porque eu estava nos Estados Unidos, não no Afeganistão.

Porra. Não tinha sido tão ruim da última vez que estive em um lugar assim. Por outro lado, eu não tinha passado nove meses seguidos no inferno, enfrentando extensão após extensão. Soldados deviam ter mobilizações mais curtas e frequentes, mas não tivemos tanta sorte. Naquele tempo, eu ainda não tinha sido ferido, tampouco tinha ficado em formação por quatro vezes distintas, em frente a memoriais improvisados, cheios de botas e rifles. Não tinha...

Aqui não. Inspirei tão fundo quanto meu peito apertado me permitia e empurrei toda aquela merda de volta para a caixa a que pertencia. Olhei de volta para Izzy e a encontrei me encarando daquele jeito único, como se pudesse enxergar através de toda aquela baboseira com nada além de seus lindos olhos.

— Se você tivesse que escolher um parceiro para o apocalipse zumbi, quem seria? — perguntou ela, em seguida levantou um dedo. — Não pode ser a atual companhia. Essa seria uma saída fácil.

— Rowell, acho. — Torres teria escolhido a namorada, e parecia errado privar o homem de sua vida amorosa, mesmo em uma situação hipotética. — Nós lutamos juntos para sair de umas merdas grandes.

— Resposta justa. Agora, vamos embora daqui — disse ela.

— Você não terminou sua bebida. — Eu não podia tirá-la da própria festa de aniversário só porque não conseguia me controlar.

Ela revirou os olhos, bebeu o último quarto do champanhe e colocou a taça no balcão.

— Agora é oficial, terminei a bebida que você prometeu a Serena que eu beberia. — Descendo da banqueta, ela estendeu a mão para a minha. — E, sinceramente, prefiro passar o resto da noite em casa. Com você.

— Nem uma dança? — Olhei para a pista lotada e cada músculo se retesou, de modo involuntário.

— Nem uma dança. — Izzy mexeu os dedos e eu não pude resistir. Se ela queria ir para casa, eu a levaria para casa.

Nossos dedos se entrelaçaram, e eu nos conduzi de volta através da multidão e para fora do clube. O ar fresco de março parecia uma dádiva de Deus quando atingiu meu rosto, enchendo meus pulmões assim que respirei fundo pela primeira vez desde que havia entrado.

— Você está bem? — perguntou ela quando começamos a caminhar pela calçada, percorrendo a meia dúzia de quarteirões até seu apartamento.

— Bem é um termo relativo. — Peguei sua mão e beijei as costas. O toque era bastante inocente, mas o cheiro de seu perfume fez meus pensamentos mergulharem em território descaradamente carnal. Eu queria deitá-la sob mim e beijar cada curva sua até que aquele cheiro ficasse marcado em meu cérebro, substituindo todas as lembranças ruins que havia registrado nos últimos anos.

— Você não contou como foram os últimos nove meses para você — disse ela, seu dedo flexionando em torno do meu quando começamos a andar novamente. — Não contou nem nas cartas.

Olhei para os dois lados antes de atravessar a primeira rua com ela, e me atrapalhei na busca das palavras certas. Se é que elas existiam.

— Escrever para você foi meu refúgio. Eu não estava nada ansioso para te puxar para o que eu estava vivendo.

— Mesmo se eu quiser saber? — Ela se encolheu. — Merda, isso soou esquisito. Quero dizer, mesmo que eu queira ouvir?

— Eu sei o que você quis dizer — respondi baixinho, puxando-a para mais perto de modo a protegê-la do frio cortante. Ela não quis pegar um casaco, mas acho que me dava uma desculpa para abraçá-la. — Mas não é conversa para dia de aniversário. — Ou qualquer outro.

— Ah. — Ela assentiu lentamente. — Certo.

Atravessamos o restante dos quarteirões em um silêncio constrangedor, que odiei. Tudo com Izzy sempre era... fácil, e eu havia acabado de erguer uma barreira. Era melhor assim. Eu não queria que a feiura do que tinha acontecido em missão a tocasse de alguma forma. Mas senti aquele muro que eu construíra como uma cerca tangível entre nós enquanto caminhávamos até o apartamento.

Eu a segui até a cozinha, e ela deixou a bolsa cair no balcão, pegando a caixa que tínhamos levado da padaria para casa mais cedo.

— Cupcake? — Ela colocou a caixa na bancada, apoiou as mãos e deu impulso para se sentar ao lado, os pés balançando suavemente. — Gosto de assistir filmes com açúcar por perto. — Abrindo a tampa, ela revelou os dez cupcakes que não tínhamos comido antes.

Aceitei o ramo de oliveira, me inclinando para ver o que havia nos restado.

— Você não parece do tipo que gosta de baunilha — brincou ela, examinando o conteúdo. — Talvez um de bolo de cenoura?

Balancei a cabeça, um sorriso curvando minha boca.

— Sempre foram os favoritos de Torres. Juro, ele comeu um todos os dias durante um ano inteiro. Não aguento nem o cheiro. — Levei um segundo para perceber que ela havia parado de respirar. — Izzy? — Meu olhar disparou para o dela.

— Torres. Esse é seu melhor amigo, certo? — O medo arregalava seus olhos.

— Sim. Um deles. — Assenti, franzindo a testa ao ver a expressão em seu rosto.

— Ah, não. Ele... enquanto você esteve fora... — Ela apertou os lábios em uma linha tensa, e as peças se encaixaram para mim.

— Não, Iz. Não. Ele não está morto. — Balancei a cabeça e apertei seu joelho em um gesto de conforto. — Torres simplesmente teve que desistir dos cupcakes de bolo de cenoura quando decidiu se inscrever para a seleção das Forças Especiais. — Ele havia passado os últimos meses tentando me convencer também, já que eu estivera bem hesitante durante a implantação.

Todo o seu corpo relaxou.

— Ok. Que alívio.

— Mas Fitz morreu. — Peguei o cupcake que parecia de limão, me certificando de que havia outro igual na caixa. Fitz teria escolhido o de chocolate. Eu respirei através da facada de dor que reconheci como luto, depois enterrei o sentimento bem fundo, com todo o resto.

— O quê?

Merda. Eu *não* devia ter falado isso.

Parei de tirar a embalagem do cupcake e a flagrei me encarando.

— Fitz. Você o conheceu...

— Em Tybee. Eu lembro — sussurrou Izzy. — Ele... morreu?

Assenti.

— Mais ou menos um mês depois. Houve um tiroteio... — Minha boca se fechou. Aquelas eram as coisas que eu fazia esforço para manter confinadas, e ali estava eu, estilhaçando a única paz que tinha.

— Nate, sinto muito — murmurou ela, colocando a mão no meu ombro.

— Não sinta. — Continuei puxando a forminha, me concentrando no cupcake e piscando para afastar a lembrança do sangue bombeando para fora do corpo de Fitz. — Você não o matou. — Uma mudança de assunto se fazia necessária já. — Qual cupcake você gosta mais?

O silêncio se estendeu entre nós.

Ergui o olhar e a encontrei me observando com uma expressão que eu jamais havia visto. Ela parecia não saber o que dizer ou como agir, como se eu tivesse destruído a tranquilidade entre nós pela segunda vez naquela noite.

— Qual é o seu favorito? — perguntei novamente. — Hora do filme, lembra?

— Red velvet — respondeu ela, pegando um lentamente.

Pousei meu cupcake e a ajudei a sair do balcão, muito embora soubesse que ela não precisava de auxílio. Suas curvas desbizaram contra mim enquanto eu a descia, incendiando meu corpo, mas o modo como seus olhos escureceram era uma tentação ainda maior.

Ficamos ali por um longo momento, minhas mãos em sua cintura enquanto ela me encarava, o rubor aflorando em suas bochechas, o peito um pouco mais ofegante.

— Filme — lembrei a ela... e a mim mesmo.

— Certo. — Izzy passou a língua pelo lábio inferior, e eu engoli um gemido. — Prepare-se para o melhor do cinema — anunciou ela, e me levou até o sofá. Então apoiou a cabeça em meu ombro e eu saboreei a paz absoluta.

Eu tinha feito a coisa certa ao não deixá-la por dentro das coisas.

Duas horas depois, ela olhou para mim cheia de expectativa enquanto os créditos rolavam.

— O que você achou?

— Achei ridículo eles só se verem no nascer e no pôr do sol. — Fitei a tela.

— Eles vencem no fim — argumentou ela, com uma risada, dobrando uma perna sob o corpo e se virando para mim no sofá, o joelho roçando minha coxa.

— Não quer dizer que os anos que passaram assim não foram ridículos. — Balancei a cabeça.

— Ah, Nate. — Ela sorriu, pegando meu rosto entre as mãos e desviando minha atenção dos créditos. — No fundo você é um romântico.

Bufei.

— Já fui acusado de muita coisa, Isabeau. Romântico não é uma delas.

— Havia apenas duas pessoas no mundo com as quais eu me permitia ser mais sensível. Ela com certeza era uma delas.

Seu olhar pousou em minha boca, e eu agarrei a almofada ao seu lado, para evitar tocá-la.

— Você sabe o que eu decidi?

— O quê? — Minhas palmas coçavam para sentir as curvas de seu corpo.

Ela se aproximou de mim, até que seus lábios ficassem a alguns centímetros dos meus.

Porra, eu ia *ceder*. Já podia sentir seu gosto, já ouvia os pequenos suspiros que ela soltava entre beijos. Sua lembrança tinha sido minha constante companheira naqueles últimos nove meses.

— Fiji — sussurrou ela, contra meus lábios.

— Como? — Meu cérebro não estava mais em pleno funcionamento.

— Fiji. — Seu sorriso era contagiante enquanto ela passava um joelho sobre minhas pernas, se sentando em meu colo, montada em mim. — É para onde a gente deve ir nas férias. É quente. Tem praias. É isolado, então você não vai se preocupar com multidões.

— Eu gosto de praia. — A última vez em que eu estivera em uma havia sido com ela.

Minhas mãos subiram para seus quadris enquanto a excitação zumbia através de mim.

— Ótimo. Então será Fiji. — Ela passou os dedos pelo meu cabelo e eu me deleitei com seu toque. Seus lábios roçaram os meus. — Você vai poder me beijar na água.

Sim. Eu estava acabado, minhas boas intenções por um fio. Era tudo o que me impedia de deitá-la de costas no sofá.

— Nate? — Os lábios dela provocaram os meus descaradamente.

— Hum?

— Vou te beijar agora.

Foram as mesmas palavras que eu tinha dito a ela na Geórgia, mas porra, soavam um milhão de vezes mais sexy saindo daquela boca.

Eu a beijei primeiro e gemi quando ela se abriu para mim. Ela era tão doce, a língua deslizando na minha enquanto eu reaprendia cada linha de sua boca. Beijar Izzy foi tão explosivo quanto eu lembrava, e mil vezes mais viciante.

Meus dedos se cravaram em seu cabelo enquanto eu inclinava nossa cabeça em busca do ângulo perfeito, o beijo saindo de controle. Seus seios pressionavam meu peito. Seus quadris rebolavam sobre os meus. Sua respiração se tornou minha. Era exatamente meu lugar, onde quer que ela estivesse.

A conexão entre nós era tão indefinível quanto inegável.

— Eu quase tinha esquecido de como nós somos bons nisso — disse ela, entre beijos.

— Pensei nisso todo santo dia. — Inclinei seus quadris e rolei os meus para que ela pudesse sentir exatamente no que eu estava pensando agora.

— Senti sua falta. — Ela beijou meu queixo, meu pescoço, enquanto suas mãos acariciavam meus braços, depois meu torso. — E eu sei que não devia ter sentido. Que é completamente ilógico...

Agarrei um punhado de seu cabelo e trouxe aquela boca de volta para a minha, usando meus lábios e língua para lhe dizer que eu sentia exatamente a mesma coisa. Os dedos da outra mão escorregaram de seu quadril até a parte inferior das costas, deslizando sob sua camisa a fim de acariciar o côncavo de sua coluna.

Ela ofegou com esse toque leve e eu sorvi o som.

— Aposto que você é sensível assim em todos os lugares, não é? — perguntei, arrastando os dedos para cima e para baixo na pele lisa de suas costas.

— Quer tentar descobrir? — As mãos de Izzy se ocuparam e sua blusa caiu aberta para os lados, revelando um sutiã de renda azul-claro que cobria seus seios com uma perícia que me deu água na boca.

— Porra. — A palavra escapou como um gemido gutural. — Você é tão perfeita, Isabeau.

— Me toque.

Ela não precisou me pedir duas vezes. Minhas mãos acariciaram a lateral de seu corpo, sentindo a curva da sua cintura, depois subi pelas costelas, antes de envolver seus seios por cima da renda. Ela era mais que suficiente para encher minhas mãos.

— Perfeito.

Ela riu, depois me beijou, e eu me perdi — e perdi qualquer boa intenção — no gosto de sua boca, no som de seu pequeno gemido, na sensação de seus mamilos intumescidos sob o tecido com a carícia de meus polegares.

Lambi e chupei, trilhando um caminho por sua garganta e clavícula, então agarrei sua bunda com uma das mãos e a levantei levemente para que meus dentes pudessem provar seus mamilos. A renda era muito grossa para o que eu precisava, o que eu desejava. Puxei o bojo para baixo e saboreei o som de seu gemido suave enquanto eu chupava o bico do seu seio.

— Nate! — Suas unhas se cravaram em meus ombros.

Meu pau forçava o zíper, mas fiquei grato pela barreira. Aquilo me manteve sob controle enquanto eu passava para o outro seio, expondo-o para que pudesse lhe dar o mesmo tratamento.

— Tão sensível — murmurei contra sua pele enquanto ela estremecia.

— Talvez só a você — argumentou ela, a voz toda ofegante, sexy pra caramba.

Eu não queria que mais ninguém a tocasse assim.

Minha. Destino, Deus, fosse qual fosse a energia que governava o universo, a tinha colocado em meu caminho. E ela. Era. Minha.

Só que não era. Havia uma razão pela qual não deveríamos estar fazendo isso, mas eu não conseguia me lembrar qual.

Coloquei esse pensamento de lado, beijando-a profundamente, depois passei o braço em volta de suas costas e nos virei para que ela ficasse embaixo de mim. Péssima ideia. Meu quadril se encaixou perfeitamente no dela, como se tivesse sido feito para aquele momento.

As mãos dela acariciaram minhas costas, depois puxaram minha camisa e seguiram o mesmo caminho percorrendo minha pele nua. Meu bom senso evaporou quando me pressionei contra ela, provocando o gemido mais doce que já ouvira.

— De novo — exigiu ela, deslizando as mãos até minha bunda.

Depositei um beijo quente em sua garganta e dei a ela o que ambos queríamos. Um desejo ardente percorreu minha espinha. Beijá-la me fazia sentir como se tivesse dezesseis anos de novo, sem controle, sem experiência, apenas uma fome cega e primitiva.

— Me diga do que você precisa — pedi entre beijos, enquanto descia pelo pescoço até os seios, passando a língua no bico dos seios dela, um de cada vez.

— Eu quero que você me toque — respondeu ela, se arqueando à procura de minha boca enquanto eu pressionava os quadris contra os dela outra vez. Havia muito espaço entre nós. Muita roupa. O que era uma coisa boa... se eu conseguisse me lembrar do *porquê*.

— Me diga como. — Eu queria ouvir as palavras enquanto pressionava minha boca na pele sensível dos seus seios e depois na cavidade logo abaixo das costelas, onde sua barriga se aplainava, beijando cada linha das cicatrizes do acidente de avião.

— Ou você poderia me dizer como você *deseja* me tocar — desafiou ela, sorrindo mesmo enquanto suas costas se curvavam quanto mais perto eu chegava do botão de seu jeans.

Levantei a cabeça e encontrei seu olhar.

— Quero desabotoar sua calça, deslizar os dedos entre essas coxas macias e ver o quanto você está molhada para mim.

Seus lábios se separaram, os olhos vidrados.

— E depois eu quero mergulhar meus dedos dentro de você para poder acariciar e provocar. — Minha mão se moveu pelo cós de sua calça jeans, e eu a estudei em busca de qualquer sinal de hesitação. — Mas vou precisar que você me diga que é isso que você quer. — As pupilas dilatadas e respirações ofegantes não eram suficientes. Eu não iria estragar tudo por falta de comunicação, ou levá-la mais longe do que ela queria.

— Isso é exatamente o que eu quero — revelou ela, cobrindo minha mão com a sua e colocando-a logo acima do botão.

Porra, sim.

Com os olhos presos aos dela, abri o botão e puxei o zíper para baixo.

Ela assentiu, prendendo o lábio inferior entre os dentes.

O gesto estilhaçou meu autocontrole, e eu me posicionei em cima dela, chupando até libertar a curva macia, depois a beijei até que ficasse sem fôlego. Ela chupou minha língua para dentro de sua boca enquanto meus dedos deslizavam sob a renda da calcinha, e eu gemi.

Ela parecia o paraíso; quente, escorregadia e mais macia que cetim.

— Você está tão molhada que poderia me engolir inteiro de uma vez. — Circulei seu clitóris com o dedo médio, e suas costas se arquearam de novo.

— Nate! — Ela empurrou os quadris contra minha mão.

O som de meu nome assim em seus lábios fez meu pau latejar.

Faça ela repetir.

— Tão quente — sussurrei com outro beijo, deslizando um dedo dentro dela. — Aposto que você iria me queimar vivo. — Seria um ótimo jeito de morrer.

Eu tremia como um adolescente enquanto sentia seu calor, o jeito como seus músculos se contraíam com firmeza em volta de meu dedo indo e voltando, observando-a, catalogando exatamente o que a fazia ofegar e o que fazia seus quadris implorarem por mais.

— Ah, meu Deus — gemeu ela, cravando os dedos em minhas costas como uma mordida de prazer quando coloquei um segundo dedo, desejando que fosse meu pau.

Eu conhecia o tesão muito bem, mas isso era completamente diferente. Nunca havia vivido para o som do suspiro de uma mulher, jamais meu suspiro dependera do dela, nunca me sentira tão focado no prazer de uma mulher a ponto de o meu não importar. Meu mundo se reduzia a Izzy. Eu não queria apenas que ela gozasse; eu precisava que ela o fizesse.

Meu polegar acariciava seu clitóris, trabalhando incansavelmente enquanto meus dedos se dobravam após cada estocada, tocando repetidas vezes o local que fazia seu quadril se erguer, e sua respiração ficar ofegante.

— Linda, Isabeau. — Eu a beijei suavemente quando suas coxas travaram, depois estremeceram. — Você é tão linda. — Bastou um pouco mais de pressão do meu polegar, e ela rebolou até quase chegar ao orgasmo. Eu o senti nas inspirações rápidas, nos músculos se contraindo em volta dos meus dedos, e na rigidez daquele corpo sob o meu.

— Nate... — Ela se esfregava em meus dedos, montando em minha mão, buscando o que precisava, e eu pressionei meu pau em sua coxa para me impedir de tirar as roupas que lhe restavam e tomá-la.

Eu não podia tomá-la.

Izzy nunca me perdoaria porque não sabia...

Suas costas se curvaram e ela gritou quando gozou, suas paredes tremulando contra meus dedos, as costas arqueando continuamente.

Observá-la se derreter, sabendo que havia sido eu o responsável, era o ponto alto de toda a porra da minha vida.

Enterrei o rosto em seu pescoço, beijando a pele macia e inalando o doce aroma de seu perfume enquanto a acalmava. Só quando Izzy relaxou debaixo de mim é que eu deslizei os dedos pelo calor de seu corpo e beijei sua boca uma última vez antes de me sentar.

Eu tinha me lembrado de forma precisa por que ir mais longe me tornaria um babaca.

Ela me encarou com olhos turvos e se sentou comigo, estendendo a mão para minha calça jeans.

— Não podemos. — Voei do sofá como se estivesse pegando fogo e quase tropecei na mesa de centro. *Calma.*

— Por que não? — Ela arqueou uma sobrancelha e olhou de maneira significativa para meu pau. — Não sou cega, e obviamente você quer.

— Acredite, eu quero. O problema não é esse. — Balancei a cabeça. Saber que eu estava prestes a decepcioná-la era tudo o que me detinha. Ela merecia muito mais que um cara que entrava e saía de sua vida como um furacão. Ela merecia alguém que pudesse lhe dar tudo.

— É porque eu sugeri Fiji? — perguntou ela, e precisei de cada grama de autocontrole que já tivera, ou teria, para manter meus olhos em seu rosto, e não nos seus seios.

— Não. Eu adoraria ir para Fiji com você. — Droga, eu ainda podia sentir o gosto de sua pele, e tinha certeza de que, pelo resto da vida, ficaria instantaneamente de pau duro no segundo em que sentisse seu perfume.

— Certo, então o que há de errado?

Fitei aqueles grandes olhos castanhos e pensei em mentir, preservar o pequeno sopro de felicidade que existia naquele momento, mas simplesmente não consegui.

— Só vou poder viajar em 2017.

Ela pegou as laterais da camisa e as subiu, cobrindo aquele corpo incrível.

— Você não vai ter tempo? Precisa ir para casa em vez disso? Porque eu entendo se precisa ver sua mãe.

— Não. — Balancei a cabeça. — Na verdade ela pegou um avião para me encontrar quando cheguei em casa há alguns dias. — Além disso, mamãe sabia que, por mais que eu a amasse, nunca mais voltaria para casa enquanto houvesse um sopro de vida em meu pai. — Não podemos fazer isso porque, por mais que eu quisesse que agora fosse o momento certo para nós, não é.

— Não é? — Ela levou os joelhos junto ao peito, e meu estômago embrulhou.

— Não tem como ser. Fui designado para um novo posto. Daqui a três meses vou estar lotado na Base Conjunta Lewis-McChord. Fica no estado de Washington.

— Não é a Washington que eu esperava. — Seus ombros despencaram e ela ajeitou os fios loiros compridos atrás das orelhas.

— Sim. — Engoli em seco. — Eu não ia te contar no seu aniversário, isso não... — Porra. O que eu estava tentando dizer? — Não que isso deva te incomodar...

— É claro que me incomodo com você indo para o outro lado deste maldito país. — Ela se levantou, envolvendo os braços em volta da cintura. — E eu sei que não tenho o direito de esperar nada... você deixou bem óbvio em Savannah que não estamos juntos, mas eu tinha esperança de... — Seus olhos se fecharam, e ela soltou um longo suspiro de frustração. — Não sei o que eu estava esperando.

— Eu sim. — Fui em direção a ela e segurei seu rosto com as mãos. — Eu tinha esperança de estar muito mais perto de você do que a quatro mil e quinhentos quilômetros. Eu esperava que a gente pudesse realmente ser mais que uma possibilidade.

Ela levou a mão até meu peito.

— Eu também.

Ali estava. Tudo o que precisava ser dito e tudo o que não podíamos.

— Quanto tempo você fica por lá? — indagou ela.

— Provavelmente três anos — respondi, o mais suavemente possível.

Ela prendeu o fôlego, e a guerra de emoções travada em seus olhos foi o suficiente para esmagar meu peito.

— Três anos.

— Tem mais. — Merda. Eu tinha evitado isso desde que entrara por aquela porta e, ainda assim, ali estava eu, a um passo de cair no erro. — Minha unidade de destino já está no gráfico para rotação em alguns meses. Outro destacamento. — Eu mal conseguia pronunciar as palavras quando parecia que cada uma a rasgava por dentro.

— Você... — Seu lábio inferior tremeu. — Você vai voltar?

Passei o polegar em seus lábios e tentei ignorar a sensação de esmagamento no peito.

— Eu sempre vou voltar, Isabeau. São apenas missões mais curtas e frequentes, contanto que não se estendam. Você está na faculdade de direito. Tem coisas mais importantes para focar do que alguém que mal consegue chegar a cinco mil quilômetros de você com regularidade.

— E nós concordamos em não começar nada a longa distância. — Um sorriso triste ergueu os cantos de sua boca. — Já riscamos esse tópico.

— Sim. Não vou fazer isso com você. Mesmo quando estiver nos Estados Unidos, provavelmente vou estar em uma ou outra escola para desenvolvimento profissional. Nós só teríamos os fins de semana. — Fins de semana pelos quais eu viveria para esperar, mas não aceitaria a mesma situação para ela.

— Talvez eu pudesse aceitar os fins de semana. — Sua mão puxou minha camisa.

— Até você não conseguir mais. Até a gente não conseguir. Até se transformar em uma coisa que nos separe. Os últimos nove meses pareceram uma eternidade. Senti sua falta a cada segundo de cada dia, Izzy, e a gente nem estava em uma relação. Imagine como seriam três anos. — Eu me inclinei, apoiando a testa na sua. — Nós mataríamos a possibilidade de nós dois, antes mesmo de termos uma chance real de sucesso. Não quero desperdiçar essa chance usufruindo dela antes de estarmos prontos.

— Então por que você veio? — ela perguntou baixinho, seus olhos procurando os meus.

— Porque eu não consegui ficar longe. — A verdade era simples e, ainda assim, complicava tudo.

— E é o que você quer para nós? — Uma de suas mãos deslizou para minha nuca. — Sermos o quê? Amigos por correspondência? Amigos? Você quer que eu namore outros caras enquanto você namora outras garotas?

Cerrei os dentes.

— Claro que não é isso que eu quero! — consegui responder de algum modo. Ela havia me contado tudo sobre os caras com quem tinha namorado enquanto eu estava longe. Todos estudantes de direito. Todos ali. Todos infinitamente mais capazes de fazê-la feliz. — Mas é onde nós estamos. Eu quero que você viva, Izzy. Quero que assista às aulas e fique animada para as noites de sexta-feira. Quero que você sorria e gargalhe, e não passe meses trancada no quarto me esperando. Me mataria ver você desperdiçar a sua vida desse jeito. Eu quero que a gente tenha a chance que merece, o que significa que nós dois temos que concordar que o momento é certo, e simplesmente... não é. Ainda não.

— Você já pensou em sair? — A pergunta era um sussurro, apenas algumas palavras a separavam de um pedido.

— E fazer o quê? — Levantei a cabeça.

— Ah, não sei. — Ela deu de ombros, seu sorriso era tudo menos feliz. — Você disse no avião que gostaria de dar aulas.

Aquele sonho parecia estar a uma vida inteira de distância.

— A gente poderia se mudar para algum lugar onde desse para observar a dança dos pinheiros — continuou ela. — Como uma estação de esqui. Ou uma daquelas torres onde você observa o deserto em busca de incêndios.

— Porque esse é um bom uso do seu conhecimento — provoquei.

— Por favor. Colabore. — Ela puxou minha camisa e me encarou com olhos suplicantes. — Só finja comigo por um minuto.

Baixei as mãos para sua cintura e a puxei para mim, então ignorei a pulsação do meu pau, que não tinha perdido a esperança de que eu mudasse de ideia. O que eu não faria.

Ela significava mais para mim que uma única noite, e eu estava de olho no longo prazo. No longuíssimo prazo.

— Poderíamos abrir um restaurante. — Eu sorri.

— Você sabe cozinhar? — perguntou ela.

— Não. — Meus ombros tremeram com uma risada irônica.

— Sei fazer um ótimo queijo quente.

Beijei sua testa.

— Então aí está. Vamos abrir um restaurante de queijo quente.

Ela riu, balançando a cabeça.

— Vamos. Vamos para a cama.

Dormir significava que estaríamos horas mais perto de minha partida.

— Sinto muito por estragar seu aniversário — sussurrei. — Nunca foi minha intenção.

Ela apontou para o relógio na parede.

— São onze e meia, o que significa que ainda tem salvação, se você concordar em ir para a cama comigo. Mesmo que seja só para dormir.

— Só para dormir — repeti, sabendo que deitar ao lado dela apenas resultaria em uma noite insone, em que eu me imaginaria realizando todas as fantasias que tivera nos últimos nove meses. Parecia a mais requintada forma de tortura, e eu estava pronto.

Ela recuou lentamente.

Eu a segui.

CAPÍTULO DEZESSETE
NATHANIEL

Cabul, Afeganistão
Agosto de 2021

— Vai se esconder aqui a manhã toda? — perguntou Torres, se encostando na porta com um tornozelo cruzado sobre o outro.

— São sete da manhã, e não estou me escondendo. — Virei a página de meu livro e o ignorei, me recostando na cabeceira da cama, as pernas esticadas à minha frente.

— Para mim parece que está se escondendo.

Eu não estava me escondendo. Já estava vestido, armado e pronto. Simplesmente não estava de serviço. Graham sim, e ele era totalmente capaz de bancar o guarda-costas enquanto Izzy e o Babaca tomavam café da manhã.

— Você não tem nada melhor para fazer? — perguntei a Torres, pegando o marcador da mesa de cabeceira e destacando uma linha, parando no meio do gesto. Não que eu fosse dar o livro para Izzy. Já havia pelo menos algumas dezenas por ali, todos marcados e encaixotados. *Força do hábito e tudo mais.*

— Ei, só estou aqui porque pelo jeito você não consegue resolver suas merdas. — Ele deu de ombros. — Se conseguisse, já estaria lá fora, tentando impedi-la de ir para Candaar.

— Minhas merdas estão em ordem. — Li o mesmo parágrafo duas vezes antes de desistir e fechar o livro. — Percebi que não tenho a obrigação de convencê-la de nada. Ela tem alguém para isso.

Babaca. Ela ia se casar com o *babaca*. Depois de tudo pelo que ele a havia feito passar, ela ainda assim tinha aceitado, ainda assim tinha colocado o anel na mão esquerda.

Esfreguei o peito, logo acima do esterno, e senti meu pequeno amuleto se mexer na corrente contra a pele. Já havia passado da hora de deixar aquilo em casa, de reconhecer aquilo pelo mau presságio que, de fato, era, mas toda vez que o tirava eu o colocava de volta.

— Sim. Parece que você manda bem em tudo. — Torres revirou os olhos. — Juro por Deus, nada te fode mais do que aquela mulher.

— Ela não está me fodendo. — Virei a página com mais força do que necessário.

— Talvez seja esse o problema, então. — Ele se afastou da porta e atravessou a sala. — Quando foi a última vez que vocês dois estiveram no mesmo espaço e não acabaram na cama?

Coloquei o livro na mesa de cabeceira. Ler com Torres pegando no meu pé era inútil.

— Nova York.

— Sim, foi o que eu pensei. — Ele esfregou a nuca. — Quer chamar Jenkins para assumir?

— Não. — Por mais chateado que estivesse, por mais desapontado que me sentisse por Izzy ter *se acomodado*, não significava que eu não iria cumprir a missão, ou colocá-la em uma posição em que poderia se machucar.

Alguém bateu à minha porta.

Murmurei um xingamento e tirei as pernas da cama enquanto me levantava para atender. Quando abri a porta, Graham estava do outro lado.

Torres saiu para o corredor.

— Ótimo, agora ele pode lidar com a sua cara de bunda.

— Há novas informações — disse Graham, com o rosto tenso. — Vamos fazer um briefing.

— Vamos nessa. — Pendurei o rifle no ombro e fechei a porta atrás de mim. Acho que era hora de enfrentar a realidade e o babaca.

Talvez eu *estivesse* me escondendo.

Meia hora depois, fomos brifados, e parei de evitar Izzy; em vez disso, procurei por ela. Sob quaisquer outras circunstâncias, eu não hesitaria quanto a estar num país em guerra, onde minha única missão era retirar o maior número possível de americanos.

Mas aquelas não eram circunstâncias normais. Eu tinha de pensar em Izzy.

Atravessei o saguão lotado da embaixada e pisei na sala de conferências que as equipes do Congresso haviam confiscado, passando por Parker, que montava guarda na porta. Levei dois segundos para encontrar Izzy no caos organizado daquele espaço.

Parada no canto mais distante, ela tinha um telefone entre o ombro e o ouvido enquanto os assistentes moviam as pastas na beirada da mesa comprida. Um deles quase derrubou um notebook. Acho que não éramos apenas nós que estávamos no limite.

Depois de fazer uma varredura rápida para ter certeza de que o babaca não estava no ambiente, fui em direção a Izzy. Ela estava vestida com calça azul-marinho e uma blusa de tom mais claro, o cabelo preso em um coque baixo que parecia capaz de sobreviver a um capacete.

Porque usar capacete era a única maneira de deixá-la sair daquele edifício.

— É óbvio que não há problema — disse ela ao telefone, surpresa ao notar minha aproximação. — É você que está acordada no meio da noite.

Seus olhos estavam levemente avermelhados, e não do tipo fiquei-a-cordada-a-noite-toda-chegando-ao-orgasmo-repetidas-vezes ao qual eu estava dolorosamente habituado quando se tratava de Izzy. Apesar de ter feito um bom trabalho com a maquiagem, a pele abaixo das pupilas castanhas ainda parecia inchada. Tinha andado chorando. Ela inclinou o queixo e sustentou meu olhar, como se estivesse me desafiando a fazer algum comentário sobre o assunto.

— Com certeza, senadora Lauren — continuou ela.

— Precisamos conversar — avisei, mantendo a voz baixa para que a senadora não ouvisse.

Izzy suspirou.

— Acho que pode haver algumas preocupações de segurança — disse ela no telefone. — O chefe do nosso destacamento precisa conversar comigo.

Assenti.

— Eu vou perguntar. — Ela cobriu o microfone. — A missão de hoje oferece perigo imediato?

— Sua presença neste país é um risco. Mais três províncias caíram ontem.

Seus olhos se arregalaram e o nó dos dedos ficou branco ao telefone.

— Não a província de Balkh. — Eu a tranquilizei. — Mazar-i-Sharif continua de pé.

Ela soltou um suspiro de alívio e descobriu o microfone.

— Senadora, parece que nós temos um problema. Se a senhora não se importa em esperar, vamos para algum lugar mais reservado.

Izzy apontou para a porta e eu assenti, conduzindo-a para fora da sala de conferências, até um escritório vazio ao lado. Chequei o cômodo com um rápido olhar, depois tranquei a porta atrás de nós enquanto Izzy ajeitava o telefone na mesa bagunçada, apertando o botão do viva-voz.

— Você está no viva-voz, senadora Lauren, mas estamos só o sargento Green e eu nesta sala — disse Izzy, cruzando os braços. Havia algo errado com o gesto, mas eu não conseguia determinar o quê.

— Sargento Green, creio que você é o líder da segurança de minha equipe? — perguntou a senadora, a voz surpreendentemente alerta para alguém quase no meio da noite em Washington.

— Eu sou, senhora.

— O que pode me dizer sobre a segurança da viagem de Isa para Candaar hoje? — perguntou ela.

Por uma fração de segundo, fingi que a mulher à minha frente não era Izzy, apenas mais uma assessora em apenas mais uma missão. Mas não era.

— Candaar é preocupante. A cidade está sitiada há meses, e não caiu *ainda*, mas todos os civis foram convidados a se retirar há seis dias, e o aeroporto está sob constante ameaça. Não sou a favor de levar a srta. Astor para esse tipo de ambiente. Os vistos da equipe estão aqui, e, até onde eu sei, o plano é que sejam levados amanhã pela Força Aérea afegã. Não vejo razão para a viagem, honestamente. Sim, seria uma ótima oportunidade para tirar fotos, mas ela pode tirar as fotos amanhã, assim que chegarem a Cabul. A entrega dos vistos pessoalmente coloca a srta. Astor em perigo desnecessário.

Izzy mudou a perna de apoio e se encostou na borda mais limpa da mesa.

— Não me importo com o perigo.

— Mas eu com certeza sim — respondeu a senadora. — E o que eu preciso te contar complica ainda mais as coisas.

Fiquei tenso com o tom de voz da senadora.

— Recebemos uma ligação esta noite da treinadora, e parece que eles não estão confortáveis com o plano de evacuação.

Izzy franziu a testa.

— Não estão?

— Não. Disseram que, considerando a situação da cidade, não confiam em qualquer um dos homens que alegam ser da Força Aérea afegã, que está, obviamente, coordenando a viagem.

— Porra — murmurei baixinho, esfregando a ponte do nariz.

Izzy me repreendeu com um único olhar.

— Entendo.

— Newcastle perguntou a eles o que os deixaria confortáveis o suficiente para sair, e mencionou que você estava no país, pensando que a informação transmitiria alguma tranquilidade — continuou a senadora.

Reprimi outro xingamento, sabendo exatamente aonde aquela conversa estava fadada a chegar.

— Eles disseram que só confiariam em você, Isa.

Merda. Eu odiava quando tinha razão.

— Ah. — Izzy agarrou a borda da mesa. — Porque não confiam na Força Aérea?

— Eles não confiam que sejam quem alegam ser — argumentei.

— Infelizmente, é um problema comum. Presumo que a equipe esteja escondida para o caso de a cidade cair?

— Estão — respondeu Izzy. — Deveriam ser transferidos...

— Para o aeroporto hoje, a fim de serem evacuados amanhã — terminei. — É por isso que iriam se encontrar com você lá, para pegar os vistos.

Izzy assentiu.

Minha mente começou a trabalhar.

— Se eu conseguir que uma operadora tome o lugar da srta. Astor, isso seria suficiente?

Izzy balançou a cabeça enquanto a senadora Lauren respondia:

— Não, infelizmente não.

— Nós nos falamos por Skype como parte do planejamento — explicou Izzy. — Eles conhecem meu rosto.

O silêncio tomou o escritório.

— Isa, não vou pedir que você se coloque em perigo para resgatar aquelas meninas... — começou a senadora.

— Não podemos simplesmente abandoná-las lá — interrompeu Izzy, o olhar fixo no meu.

— Isso pode ser feito com segurança... Sinto muito, não sei seu primeiro nome — disse a senadora.

— Isso é intencional, senhora. — Olhei para o mapa emoldurado do Afeganistão na parede, pensando nas instruções de segurança, na avaliação de riscos e nas meninas, que não tinham cometido nenhum crime além de serem inteligentes e quererem ter direito a educação. — São seis garotas?

— E os pais — forneceu Izzy. — Alguns irmãos também.

Fiz que sim com a cabeça.

— No momento o aeroporto de Candaar está sob o controle das Forças Especiais afegãs. Se conseguirmos levar a equipe até o aeroporto, e se tivermos sorte de contar com uma zona de pouso segura... compreendendo que passaríamos o mínimo de tempo possível em terra... pode ser feito. — Eu odiaria cada minuto, mas poderíamos fazer isso.

— Com perigo mínimo para a srta. Astor e as vidas que serão resgatadas? — perguntou a senadora.

— Com todo o respeito, senhora, não existe perigo mínimo neste país no momento, mas aquelas meninas estarão em perigo considerável se continuarem onde estão.

— Isa? Eu nunca exigiria que você arriscasse sua vida.

— Eu sei. — Izzy engoliu em seco e fez menção de prender o cabelo atrás das orelhas, embora os fios já estivessem presos no coque. Ela estava nervosa.

— Nós só temos hoje — argumentei. — No ritmo em que este país está desmoronando, Cabul vai cair no próximo mês, se não mais rápido, e eu sinceramente não sei quanto tempo Candaar ainda tem.

— Os relatórios de inteligência disseram que tínhamos de seis a doze meses — revelou a senadora Lauren, baixinho.

— As coisas mudam, senhora.

— Nós vamos hoje. — Izzy endireitou os ombros. — Vou ligar para a treinadora Niaz. Tenho o número. — Depois de trocar mais algumas gentilezas e felicitações, ela encerrou a ligação.

— Você tem uma hora para se despedir do babaca, e depois nós temos que partir — avisei, saindo do escritório e deixando Izzy para trás.

Pelo visto, iríamos para Candaar.

◆◆◆

Três horas mais tarde, deixamos todos os outros membros da delegação de Izzy para trás e voamos com os três operadores de minha equipe e mais quatro, já que nenhum dos outros assessores do Congresso deixaria a embaixada naquele dia. Com uma frota de quatro Blackhawks no ar, eu ainda desejava que tivéssemos mais poder de fogo.

Izzy estava sentada à minha frente como em qualquer outro voo, olhando pela janela, e eu lhe entreguei meus fones e o celular, mas não os coloquei em seus ouvidos como antes. Peguei meu livro e desviei o olhar de forma óbvia, antes que Izzy pudesse rejeitar minha oferta.

Depois de ver Covington no corredor na noite anterior, eu não tinha certeza de como reagiria se Izzy mais uma vez me lembrasse de que tudo o que eu tinha não era bom o bastante.

Ela havia conseguido falar com a treinadora Niaz, e a equipe de xadrez estava a caminho do aeroporto naquele instante. Tão desconfiados quanto a senadora tinha deixado implícito, e eu não podia culpá-los. Com alguma sorte, ficaríamos em terra firme menos de uma hora, então decolaríamos mais uma vez, antes que o Talibã descobrisse que estávamos ao alcance dos morteiros.

O detalhe não impediu que minha pulsação aumentasse à medida que nos aproximávamos de Candaar.

Guardei o livro quando pousamos e pendurei a mochila nos ombros, enfiando o telefone e os fones de ouvido em um dos bolsos do uniforme quando Izzy os devolveu. A distância entre nós era palpável, dolorosa e necessária. A chegada do babaca havia sido um lembrete de que o anel em seu dedo significava alguma coisa.

Os helicópteros desligaram os motores enquanto todos saíamos.

Não foi a primeira vez que estive no aeroporto de Candaar, mas poderia muito bem ser a última. A destruição do relatado bombardeio era óbvia nos arcos decorativos quebrados e nas pilhas de entulho alinhadas à cerca de arame farpado. A pista também havia sido danificada.

O sol batia em meus antebraços enquanto nos movíamos em equipe, caminhando rapidamente em direção ao terminal, onde nosso contato do exército afegão nos encontraria. Mantive Izzy ao meu lado e meus olhos atentos, absorvendo cada detalhe de nosso entorno, com Graham cobrindo a retaguarda.

Um oficial afegão esperava no fim da passarela que ligava a pista ao terminal, escoltado por seis de seus próprios soldados. Os homens pareciam ter descido ao inferno e sido arrastados de volta.

— Trinta centímetros — avisei a Izzy, assim que o barulho dos rotores diminuiu.

— Nem tanto — retrucou ela em voz baixa, segurando a alça da bolsa a tiracolo.

— Espertinha — murmurei. — Trinta centímetros é a distância máxima que você pode ficar longe de mim enquanto estivermos aqui.

— Você não confia nas forças afegãs? — perguntou ela, discretamente.

— Em alguns, com certeza. — Mantive as mãos em meu rifle. — Mas não vivi tanto tempo confiando em alguém que não conheço pessoalmente. — E eu não confiava em *ninguém* quando se tratava de Izzy.

— Entendido. — Ela olhou para mim quando estávamos na metade do caminho. — E se eu tiver de fazer xixi? Sua regra dos trinta centímetros se aplica então?

— Ficarei feliz em te passar o papel higiênico.

— Descrição bem realista. — Ela franziu o nariz.

— Você que tocou no assunto. Ficaremos aqui apenas uma hora, lembra? Agilize.

Alcançamos nosso contato e eu apertei a mão do jovem capitão enquanto os outros mantinham as suas nas armas.

— Os evacuados estão prontos?

— Chegaram há cerca de trinta minutos — respondeu ele, nos conduzindo para o terminal. Dois de nossos operadores ficaram para trás, a fim de proteger a entrada e para reconhecimento. — Podemos estar perdendo os limites da cidade, mas ainda controlamos a estrada do aeroporto.

— É bom ouvir isso. — Se perdessem a estrada, não haveria rota de evacuação para qualquer pessoa na cidade. Estávamos oficialmente cercados.

O ar-condicionado ainda funcionava, o que foi um alívio. O piso e as cadeiras estavam cobertos de poeira, e duas das janelas em minha linha de visão haviam sido fechadas com tábuas.

Izzy levou a mão à alça do capacete sob o queixo.

— Deixe.

— Talvez assuste as meninas se eu entrar vestida como se pudéssemos ser bombardeados a qualquer momento — sussurrou ela.

— Duvido muito que elas esperem algo diferente. — Passamos por grupos de militares e civis reunidos, à espera de evacuação. — Talvez você esteja esquecendo de que a guerra não é novidade para as crianças daqui, ao contrário do que acontece com as americanas. O capacete fica na cabeça.

— Você vai ser agradável assim durante toda a viagem? — Ela arqueou uma sobrancelha, mas me acompanhou passo a passo.

— Sim.

— Parece ok — disse Graham, apontando para uma área à direita.

Olhei para lá; fileiras de cadeiras que compunham o que havia sido uma área de espera VIP. Sem janelas fechadas com tábuas. Vidro que poderia ser aberto se precisássemos. Uma passagem direta para a pista e nossos helicópteros. Exposto o bastante para uma saída rápida, mas defensável, e poderíamos controlar o entorno.

— Vai servir — falei para o oficial afegão. — Por favor, traga os evacuados até aqui.

— Nós os deixamos esperando...

— Aqui — insisti, em um tom que não abria espaço para discussão.

Ele olhou pela janela, na direção de nossos helicópteros, e assentiu; então, em pashto, ordenou que dois de seus soldados escoltassem o time de xadrez até nós.

Os outros agentes se espalharam para estabelecer um perímetro favorável.

— Vão estar aqui em breve — avisou o capitão, em inglês. — Existe mais alguma coisa que possamos fazer?

— Não, obrigado — respondi. — Tenho certeza de que você tem coisas muito mais importantes para fazer.

— De fato, tenho. — Ele apertou minha mão novamente e partiu, deixando dois de seus soldados conosco.

Izzy e eu ficamos no meio da sala de espera.

— Ele enviou os soldados para buscá-los? Você tem certeza?

Fiz que sim com a cabeça.

— Eu falo pashto.

— Lógico que fala. — Ela balançou a cabeça. — Essa é outra nova habilidade?

— Não. — Esquadrinhei os arredores, sem baixar a guarda. Eu sabia que devíamos estar seguros ali, mas Izzy seria um troféu fantástico e valioso para nossos inimigos.

— Só mais uma coisa que você não me contou. — Seu tom era baixo, mas incisivo.

— O número de línguas que eu falo não parecia valer o espaço em uma carta, e eu jamais quis desperdiçar seu tempo. Mas pelo jeito você... — Travei o queixo para acalmar as palavras. Aquele não era o momento nem o lugar para abordar o assunto com ela.

Ela me encarou, estreitando os olhos.

— Desembuche.

Balancei a cabeça.

— Eu sei que você está puto com o lance do Jeremy. Vi a decepção no seu olhar. Te conheço bem o suficiente para ler suas emoções, sargento Green. Conhecia, pelo menos. — Ela cruzou os braços, tamborilando os dedos neles.

— Você não tem ideia do que eu penso sobre aquele babaca.

— Como se o apelido não fosse um sinal óbvio. — Seus dedos se moveram mais rápido.

A raiva cresceu, anulando meu bom senso.

— Ele te abandonou em Georgetown, caralho — disparei o mais baixo possível.

— Abandonou.

— Forçou você a se formar mais cedo, a deixar seus amigos e se matricular em uma faculdade que nem era sua primeira escolha, e depois *te largou*. — Lancei um olhar do tipo *mas-que-porra* em sua direção.

Torres levantou uma sobrancelha para mim de seu posto, perto da parede, obviamente nos ouvindo.

— Eu lembro. Eu estava lá.

— Sim, bem, eu também estava. — Olhei para o restante de minha equipe, todos concentrados exatamente no que deveriam fazer. Eu era o único engajado em um comportamento digno de um colegial, discutindo com uma mulher que nem era minha ex.

— Desça do pedestal. Jeremy não foi o único que sumiu da minha vida em algum momento.

Ignorei a alfinetada, porque era verdade. Mas ela obviamente tinha perdoado o babaca, e eu havia recebido o tratamento oposto.

— Quando vocês dois voltaram? Antes de Nova York? Isso explica tudo.

— Não! — sibilou Izzy. — Só depois que eu fui para Washington. Meus pais me levaram para almoçar, e lá estava ele, com a família... — Ela suspirou. — Eu não te devo explicações.

— Não, não deve — concordei. — E nenhuma explicação que ele pudesse ter arranjado seria suficiente. Você merece muito... mais.

Sua cabeça virou em direção à minha e três coisas aconteceram ao mesmo tempo.

Enfim descobri o que vinha me incomodando no modo como ela havia posicionado as mãos o dia todo. Não eram as mãos. Era o que *não estava* em sua mão... seu anel de noivado.

A equipe de xadrez veio pelo corredor, escoltada pelos soldados afegãos.

E a pista explodiu.

CAPÍTULO DEZOITO
IZZY

Georgetown
Dezembro de 2016

Se eram nove da manhã ali, então eram seis e meia da tarde no Afeganistão, o que significava que talvez eu estivesse comendo ao mesmo tempo que Nate. Evidentemente ele estaria jantando, e eu estava brincando com uma pilha de panquecas, mas, ainda assim, era como se estivéssemos comendo juntos.

— É por isso que ela está se especializando em trabalhos de caridade. Não é, Izzy? — O tom de Serena exigia minha atenção.

Pisquei, erguendo o olhar do prato, e deparei com Serena arqueando uma sobrancelha para mim, do outro lado da mesa de jantar.

— Certo. Sim. Exatamente — concordei. Era para ser um encontro duplo, e eu não estava cumprindo minha parte no acordo. Olhei do atual namorado de Serena, Ramon, para o amigo que ele havia escolhido para mim.

Merda. Qual era o nome dele? Sam? Sandy? Shane? Algo com S. Não que ele não fosse fofo. O cara tinha lindos olhos castanhos, pele suave queimada pelo sol e um belo sorriso. Era só que...

Eu não tinha jeito.

— Que legal trabalhar com caridade — disse ele, me oferecendo um sorriso cheio de dentes.

— E você? — Viu? Eu era capaz de manter uma conversa.

Suas sobrancelhas escuras se uniram.

— Estou na área de tecnologia, lembra?

Serena me chutou por baixo da mesa.

— Claro! — Lancei um olhar para minha irmã. — Só quis dizer, como você se vê seguindo carreira nesse setor específico.

— Ah. — Ele sorriu novamente. — Estou bem focado no mercado financeiro e em como tornar os serviços bancários mais acessíveis em locais remotos...

Locais remotos como onde Nate estava. Meus pensamentos abafaram seu monólogo.

Deus, o que havia de errado comigo? Já haviam se passado meses desde que eu fora capaz de manter um relacionamento, e ali estava eu de novo, escolhendo a *ideia* de Nate em vez de um cara de verdade. Talvez também tivesse sido aquilo o que dera errado no último relacionamento de Nate. Ele se envolvera com alguém havia alguns meses, e por um minuto eu tinha me perguntado se realmente faríamos a viagem que reserváramos para Fiji, em junho. E sim, eu também estava com ciúme. *Super*ssaudável.

Nossas cartas se transformaram em e-mails nos dezoito meses desde a última vez que o vira, e mesmo os e-mails tinham se tornado menos frequentes desde que ele saíra em missão novamente. Eu havia perdido a conta de quantas missões tinham sido.

Meu celular vibrou em cima da mesa, e Serena inclinou a cabeça para mim enquanto eu o pegava para verificar se havia uma mensagem. Não, era só um e-mail. Eu tinha configurado para o Google me enviar alertas uma vez por semana, e deviam ser apenas os relatórios.

Mas não. Meu coração parou ao chegar no campo de assunto.

Nathaniel Phelan.

Parei de respirar e bati violentamente o dedo na tela do celular, como se o gesto fosse capaz de fazer o aplicativo abrir mais depressa. Ele estava bem. Ele tinha de estar bem. Nate não estar bem não era uma opção. E, ainda assim, eu não conseguia respirar.

Quando cliquei no link, um zumbido surdo encheu meus ouvidos enquanto um site de obituário era carregado.

Não.

Meu mundo não poderia existir sem que ele estivesse vivo em algum lugar.

Pisquei quando o artigo apareceu. *Alice Marie Phelan.* Deslizei o obituário, o estômago embrulhado quando passei da metade. *Deixa o marido David e o único filho, Nathaniel.*

A mãe de Nate tinha morrido. De acordo com o obituário, seu funeral, uma cerimônia no próprio túmulo, seria às quatro da tarde daquele dia.

Nate ficaria arrasado.

— Preciso ir. — Peguei uma nota de vinte na bolsa e joguei sobre a mesa, já correndo para a porta antes que Serena pudesse sequer chamar meu nome.

◆◆◆

Às 15h44 daquela tarde, tropecei para fora carro que alugara no menor aeroporto que já vira, e abri o guarda-chuva que havia levado comigo. Só tivera uma hora para me trocar no único quarto de hotel disponível da cidade — que também era o mais caro —, mas pelo menos eu já tinha um vestido preto no armário, pronto para colocar na bagagem de mão. Conseguir um voo? Aquilo sim tinha sido... complicado. Mas eu havia conseguido.

Era de imaginar que nevasse em dezembro em Illinois, mas uma chuva gelada atingiu o guarda-chuva enquanto eu contornava a frente do sedan e entrava no cemitério. Meu coração batia forte enquanto eu seguia até a pequena multidão reunida nas proximidades, o salto alto afundando na grama marrom a cada passo.

Meu celular tocou no bolso, e eu me atrapalhei para tirá-lo da jaqueta. Uma mensagem apareceu na tela.

> **Mamãe:** Serena disse que você abandonou o café esta manhã?

Ela escolheu *esse momento* para se preocupar?
Balancei a cabeça e coloquei o celular de volta no bolso.
As pessoas avançaram, e eu segui o mar de guarda-chuvas até finalmente alcançar a última fileira do que pareciam ser duas fileiras cheias de cadeiras dobráveis, postas na extremidade da última fila de lápides.
Vi coroas de flores coloridas e um caixão fechado, elevado sob um amplo dossel verde à frente das cadeiras. A multidão continuava a se arrastar pelo corredor, algumas pessoas se sentando em uma das fileiras, outras prosseguindo, apenas para dar meia-volta.
Estavam dando pêsames à família.
Com o estômago embrulhado, apertei o cabo do guarda-chuva e me ocorreu, pela primeira vez, que talvez tivesse cometido um erro. Havia me preocupado tanto em tentar chegar a tempo que não tinha considerado a possibilidade de que eu *não deveria* estar ali.
Havia uma grande probabilidade de que Nate não me quisesse ali, uma grande probabilidade de que ele já *estivesse* acompanhado. Vamos combinar que ele não tinha ligado para mim.
Ou talvez o próprio Nate não estivesse presente, e eu estivesse me metendo em uma multidão de completos estranhos.
De todo modo, eu não tinha certeza se seria bem-vinda.
Talvez apenas escolher um lugar para sentar fosse minha melhor opção.
Meu bolso zumbiu novamente, e eu puxei o celular. Outra mensagem apareceu na tela inicial.

> **Mamãe:** ISABEAU ASTOR, é melhor você me responder AGORA.

> **Mamãe:** Não me faça mandar gente te procurar!

Digitei uma resposta rápida.

> Isabeau: A mãe do meu amigo Nate morreu. Estou no funeral. Falo com vc mais tarde.

Enfiei o celular de volta no bolso e esperei que aquilo fosse o suficiente para impedi-la de surtar.

— Que pena — disse uma mulher atrás de mim. — Alice era um anjo.

— Aquela curva sempre foi perigosa. Carl me contou que as marcas de pneu mostram que o garoto Marshall estava na contramão — acrescentou outra, sua voz baixando quando passamos pela terceira fila de assentos molhados pela chuva. — Bateram de frente.

Ela havia morrido em um acidente de carro.

— Olhe para aqueles dois — disse a primeira mulher, com um suspiro. — Não conseguem nem ficar um ao lado do outro lá em cima.

Olhei por cima do ombro o mais discretamente possível, e vi uma mulher com uma única mecha grisalha no cabelo ruivo inclinada para a direita, olhando além de mim.

— Você e eu sabemos que aquele garoto não voltou para casa desde que entrou para o exército — respondeu a amiga. — Sempre foi rebelde.

— Como você pode culpá-lo, depois do modo como David... — Ela hesitou. — Bem, nenhum de nós chegou a fazer algo por ele, não é?

Eu me inclinei para a direita, procurando-o entre o grupo de pessoas à minha frente.

E eu o vi.

Meu peito ameaçou implodir, mas me forcei a respirar. Nate estava parado de modo estoico à beira da cobertura, no final do corredor; a chuva caía incessantemente, encharcando seu cabelo e o sobretudo preto. Ele assentiu com a cabeça para algo que a mulher à sua frente disse, então apertou a mão do homem logo atrás enquanto ela seguia em frente, virando para a esquerda a fim de fazer o mesmo com alguém que eu não conseguia ver.

Eu não conseguia tirar os olhos daquele rosto enquanto a fila andava sem parar. Ele não demonstrava emoção, cumprimentava cada pessoa com os mesmos movimentos robóticos. A cabeça tombada para a frente e a expressão vazia no rosto feriam fisicamente meu coração.

O homem mais velho à minha frente se virou para Nate.

— Sinto muito por sua perda, filho. Sua mãe era uma joia.

— Obrigado — respondeu Nate, apertando a mão do homem, mas não havia nenhuma entonação em sua voz, nenhuma vida.

O homem se virou para o outro lado do corredor, e eu dei um passo à frente para me postar no lugar que ele havia desocupado, inclinando meu guarda-chuva para trás enquanto encarava Nate.

— Isabeau? — Seus olhos avermelhados brilharam quando encontraram os meus.

— Sinto muito pela sua mãe, Nate. — Levantei o guarda-chuva para cobrir nós dois.

Ele me encarou em silêncio durante um longo instante, então estendeu a mão para mim e me puxou para si. Seus braços envolveram minhas costas, e eu senti a tensão em cada linha rígida daquele corpo enquanto minha bochecha descansava na lapela gelada e úmida de seu casaco.

— Vim assim que soube — sussurrei.

Ele deve ter se inclinado, porque senti seu queixo se mexer no topo de minha cabeça, na frente de onde tinha prendido meu coque francês.

— Obrigado.

— Vejo você depois — prometi.

— Fique. — Seus braços se afrouxaram e, quando me movi para recuar, ele pegou minha mão livre e me puxou para o lado esquerdo, entrelaçando os dedos congelados aos meus antes de cumprimentar o próximo na fila.

Segurei o guarda-chuva sobre ele o melhor que pude. Restavam apenas algumas pessoas, mas ofereci a cada uma delas o que esperava ser um aceno apropriado de agradecimento, enquanto ofereciam condolências por uma mulher que eu nunca conhecera.

Uma mulher que Nate amava de todo o coração.

Os últimos da fila prestaram sua homenagem enquanto o ministro tomava seu lugar debaixo do dossel, então me deparei com um homem que eu não precisava conhecer para saber que se tratava do pai de Nate.

Nate era alguns centímetros mais alto, mas os dois tinham o mesmo nariz, a mesma estrutura facial, e, muito embora fossem mais escuros que os de Nate, os olhos dele pareciam infinitamente mais frios quando me fuzilou com o olhar.

— Todos podem se sentar, por favor — instruiu o ministro. — Começaremos em poucos minutos.

Nate se colocou entre mim e o pai, depois se sentou no assento do corredor, se encolhendo quando me sentei na cadeira de metal ao lado.

— Desculpe. Você deve estar congelando.

— Não se preocupe comigo. Vou ficar bem. — A chuva havia encharcado meu casaco de lã enquanto eu mexia no guarda-chuva, tentando manter Nate protegido. Ele esticou a mão por sobre meu colo para pegar a minha, e eu a segurei, apertando com força.

— Só tinham um dossel — explicou ele, de frente para o ministro. — E eu pensei que minha mãe é que deveria ficar coberta.

— Você foi incrível. — Esfreguei meu polegar sobre sua pele gelada, desejando ter outra maneira de aquecê-lo.

— Como você soube? — Ele olhou em minha direção.

— Configurei um alerta do Google para o seu nome — admiti. — Mas semanalmente. Eu deveria ter definido diariamente, então teria sabido mais cedo. Eu teria chegado aqui antes.

— Estou feliz que você esteja aqui. — Ele apertou minha mão. — E, se eu estivesse em condições de pensar... em qualquer coisa na semana passada, provavelmente teria te ligado, mas acho que não percebi o quanto queria você aqui até que te vi. — Seu olhar se desviou para o caixão. — Ela sofreu um acidente de carro e teve morte instantânea. — Ele engoliu em seco. — Então, pelo menos ela não sofreu.

— Sim — concordei, sem saber o que dizer, ou por que as cadeiras ao meu lado estavam vazias. — Mas ainda sinto muito que você a tenha perdido.

— Não posso falar sobre ela. Não lá em cima. Em nenhum lugar. Simplesmente não posso.

— Então não faça.

Ele assentiu e a cerimônia começou.

Pareceu curta, mas eu só tinha o funeral de meus avós para comparar. As tias de Nate falaram e o pai recitou um poema, mas Nate balançou a cabeça quando o pastor olhou em sua direção. O vento soprava com mais intensidade, entorpecendo meu rosto enquanto a cerimônia chegava ao fim.

Eu me levantei quando Nate o fez.

Eu me movi quando ele o fez.

Eu o segui para onde ele foi.

Éramos só nós e as pessoas que presumi serem parentes próximos no momento em que os coveiros estavam prontos para sepultar a mãe de Nate.

O corpo de Nate enrijeceu quando o pai se aproximou de nós ao lado do caixão.

— Vamos ter que conversar sobre a fazenda. — Seu pai plantou os pés na frente de Nate e se inclinou para a frente. — Chega de me evitar, garoto.

Seu tom me disse tudo o que eu precisava saber sobre a relação dos dois.

Tem alguma coisa de que você tem medo? Tem que ter alguma coisa, certo?

Com certeza. Ficar parecido com o meu pai.

Não foi o que Nate tinha dito naquele dia, na praia?

Nate soltou minha mão e levantou o braço à minha frente, gentilmente me empurrando para trás.

— Não é hora para isso, David — disse uma das tias, a mulher mais velha, enquanto fechava o guarda-chuva, agora que a chuva havia passado. Tinha o cabelo preto, como o de Nate, e a postura de seus ombros me dizia que não era muito fã do pai dele.

Abaixei o guarda-chuva também, apertando o botão para fechá-lo enquanto a tensão aumentava.

O pai de Nate explodiu.

— Que outra hora devemos conversar sobre o assunto? — explodiu. — Ele não me dirigiu uma única palavra desde que chegou em casa, e todos nós sabemos que vai voltar para o Afeganistão amanhã cedo. Vamos conversar então?

Amanhã de manhã? Meu coração parou.

— Não é nenhum segredo que ela deixou a fazenda para ele — disse a outra tia, vindo se postar ao lado da irmã. — Todos nós vimos o testamento.

— Deveria ser minha — argumentou o pai, mas Nate não moveu um músculo. — Eu era o marido dela. — Quando não conseguiu arrancar uma reação de Nate, ele se voltou para mim. — Talvez sua linda garotinha...

— Não fale com ela, porra. — Nate deu um passo à frente, simultaneamente me incitando ainda mais para trás.

Ah, merda. Em todos aqueles anos em que conhecia Nate, nunca o vira zangado.

— Ele fala! — O pai ergueu as mãos como se estivesse agradecendo a Deus. — Você está pronto para falar sobre a fazenda agora? Tem sido minha casa há mais tempo que foi sua.

— Não tenho mais nada para dizer a você. — Nate recuou, o braço ainda estendido à minha frente, mantendo uma barreira entre seu pai e eu.

— Ou você pode simplesmente fugir, como sempre faz!

— David! — repreendeu uma das tias.

— Basta passar no maldito escritório do advogado e assinar a escritura no meu nome — comandou o pai, a voz mais fria que o tempo. — É o mínimo que você pode fazer depois de não se preocupar em voltar para casa e visitá-la nos últimos cinco anos.

Deixei escapar uma exclamação.

— Izzy, vou precisar que você dê um passo para trás — avisou Nate, em voz baixa, em um tom letal que eu jamais havia ouvido antes.

— Nate? — Tinha de haver um modo de adiar qualquer confronto iminente até enterrarem a mãe, não tinha?

— Por favor. — Ele não desgrudava os olhos do pai.

Fiz o que ele pediu, recuando alguns passos. Se Nate não desviou o olhar do pai agora, significava que havia tido motivos para não querer vê-lo no passado.

— Tão agradável com todos, menos com sua maldita família. — O pai encarou Nate. — Basta assinar a escritura e voltar para sua nova e melhor vida. Nós dois sabemos que você não quer a fazenda e com certeza não é capaz de administrá-la.

— Você tem razão. Não quero. Mas não vou ceder a fazenda para você — retrucou Nate, com os braços soltos ao lado do corpo.

— Então vai me expulsar?

Nate balançou a cabeça.

— Ainda não.

— Que merda isso quer dizer? — O rosto do pai de Nate ficava cada vez mais vermelho.

— Quer dizer que você pode morar na fazenda... por enquanto. — Nate deu de ombros.

— Por enquanto? — O homem franziu a testa e cerrou as mãos.

Meu coração acelerou.

— Por meses. Por anos. Quem sabe. Mas um dia eu vou vender. — Nate baixou a voz, e até os zeladores pararam o que estavam fazendo para assistir à cena. — E não vou te contar, não vou te avisar. — Ele balançou a cabeça. — Não, eu quero você com medo. Eu quero que você acorde a cada manhã e se pergunte, se preocupe, se aquele é o dia em que o que você fez com ela vai voltar para te assombrar. Quero você tão ansioso quanto ela ficava toda noite, esperando para ver com que tipo de humor o marido iria chegar em casa, esperando para ver se ela seria o seu saco de pancadas ou se você se voltaria para mim.

Meu estômago embrulhou. Nate embarcara em nosso voo com um lábio cortado quatro anos antes. O que ele tinha dito sobre o ferimento? Sobre os punhos feridos?

Não vai ser exatamente a primeira vez que alguém tenta me acertar, e pelo menos dessa vez vou estar armado. Ele estava falando sobre o pai.

— E meu maior arrependimento não é não ter voltado para casa para visitá-la — continuou Nate. — Minha mãe sabia que eu tinha jurado nunca mais respirar o mesmo ar que você. Meu maior arrependimento é não ter conseguido fazer ela ir embora também, independentemente do quanto eu tentei.

— Seu merdinha. — O pai avançou e, antes que eu pudesse gritar, Nate segurou o punho erguido em sua direção.

— Vai ser preciso muito mais que isso para me atingir agora. — O nó dos dedos de Nate ficou branco e seu pai gritou, desvencilhando o punho do aperto de Nate. — Não sou mais um adolescente magrelo. Passei *anos* acabando com valentões como você. Não pode mais me assustar.

O pai arregalou os olhos enquanto embalava a mão, lentamente se afastando de Nate.

— Você vai se arrepender disso. — A frieza em sua voz me fez estremecer.

— Eu duvido.

— Você quer me acertar, não é, garoto? — Um canto daquela boca se franziu.

— Sim. — Os braços de Nate caíram ao lado do corpo. — Mas não vou. Essa é a diferença entre você e eu.

— Continue dizendo isso a si mesmo. — O pai de Nate cuspiu no chão, então se virou e foi embora, em direção a um F-150 azul, estacionado junto ao meio-fio.

Puta merda. Foi assim que Nate tinha sido criado e, de algum modo, havia se transformado em... Nate.

Ele girou lentamente para me encarar, e, por um segundo, não o reconheci. Aquele homem não era o Nathaniel que eu conhecia. Eu não tinha dúvida de que o homem diante de mim havia ido à guerra, que tinha visto coisas, feito coisas, que eu jamais entenderia completamente.

E, ainda assim, eu não estava com medo de Nate.

— Vou te acompanhar até seu carro — disse ele, sem deixar espaço para discussão.

Assenti, e sua mão parecia gentil quando ele a colocou na parte inferior de minhas costas. Caminhamos em silêncio até o sedan que eu alugara, porque, pela primeira vez, eu estava sem palavras. Havia uma tensão em Nate, uma inquietação com a qual eu não sabia lidar. Estava fora do meu alcance.

Meu celular vibrou, e eu o peguei por hábito, mas meus dedos estavam rígidos de frio e eu acidentalmente atendi, conseguindo acertar o viva-voz em vez de encerrar a chamada.

— Mãe, eu ligo pra você...

— Me diga que não largou um encontro com um promissor desenvolvedor de tecnologia para ir atrás daquele soldado, Isa, ou então que Deus me aj...

Bati o dedo na tela, tirando a chamada do viva-voz, e levei o celular ao ouvido.

— Mãe! Te ligo mais tarde. — Minhas bochechas esquentaram de constrangimento. Nate ouviu *tudo*.

— Você está demonstrando uma grave falta de julgamento em suas escolhas.

— São minhas escolhas. Ligo para você quando voltar a Washington. — Apertei o botão de encerrar com mais agressividade do que necessário, e arrisquei um olhar na direção de Nate. — Sinto muito. É... minha mãe.

Ele trincou os dentes.

— Não há nada do que se desculpar. Ela não disse nada sobre mim que não seja verdade.

— Ela nem te conhece — argumentei, quando chegamos ao carro e troquei meu celular pelas chaves.

— Onde você vai ficar? — perguntou ele, antes de ironizar. — Não sei por que perguntei. Só tem um hotel na cidade.

— Estou na suíte presidencial — respondi, abrindo a porta que não tinha me preocupado em trancar. — Só tinham essa.

O queixo queimado de sol flexionou quando ele assentiu.

Deus, todo o meu corpo, por mais frio e encharcado que estivesse, o queria.

— Eu posso ficar.

Ele olhou de volta para o túmulo.

— Não. Estou grato por você ter vindo. De verdade. Mas só quero ficar sozinho com ela por um tempo. — Sua boca se contorceu em uma careta. — Se eu conseguir que minhas tias saiam.

— Ok.

— Odeio que você tenha testemunhado aquela cena. — Ele não conseguia me encarar.

— Eu odeio que você tenha passado por aquilo. — Seu casaco estava encharcado enquanto eu estendia a mão para seu antebraço, desesperada para tocá-lo, para confortá-lo da melhor forma que eu pudesse. — Me diga do que você precisa, Nate.

— Se eu descobrir, te aviso, Izzy. — Ele foi embora e eu o deixei ir.

◆ ◆ ◆

Amarrei o cinto do roupão e passei a escova no cabelo molhado enquanto voltava para o quarto do hotel, finalmente aquecida o suficiente para sentir os dedos do pé.

Serena já havia ligado para se desculpar por ter acidentalmente contado a mamãe sobre minha saída apressada no café da manhã, mas eu não estava zangada com minha irmã. Mamãe? Aí era outra história. Parecia que ela chutara Nate quando já estava caído, embora soubesse que seu alvo tinha sido eu.

Não havia palavras para descrever o modo como meu peito doía por tudo o que Nate tinha passado naquele dia, e minha total e completa inépcia para poupá-lo de *tudo* aquilo. Da perda da mãe. Da crueldade do pai.

Eu me sentei na beirada da cama e verifiquei o celular, na esperança de uma mensagem ou uma chamada perdida, algum sinal de que ele não iria passar a noite sozinho, depois de suas emoções terem sido expostas e feridas. Um suspiro surgiu nos meus lábios diante da tela vazia, e eu engoli o instantâneo nó na garganta que se formou ao pensar na possibilidade de ele passar a noite com outra mulher.

Supere. Ele não era meu. Não assim. E eu jamais poderia negar-lhe qualquer grau de conforto que conseguisse encontrar. Pousei a escova na mesa de cabeceira, ao lado de meu remédio para TDAH, depois peguei o que sobrara da bandeja do serviço de quarto, na extensão polida da mesa de jantar. Eu tinha devorado o cheeseburger no instante em que o efeito de minha medicação passara, cerca de duas horas antes. Abri a porta, colocando a bandeja no corredor, e me virei para voltar depressa para o quarto, de modo a não ser flagrada apenas de roupão e pernas de fora, mas o barulho do elevador mais adiante chamou minha atenção.

Nate saiu do elevador para o corredor, passando as mãos pelo cabelo molhado, ainda vestido com o terno do funeral.

Nossos olhares se encontraram e se sustentaram enquanto ele caminhava em minha direção, os passos diminuindo a distância entre nós de forma obstinada. Meus batimentos aceleraram. As horas que havíamos passado separados de nada adiantaram para aplacar a inquietação de Nate. Ele ainda trilhava a perigosa linha tênue entre quem tinha sido quando morava ali e quem era agora... em quem quer que as constantes missões o estivessem transformando.

E, nos segundos que levou para me alcançar, percebi que não me importava qual versão de Nate acolheria. Eu estava inextricavelmente ligada a cada uma delas. O cara que havia sido quando morava ali tinha me tirado do acidente de avião. Aquele em que havia se transformado me arrebatara na Geórgia. E o homem que era agora... aquele fazia meu coração disparar e ao mesmo tempo ansiar por ele...

Meu Deus.

O sentimento em meu peito...

Eu estava apaixonada por ele.

E ele voltaria para o Afeganistão no dia seguinte.

Recuei, me recolhendo para dentro do quarto, mas deixando a porta aberta para Nate. Ele me seguiu, cheirando a chuva e a leves vestígios de colônia.

— Preciso de... — Ele se virou para mim quando fechei a porta, e a agitação em seus cristalinos olhos azuis quase me deixou de joelhos. — Simplesmente preciso de você.

— Tudo bem. — Assenti.

— Izzy. — Aquilo era ao mesmo tempo um apelo e um aviso enquanto ele fitava a extensão de meu corpo e trocava a perna de apoio. O calor naqueles olhos era inconfundível; o mesmo modo como havia me olhado em meu aniversário, no ano passado. — Acho que você não entendeu...

— Eu sei o que você quer dizer — sussurrei.

Nossos olhares se encontraram e, um segundo depois, minhas costas estavam contra a porta, e a boca de Nate se fundia à minha.

Ele tinha o mesmo gosto, mas o beijo não foi nada parecido com aqueles que havíamos compartilhado antes. Foi um choque de línguas e dentes, como se todo problema que enfrentara pudesse ser esquecido se ele simplesmente se perdesse dentro de mim. Eu correspondi ao beijo com o mesmo vigor, mostrando a ele que podia lidar com tudo o que ele quisesse — precisasse — dar.

Ele nunca iria me machucar, nem me pressionar por mais do que eu já estava disposta a dar.

E eu o queria.

Seus lábios estavam gelados, mas sua língua quente, se entrelaçando com a minha. Todo seu corpo estava frio e molhado, as roupas encharcadas por completo. Suas mãos deslizaram pela parte externa de meu roupão, e então ele agarrou a parte de trás de minhas coxas, me levantando contra a porta para que nossas bocas se nivelassem.

Envolvi sua cintura com uma das pernas e o segurei, enlacei seu pescoço com os meus braços enquanto ele me beijava com mais força, mais intensidade. A água da chuva escorria de seu cabelo e bochechas, mas isso não nos impediu. Meus dentes se prenderam e deslizaram sob seu lábio inferior, e, quando ele fez menção de recuar, chupei sua língua de volta em minha boca e saboreei o gemido que ecoou em seu peito.

O desejo corria pelas minhas veias como lava, ruborizando e aquecendo minha pele — chegando até mesmo nas minhas coxas, que absorviam o frio de seu terno molhado.

Ele se mexeu, me carregando sem interromper o beijo enquanto cruzava a suíte. Mas não me levou para o quarto. Minha bunda bateu contra a mesa de jantar da sala enquanto eu lutava com o tecido molhado da gravata, finalmente afrouxando o nó o suficiente para passá-la por cima de sua cabeça. Despi o terno molhado de seus ombros em seguida, a peça caindo no chão com um baque.

— Abaixe as pernas — ordenou ele, entre beijos profundos e inebriantes.

Soltei os tornozelos e deixei as pernas penduradas na borda da mesa.

— Perfeito. — Suas mãos acariciaram minhas coxas, sob o tecido do roupão, e meu estômago se agitou. Eu sabia exatamente o que ele podia fazer com aquelas mãos, aqueles dedos muito talentosos, e estava mais que pronta.

Mas o toque que eu tanto queria não veio.

Desabotoei sua camisa com dedos desajeitados, ansiosa demais para manter a boca na sua para me preocupar em olhar o que estava fazendo. Depois de finalmente abrir o último botão, puxei sua camisa, libertando-a de sua calça e, de algum modo, consegui desabotoar os punhos enquanto Nate acariciava minhas coxas. Ele beijou minha boca, minhas bochechas, meu pescoço, e eu ainda puxava o relutante tecido da camisa grudado em seu corpo.

Então me afastei e o encarei.

— Nate — sussurrei, impressionada com o corpo que ele havia aprimorado até a total perfeição. Ele tinha ganhado músculos nos últimos dezoito meses, o torso ainda esculpido, o abdome ainda marcado por uma magnificência de dar água na boca, mas agora simplesmente havia *mais*. Aqueles sulcos profundos que desciam de sua barriga e diziam "me fode" imploravam para ser traçados pela minha língua. Arrastei meu olhar até o dele. — Você está incrível.

— O que eu quero é você. — Ele segurou minha nuca. — Não importa para onde eu vá ou quanto tempo fique longe. Eu sonho com você. Até quando sei que está com outra pessoa...

— Não estou — assegurei a ele, balançando a cabeça.

— Ou quando *eu* estou com outra pessoa... — continuou, e meu coração vacilou.

— Você está? — Eu me inclinei, apoiando as mãos na mesa enquanto esperava que meu coração batesse com regularidade outra vez. Ele não era meu. Eu não era dele. Foi o acordo que tínhamos feito.

E, ainda assim, ele sempre tinha sido meu.

Eu sempre tinha sido dele.

— Não. Há mais de seis meses. — Ele me encarou e, por um piscar de olhos, amaldiçoei aquele vínculo entre nós, o ciúme irracional que embrulhara meu estômago quando eu tinha lido aquela carta em particular, sobre a mulher com quem ele havia se envolvido. — Mesmo assim, por mais que me faça parecer um idiota por admitir, você era tudo o que eu queria, Izzy.

— Eu sei. — Assenti. — Acontece o mesmo comigo.

Ele esmagou minha boca com a sua, o beijo mais suave que antes, mas ainda tão profundo, tão poderoso. Isso me tirou o fôlego, os pensamentos e quaisquer inibições que pudessem ter resistido.

Então ele se inclinou sobre mim, me abaixando até que minhas costas descansassem na mesa.

— Quero ver você — pediu, antes de me beijar novamente.

Minhas mãos encontraram o cinto do roupão e eu o puxei, deixando que se abrisse, assim como na primeira vez que Nate havia me tocado.

Ele levantou a cabeça e seu olhar percorreu meu corpo nu, se demorando nas partes que jamais vira antes.

— Puta merda, você é simplesmente... perfeita.

— Você disse isso da última vez. — Sorri e tentei não me mexer sob o calor daquele olhar.

— Nada mudou. — Seus olhos encontraram os meus, e o desejo que vi ali me fez derreter, relaxando completamente na mesa. — Vou te beijar, Isabeau Astor.

Meu sorriso se alargou.

— Você também já disse isso antes.

— Sim. Eu sei. — Nate sorriu e sua covinha apareceu por um segundo, antes de ele agarrar minhas canelas e dobrar meus joelhos enquanto ajeitava meus pés na beirada da mesa e abria minhas coxas o suficiente para que seus ombros...

Ah, Deus.

Inspirei fundo quando ele colocou a boca em mim, deslizando a língua sobre minha entrada e até o clitóris. Foi tão bom que tudo o que consegui fazer foi gritar, minhas mãos agarrando sua cabeça para puxá-lo para mais perto.

— Você tem gosto de paraíso — disse ele, e levantei a cabeça por tempo suficiente para encará-lo enquanto ele abaixava a boca de novo, um raio de puro prazer percorrendo todo o meu corpo.

Nate era o homem mais gostoso que eu já tinha visto, e era todo meu por essa noite.

Minha cabeça caiu para trás enquanto a sensação dominava meu corpo. Cada lambida de sua língua fazia minhas costas arquearem. Cada vez que ele chupava meu clitóris entre os lábios, eu tremia. Quando seus dedos deslizaram para dentro de mim, primeiro um, depois dois, não pude deixar de me pressionar contra ele, em busca de mais, exigindo mais com meus gemidos.

Ele prendeu meus quadris na mesa com o antebraço para que eu pudesse sentir seus dedos com mais intensidade, e então me levou à loucura. Provocou quando eu queria que fosse até o final. Entrou e saiu quando eu queria que demorasse. Ele me levou à beira do orgasmo e, quando eu quase já podia sentir o sabor do alívio, simplesmente diminuiu a pressão antes que eu gozasse.

— Nate! — Puxei sua cabeça enquanto a tortura deliciosa recomeçava.

— Do que você precisa, Izzy? — perguntou ele, soprando suavemente contra minha pele aquecida.

Ofeguei, minhas costas arqueadas.

— Preciso de você! — De todas as maneiras possíveis. Foi o mais perto que me permiti chegar de deixá-lo saber como me sentia.

— Como se você fosse gritar se não pudesse me ter? — Ele roçou a língua sobre meu clitóris.

— Sim!

— Como se fosse morrer se tivesse que respirar mais uma vez sem mim dentro de você? — Ele ergueu o olhar para mim, os olhos me prendendo como uma prisioneira voluntária.

— Sim. — Foi um sussurro.

Ele assentiu.

— Ótimo. Porque é exatamente assim que eu preciso de você. — Ele abaixou a cabeça entre minhas coxas, e o mundo ao nosso redor desapareceu. Havia apenas sua boca, sua língua, seus dedos, construindo meu prazer com especial cuidado, enrodilhando aquela pressão deliciosa em meu âmago até que todo o meu corpo ficou tenso.

Então, estilhacei, o gozo correndo através de mim com tanto poder que gritei. Poderiam ter sido palavras. Talvez seu nome. Talvez apenas um lamento. Os ruídos eram um rugido surdo ao meu redor enquanto onda após onda arqueava minhas costas, e, antes que eu me desse conta do que acontecia, aquela pressão aumentou novamente, enquanto ele me levava até a beira de um segundo orgasmo.

— Você! — exigi, minhas unhas arranhando sua cabeça. — Quero você, Nate.

Ele arrastou meu corpo até a beirada da mesa. Ouvi vagamente o som de uma fivela, o rasgo de papel-alumínio e, em seguida, sua cabeça grossa estava bem ali, na minha entrada.

Com o peso apoiado em uma das mãos ao lado de minha cabeça, ele se ergueu sobre mim, o lindo rosto pairando logo acima do meu.

— Me diga que é isso que você quer.

— Eu já disse que sim. — Com as mãos em suas bochechas, memorizei tudo sobre sua aparência naquele momento. Seus olhos azuis pareciam cristalinos, as pupilas quase estouradas, as bochechas coradas. E ele tinha razão... Eu morreria se tivesse de respirar novamente sem senti-lo dentro de mim.

— Diga de novo. — Sua mandíbula flexionou e a mão agarrou meu quadril.

— Eu quero você, Nathaniel — sussurrei, me inclinando para beijá-lo.

— Então me tome.

Nate sustentou meu olhar como se houvesse alguma chance de eu mudar de ideia, em seguida me penetrou, fundo, e mais fundo, consumindo cada centímetro de meu corpo, e depois exigindo mais, até que não houvesse mais eu. Nem ele. Somente nós.

Ele me levou ao limite, e nós dois gememos.

Não perguntou se eu estava bem. Não precisava, não quando eu pressionava os quadris contra os dele e o beijava. Eu estava mais do que bem. Porra, estava ótima.

Seus quadris se afastaram até que ele estivesse quase totalmente fora de mim, e então arremeteu, e eu gritei, os braços o envolvendo enquanto ele iniciava estocadas lentas e fortes em um ritmo brutal e perfeito.

— Nós. Devíamos. Ir. Para. A. Cama. — Suas palavras foram pontuadas por cada investida de seus quadris.

— Cama mais tarde. Mais forte, agora. — Foi tudo o que consegui balbuciar. Ele me roubou todas as outras palavras que não eram seu nome.

— Podemos fazer isso de novo, certo? — perguntou contra minha boca. — Não apenas na mesa.

— Quantas vezes você aguentar.

Como ele podia concatenar um pensamento coerente estava além de minha compreensão. Tranquei os tornozelos em volta da curva de suas costas e ergui o quadril, indo ao encontro de cada estocada.

— Desafio aceito. — Ele sorriu e a covinha apareceu.

Meu coração estremeceu com o quanto eu amava aquele homem.

Ele me beijou profundamente, a língua esfregando a minha no mesmo ritmo que seu corpo tomava o meu, me levando em direção a outro orgasmo. Ficamos rígidos, ofegantes. Gozamos juntos de novo, e de novo, e de novo, e, de algum modo, cada vez que ele me penetrava parecia melhor que a anterior, até que meu corpo oscilou à beira de um abismo, tão tenso que minha respiração saía em pequenas lufadas contra seus lábios.

— Porra, você é tão gostosa — disse ele, arfando tanto quanto eu. — Nunca vou me cansar de você. Do jeito como você se contrai ao meu redor. A sensação da sua pele na minha. O jeito como seus olhos escurecem. Sim. Desse. Jeito.

Ele alcançou entre nossos corpos e me deu exatamente o que eu precisava, esvaziando minha mente com a estocada seguinte.

Eu me derreti, me desfiz e fui refeita, tudo em um só fôlego, com seu nome nos lábios e suas costas sob meus dedos. O gozo parecia incompreensível, insondável, indescritível, e tudo o que eu podia fazer era desfrutar do momento enquanto seus quadris mexiam de modo descontrolado, chegando ao próprio orgasmo enquanto eu encontrava o meu.

Ele estremeceu em cima de mim e gozou, agora era a sua vez de soltar um grito abafado, sustentando seu peso antes mesmo de ter a chance de me esmagar quando tudo acabasse.

Nós nos entreolhamos, nenhum de nós capaz de recuperar o fôlego. Um estudando o outro como se tivesse a chave do próprio universo. Lentamente, voltei a meu corpo e deixei meus tornozelos caírem de suas costas.

— Quantas vezes eu aguentar — repetiu Nate, a boca curvada no sorriso mais lindo que eu já tinha visto. — Foi o que você disse, né?

Fiz que sim com a cabeça.

— Nós só temos esta noite. — Ele franziu o cenho, e eu soube do que ele estava falando.

Aquilo não mudava as coisas. Nosso timing ainda não era o certo. Ele iria voltar para sua unidade na manhã seguinte, e eu iria voar de volta para Washington.

— Então é melhor a gente fazer valer a pena. — Acariciei sua bochecha com os dedos.

Nós fizemos.

Ainda assim, chorei ao embarcar no avião, no dia seguinte.

CAPÍTULO DEZENOVE
IZZY

Candaar, Afeganistão
Agosto de 2021

Num segundo eu estava discutindo com Nate, no outro ele me jogava no chão, me cobrindo com o próprio corpo enquanto vidro se estilhaçava. Meu coração pulou na garganta e todo o meu corpo travou.

O som de outra explosão se misturou aos gritos das garotas e de seus pais.

— Foguetes! — gritou um dos operadores atrás de nós, mas eu não consegui ver qual.

— Porra — xingou Nate. Então seus braços me envolveram e fui pressionada contra seu peito enquanto ele se levantava e se movia com o que parecia uma velocidade sobre-humana, rapidamente me levando para trás de uma parede próxima. Uma vez que meus pés estavam no chão, nos agachamos e ele me colocou debaixo do braço. Depois acenou para a equipe de xadrez, dizendo algo em um idioma que não compreendi.

Todos correram em nossa direção quando outra explosão soou, e uma turba de soldados afegãos passou correndo. Mais três explosões soaram em rápida sucessão.

O medo tinha gosto de metal em minha boca. Eu nunca me perdoaria se causasse a morte daquelas garotas; se minha presença ali custasse a vida de Nate.

— Eu sei. Vocês são alvos fáceis aí — disse Nate, e notei o botão em sua mão. Ele estava usando o rádio. — Vão. Tragam os helicópteros de volta com vocês.

A explosão seguinte fez a parede estremecer, e Nate me segurou mais forte.

— Não podemos fazer nada — explicou ele, embora eu não tivesse perguntado. — Os mísseis provavelmente estão sendo disparados a quilômetros daqui. Tudo o que podemos fazer é esperar.

Assenti, tentando forçar um sorriso tranquilizador para a garota mais próxima de mim... Kaameh. Eu a reconheci pelas horas que havia dedicado à sua papelada. A mãe a protegia da melhor forma possível.

As outras foram blindadas pelos pais e, em um caso, por um soldado afegão.

O som dos rotores soava cada vez mais fraco através da janela estilhaçada. Os helicópteros estavam indo embora.

Eu me sobressaltei quando outra rodada de explosões soou, e Nate nem sequer vacilou enquanto examinava tudo ao nosso redor. Ele sempre havia sido atento durante o tempo que tínhamos ficado juntos no passado, sempre à procura, sempre observando todo mundo, e agora eu entendia por quê. As reações com as quais me preocupara todos aqueles anos foram as que o mantiveram vivo ali.

Um minuto se passou, e depois outro, sem que nada explodisse.

— Acho que acabou — disse o sargento Gray do outro lado da sala de espera, com as costas apoiadas na parede oposta.

— Concordo — gritou outro.

— Os helicópteros partiram. Não sobrou nada com o que se preocupar — acrescentou outra pessoa.

Nate colocou a mão em minha bochecha enquanto erguia meu queixo.

— Você está ferida?

Balancei a cabeça, incapaz de fazer minha língua funcionar.

Ele se afastou e me examinou por si mesmo conforme os outros operadores entravam, verificando a equipe de xadrez e seus pais.

— Você está bem.

Comecei a balançar a cabeça e não conseguia parar.

— Está tudo bem, Izzy. — Ele me puxou para ele. — É só o choque e a adrenalina. Vai passar. Apenas respire fundo.

Respirei fundo, uma respiração de cada vez, até que meu coração galopante desacelerou para um meio galope, depois para um trote e, finalmente, para uma marcha firme.

— Aí está — disse ele baixinho, esfregando a mão com suavidade em minhas costas. — Gray, faça um relatório da situação.

Gray saiu.

— Se você pudesse ter qualquer superpoder no mundo, qual seria? — perguntou Nate.

Eu pisquei.

— Vamos, Iz. Colabore.

— Correr muito depressa para nunca mais precisar voar de novo — consegui dizer. Ergui a cabeça e fitei Nate. Exceto pela preocupação em seu olhar quando encontrou o meu, ele parecia completamente imperturbável. — Sempre imaginei que ficaria calma e controlada se algo assim acontecesse — sussurrei. — Eu congelei.

— Você está me dizendo que Isabeau Astor talvez seja mesmo humana? Ela é imperfeita? — Ele abriu um sorriso e aquela covinha apareceu, me deixando sem fala novamente.

— Você conhece todas as minhas falhas.

— Inclusive seu péssimo gosto para homens — brincou ele.

Bufei.

— Aí está ela. — Ele passou o polegar pela minha bochecha e se levantou, me ajudando a ficar de pé. Então observou todos ao nosso redor fazendo o mesmo. — Odeio ser desmancha-prazeres, mas esta noite vai ser longa.

— Porque os helicópteros foram embora. — Assenti. — Estamos presos aqui.

— Presos e cercados — argumentou ele. — Mas não se preocupe, nossa carona vai voltar, armados até os dentes. Até lá, vamos garantir que ficaremos seguros aqui. — Um canto de sua boca se ergueu. — Enquanto isso, a regra dos trinta centímetros ainda se aplica.

Revirei os olhos e me recompus, e o ar brincalhão de Nate evaporou enquanto íamos falar com as pessoas que vínhamos trabalhando havia meses para tirar dali.

◆◆◆

Mais tarde naquela noite, aguardávamos em um dos cantos da sala VIP de que havíamos nos apossado no segundo andar, para dar aos operadores um ponto de vista mais elevado. Todos se alternavam em turnos, alguns patrulhando, alguns sentados, outros dormindo.

Todos exceto Nate, que não saíra do meu lado, quebrando a regra dos trinta centímetros somente quando eu garantira que ele não iria, de fato, me entregar o papel higiênico. Pelo menos havia me deixado tirar o capacete depois que tinham se certificado de que a área do aeroporto estava limpa. A luta real estava a quilômetros de distância.

A escuridão se instalou no aeroporto e a iluminação no saguão estava fraca quando a maior parte da equipe finalmente se acomodou para comer. Pelo visto eles viajavam com a própria comida, que tinham dividido com as famílias que agora dormiam a algumas fileiras de distância, estendidas nas cadeiras, como se aquilo se tratasse de uma simples escala prolongada.

— Não foi isso que aconteceu — disse o sargento Rose, apontando o dedo para Gray enquanto os outros riam.

Nate balançou a cabeça, mas um sorriso lhe curvou a boca enquanto seus amigos contavam histórias. Pelo menos presumi que fossem amigos. Percebi que ele era próximo de alguns, embora não tivessem nomes nos uniformes. Ver Nate sorrir, mesmo que brevemente, foi inebriante. Eu me peguei o encarando para ver se sorriria de novo.

— O quê? — perguntou ele, ao me flagrar o observando.

— Só pensando que já faz um tempo que não te vejo sorrir de verdade. Coincidência estarmos em um aeroporto.

— Malditos aeroportos. — Sua covinha apareceu novamente. — Você devia comer — aconselhou, me entregando um pacote aberto e aquecido com alguma coisa. — É espaguete, e, acredite em mim, é a melhor das opções. — Ele consultou o relógio. — Imagino que o efeito dos seus remédios esteja acabando, então você vai ficar com fome a qualquer minuto.

Meus lábios se separaram quando peguei o pacote.

— Você lembra.

Ele assentiu.

— Tudo bem, já que estamos só nós — começou Gray, se recostando na cadeira à nossa frente. A unidade de rádio estava ao seu lado, o que imagino que fazia dele o cara da comunicação. — O que acha de contar pra gente sobre o sargento Green?

Todos os outros operadores, até mesmo o cara sentado na janela, se viraram para me encarar.

— Nada disso. — Nate balançou a cabeça enquanto eu dava minha primeira garfada. Não era espaguete gourmet, mas impediria meu estômago de roncar.

— Fala sério — gemeu Gray. — É mais do que óbvio que ela te conhece. — Ele sorriu para mim e ergueu as sobrancelhas. — Você conhece, né? Aposto que sabe várias histórias que ele não vai nos contar.

Dobrei as pernas sob o corpo, então me sentei atravessada no assento largo e olhei na direção de Nate.

— Só porque vocês são um bando de narcisistas que falam sobre si mesmos o tempo todo. — Ele fuzilou Gray com o olhar.

— Ao contrário de você, que não conta nada — rebateu Black.

Pelo menos pensei que o loiro fosse Black. Tenho certeza de que o cara com a barba escura no canto era Lilac ou algo ridículo do gênero.

— Você tem que nos dar alguma coisa. — Gray se inclinou para a frente, juntando as mãos. — Por favor. Nunca mais vamos ter esta oportunidade.

Dei outra garfada e olhei para Nate.

Nossos olhares se encontraram por um segundo, e ele revirou os olhos.

— Tudo bem. Só... — Ele suspirou. — Confio em você.

Assenti, sabendo o que ele queria dizer. Se ele não compartilhava detalhes de sua vida pessoal, havia uma razão. Ele mal os compartilhara comigo.

— O que vocês querem saber?

Gray deu um grito e se sentou no chão, como se fosse hora da contação de histórias.

— Há quanto tempo você conhece o nosso garoto aqui?

— Quase dez anos. — Bastante inócuo.

— Ele é filho de chocadeira? Chegou em uma nave espacial? — perguntou Lilac.

— Cresceu como George, o rei da floresta?

— Não. — Eu ri. — Ele cresceu em uma fazenda. — *A fazenda*. Dei uma espiada em Nate, me perguntando se o pai ainda morava lá, ou se ele a tinha vendido como havia ameaçado.

Trocamos olhares e sua expressão se suavizou.

— Uma fazenda? — Gray arregalou os olhos. — Sério? — perguntou a Nate.

— Sério. — Nate assentiu, desviando o olhar com um leve sorriso.

Dei outra garfada.

— O que mais você sabe, srta. Astor? — perguntou Black, esfregando as mãos.

— Ele gosta de sorvete de cookies. — Eu sorri.

— Traidora — acusou Nate, os olhos brilhando.

Por um segundo, esqueci que estávamos no Afeganistão. Não, estávamos em uma rua na ilha de Tybee, rindo e flertando enquanto segurávamos casquinhas de sorvete. Eu quase podia sentir o gosto de creme de noz-pecã. Parecia ter acontecido em outra vida e, ao mesmo tempo, ontem.

Era o que Nate significava para mim. Tão longe quanto uma vida inteira e tão perto quanto ontem, cerca de trinta centímetros.

— Isso é muito bom. — Gray olhou de mim para Nate. — Ele já foi casado?

Quase engasguei com meu espaguete, mas o forcei garganta abaixo. Nate tinha encontrado alguém e se casado nos quase três anos que haviam se passado desde Nova York? Se tivesse sido o caso, certamente esses caras saberiam, já que faziam parte de seu presente. Por que o pensamento parecia me cortar como uma faca? Até ontem, eu ainda usava o anel de Jeremy. Não estava em posição de julgar.

Mas, aparentemente, eu estava na posição perfeita para sentir um ciúme do cão de uma mulher que jamais conhecera e jamais conheceria. Ela teria seu coração, sua risada, seu sorriso, seus braços ao redor dela à noite, seu corpo, seus filhos...

E eu a odiei.

— Então isso é um não? — perguntou Gray.

Mas ele jamais havia alterado o formulário de parente mais próximo.

— Só uma vez — respondi, ignorando o modo como Nate ficou boquiaberto.

— Sério? — Lilac ergueu as sobrancelhas.

— Sério. — Eu sorri. — Pelo menos foi o que ele falou para as enfermeiras para não ser expulso da sala de espera enquanto eu estava passando por uma cirurgia.

Nate bufou.

— Nunca superei aquilo.

Gray riu.

— Isso é incrível. Tudo bem, e qual o lance da etiqueta de identificação misteriosa que ele carrega?

Franzi o cenho e olhei para Nate.

Ele ficou rígido.

— Sinceramente, não sei — respondi, fazendo o possível para encobrir qualquer reação que ele estivesse tendo à pergunta. — Mas posso te dizer que sei por que ele carrega essa cicatriz. — Sua mão estava quente quando a peguei, a virando na direção de Gray para que ele pudesse ver a cicatriz na parte de trás.

— Me diga que foi uma coisa inegavelmente estúpida — pediu Brown.

— Você tem que nos dar alguma coisa.

Eu sorri.

— Foi num coral em Fiji. Meu colar caiu e ele mergulhou para pegar, e acabou cortando a mão. — Meu toque se prolongou antes de eu enfim soltar sua mão, nossos olhares se encontraram.

— Devia ser um puta colar — disse Gray. — Coral corta feito uma navalha.

— Era — admiti, sem desviar o olhar de Nate, me lembrando do modo como ele havia feito amor comigo quando voltamos do mergulho com snorkel, naquela tarde. Meu corpo se aqueceu com a lembrança, e, pelo modo como seus olhos escureceram, me perguntei se ele também estaria revivendo aquelas horas. — Ainda é uma das minhas joias favoritas, considerando que você me deu o colar duas vezes, primeiro no aniversário e depois quando você o recuperou.

— Sempre ficou bem em você — comentou ele, suavemente. — Levei horas para escolher o presente ideal.

O bloco de gelo que eu havia mantido em volta do coração quando o assunto era Nate não apenas descongelou... derreteu. O que quer que tenha nos unido naquele avião ainda existia, tão tangível como sempre. Nós o tínhamos enterrado, ignorado, reduzido a cinzas, mas jamais conseguido extirpá-lo. Pelo menos, eu não havia conseguido.

Sempre estaria lá.

O rádio fez um barulho e o foco de atenção de Gray mudou enquanto levantava o fone, atendendo o que parecia ser uma chamada.

— Você sabe alguma história constrangedora? Qualquer coisa que possamos usar contra ele? — perguntou Rose. Pelo menos pensei que fosse Rose. Lilac também era uma possibilidade.

Nate ergueu uma única sobrancelha.

Balancei a cabeça.

— Não. — Desviando o olhar de Nate, consegui abrir um sorriso para Rose. — Desculpe te decepcionar.

— Green — chamou Gray, erguendo o fone.

Nate se levantou e atravessou o corredor, quebrando a regra dos trinta centímetros.

— Ele tem medo de alguma coisa? — perguntou Gray, se sentando no lugar de Nate.

— Aranhas? Morcegos? Pepinos?

Eu ri da pergunta sobre o pepino e balancei a cabeça enquanto Nate pegava o receptor. Eu sabia exatamente do que Nate tinha medo, mas aquele segredo não era meu para compartilhar. E, pelo que eu havia visto, ele não estava nem perto de se tornar o pai.

— Aqui é Navarre — disse ele tão baixinho que mal o ouvi acima das sugestões ridículas sendo lançadas em minha direção. Gatos. Abraços. Cobras. Ele não tinha medo de nada daquilo, então não respondi.

— Navarre? — sussurrei, observando os ombros de Nate se endireitarem enquanto ele acenava com a cabeça para o que estava sendo dito, mas sua resposta se perdeu no alarido de vozes ao redor.

— É o nome de guerra dele — respondeu Gray, baixinho. — A coisa da cor é para você não saber quem nós somos. Nossos nomes de guerra são para que saibamos quem é do outro lado da ligação.

Navarre. Perdi o senso de gravidade.

Amante de Isabeau, condenado a vê-la apenas ao amanhecer e ao anoitecer. Condenado a amá-la, mas nunca a tocar. Nunca a abraçar. Nunca construir uma vida de verdade juntos.

— Você está bem? — perguntou Gray.

Assenti.

Acho que Nate também não conseguira superar a conexão entre nós.

CAPÍTULO VINTE
NATHANIEL

Tacoma, Washington
Junho de 2017

— Você com certeza não está tentando me convencer a não ir quando faltam três horas para o voo, né? — resmunguei do banco de passageiro da caminhonete de Torres, enquanto acelerávamos em direção ao aeroporto.

Acelerávamos porque ele me convencera a fazer um último treino antes de sair.

— Óbvio que não. — Ele me lançou um olhar antes de ultrapassar um SUV e cortar três faixas de tráfego. — Eu vi quanto você pagou por aquelas passagens. — Ele franziu as sobrancelhas escuras.

— Vá em frente e diga o *mas*, porque eu sei que tem um na ponta da sua língua. — Meu peso se deslocou quando ele pegou a rampa de saída. Eu estava começando a desejar ter dirigido sozinho e simplesmente pagado para deixar minha caminhonete estacionada no aeroporto.

— Você pelo menos tem noção da sorte que foi nós dois termos passado na seleção? — Ele pisou no freio com força no semáforo.

O fato de ter passado no teste psicológico fora surpreendente, mas eu havia me tornado muito bom em dar as respostas que os outros queriam ouvir.

— Sim. — Tínhamos ficado nove semanas na Carolina do Norte, provando nosso valor no processo de avaliação e seleção das Forças Especiais, e tanto Torres quanto eu havíamos conseguido, assim como Rowell e outro cara da nossa unidade, Pierson, o que fazia sentido, já que nós quatro tínhamos passado os últimos dezoito meses nos preparando, dentro e fora do destacamento.

Havia sido um inferno, mas valera a pena.

Pierson ficara empolgado com a aprovação, mas eu sabia que era apenas mais um degrau para Torres e Rowell... e para mim. Aquela ideia que eu tivera no avião com Izzy havia tanto tempo, de que seria legal fazer parte das Forças Especiais, era agora um sonho muito real e muito realizado. Eu era muito bom no que fazia, e tinha de admitir: queria ser o melhor.

— E você vai para Fiji, sabendo que só vamos ter algumas semanas para nos prepararmos para a permanente mudança de status e para Fort Bragg. — O sinal abriu e ele fez a curva em direção ao aeroporto.

— Faz *anos* que estou planejando essa viagem com Izzy — argumentei, sabendo que soei na defensiva. — E as férias não vão se estender. Eu volto a tempo de viajar para Bragg. — Eu não tinha visto Isabeau desde o funeral de minha mãe, seis meses antes, e os termos em que tínhamos nos separado não estavam exatamente explícitos. Havíamos passado aquela noite juntos, sem nunca conversar sobre mamãe, ou nossa falta de perspectiva para o futuro, ou qualquer coisa que importasse fora daquele quarto. Eu a deixara dormindo e saciada, os lençóis emaranhados nas longas e belas pernas, optando por permitir que ela dormisse em vez de acordá-la para o que estava fadado a ser um adeus constrangedor.

Aquela noite vivia em meus sonhos.

A mãe de Izzy gritando, dizendo que ela estava indo atrás de um soldado... aquilo vivia em meus pesadelos. Saber que Izzy era areia demais para mim e ouvir sua mãe afirmar em alto e bom som eram duas coisas diferentes.

— É melhor você voltar. Nós prometemos fazer isso juntos. — Torres me lançou um olhar de esguelha.

— Tá bom, tá bom. — Assenti. Torres era meu melhor amigo, e não havia ninguém com quem eu gostaria mais de passar pelo treinamento, mas ele andava um pouco intenso nos últimos tempos. Ou talvez meu foco estivesse apenas em chegar até Izzy. — Eu sei. Passar pelo curso de qualificação, depois tudo se resume à Força Delta.

— Vai ser incrível. — Ele sorriu. — Meu velho vai surtar porque estou seguindo as pegadas da bota dele.

Não pude deixar de sorrir ao ver como ele estava feliz.

— Sua não namorada sabe? — perguntou ele, quando paramos na frente do terminal de embarque.

Senti o estômago revirar quando saí do carro, fechando a porta da frente, depois abrindo a de trás e pegando minhas malas.

— Você contou a ela, certo? — A expressão em seu rosto era um misto de julgamento e preocupação. — Porque, pelo que eu conheço da Izzy, ela vai querer seguir algum caminho, considerando que acabou de se formar em direito.

— Vou contar. — Coloquei a mochila no ombro e levantei minha mala para a calçada.

— Onde é que ela pensa que você andou nos últimos meses?

Uma careta contraiu meu rosto.

— Eu não expliquei muito bem.

— Mas você avisou a ela que está de volta.

— Eu... mandei um e-mail para ela faz algumas semanas, para ter certeza de que nossa viagem ainda estava de pé. — Tudo o que eu tinha a dizer a Izzy precisava ser dito pessoalmente, e eu ainda não tinha tido essa oportunidade.

— Você vai mesmo entrar naquele avião, torcendo para ela aparecer no aeroporto de Los Angeles, e depois o quê... vai rezar para ela não ter arranjado um namorado que realmente estivesse presente nos últimos seis meses?

— Bem isso. — Ela tinha dito que iria, mas o e-mail havia sido curto, o que eu já esperava, por conta de coincidir com o período das provas finais. O que não significava que meu estômago não estivesse embrulhado. Ela podia ter mudado de ideia. Nós dois havíamos comprado as passagens aéreas em janeiro, e eu cobrira o resort, mas o prejuízo financeiro não seria nada comparado ao golpe de saber que eu tinha estragado todo o nosso relacionamento porque não fora capaz de me controlar seis meses antes.

— Certo. — Ele baixou os óculos escuros e me encarou por cima da armação. — Todo aquele lance de vivemos-em-uma-área-nebulosa vai acabar voltando para te assombrar.

— Eu sei. — Suspirei. — Mas, até isso acontecer, não vou ferrar com a única coisa boa que eu tenho na vida.

— Não se esqueça de que você passou na seleção para as Forças Especiais. É uma parada muito foda que você tem a seu favor. — Ele sorriu para mim em resposta.

— Verdade. Nós somos os caras. Valeu pela carona. — Puxei meu boné do Saint Louis Blues para baixo em um gesto de adeus e bati a porta.

Cinco horas depois, à espera do voo 4482 para Nandi, no portão de Los Angeles, batendo o pé com uma dose considerável de nervosismo, eu contava os minutos. Verifiquei o cartão de embarque novamente e conferi se estava no portão certo. Eu estava.

Izzy não apareceu.

Peguei o celular e cogitei ligar, mas saber que ela não viria agora, em vez de dali a quinze minutos, não iria mudar nada. Pelo menos foi a mentira que contei a mim mesmo. O medo transformara meu sangue em gelo.

Nossos e-mails tinham sido cada vez mais curtos nos últimos meses.

Os telefonemas haviam se tornado inexistentes entre o deslocamento e a seleção.

Izzy tinha todo o direito de mudar de ideia, de namorar, de se apaixonar por alguém. Deus sabia que, se ela fosse minha, real, honestamente *minha*, nem fodendo eu me sentiria confortável com o fato de ela voar para Fiji com outro homem por uma semana.

Os minutos se passaram e o atendente avisou às pessoas ao meu redor — em suas roupas de férias, uma superabundância de camisas floridas e shorts cargo — que se preparassem para o embarque.

Eles convidaram os passageiros para o pré-embarque e eu me levantei, ajeitando a mochila no ombro enquanto examinava todos em volta, procurando por um vislumbre de cabelo loiro e brilhantes olhos castanhos.

Então o atendente chamou nosso grupo para embarcar.

Puta merda. Isso estava mesmo acontecendo.

Ainda havia tempo, porém, e Izzy não era o tipo de mulher de dar o cano em ninguém. Ela teria ligado. Escrito. Enviado um pombo-correio para me dizer que estava chateada ou que não iria.

Entrei na fila, passei meu bilhete de embarque no leitor da entrada do portão e então desci a ponte de embarque, meu coração martelando a cada passo. Quando encontrei meu lugar, e o dela vazio ao lado, as batidas se tornaram um rugido surdo em meus ouvidos.

Eu me sentei no assento da janela, porque ela não se sentiria confortável ali, não depois do acidente, em seguida fiz a única coisa ao meu alcance... esperar. Levantei a persiana, olhei para a pista e tentei encontrar alguma coisa lá fora com que valesse a pena me distrair. Quando não funcionou, peguei minha cópia de *Ardil 22* e um marcador.

Eu deveria sair do avião? Viajar sozinho? Voar direto para Washington e implorar que ela falasse comigo?

O perfume da Chanel me envolveu como uma amante, e eu sorri.

— Foi por pouco — comentou ela, e minha cabeça virou em sua direção. Aquelas foram as primeiras palavras que tínhamos trocado em um avião consideravelmente menor que aquele. Os olhos de Izzy estavam um pouco vermelhos e inchados, como se ela tivesse chorado, mas parado horas antes, e seu sorriso parecia radiante quando afundou no assento.

— Meu voo de Washington atrasou.

— Ei, Izzy. — Meu olhar a devorou, assimilando o cabelo preso em um coque displicente, algumas mechas loiro-mel emoldurando seu rosto, a curva dos lábios macios. Eu queria me inclinar por sobre a pequena barreira entre nossos assentos e beijá-la até roubar seu fôlego. Tinha sentido sua falta mais do que me permitira admitir.

— Ei, Nate — disse ela suavemente, examinando minhas feições como se procurasse novas cicatrizes, novos ferimentos para catalogar. Não havia nada à vista.

— Você andou chorando. — Senti um aperto no estômago.

Ela assentiu.

— Quer conversar sobre isso? — Tudo o que ela precisava fazer era me dizer quem matar, e a pessoa estaria morta.

— Terminei com uma pessoa de quem gostava. — Ela deu de ombros. — Esta viagem não teria sido justa com ele. Não me arrependo. Foi a escolha certa.

Ela afivelou o cinto de segurança e pegou minha mão, entrelaçando nossos dedos.

Foi difícil respirar sob o peso da culpa de saber que eu era a razão pela qual ela estava magoada, mas, com o simples toque de sua mão, me senti em casa.

— Izzy — sussurrei, incapaz de colocar meus sentimentos em palavras conforme a dor se instalava em meu peito. Não havia nada que não fosse capaz de fazer para protegê-la da dor, mesmo que significasse que eu não era sua escolha. — Não precisava. E você não precisa ficar comigo agora. Pode sair deste avião, sem ressentimentos.

— Mas eu tinha que terminar com ele. — Ela suspirou, se recostando, e virou o rosto de modo que a bochecha repousasse no assento enquanto me encarava. — Porque não importava o quanto eu gostasse do cara. Prefiro passar uma semana com você a passar uma vida inteira com ele. Não seria justo com nenhum de nós, sabe?

Pensei nos relacionamentos que terminara porque sabia que iria rever Izzy em breve, ou porque tinha me dado conta de que nada se comparava à maneira como eu me sentia ao lado dela.

— Sim. Eu sei. — A dor em meu peito aumentou e eu peguei sua mão, depositando um beijo na pele macia das costas. Eu iria recompensá-la. Precisava.

◆◆◆

A água batia em nossos pés vinte e quatro horas depois, ao caminharmos pela praia deserta. Nós tínhamos voado, depois voado de novo, depois desmaiado lado a lado em nosso bangalô flutuante, que me custara mais do que eu gostaria de sequer lembrar.

Dormi minha primeira noite completa no que me pareciam anos, e acordar ao lado dela, observando a subida e descida rítmica de seu peito, era o mais próximo que já estivera do céu.

Ou talvez o paraíso fosse agora, ao vê-la sorrir para a água, o sol beijando seus ombros nus naquele vestido de verão.

— Então... o que você está planejando para o ano que vem? — perguntou ela.

— Não faz nem vinte e quatro horas que chegamos e você está perguntando sobre o ano que vem? — Enfiei a mão no bolso, me atrapalhando com a caixinha que levara comigo. — Ainda estou pensando em alugar aqueles WaveRunners ou fazer uma caminhada mais tarde.

Ela colocou o cabelo atrás da orelha e sorriu para mim.

— Me dá alguma coisa pelo que ansiar. Quero dizer, nós levamos dois anos só para chegar até aqui, então quem sabe quanto tempo vai passar até embarcarmos em outra viagem.

— É um bom argumento. — Olhei ao redor para a beleza da ilha, para a exuberante vegetação, areia clara e águas cristalinas que nenhuma imagem poderia capturar.

— Ainda estou surpreso por termos conseguido chegar até aqui.

— Eu também. — Ela desceu os olhos pelo meu torso, um olhar ardente que me fez desejar que tivéssemos ficado no bangalô. Não que eu estivesse tirando alguma conclusão precipitada. Eu ficaria feliz em manter as mãos nos bolsos se aquilo significasse uma semana com ela. Ela franziu o cenho e se postou diante de mim, me parando no meio do caminho. — O que é isso? — Ela arrastou a ponta do dedo abaixo de uma cicatriz quase invisível em meio a minha tatuagem.

Óbvio que ela iria perceber. Eu não conseguia esconder nada de Izzy. Independentemente de perguntar ou não, de abordar assuntos que eu não queria discutir, cutucar em busca de respostas, ela notava tudo.

— Nada com que precise se preocupar — assegurei a ela.

Ela arqueou uma sobrancelha para mim.

— Foi um estilhaço. — Dei de ombros. — Mais ou menos na época em que eu voltei, depois do funeral da minha... — Engoli em seco e seu olhar saltou para encontrar o meu. — Sério, não foi nada. Quatro pontos e alguns antibióticos.

Ela franziu os lábios e seu aperto em meu braço mudou para que pudesse correr o polegar sobre a cicatriz.

— Tenho a sensação de que você ganha mais uma dessas cada vez que te vejo.

— É porque eu ganho mesmo.

— E por você tudo bem? — Sua mão caiu, e a expressão ficou séria.

— É meu trabalho. — E, se o que eu fazia enquanto estava destacado tornava as coisas ligeiramente mais seguras para ela dormir à noite, então valia a pena.

Ela desviou o olhar e meu estômago embrulhou.

— Quantos anos você tem que servir o exército para pagar a faculdade, afinal?

— Ah, já passei dessa fase. — Eu me arrependi das palavras no segundo em que saíram de minha boca. — Falando em coisas passageiras... — Tirei a caixinha do bolso. — Não tenho certeza se já te dei parabéns pela formatura na faculdade de direito.

Seus olhos se arregalaram quando ofereci a caixa de veludo.

— Nate...

— Pegue. Não vai te morder, Iz. — Eu sorri.

— Não faça isso. — Ela olhou para mim e depois para a caixa.

— Não faça o quê? Comprar presentes para você? — Sacudi a caixinha bem na frente de seu nariz empinado. — O que mais eu vou fazer com as enormes quantias do adicional de periculosidade que estou acumulando?

— Mostrar essa covinha, como se isso fosse me distrair. — Duas pequenas linhas fofas apareceram em sua testa.

— Minha covinha distrai você? — Merda, eu precisava tirar vantagem disso com mais frequência, mas para isso eu precisaria ser capaz de vê-la com mais frequência.

— Pare de mudar de assunto. O que é? — Ela apontou para a caixa.

— Você podia abrir e descobrir. — Eu não conseguia parar de sorrir.

— Nate. — Ela inspirou fundo. — É que é uma caixa pequena. Uma caixa de *veludo* bem pequena, e você e eu nunca definimos o que é isso que rola entre nós, e está tudo bem para mim, mas eu preciso mesmo estar preparada se essa caixa for *a* caixa, e normalmente eu iria rir da situação, mas estamos em Fiji, na praia e...

Eu ri.

— Relaxe, Izzy. Não é um anel. Eu não faria isso com você.

— Ah, que bom. — Seus ombros relaxaram. — Espere. — Ela jogou a cabeça para trás a fim de me encarar. — O que você quer dizer com fazer isso *comigo*?

Inclinei a cabeça para o lado e tentei sufocar um sorriso.

— É sempre tão difícil para você aceitar um presente? Quero dizer, a última coisa que eu faria é enfiar um anel no seu dedo e pedir para você desistir de tudo pelo que tem trabalhado, sem nos dar a chance de construir alguma coisa primeiro. Não seria justo com você. — E eu não tinha certeza se ela diria sim, afinal. Provavelmente ela jamais admitiria, mas Izzy ansiava pela aprovação dos pais em um nível que eu duvidava que sequer percebesse, e eu estava longe de ser o marido que sonhavam para a filha. Nenhum fundo fiduciário. Nada de conexões políticas.

— Ah. — Esse *ah* soou completamente diferente do primeiro, mas eu não conseguia decidir se de um jeito bom ou ruim.

— Presente, Izzy. Presente. — Sacudi a caixa.

— Obrigada. — Ela arrancou a caixa da minha mão e eu memorizei o momento. A excitação em seus olhos, a mordida suave no lábio inferior, a maneira como oscilava ligeiramente na ponta dos pés descalços.

Sentimentos que eu não conseguia compreender explodiram em meu peito. Como podia desejar tanto aquela mulher e vê-la tão pouco? Como ela podia significar tudo e ainda assim existir em um mundo completamente diferente daquele em que eu vivia?

Ela abriu a caixa e soltou uma exclamação, o olhar chocado procurando o meu.

— Nate, você não devia ter feito isso.

E lá estava eu, sorrindo de novo. Jamais sorrira tanto quanto sorria quando estava com Izzy.

— Eu total devia ter feito isso. Estou orgulhoso demais de você.

— Devem ter custado uma fortuna. — Ela olhou para os brincos de diamante que eu havia encomendado na loja das caixas azuis. — Pode segurar? — Ela devolveu a caixa.

Balancei a cabeça e peguei a caixa enquanto ela já colocava os brincos, pondo os que usava antes no lugar.

— Eu guardo isso — respondi a ela, e coloquei a caixa de volta no bolso.

— Como ficaram? — Ela virou a cabeça, deixando o sol refletir nas pedras.

— Não são tão bonitos quanto você, mas dão para o gasto. — Peguei o celular e abri a câmera, selecionando o modo selfie para que ela pudesse ver como era deslumbrante.

— Tire uma foto comigo. — Ela puxou meu braço e eu cedi, tirando uma rápida série de selfies e beijando sua bochecha na última.

— Ficaram incríveis. Obrigada.

— De nada. — Beijei sua testa e a deixei ir. Se ela tinha acabado de sair de um relacionamento, a última coisa que iria querer, ou precisar, era que eu me aproveitasse.

— Eu estava pensando em Palau. — Ela se virou, andando para trás a fim de me encarar, o sorriso mais radiante que o sol.

— Palau? — Droga, ela era linda.

— Para o ano que vem.

— Certo. — Engoli o nó crescente em minha garganta. — E talvez o Peru, no ano seguinte. Podíamos fazer a trilha até Machu Picchu. — Se eu conseguisse uma licença. Se não estivéssemos em missão. Se não estivéssemos a caminho da avaliação para a Força Delta.

— Parece divertido. — Ela estendeu a mão e eu a peguei. — Mas vou ter que pedir uma folga. Ir em outubro me daria mais de um ano em meu novo escritório... presumindo que eu passe no exame da ordem. Estou me preparando para a prova. É difícil acreditar que finalmente me formei.

— Você se saiu muito bem.

Caminhamos em silêncio por alguns minutos.

— Então eu tenho algumas entrevistas alinhadas em alguns escritórios superbons. Pelo menos os que concordam em conversar comigo antes do exame.

— Me fale sobre eles. — Eu podia ouvi-la falar para sempre.

— Um deles fica em Boston, e tem um em Nova York de que eu gosto, e outro de que eu gosto de verdade. — Ela olhou para mim por entre os cílios e suas bochechas ficaram vermelhas. — Dois em Seattle e outro em Tacoma. Todos têm reciprocidade, então, contanto que eu passe na ordem em Washington, vai ser legal.

Pisquei, hesitante, depois me virei para ela.

— Tacoma e Seattle.

Ela assentiu e prendeu o fôlego enquanto procurava em meus olhos por uma resposta que eu não precisava dar.

— Andei pensando, o que é sempre perigoso, mas não consigo evitar, e é por isso que terminei com Luke...

Luke. Não o conhecia e já o odiava.

— Não só por causa desta viagem, mas porque nós estamos enrolando um ao outro há anos, Nate. *Anos*. E continuamos dizendo que a ocasião não está certa e que devemos a nós mesmos uma chance real e verdadeira, e não alguma tragédia meia-boca de longa distância, certo? — Ela se moveu em minha direção, segurando meu bíceps. — Comecei a perceber que não importa com quem eu namore. São só substitutos, porque estou esperando por você. Esperando por *nós*.

— Izzy. — Aninhei o lado de seu rosto em minha mão, absorvendo cada palavra e ao mesmo tempo as rejeitando.

— Eu me formei, Nate. Posso ir para qualquer lugar. Fazer qualquer coisa. Você poderia sair se quisesse. — Seu aperto aumentou, e a intensidade em seus olhos, seu tom, fez meu coração apertar. — Nós podíamos ficar juntos. Não só enviar e-mails, cartas e livros marcados, mas realmente ficar juntos. Podíamos acordar um ao lado do outro se quiséssemos, ou até mesmo só namorar. Posso me mudar para Tacoma se você quiser...

— Não vou ficar em Tacoma — revelei, baixinho.

— O quê? — Ela franziu o cenho.

— Não posso sair e não vou continuar em Tacoma. — Deslizei o polegar pela sua maçã do rosto, saboreando sua pele tão macia. — Vou para Fort Bragg.

— Fort Bragg?

— Carolina do Norte. — Assenti lentamente, como se o gesto pudesse suavizar o golpe. — Não contei onde estive nos últimos meses. Por que meus e-mails não eram tão frequentes.

— Achei que você estivesse destacado. — Ela recuou.

— Não. Eu estava na seleção. É como... — Como eu podia chamar aquele troço? — Testes para as Forças Especiais.

— Você foi com Torres — disse ela. — Isso era o que ele sempre quis fazer, certo?

— Certo. — Sempre soube que ela lia minhas cartas, mas, nossa, ela não perdia um detalhe. — Nós quatro fomos. Rowell... ele é meu outro melhor amigo...

— Justin e Julian. Eu lembro.

— Pierson também. Todos nós conseguimos.

— E lógico, você conseguiu. — Ela forçou um sorriso que não alcançou seus olhos enquanto recuava para fora de meu alcance. — Você não vai sair. Você está se aprofundando.

Assenti novamente, como se fosse um boneco de mola de plástico.

— Sim. Vai ser um ano de treinamento e então... — As palavras não me ocorriam. — E então veremos para onde eu vou depois.

— Então veremos. — Ela prendeu o cabelo atrás das orelhas, e a brisa do oceano soprou os fios, soltando-os novamente.

— Duvido muito que tenham o tipo de escritório de advocacia que você está procurando em Fayetteville. — Enfiei as mãos nos bolsos. — Você provavelmente está sendo entrevistada por todos os escritórios glamorosos, certo? Os que pagam bem, nos arranha-céus, aqueles de alta influência.

— Sim. Estou buscando empresas que causem maior impacto, lugares em que eu posso fazer a maior diferença, mas... não preciso. — Ela recuou outro passo, e depois outro, até que as ondas voltassem a tocar seus pés.

— Sim, você precisa. Jamais vou ser o cara que atrasa sua vida, Izzy. Nunca vou ser aquele idiota que exige que você desista de tudo pelo que ele quer. — Mantive meus pés firmemente plantados na areia e não tentei tocá-la. — Seria tão fácil concordar, te dizer para se mudar para Fayetteville e trabalhar lá por um ano. E depois seria fácil dizer para você fazer as malas e se mudar comigo novamente, para onde quer que me enviem a seguir. Fácil estar com você, fácil fazer essa coisa entre nós... — Olhei para a areia.

— Por que eu sempre tenho muitas palavras e você nunca tem suficientes?

Um sorriso triste curvou minha boca enquanto eu levantava os olhos devagar para encontrar os dela.

— Porque nós nos equilibramos. O que significa que eu me recuso a ver a luz nos seus olhos se transformar em ressentimento quando você se der conta de que eu sou a razão pela qual você não alcançou tudo pelo que batalhou. Não vou conseguir viver comigo mesmo se estiver sempre no seu caminho.

— Então é só isso que nós temos? — Ela fez um gesto amplo com os braços. — Apenas momentos roubados, mas nunca uma vida juntos?

— Um céu sem nuvens. Água cristalina. E a mulher mais linda que eu já vi, Isabeau. Se isso é tudo o que nós temos, então está ótimo.

Ela inspirou fundo.

— Eu sei que te disse que prefiro passar uma semana com você a ter um para sempre com ele.

Prendi a respiração.

— Mas não vou esperar *para sempre*, Nate. Vai chegar um momento em que vamos ter que tentar ou deixar que o outro vá embora.

— Eu sei. — E saber disso me assombrava mais do que os pesadelos.

— Porque você e eu não podemos ser só amigos.

— Eu sei.

— Talvez você consiga — começou ela, chutando a água que chegava até os tornozelos. — Mas eu não. Não agora que eu sei como é ter você. Nunca vou ser capaz de te olhar e não te querer.

Mesmo a distância mínima entre nós estava me matando.

— É o mesmo para mim.

Seus ombros caíram, e ela jogou a cabeça para trás, para o céu.

— Por que o nosso timing é sempre uma merda?

— Porque nada que valha a pena ter é fácil.

— Só... prometa que vai pensar nisso enquanto estivermos aqui, ok? — Ela me encarou. — Pense em como seria se nos tornássemos mais do que uma possibilidade.

— Sim. Eu posso fazer isso. — Eu refletia sobre o assunto mais do que ela imaginava, e sempre chegava à mesma conclusão, mas era impossível negar seu pedido.

O sorriso de resposta valeu a pena.

— Nós temos essa semana. Então venha até aqui e me beije na água como eu sempre sonhei, Nathaniel Phelan.

Ela não precisou pedir duas vezes.

CAPÍTULO VINTE E UM
IZZY

Candaar, Afeganistão
Agosto de 2021

Rolei durante o sono, deitada de costas. O travesseiro debaixo de minha cabeça estava quente, e o tecido da fronha estava quase queimando meu pescoço. Mas o cheiro — metal e hortelã misturado com algo mais quente — me fez suspirar de reconhecimento.

Minha mente reconheceu que era um sonho — sempre o fazia —, mas eu me agarrei a ele, desejando adormecer mais profundamente para não o perder.

Dedos acariciaram suavemente minha bochecha, e eu me inclinei para a carícia.

— Acorde, Isabeau. — Sua voz me envolveu como veludo, assim como acontecia todas as manhãs em Fiji, quando ele me acordava com as mãos e a boca, despertando meu corpo em um nível febril, antes de deslizar para dentro de mim e nos levar ao paraíso.

— Eu não quero — murmurei. Acordar significaria que Nate teria ido embora, que eu teria de enfrentar mais um dia me perguntando onde ele estava.

— É preciso — disse ele, baixinho. — Está quase na hora de ir.

— Você sempre vai embora. — Inclinei a cabeça de forma mais confortável e deixei minha respiração se aprofundar novamente, voltando ao sono. — Já cogitou ficar?

— Incontáveis vezes. — Dedos roçaram meu cabelo. — Mas não podemos ficar aqui. Temos que ir.

Não era o que eu queria sonhar. Eu queria voltar para meu apartamento em Nova York. Queria abrir a porta e encontrá-lo parado na soleira. Queria retirar tudo o que eu havia dito e fazer tudo diferente.

— Izzy. — Sua voz ainda era suave, porém mais insistente.

Forcei os olhos a se abrirem, e fui recompensada ao me deparar com Nate me observando. Deus, não havia nada melhor do que acordar com aqueles olhos, aquela boca, mesmo que estivesse em uma linha firme.

— Nem todos nós preferimos o nascer do sol, Nathaniel.

Um canto de sua boca se ergueu em um sorriso malicioso, e minha pulsação acelerou, me despertando por completo. Eu queria beijar aquela boca, me perder em Nate, sentir aquele doce esquecimento que só ele me proporcionava.

— Você pode não gostar do nascer do sol, mas duvido que queira passar mais uma noite no chão do aeroporto, se perdermos nosso resgate.

Pisquei, lembrando tudo de uma só vez.

Estávamos em Candaar, e aquele tecido áspero era o material da calça camuflada de Nate. Ou eu tinha adormecido com a cabeça no colo dele, ou ele havia me acomodado ali, quando se sentou contra a parede. Cada batida de meu coração me implorava para ficar parada, para aproveitar cada segundo em que ele me encarava sem a apatia fria e indiferente que demonstrara durante a semana. Sem a armadura de minha própria raiva, eu não conseguia culpá-lo por me manter a distância. Não era da natureza de Nate deixar ninguém entrar, e, quando o momento decisivo chegou, eu o tinha decepcionado quando ele mais precisara de mim. Cada um de nós carregava sua parcela de culpa pelo que acontecera em Nova York.

— Sabia que este foi o maior período de tempo que nós já passamos juntos?

Sua testa franziu.

— Quase. Fiji demorou nove dias com os voos. Estamos só no oitavo.

— Gostei mais de Fiji. Ninguém estava atirando em nós.

— É o que acontece quando se entra em uma zona de guerra, Iz. As pessoas atiram em você. — Ele estendeu a mão e eu a segurei, me sentando contra os protestos de meus músculos doloridos.

— Você dormiu? — perguntei, esfregando a nuca e alongando os ombros.

— O bastante. — Ele se levantou, se espreguiçando, o que fez ondular a tatuagem que fechava seu braço. — Os pássaros estão no ar. Temos uns quarenta e cinco minutos antes que eles cheguem. Vamos tirar você daqui.

Ele dispensou a regra dos trinta centímetros enquanto nós dois usávamos o banheiro, e então me manteve por perto enquanto eu verificava a equipe de xadrez e seus pais, que já haviam sido informados sobre nossa partida.

Com sorte, tudo iria correr bem mais tranquilamente que nossa chegada, na véspera.

O ar ficava mais carregado de ansiedade a cada segundo que passava, e o medo escorria pela minha espinha, mas forcei um sorriso para as meninas. As seis eram exatamente como eu me lembrava de nossas curtas sessões no Skype, curiosas e divertidas. Também falavam inglês perfeitamente, o que me fez desejar ter escolhido algo diferente do francês no ensino médio, para poder retribuir na mesma moeda.

— Todos os vistos estão neste envelope — avisei à treinadora Niaz, entregando a ela a grande pasta de papel pardo lacrada enquanto todos juntavam suas coisas. — Não quero correr o risco de perder.

— Obrigada. Vou entregá-los às famílias, para o caso de nos separarmos — disse ela, a mulher mais baixa ajustando a bolsa sobre o ombro e sorrindo para mim com lacrimejantes olhos castanhos, enrugados nos cantos. — Não tenho palavras para agradecer. Lamento que tenha precisado vir até aqui, mas...

— Você não precisa explicar. — Minha garganta ameaçou fechar enquanto a emoção me dominava, rápida e avassaladora. Jamais havia feito parte de algo tão importante quanto aquilo, nunca fizera nada em meus vinte e oito anos que se qualificasse como... significativo. — Fico feliz por estar em posição de ajudar — consegui dizer, apertando as mãos da treinadora.

Gray se aproximou e se apoiou no ombro de Nate.

— Estão a cinco minutos daqui.

Nate olhou em minha direção e eu assenti.

— Está na hora — avisou Nate, a voz enchendo a sala VIP. — Trinta centímetros — lembrou, enquanto os outros militares assumiam o comando das famílias que lhes foram designadas, e um deles se postou do lado de fora, vigiando a porta.

Nate me entregou o capacete de Kevlar, e o coloquei sobre os fios despenteados do coque, depois fiz o mesmo com o colete tático. Ao menos ele havia me deixado dormir sem o equipamento de segurança.

Passamos por uma pilha de refeições prontas para consumo ao sair da sala, atravessando o corredor e descendo as escadas.

— Foi sua intenção deixar aquelas rações ali?

Ele assentiu, a expressão mais que alerta enquanto examinava a área ao redor.

— Eles não têm comida suficiente aqui. Estão basicamente isolados.

— E vamos simplesmente deixá-los para trás? — Ergui o olhar para Nate, mas ele estava no modo trabalho. Nada de carícias no rosto ou sorrisos. Aquela era a versão de Nate que eu não via nos Estados Unidos.

— Nem todo mundo quer ser salvo, Izzy. — Ele apertou o rifle enquanto nós avançávamos ao longo do terminal.

— Esta é nossa casa — disse o soldado afegão à direita. — Vamos defendê-la até a morte.

Eu não sabia o que dizer, então simplesmente assenti, segurando a bolsa a tiracolo com mais força contra o corpo à medida que nos aproximávamos da saída. Passamos pelo portão em que havíamos nos abrigado no dia anterior. As janelas que foram explodidas já tinham sido tapadas.

— Tente respirar — disse Nate, enquanto seguíamos em direção à porta, guardada por Black e dois outros soldados afegãos.

— E se eles começarem a disparar mísseis contra nós de novo? — Mantive a voz baixa, mais que ciente das garotas atrás de nós, avançando em grupos para os quais haviam sido designadas até seus helicópteros específicos.

— Eles trouxeram Apaches. — Nate me lembrou. — Se começarem a atirar, vão revelar sua posição e serão bombardeados com dez vezes mais poder de fogo. — Ele trincou os dentes quando chegamos à porta e paramos.

— Certo, porque a guerra é uma coisa lógica. — Meu batimento cardíaco estava descontrolado pelo pânico. Tudo bem, eu não estava preparada para essa situação. Eu podia admitir para mim mesma.

— Só fique comigo — ordenou Nate, com suavidade. — Vou te colocar naquele helicóptero.

Eu não duvidava. Também sabia que havíamos tido sorte no dia anterior, por termos conseguido nos abrigar no terminal antes de as explosões começarem.

— Se tiver de escolher entre mim e uma das garotas...

Nate girou em minha direção, segurou meu queixo entre polegar e indicador e inclinou meu rosto em direção ao seu.

— Não sou esse cara. — Ele disse essas palavras tão baixinho que mal o ouvi, então soube que a família atrás de nós não o entenderia.

— Que cara?

— Trinta segundos — gritou Gray da retaguarda do nosso grupo.

— O cara que faz a coisa honrosa — respondeu Nate, os olhos procurando os meus. — Não quando se trata de você.

— Sim, você é — argumentei.

Ele balançou a cabeça.

— Há uma diferença entre você e eu, Iz. Sempre houve. Se você soubesse que o mundo tem só vinte e quatro horas antes de uma calamidade acontecer, para onde iria?

Eu pisquei. Foi a pergunta mais estranha que ele já tinha feito para me distrair.

— Serena provavelmente estaria cobrindo o evento, e meus pais não são exatamente do tipo reconfortante, então acho que iria para onde pudesse ser mais útil.

Um sorriso irônico apareceu em seus lábios. Seu olhar desceu para minha boca, e ele soltou meu queixo.

— Sim. Essa é a diferença entre nós.

Não tive tempo de perguntar o que ele queria dizer. O som de rotores encheu o ar, e olhei pelo vidro e vi quatro helicópteros pousados na pista, e mais dois sobrevoando o local.

— Vamos! — disse Nate por cima do ombro, e as portas se abriram. Fomos conduzidos por outro operador e pelos soldados afegãos.

Meu coração disparou enquanto avançávamos depressa pelo mesmo caminho pelo qual havíamos entrado na véspera. Parecia diferente agora. Mais longo. Os arcos sob os quais passamos eram de algum modo menos bonitos e mais... expostos. Ou talvez tenha sido a maneira como eu os via que mudara.

Assim que alcançamos a pista a céu aberto, meu coração ameaçou abandonar o navio. Passamos por uma cratera no concreto que definitivamente não estava ali no dia anterior, e meu sangue pulsou, latejando nos ouvidos. Nate me levou através do asfalto fresco, ainda não aquecido pelo sol àquela hora, até o helicóptero mais distante.

O artilheiro acenou da porta para que entrássemos, e Nate praticamente me levantou para o Blackhawk, me forçando a entrar primeiro. Não perdi tempo discutindo. Ocupei meu lugar de costume e saí de seu caminho.

Mas ele não me seguiu.

Minha cabeça girou em direção à porta. Parado na pista, Nate observava o terminal. Prendi a respiração. Se as últimas vinte e quatro horas tinham me ensinado alguma coisa, tinha sido que cada segundo contava.

E meu coração contou cada segundo enquanto ele continuava de pé ali, completamente exposto.

Lilac apareceu, escoltado por dois soldados afegãos, um dos quais carregava Kaameh. Ele a colocou no chão do lado de dentro da porta e a soltou, e então o restante da família embarcou no helicóptero. Eles ocuparam os assentos bem à minha frente, ofegantes, olhos arregalados. Eu me inclinei e afivelei o cinto de Kaameh, no assento ao lado da janela, onde Nate costumava se sentar, enquanto sua mãe e seu pai faziam malabarismos com o irmãozinho para que cada um pudesse apertar o seu.

Nate e Lilac entraram e, assim que aquela coxa tocou a minha, inspirei fundo, outra vez, e mais outra, até arfar rápido demais. Ele estava bem. Estávamos bem.

O helicóptero decolou e o chão ficou para trás.

Nate esticou o braço por sobre meu colo e pegou minha mão, entrelaçando seus dedos nos meus, apertando com força enquanto saíamos de Candaar. Minha respiração se acalmava a cada quilômetro que voávamos. Eu sabia que o momento não iria durar, que ele não iria segurar minha mão para sempre, e não o fez.

Seus dedos deslizaram para longe dos meus, e não pude deixar de lamentar imediatamente pela perda.

Mas ele não sabia que minha mão esquerda estava nua por algum motivo.

E eu ainda não tinha decidido se iria lhe contar, ainda não tinha certeza de que ele sequer queria saber.

Quando pousamos, as meninas me abraçaram e foram imediatamente colocadas em SUVs com as famílias, e seguiram para o aeroporto. Foi curto. Anticlimático. Perfeito.

— Olhe para você, fazendo a diferença — disse Nate, enquanto me levava até nosso próprio SUV.

— É uma sensação boa — admiti, entrando no carro. — É provavelmente a melhor coisa que vou fazer. — Se aquele fosse o auge de toda a minha temporada em Washington, teria valido a pena.

Nate fechou minha porta e entrou na frente. Sorri durante todo o trajeto até a embaixada.

Mas parei de sorrir quando entramos no saguão caótico e eu vi, através da multidão ansiosa, que a sala de conferências com fachada de vidro da qual tínhamos nos apossado estava vazia.

— Você precisa encontrar o babaca e contar a ele que está bem? — perguntou Nate, sua voz sumindo enquanto seguia minha linha de visão.

Seu major avançou, a boca em uma linha firme.

— Bom trabalho ao resgatar a equipe.

— Onde está *minha* equipe? — perguntei, o estômago dando nó.

— O Departamento de Estado ordenou uma evacuação parcial da embaixada. — O major olhou para Nate e depois para mim. — Lamento informar, mas os outros membros de sua equipe saíram há algumas horas, com o candidato ao Congresso... aquele cuja visita não estava programada. Covington.

Cambaleei, e Nate me firmou com a mão na parte inferior das costas.

— O que você quer dizer com eles *foram embora*? — ele praticamente rosnou.

— Os senadores cancelaram a viagem, então eles embarcaram no avião — explicou o major, a voz suavizando ao estudar meu rosto. — Talvez queira ligar para sua chefe.

Eu havia sido deixada para trás.

CAPÍTULO VINTE E DOIS
IZZY

Fiji
Junho de 2017

Não havia nada tão bonito quanto observar o reflexo da lua ondulando na água à beira do deque de nosso bangalô. Espiei por cima do ombro, pelas portas duplas abertas, e admirei a extensão das costas nuas de Nate enquanto ele dormia sobre o que havia se tornado seu lado da cama, durante os últimos cinco dias que passamos ali. O topo do lençol repousava na parte inferior de suas costas, logo acima da deliciosa curva de sua bunda, e a luz fraca da mesa de cabeceira refletia cada contorno de músculo, agora adormecido.

Tudo bem. Talvez houvesse algo no mundo mais bonito que a lua.

A brisa agitava a seda de minha camisola curta de alcinhas, e eu me afastei de Nate para observar a água novamente. Já era madrugada, e nosso deque estava protegido de eventuais olhares curiosos — isso se houvesse alguém acordado nos bangalôs vizinhos —, mas, embora Nate não tivesse nenhum problema em perambular linda e totalmente nu, eu não me sentia tão confiante.

Também não conseguia dormir. Nate havia desgastado meu corpo até um extasiante estado de euforia, mas minha mente tinha continuado a rodopiar muito depois de seus olhos terem se fechado.

Só nos restavam dois dias.

Dois dias, e depois voltaríamos para os Estados Unidos. De volta à realidade. De volta a uma vida em que nunca sabíamos em que pé estava nossa relação, ou quando nos veríamos de novo. De volta a uma vida em que eu repelia cada homem que se aproximava demais, pela simples razão de que não era Nate.

Quando terminei com Luke, minhas lágrimas não foram por conta de um coração partido. Chorei porque tinha passado meses com ele e apenas me *afeiçoado*, uma afeição que eu estava vergonhosamente disposta a deixar de lado.

Amor? Essa palavra pertencia a um único homem em minha vida, e eu não podia tê-lo. Não de verdade.

Eu estava perdida e inexoravelmente apaixonada por Nathaniel, e só Nathaniel.

E ele não se abria para mim. Eu era mantida para sempre em sua órbita, autorizada a vislumbrar o dano que eu sabia estar escondido sob sua superfície. Condenada a observar, de forma impotente e distante, enquanto ele colecionava cicatrizes.

Talvez fosse porque ele havia me salvado anos antes. Talvez fosse a descontração que eu parecia sentir apenas ao seu lado, o modo como podia ser eu, apenas eu, e era mais que suficiente. Talvez fosse a maneira como ele tinha me olhado no funeral da mãe, como se eu fosse o único barco em um oceano mais que disposto a afogá-lo. Ou talvez fosse o jeito como ele apagava todo pensamento lógico em mim com um único toque.

Qualquer que fosse o motivo para ele ser o dono do meu coração, só existia com Nate.

E só tínhamos mais dois dias.

Como eu poderia perder uma hora daquilo dormindo? Passei os braços em volta da cintura e ergui o olhar para a lua, como se ela pudesse fornecer as respostas de que eu precisava. Deveria me mudar para a Carolina do Norte? Desistir do tipo de trabalho que eu queria fazer para ficar com ele nos poucos dias do ano em que Nate realmente estaria em casa, quando obviamente não era o que desejava?

Um barulho me fez virar para a cama.

O corpo de Nate estremeceu.

Fui em sua direção, andando silenciosamente para não o acordar, observando para ver se havia algo errado. Depois de cerca de um minuto, me sentei com cuidado em meu lado da cama e puxei as pernas para cima devagar, a fim de não sacudir demais o colchão.

Nate estremeceu de novo, soltando um grito que me assustou.

Ele estava tendo um pesadelo.

— Nate. — Eu me inclinei para ele, tocando suavemente seu ombro. — Nate, acorde...

Ele se moveu tão rápido que meu coração parou.

Minhas costas se chocaram contra o colchão no mesmo segundo em que Nate surgiu acima de mim. Seus olhos estavam arregalados e intensos, e seu antebraço... pressionava minha clavícula enquanto a outra mão procurava alguma coisa na cama.

— Nate! — gritei, meu coração indo parar na garganta.

Horror apareceu em seu rosto, e ele recuou, removendo seu peso de cima de mim em menos de um segundo, se arrastando até a beirada da cama.

— Ah, merda. — Seu rosto ficou pálido. — Izzy. Meu Deus. *Izzy*.

Eu me encostei na cabeceira, minha mente se esforçando para assimilar o que acabara de acontecer.

— Desculpe. — Ele ergueu a mão como se fosse me tocar, em seguida a deixou cair de novo. — Machuquei você?

— Não. — A expressão angustiada em seu rosto me partiu o coração. — Estou bem — jurei.

Ele apoiou a cabeça entre as mãos.

— Desculpe.

— Estou bem, Nate. Assustada, mas bem. — Meu pulso disparou, mas não era nada comparado ao modo como meu peito se apertou com a tristeza em sua voz. — Nate, olhe para mim.

Devagar, ele levantou a cabeça, os olhos se erguendo para encontrar os meus.

— Você não me machucou. — Balancei a cabeça, a parte racional amenizando o choque. — Você estava tendo um pesadelo e eu te assustei. Nunca devia ter te tocado. Conheço o bastante sobre transtorno de estresse pós-traumático para saber disso, só... esqueci. Sou eu que lamento.

— Não se atreva a *me* pedir desculpas. — Ele puxou os joelhos junto ao peito.

Cheguei mais perto, mas parei no meio da cama, dando espaço a ele.

— Você não me sufocou. Você não cortou minhas vias respiratórias. Você não me jogou no chão. Você. Não. Me. Machucou.

Ele deslizou para fora da cama e vestiu um calção de banho seco.

— E nem pretendo.

— Como assim? — Senti o estômago embrulhar enquanto ele atravessava as portas da varanda. — Nate!

— Durma um pouco, Izzy. — Ele se virou para mim, mas continuou recuando. — Você não faz ideia do quanto eu sinto muito.

— Acho que faço — comecei, mas Nate deu meia-volta e mergulhou do deque para a água. Corri para o corrimão, mas nem mesmo o luar revelou onde ele emergiu. — Nate! — sussurrei o mais alto que pude, tentando não acordar nenhum de nossos vizinhos.

Mas ele não apareceu.

Esperei na varanda por vinte minutos.

Depois esperei na cama por mais quinze. Ou talvez tivessem sido vinte. Então fechei os olhos só por um segundo.

◆◆◆

Acordei lentamente e estiquei os braços acima da cabeça, depois abaixei as mãos para acariciar o corpo de Nate.

Mas ele não estava lá.

Meus olhos se abriram e eu me sentei, olhando para o lado vazio da cama.

— Estou aqui — chamou Nate à minha esquerda.

Olhei para o lado e deparei com Nate sentado no sofá do canto, já vestido para o dia. Sombras pairavam sob seus olhos.

— Você ficou acordado a noite toda? — Deslizei para fora da cama e me sentei no outro canto do sofá.

— Não consegui dormir depois de... — Sua voz sumiu, e ele desviou o olhar do meu, então se inclinou sobre a mesa de centro e me entregou uma folha de papel. — Enfim, fiz uma lista. Tem todos os lugares sobre os quais nós conversamos nos últimos dias.

Peguei a lista e li.

— Palau ano que vem, Peru no seguinte, depois Bornéu, ilhas Canárias e Maldivas.

— Esqueci alguma coisa? — Ele se inclinou para a frente, apoiando os cotovelos nos joelhos.

— Seychelles — respondi.

— Certo. — Ele me entregou uma caneta. — Escreva.

Olhei dele para a caneta, então a peguei devagar e escrevi *Seychelles* na linha em branco na parte inferior, pressionando um pouco demais a caneta e rasgando o papel.

— Merda.

— Já reservei voos para o próximo ano. Você queria Palau, certo? — perguntou, colocando o celular sobre a mesa.

Meu pulso disparou. O que eu deveria fazer com essa informação?

— Você reservou?

Ele assentiu.

— Reservei para outubro do ano que vem, mas podemos alterar as datas, dependendo do escritório em que você vai trabalhar, ou se eu estiver... fora.

Em outras palavras, em missão.

Pousei o papel e a caneta ao lado do telefone e me recostei, ajeitando as pernas sob mim. Os olhos de Nate se incendiaram enquanto ele fitava meu corpo, e fiz o possível para ignorar a onda de desejo que aquele olhar desencadeou.

— De onde saem os voos que você comprou? De que cidades?

Ele respirou fundo.

— Comprei o meu saindo da Carolina do Norte e o seu de Nova York.

Meu queixo caiu.

— Mandei uma mensagem para Serena, já que o fuso horário estava a meu favor, e ela disse que é onde fica o escritório em que você quer trabalhar. Aquele de que você tem falado desde o ano passado.

Ele não queria que eu sequer considerasse a hipótese de me mudar para a Carolina do Norte para ficar com ele. Nate queria nos manter assim, uma aventura anual que consumia minha vida, meu coração.

— Isso tem a ver com ontem à noite?

— Eu só queria garantir que nós iríamos seguir em frente. — Ele engoliu em seco. — Passamos anos conversando sobre fazer isso, e demorou... anos. Agora nós sabemos que vamos nos ver.

— Mesmo que seja só por uma semana?

— Uma semana é melhor que nada — argumentou ele.

— E por quanto tempo *nada* será o nosso parâmetro? — Fiquei de pé, precisando de um pouco de distância. — Por quanto tempo devemos tentar roubar um fim de semana aqui, uma semana ali?

— Enquanto for necessário. — Ele me observou caminhar de um lado para o outro, seu corpo calmo e imóvel, mas os olhos avaliando cada movimento que eu fazia.

— Isso não é resposta!

— É a única que eu tenho. — Tão. Irritantemente. Calmo.

Quanto tempo ele planejava continuar no exército? Ele não conseguia ver o que aquilo estava fazendo com ele? Eu sim. Era cristalino como o dia.

— Vamos conversar sobre ontem à noite?

— Não faz sentido discutir um pesadelo — disse ele, os olhos acompanhando meus movimentos. — Eu tenho. Você provavelmente tem.

— Sim, bem, mas eu faço terapia. — Eu me sentei na beirada da cama. — Por favor, me diga que você está fazendo também. — Levantei uma mão. — E, antes que pergunte, não, você não me machucou. Não estou brava com o que aconteceu esta noite. Eu sei que você cortaria sua mão antes de usá-la contra mim.

Sua mandíbula travou e ele desviou o olhar, se concentrando na paisagem do lado de fora das portas duplas, abertas.

— Passei na avaliação psicológica para a seleção, então parece que estou bem. Não posso controlar meus sonhos, Izzy. E, assim que for conversar com algum psiquiatra sobre pesadelos, posso dar adeus à possibilidade de passar no curso preparatório para as Forças Especiais. Eles vão me chutar.

— O que você estava procurando ontem? — perguntei. — Quando me prendeu debaixo de você, estava procurando alguma coisa.

Ele soltou um suspiro lento e passou as mãos pelo cabelo curto.

— Em geral eu mantenho uma arma debaixo do travesseiro quando estou de serviço, e eu estava sonhando... — Ele balançou a cabeça. — Não importa. E, sinceramente, coisas como o que aconteceu ontem só se somam às muitas razões pelas quais você e eu funcionamos melhor assim.

— Mas não é melhor! — Saí da cama, incapaz de ficar parada. Tinha a sensação de que iria romper minha própria pele, como se meu corpo não pudesse conter as emoções intensas fluindo através de mim. — Não teremos um relacionamento de verdade se vamos continuar assim, Nate.

— Eu nunca disse que tínhamos. — Ele se levantou, mas não se aproximou, apenas me observou rondar de um lado para o outro em nosso quarto. — Concordamos em não estragar nossa chance, lembra? Nós concordamos...

— Muita coisa muda em três anos — retruquei. — É quanto tempo eu tenho esperado, Nate. Três anos, constantemente comparando você com meu namorado da vez. Constantemente me perguntando onde você está, *como* está. Querendo saber se vai se abrir, me contar o que acontece quando está em missão.

— Você não quer saber de nada disso. — Ele enfiou as mãos nos bolsos, o retrato da calma e tranquilidade.

— Sim, eu quero! Como eu vou te conhecer de fato se você não permite?

— Você me conhece melhor que ninguém...

— Não, eu conheço o que você me deixa *ver* melhor que ninguém. — Girei os pés no piso de madeira, dando as costas para a porta enquanto o encarava.

— O que você quer que eu diga, Iz? — Ele inclinou a cabeça para o lado, e aquela máscara que eu via de vez em quando... aquela que havia usado no funeral da mãe... apareceu. — Quem eu sou quando estou destacado não é quem eu sou quando estou com você. Não quero mesmo que você conheça esse cara.

— O que isso quer dizer? — Eu odiava o jeito calmo dele, como se não estivesse lutando com a distância constante entre nós... sempre esperando pelo momento em que seríamos capazes de ter um relacionamento de verdade.

— Quer dizer que eu... — Ele suspirou. — Sei separar as coisas. Aprendi a separar a merda que acontece quando estou em missão da minha vida em casa. É um daqueles mecanismos de enfrentamento de que você falou há alguns anos, lembra?

Eu lembrava.

— E se eu quiser conhecer todas as suas facetas?

— Você não quer. — Ele balançou a cabeça, seguro.

— Eu quero — argumentei.

— Não. Você. Não. Quer. O fato de eu conseguir manter essa merda sob controle não é para trancar você do lado de fora, Iz, é para te proteger. Você não devia ter que lidar com... tudo.

— Porque você não confia em mim para estar do seu lado? — Eu dei dois passos em sua direção. — Eu estava do seu lado no funeral da sua mãe. Eu fui quando você precisou de mim.

— Você foi, e eu sei que nunca te agradeci o bastante por isso...

— Não precisa me agradecer, Nate. Eu quero ficar do seu lado! Deus, você não entende? Você não entende que não tem como eu ficar longe quando sei que você está sofrendo?

— Foi *exatamente* por isso que eu não te contei. — Ele ergueu o tom de voz. — Você não iria gostar de saber as coisas que eu fiz, as coisas que eu vou fazer. Você nunca me veria do mesmo modo. Você acha que surtar depois de ser acordado de um pesadelo é ruim? Não é. Sem mencionar que você não *pode* saber mais nada agora que eu vou para as Forças Especiais. A maior parte é confidencial. Izzy, você é a única coisa boa e imaculada na minha vida. É a única paz que eu conheço. Por que eu te arrastaria para uma tempestade de merda se não é necessário?

— Então... eu nunca vou saber pelo que você passou? Como te ajudar? — Senti um aperto no peito, cerrei os punhos.

— Por que você iria querer uma coisa dessas?

— Porque estou apaixonada por você! — gritei, então ofeguei, cobrindo a boca com as mãos. Merda, isso *não* devia ter escapado.

Seus olhos se arregalaram.

— Isabeau, não.

Minhas bochechas ardiam de vergonha quando saí do bangalô para o deque. Se eu mergulhasse e começasse a nadar naquele exato momento, poderia chegar à próxima ilha à tarde. Eu poderia evitar o restante daquela conversa.

— Você não pode me amar — argumentou ele, balançando a cabeça enquanto me seguia até a varanda. A expressão em seu rosto era de pura devastação.

— E você não pode me dizer como eu me sinto! — Assim que minhas costas bateram no corrimão, não havia outro lugar para ir. — Não podemos simplesmente ignorar o que eu disse?

— Não. — Ele avançou, parando apenas quando me encurralou, as mãos no corrimão funcionando como uma cela.

— Por que não? Você está me pedindo para ignorar tudo o que acontece quando não estamos juntos. Está me pedindo para viver uma existência baseada no que você decide me contar por meio de cartas e e-mails. — Levantei o queixo e tentei encará-lo, mas a preocupação, a apreensão em seus olhos arrefeceu minha raiva.

— Porque tudo o que acontece quando não estamos juntos não tem importância — explicou ele. — Isto é real. — Ele pegou minha mão e a colocou no peito. — Esta é a realidade pela qual eu vivo.

Seu coração batia de forma irregular sob meus dedos.

— E, ainda assim, você não vai me permitir te amar.

Ele balançou a cabeça.

— Você não pode, Iz. Simplesmente não pode. Não sou bom o bastante para você, ainda não. Veja o que aconteceu ontem. Um pesadelo e eu acabo com o braço na sua... — Ele engoliu em seco. — Olha, não é um medo qualquer... é medo de arruinar a única chance que nós vamos ter. Você quer a real? É como eu me sinto. Não posso te perder. — Seus olhos procuraram os meus, e senti uma fissura no peito que tentei ignorar, sabendo que, se olhasse muito de perto, encontraria uma falha geológica em meu coração.

— Mas você também não vai me aceitar — sussurrei. Foi quando a ficha caiu. Ele havia escolhido seu caminho e não me permitiria segui-lo. Ele sempre estaria em guerra de uma forma ou de outra, e meu destino, se eu o escolhesse, seria vê-lo lentamente se metamorfosear do garoto que eu conhecera naquele avião havia seis anos no que quer que anos e anos de combate o transformariam.

A fissura em meu coração se expandiu com um choque doloroso.

— Vou aceitar tudo o que você me permitir. — Ele segurou meu rosto entre as mãos e olhou dentro de minha alma. — E vamos ter tudo o que pudermos dar um ao outro. — Abaixando a cabeça lentamente, ele pressionou a testa na minha. — Só posso te dar o que eu tenho, Izzy. Eu sei que não é suficiente, mas é tudo que tenho.

Seus lábios roçaram nos meus e eu derreti.

Eu estava ferrada. Era o que bastava... um toque daquela boca e eu era dele. Porque, por mais errado que fosse, eu o amava tanto que estava disposta a aceitar o que quer que pudesse ter quando se tratava de Nate.

Então fiquei com tudo o que ele me deu nos dois dias seguintes, depois voltei para casa em Washington, fiz as malas para o emprego que me ofereceram em Nova York e contei os dias até vê-lo em Palau.

CAPÍTULO VINTE E TRÊS
NATHANIEL

Cabul, Afeganistão
Agosto de 2021

Sem exagero, o país estava desmoronando.

E Isabeau se recusava a ir embora.

Ela estava prestes a perder o poder de escolha.

Estávamos de volta a Cabul havia vinte e quatro horas e a embaixada tinha mergulhado no que só poderia ser descrito como caos. Para cada pessoa dentro de seus muros, em busca de abrigo ou de uma saída do país, havia dez fora dos portões, exigindo entrada. Eu só podia imaginar a situação no escritório temporário sendo estabelecido no aeroporto.

Estávamos no centro de uma montanha de barris de pólvora armazenados, apenas observando a chama bruxuleante do pavio aceso correr em nossa direção. A destruição parecia iminente. Era apenas uma questão de tempo.

— Herat — disse Webb, apontando para a imagem de vigilância da província caída projetada na parede da sala de conferências que havíamos requisitado, no porão da embaixada. Todos, exceto um de nós, tinham se reunido para o briefing do meio-dia. Graham estava colado em Izzy, seguindo minhas ordens. Webb clicou e a imagem seguinte apareceu, mostrando a mesma cena em uma província diferente. — Lashkar Gah, o que, como vocês sabem, significa que toda Helmand está agora nas mãos do Talibã.

Cerrei os dentes.

A atmosfera já tensa ao redor da mesa de conferência ficou ainda mais carregada, mas ninguém disse uma palavra. Todos nós havíamos passado bastante tempo no país para saber que as estimativas iniciais de quanto tempo o governo permaneceria no controle tinham sido muito generosas, mas ver tudo desmoronar bem na nossa frente era indescritível.

— Adicionem Candaar à lista — disse ele, clicando novamente. Mais do mesmo inundou a tela. Duas das três maiores cidades do Afeganistão estavam agora nas mãos do Talibã.

Os soldados das operações especiais no aeroporto...

— Unidade zero-três? — perguntou Parker, expressando meus pensamentos enquanto se inclinava na cadeira à minha frente. O bigode preto se franzindo foi o único sinal de sua agitação.

— Estão defendendo o aeroporto por enquanto — respondeu Webb. — Mas não parece nada bom. Estão isolados e o ar é a única rota de evacuação. Têm pouca comida e munição.

— Então, estão basicamente fodidos — disse Black. — Eles estão fodidos.

— As Forças Especiais afegãs estão trabalhando em alguma coisa — retrucou Webb.

— Se as nossas ordens mudarem, aviso a vocês.

O que significava que não teríamos permissão para fazer merda nenhuma. Trinquei os dentes. Eles estavam encurralados, cercados e famintos.

— Continuando... — Webb foi para o slide seguinte, mostrando precisamente quantas províncias haviam caído, e eu reuni quaisquer sentimentos que nutria pela situação de Candaar e os coloquei no devido lugar... fora da minha cabeça. Todas as províncias que o Talibã tinha recuperado foram destacadas em vermelho, e havia uma tonelada de vermelho.

— Há muito vermelho entre nós e uma certa fotojornalista — murmurou Torres atrás de mim.

Como se eu precisasse ser lembrado.

— Desde a noite de ontem, três mil de nossos soldados estão a caminho, e todos os civis, aliados afegãos e diplomatas receberam instruções para partir. — Ele olhou em minha direção e eu balancei a cabeça, entendendo o que queria dizer. — Nossas informações indicam que mais mil paraquedistas serão autorizados hoje. Manter o aeroporto seguro é o objetivo principal.

A foto seguinte apareceu, mostrando a crescente multidão do lado de fora do aeroporto.

Aquele rastilho estava vindo em nossa direção, com certeza.

— Nos últimos dois dias, quarenta e seis voos decolaram, e, como vocês podem ver, a demanda é consideravelmente maior que a oferta — continuou Webb.

— Maldita Saigon — resmungou Elston, esfregando a mão na barba.

Peguei minha garrafa de água e bebi, me recusando a deixar aquele nó de ansiedade em minha garganta se apertar ainda mais. Izzy tinha de partir. Depois que ela estivesse em um avião, eu poderia me concentrar no que precisava ser feito.

— E por último, mas não menos importante. — Webb clicou na foto seguinte, uma imagem aérea de Cabul feita por um drone, mostrando as estradas que levavam à cidade congestionadas, e marcando os postos de controle já capturados pelos talibãs na periferia da pequena província. — O inimigo está se aproximando dos portões. Penso que é seguro afirmar que o presidente Ghani não está mais no controle.

Estávamos prestes a ser colocados na mesma posição de Candaar.

Cadeiras rangeram ao meu redor.

— Mazar-i-Sharif? — perguntei.

— Resistindo — respondeu Webb. — Mas não temos certeza por quanto tempo.

Parecia ser o consenso sobre tudo por ali.

— Agora que a maioria das equipes do Congresso foi evacuada, nossa missão vai mudar — disse Webb, enquanto distribuía ordens. A unidade foi dividida em esquadrões de quatro, o que não era novidade para nós, alguns designados para indivíduos de alto valor para evacuação, e outros para as mais diversas tarefas.

A reunião chegou ao fim e todos se levantaram.

— Green — chamou Webb, enquanto eu empurrava minha cadeira e assentia, ficando para trás quando os outros saíram da sala. A porta se fechou antes que ele falasse de novo. — Em relação à srta. Astor.

— Vou colocá-la no primeiro avião.

— A senadora Lauren recebeu o pedido dela para permanecer e ser útil ao embaixador. — Ele levantou uma sobrancelha.

— Vou matá-la. — Esfreguei a ponte do nariz.

— A senadora Lauren achou o pedido... nobre... e concordou, mas desde que possamos evacuar a srta. Astor em segurança quando chegar a hora, e acho que ambos podemos concordar que esse momento está se aproximando depressa. Ah, e se pudéssemos nos certificar de contratar um fotógrafo para tirar algumas fotos da assessora trabalhando diligentemente, já que não aproveitamos a oportunidade perfeita que nos foi dada com a equipe feminina de xadrez.

— Certo. — Malditos políticos com a porra de suas equipes de RP.

Ele fechou o laptop e a projeção se tornou uma tela toda azul.

— Há algo que eu deva saber sobre o motivo de sua protegida ter pedido para permanecer num país obviamente desmoronando?

— A irmã da srta. Astor é fotojornalista e está trabalhando em Mazar-i-Sharif. — Cocei a barba de quatro dias que deixara crescer. — A srta. Astor reluta em partir até que a irmã, também srta. Astor, o faça, e a teimosia parece ser uma característica genética naquela família, e o visto do intérprete de Serena não foi aprovado ainda.

— Humm. — Seus olhos se estreitaram ligeiramente, o que eu sabia, por experiência própria, que significava que estava assimilando as informações e calculando como aquilo afetava a missão. — Não estou disposto a lidar com uma senadora irritada ou a entregar ao Talibã uma nova fonte de material para seu canal do YouTube.

— Nem eu. — Isso não iria acontecer com ela.

Webb assentiu.

— Mantenha sua equipe habitual com você. Seria bom tirar as duas irmãs, em especial devido ao perfil alto delas, mas nossa prioridade é a mais nova.

— Entendido. — Senti um aperto no peito. Eu me importava com Serena e não queria deixá-la para trás, mas não sacrificaria Izzy por ela. O problema era que Izzy não concordaria.

Deixei Webb e saí, encontrando Torres encostado na parede do lado de fora da porta, à minha espera.

— Como você está? — perguntou ele, me acompanhando pelo corredor mal iluminado.

— Bem. Não dá pra ver?

— Já vi controladores de tráfego aéreo com uma aura de menos ansiedade, mas, se você quiser posar de tranquilo... — Ele deu de ombros.

— Sim — resmunguei, subindo a escada do saguão lotado até a suíte de Izzy. Sua sala de conferências havia sido ocupada pelo pessoal da embaixada, todos trabalhando com afinco para processar tantas entrevistas quanto possível a fim de obter os vistos.

Graham montava guarda do lado de fora da porta, e suas sobrancelhas escuras se ergueram quando me viu caminhando em sua direção.

— Talvez seja melhor confirmar com Webb, mas acho que você ganha o dobro de adicional de periculosidade se entrar aí — comentou Graham, olhando de esguelha para a porta de Izzy.

— E estou dizendo para você verificar de novo! — gritou ela, a voz ecoando através da porta.

— Viu? Tenho certeza de que ela está disparando tiros de verdade.

— Ela não me assusta — menti, curvando um canto da boca. — Mande os outros aqui pra cima. Astor ainda é nossa missão — ordenei.

— Agora. — Ele foi embora.

Inspirei fundo e entrei na suíte. Izzy tinha arrastado o telefone fixo até onde se sentara no sofá, várias pastas espalhadas na mesa à frente.

— E estou lhe dizendo que o formulário foi enviado, então olhe novamente — retrucou Izzy, sem nem se dar ao trabalho de me encarar. — Taj. T-A-J Barech. Ele apresentou o pedido de visto em abril.

O intérprete de Serena.

Eu me sentei no parapeito da janela à sua esquerda, onde conseguia ver tanto ela quanto qualquer um que entrasse pela porta às suas costas.

— Sim, eu sei que você tem dezoito mil candidatos na fila. — Izzy apertou o fone com a mão ainda sem anel e puxou o cabelo, jogando-o para trás do ombro a fim de tirá-lo do caminho.

A pequena parte do pescoço que ela acabara de revelar prendeu minha atenção de modo instantâneo.

Ela adorava quando eu beijava seu pescoço.

Qual merda tinha acontecido entre ela e o babaca para o cara ir embora sem a noiva? Ou esse termo já não se aplicava mais? Eu prometera a mim mesmo que não iria perguntar, não iria me intrometer em merda nenhuma que não fosse da minha conta, mas se tratava de Izzy.

— E eu entendo — continuou ela, tamborilando os dedos da mão direita na beirada do sofá. — Mas, por mais difícil que seja processá-los o mais rápido possível, posso garantir que é infinitamente mais difícil ser um intérprete que colaborou publicamente com as forças dos Estados Unidos preso no Afeganistão agora, rezando para que o visto seja processado a tempo de ser evacuado.

Droga, ela era linda quando estava com raiva. Fiquei feliz que a raiva não fosse dirigida a mim. Ainda.

— Não, não vou relaxar e não vou ligar para você do meu confortável escritório em Washington. Estou na embaixada em Cabul. — Ela arrancou o receptor do ouvido e fechou os olhos, inspirando profundamente.

— Precisa que eu assuma? — ofereci. — Sou o assassino treinado no local, lembra? Não que você não esteja fazendo um trabalho admirável ao massacrar o Departamento de Estado.

Ela me fuzilou com um olhar e arrumou o fone na orelha.

— Ah, você encontrou. Ótimo. Pode me dizer o motivo do atraso? Porque estou com a pasta completa nas mãos. — Ela arregalou os olhos.
— Você está sentindo falta do quê? — Ela folheou a pasta sobre a mesa.
— O histórico do serviço militar está aqui. Doze anos traduzindo para diversas unidades... — Os ombros dela caíram.

Eu me afastei do parapeito da janela e me postei ao seu lado, lendo o conteúdo da pasta por cima de seu ombro.

— A carta de recomendação. — Ela suspirou, procurando nos papéis de novo. — Também não está aqui. É muito difícil conseguir uma?

Meu estômago revirou. Difícil o bastante.

— Você vai querer colocar a ligação no viva-voz — disse eu, calmamente.

— Porque você acha que pode...

— Você precisa de um general ou oficial de bandeira — respondi. — Conhece algum?

Sua boca se fechou e ela apertou o botão do viva-voz, baixando o receptor.

— ... e até nós termos essa carta o nosso processo continua paralisado, srta. Astor. — O tom arrogante do homem me irritou. — E nós temos milhares de pessoas com a papelada completa na frente dele. Mesmo se conseguisse enviar a carta de recomendação, transferindo-o para o topo da lista, seria injusto, e, considerando o número limitado de entrevistas...

— Eu posso resolver a maldita entrevista — interrompeu Izzy, o rubor aflorando em suas bochechas.

— Se eu conseguir enviar essa carta de recomendação para você dentro das próximas horas, você pode ou não processar essa pasta? — perguntei.

— Perdão, com quem estou falando? — rebateu o homem.

— Sargento de primeira classe Green — respondi. — Estou com o Comando Conjunto de Operações Especiais.

O olhar de Izzy saltou para o meu.

— Você poderia processar a pasta dentro de vinte e quatro horas se tivesse a carta? — insisti, cruzando os braços.

— Desculpe, mas está insinuando que pode fazer a carta chegar aqui em vinte e quatro horas? — Sua voz gotejava sarcasmo. — Porque nós estamos um pouco sobrecarregados no momento, e não tenho tempo para manter uma pasta em aberto, apenas esperando para ver se uma carta aparece como em um passe de mágica.

— Eu posso conseguir a carta para você dentro de... — Consultei o relógio e fiz os cálculos do fuso horário. — Duas horas. Você pode processar a pasta para status de entrevista ou não?

— Se a carta chegar. — Deu para sentir ele revirando os olhos. — Vou anotar na pasta que você vai enviar a documentação. Em que unidade você disse que estava lotado?

— Trigésimo Terceiro Grupo de Logística de Bragg.

Izzy ficou boquiaberta.

— Logística, hein? — O som da digitação veio pelo alto-falante.

— Sim, você nos conhece. Aqueles que resolvem a merda.

— Certo. E de quem eu posso esperar que venha a tal carta?

— Alguém muito acima da sua alçada — respondi. — Você tem o e-mail dele? — perguntei a Izzy.

Ela assentiu.

— Ótimo, então terminamos aqui. — Apertei o botão de encerrar a ligação.

— O que você vai fazer? — indagou Izzy, enquanto eu fechava e recolhia a pasta de Barech.

— Vou resolver o único problema que eu posso. — Levei a pasta até a porta e a abri, encontrando Graham, Parker e Elston já à espera. — Entregue isso a Apex — disse a Elston, me referindo ao nome de guerra de Webb enquanto passava a pasta ao ruivo. — E diga a ele que precisamos que ele acorde o general para uma carta de recomendação.

— Feito. — Ele pegou a pasta e desapareceu no corredor.

— Sargento Black. — Encarei nosso médico. — Preciso do status de cada posto de controle daqui até Mazar-i-Sharif, e quais podem deixar passar uma fotojornalista americana sem precisar... de convencimento.

— Feito. — Ele acenou com a cabeça uma vez e partiu na mesma direção em que Elston havia ido.

— Sargento Gray, encontre alguém que possa colocar um celular confiável nas mãos de Serena Astor. — Valia a pena tentar.

— Deixe comigo. — Ele seguiu na direção oposta, deixando o corredor vazio, apesar do caos que se desenrolava abaixo de nós.

Um pressentimento me arrepiou os braços enquanto eu recuava para o quarto de Izzy e fechava a porta.

— Qual é o problema? — perguntou Izzy, ajeitando os vincos na blusa transpassada enquanto se levantava. Era verde-esmeralda e realçava a intensidade de seus olhos, mas guardei a observação para mim.

— Nos últimos cinco minutos? — Havíamos chegado ao nono dia. Estávamos oficialmente empatados no maior número de dias consecutivos que já tínhamos passado juntos. — Nenhum.

— E isso é preocupante para você. — Ela caminhou descalça até a cozinha e tirou duas garrafas de água da geladeira, depois jogou uma para mim. Eu a peguei. Tinha de admitir, eu meio que amava o fato de ela sempre se preocupar comigo, mesmo quando estava puta. — Dá para perceber, porque você tem aquela expressão contraída bem aqui. — Ela tocou entre as sobrancelhas. — É o seu tique.

— Não tenho nenhum tique. Eles me arrancaram esse hábito tem anos. — Abri a tampa e tomei um gole para manter os olhos longe da visão de sua garganta enquanto ela bebia. O que havia no pescoço de Izzy que quase me enlouquecia?

— Humm. — Ela pousou a garrafa no balcão. — Bem, acho que te conheço melhor que *eles*. Agora, qual é o problema? Bem, além do óbvio.

— Você quer dizer além do fato de que você parece ter escolhido Cabul como endereço durante um golpe militar? — Coloquei a garrafa na mesa e fui até o centro da suíte, tentando não fazer algo estúpido, como levantá-la até aquele balcão e beijá-la até que ela se lembrasse de que tinha me amado um dia.

— Sim. Fora isso. — Ela se sentou no braço do sofá.

— Estou com um mau pressentimento. — Dei de ombros.

— Ah, nós começamos a discutir sentimentos agora? Olha como amadurecemos. — Um sorriso surgiu em seus lábios.

A observação, embora obviamente uma provocação, cutucou uma ferida.

— Que eu me lembre, fui o único sincero de verdade em relação aos próprios sentimentos na última vez que nos encontramos.

— E, pelo que me lembro, foi você quem me pediu para ignorar nossa história para que nós dois pudéssemos realizar o nosso trabalho aqui. — Ela esticou as pernas e cruzou os tornozelos.

— Sim, bem, isso está ficando cada vez mais difícil — admiti, me recusando a olhar para a maneira como aquela calça abraçava seus quadris, suas coxas. — É a calmaria antes da tempestade — disse a ela, enquanto atravessava a sala para observar o pátio abaixo pela janela. Não havia mais nada de pacífico ou artístico no lugar. Tinha sido transformado em um curral, outra sala de espera, com uma fila sinuosa de gente desesperada.

Dei meia-volta para encará-la, me preparando para a luta que se aproximava.

— Este lugar vai explodir em pouco tempo, Iz. Você não pode ficar.

— Não estou vendo você ir embora — disse ela, casualmente, por cima do ombro.

— Não somos iguais.

— Estou bem ciente. — Ela desviou o olhar.

— A senadora deu permissão para você ficar desde que nós pudéssemos garantir sua segurança e te evacuar em tempo. — Avancei, me plantando em sua linha de visão. O olhar que ela me lançou me fez desejar estar com meu Kevlar. — Iz, nós estamos desconfortavelmente nos aproximando de ultrapassar esse limite. Eu vi os mapas. Amanhã, Cabul será o único ponto de saída do país.

Ela inspirou fundo e endireitou os ombros.

— Então ainda bem que já estamos aqui, não é? Não vou embora sem minha irmã.

Cerrei os dentes.

— Estou fazendo o possível para tirar Serena de lá, mas as minhas ordens são para *você*. E, quando chegar a hora, vou colocar sua bunda em um avião, estando você pronta ou não para ir embora.

— O que você vai fazer, Nate? — Ela se levantou, cruzando os braços. — Me jogar por cima do ombro e me carregar aos gritos e pontapés?

Eu me aproximei, consumindo seu espaço, até estarmos frente a frente e ela ser forçada a se inclinar para trás a fim de continuar a me encarar.

— Se for preciso, sim. Você não tem ideia de até onde eu iria para te manter em segurança.

— Porque eu sou sua missão. — Aquilo foi uma acusação.

— Porque foi tudo o que eu fiz desde que te conheci, Isabeau. — Minhas mãos se crisparam com a necessidade de tocá-la, puxá-la para mim e implorar que partisse.

— Ela é tudo o que eu tenho, Nate. — Ela se manteve firme enquanto o ar entre nós vibrava como de costume. — Sou um troféu para meus pais e uma lembrança para você, e... — Ela esfregou o dedo sem anel na mão esquerda. — Serena é a única pessoa neste mundo que esteve ao meu lado incondicionalmente, a única pessoa que nunca me abandonou, e eu não me perdoaria se a deixasse aqui para morrer. Se eu for embora, não vai restar ninguém que se importe. Nós dois sabemos o que vai acontecer com ela.

— Você prefere morrer com ela? Porque essa é uma possibilidade muito real. São quase setecentos quilômetros de território hostil para ela cruzar, e isso se concordar em sair. Preparamos todos os recursos aéreos disponíveis. Não posso simplesmente chamar um Uber para Serena e mandar buscá-la, e não podemos esperar. Você não pode esperar.

Seu lábio inferior tremeu e eu xinguei baixinho.

— Eu mereço um dia — disse ela, enfim.

— Um dia? — repeti.

— Por todos os anos que passei te esperando, o mínimo que você pode me dar é um maldito dia para ver se ela concorda em ir embora. Vinte e quatro horas.

Eu me endireitei e recuei um passo, como se ela tivesse me dado um tapa.

— Desculpe. — Ela arregalou os olhos e cobriu a boca com a mão. — Nate, me desculpe. Isso foi errado.

— E se ela não aparecer em vinte e quatro horas, você concorda em parar de ser um pé no saco e de discutir comigo sobre ir embora?

— Sua equipe vai me acompanhar? — Seus olhos assumiram um brilho suplicante tão familiar que tive um déjà-vu.

— Você sabe que eu não posso.

E aí estava. A expressão que eu sempre acabava colocando em seu rosto. Decepção e desesperança.

— Você vai ficar enquanto este lugar está implodindo.

— Cuidado, Iz. Você fala como se se importasse com o que acontece comigo. — Me distanciei.

Ela me seguiu.

— Eu *sempre* me importei com o que acontecia com você!

Exceto quando ela não o fez.

— É uma coisa que você vai ter que superar. — Forcei um encolher de ombros. — Se não estivesse aqui, eu estaria no Iraque, ou em um monte de outros lugares que você não conhece. Ouvi o que Serena disse, que você foi trabalhar para a senadora Lauren porque ela estava pressionando por uma legislação para acabar com a guerra. — Meu coração pesou e quebrou ao mesmo tempo. — E não sou arrogante o bastante para acreditar que sua decisão teve alguma coisa a ver comigo, mas, caso eu tenha sido o motivo, caso você esteja vivendo por esse objetivo, então, Izzy, você tem que parar. Nem mesmo você é poderosa o suficiente para acabar com todas as guerras. Sempre vai existir a necessidade de caras como eu fazendo coisas que tornem possível que você durma à noite.

Mesmo que fosse para dormir ao lado de um homem que não chegava aos pés dela.

— Você merece ter uma vida. — Ela colocou o cabelo para trás das orelhas e me encarou como se os últimos três anos não tivessem acontecido. Como se ainda estivéssemos brigando pelos fins de semana e por todas as chances de nos ver, negando que estávamos em um relacionamento quando ambos sabíamos que estávamos.

— Eu tenho uma vida. — Uma vida da qual ela não queria fazer parte.

— Uma vida de verdade, Nate. — Izzy avançou, levantando a mão e depois a pousando de leve sobre meu coração. — Uma casa. Um futuro com... — Ela mordeu o lábio inferior, então suspirou. — Com quem você escolher.

Minhas muralhas racharam e a dor me inundou, afogando as promessas que eu me fizera para manter distância e a boca fechada quando se tratava de sua vida amorosa.

— E é o que você tem com Covington? Um futuro? Um lar? Porque não consigo entender o que nele te fascinou tanto.

Lá se foi o profissionalismo.

— O que me fascinou? — Ela arrancou a mão do meu peito. — Ele estava *presente*.

CAPÍTULO VINTE E QUATRO
IZZY

Nova York
Outubro de 2018

A única coisa que ninguém se preocupara em me contar sobre Nova York foi que eu nunca seria capaz de bancar nada maior que uma caixa de sapatos em Manhattan com meu salário de assistente. Ou talvez todos tivessem presumido que eu passaria a vida sendo sustentada por mamãe e papai.

No Brooklyn, porém, eu poderia bancar sozinha um apartamentinho de um quarto. Ficava no segundo andar de um prédio sem elevador no bairro de Dumbo, e tinha até armário, mas a melhor parte era o cheiro da liberdade. Liberdade das expectativas de meus pais e sua constante insistência para que eu usasse meu diploma de direito a fim de fazer o possível para promover seus negócios.

— Dá pra ver bem a água daqui! — Serena disse de sua posição precária no braço do sofá. Ela estava ali havia uma hora e já estava subindo pelas paredes. Minha irmã jamais tinha sido boa em ficar parada.

— Eu teria cuidado se fosse você. Não é a peça de mobília mais resistente. — Joguei o paletó sobre uma das cadeiras da sala de jantar e voltei a organizar o pedido de supermercado que acabara de ser entregue.

— Está me dizendo que montou tudo com uma faca de manteiga? — perguntou ela, saltando para o piso de madeira.

— Na verdade, não. — Um canto de minha boca se ergueu. — Nate ajeitou tudo quando veio me visitar há uns... — Fiz as contas mentalmente. — Oito meses.

— E você não confia nas habilidades de montagem de móveis do rapaz? — Ela se espremeu entre mim e o balcão na cozinha em forma de U, pegou o creme para café e depois o guardou na geladeira.

— Confio. Mas eu já vi aquele troço fora da caixa. — Fiquei na ponta dos pés descalços e coloquei os enlatados no topo da prateleira.

— Oito meses parece muito tempo — comentou Serena, se apoiando no balcão. — Você o viu depois disso?

— Não. — Meu peito ficou apertado. — Ele está fora há mais tempo do que já esteve em casa, de acordo com suas mensagens de texto e cartas. — Separei as frutas e os legumes. — Se ele não está em algum treinamento ou aula, está... — Dei de ombros porque eu sinceramente não fazia ideia.

— Isso é normal para as Forças Especiais ou o que quer que ele esteja fazendo?

— Como vou saber? — Entreguei a ela um pacote de café. — Atrás de você. — A verdade é que eu mal havia tido notícias de Nate nos últimos sete meses, e o que soubera parecia vago e breve.

Ela se inclinou para o lado e guardou o café sem se desencostar do balcão.

— Mas você já teve notícias dele, certo?

— Sim. — Terminei o último pacote e me recostei no balcão. — Quero dizer, no último mês não, mas ele avisou que estaria ocupado. — Havia algum tipo de teste que ele estava fazendo, mas não tinha entrado em detalhes, o que significava que eu não deveria perguntar a respeito.

— Ocupado? — Serena ergueu uma das sobrancelhas enquanto Tybee, meu filhote maine coon de seis meses, pulou no balcão.

— Você não devia estar aqui, né? — perguntei a ele, coçando seu focinho, antes de colocá-lo de volta no chão. Não que ele ouvisse. Tybee havia me ensinado que gatos faziam o que queriam quando bem entendiam. Eu invejava aquela postura "foda-se". Dei de ombros. — Ele mandou uma mensagem e disse que não iria conseguir conversar este mês, mas que me encontraria no O'Hare.

Serena piscou.

— Então você vai voar para Palau amanhã, e torcer que ele te encontre no O'Hare?

— Deu certo da última vez. — Dei de ombros novamente. Não precisava me preocupar. Nate era uma das únicas pessoas em minha vida que sempre faziam o que diziam que iriam fazer. — Não ter notícia é uma boa notícia quando se trata de Nate. Se alguma coisa tivesse dado errado, ele teria me contado. Nós planejamos nossas viagens pelos próximos quatro anos quando ele esteve aqui, no Dia dos Namorados. Não conseguimos comprar as passagens nem reservar a maioria dos resorts, então Nate contratou um agente de viagens e torrou mais dinheiro do que eu gostaria de imaginar com os preparativos, para quando as datas estivessem disponíveis. — Aquilo fora esmagador e incrivelmente romântico, e, ainda assim, havia me dito que era como Nate planejava que viveríamos pelos quatro anos seguintes. Ele chegara ao ponto de me dizer que nem mesmo as esposas estavam recebendo muito tempo de conversa. Droga, nem namorada eu era. — Partindo da premissa que não vamos precisar transferir datas por conta de missões, o que ele disse que com certeza iria acontecer. Só preciso cruzar os dedos e rezar para conseguir uma folga quando ele estiver de licença.

Os olhos dela se estreitaram.

— E não te incomoda que você não saiba onde ele está metade do tempo, nem o que está fazendo?

— Claro que sim. — Ergui os ombros e os deixei cair. — Mas não tenho exatamente o direito de saber.

— E se alguma coisa... — Ela lutou com suas palavras. — Acontecer com ele?

— Então eu espero que alguém... provavelmente um dos amigos dele... me avise.

Sua cabeça pendeu para o lado enquanto ela me estudava.

— Ele pode ter uma família inteira, esposa e filhos, lá na Carolina do Norte, e você não saberia. — Ela apontou o dedo para mim. — E não se atreva a dar de ombros para mim de novo.

Eu endireitei a postura.

— Ele não tem. Talvez eu não saiba para onde ele foi enviado, mas Nate sempre é sincero comigo quando está namorando alguém, assim como eu sou com ele.

— E há quanto tempo você não sai com alguém?

— Dois meses. — Hugh tinha sido um grande erro, uma tentativa de preencher o vazio, uma tentativa de ver se conseguiria viver sem Nate. Eu me desencostei da bancada e saí da cozinha, indo até a sala de jantar, conectada à sala de estar. — Pensei que você estivesse tirando a semana de férias. Pare de me entrevistar como se eu fosse sua última matéria.

— Não estou te entrevistando! — Ela pulou do balcão e me seguiu até o quarto. — Só me preocupo com você.

Éramos duas, mas eu não podia dizer isso a ela. Entrei no closet e tirei o restante do terninho, optando por uma calça de pijama de amarrar e o moletom que Nate me dera de Natal, com um logotipo qualquer que representava sua unidade.

— A propósito, obrigada por tirar a semana para tomar conta do Tybee.

— Sem problemas. De verdade, eu não tinha nada melhor para fazer.

Saí e a encontrei esparramada em minha cama, fitando o teto.

— Não precisa ser condescendente. Eu sei que você está trabalhando pesado naquele novo jornal.

— Pelo jeito não o suficiente. — Ela suspirou.

Eu me deitei ao lado dela.

— Desembuche.

— Não consegui a reportagem que queria. Eles vão mandar um fotojornalista mais experiente. — Sua voz se elevou numa imitação de seu chefe. — Mas não se preocupe, pode continuar cobrindo o Capitólio até chegar sua hora.

— Sinto muito. — Mantive o olhar nas pás do ventilador de teto para que ela não visse a mentira em meus olhos. Aquele país prendia o homem que eu amava com garras de aço, e eu não estava nada ansiosa para que as colocasse em minha irmã também. — Eu sei o quanto você queria ir.

— Só quero cobrir alguma coisa significativa. — Ela entrelaçou os dedos sobre a caixa torácica.

— O Afeganistão não é o único lugar para isso — argumentei, baixinho. — Tenho certeza de que muitas coisas significativas acontecem no Capitólio. É a sede do nosso governo. — Foi tudo em que consegui pensar, e sabia que não passava nem perto do que ela precisava ouvir.

— Você ficaria surpresa como *não acontecem*. — Ela virou a cabeça em minha direção. — O projeto de lei da senadora Lauren não foi aprovado de novo. Nem saiu da comissão.

Franzi o cenho.

— Qual é esse mesmo?

— Aquele que está tentando definir uma data para a retirada das tropas do Afeganistão.

— Ah. — Levantei a mão para cobrir meu coração, como se pudesse de algum modo aplacar a dor com o gesto. — É uma pena.

— Falando em pena. — Ela rolou para me encarar, apoiando a cabeça na mão. — Como é que mamãe e papai estão lidando com sua escolha por direito corporativo?

— Ei! — Revirei os olhos. — Eu passo pelo menos metade de meu dia lidando com contratos para organizações sem fins lucrativos...

— Que as empresas mais ricas de Nova York mantêm para fins fiscais? — Ela riu, depois apertou os lábios entre os dentes quando percebeu meu olhar. — Tudo bem, tudo bem.

— É só por alguns anos. Só até pagar mamãe e papai pela faculdade de direito.

— Porque você está se sentindo culpada por ter crescido com privilégio? — Ela levantou uma sobrancelha para mim.

— Porque não posso suportar a constante chantagem emocional por não trabalhar em prol dos interesses da família — respondi, com sinceridade.

— Sabe, Isa — disse ela, em sua melhor interpretação do nosso pai, e eu sorri. — Você poderia fazer muito bem para a família se simplesmente dedicasse toda a sua vida a diminuir taxas de impostos.

— Bem isso. — Eu ri. — Simplesmente não aguento mais.

— Entendi. Mal estou conseguindo manter aquele apartamento em Washington agora que você saiu, mas me recuso a pedir dinheiro a eles. — Ela balançou o dedo na direção do meu nariz. — Você sempre pode voltar para Washington só por mim, sabe? Esqueça mamãe e papai. Existem toneladas de empregos corporativos por lá. Você não precisa pegar os políticos. Seu quarto fica tão vazio sem você.

Bufei.

— Então descole uma colega de quarto.

— Bom argumento. — Ela olhou para além de mim. — Alguma chance de que a sua incapacidade de viver um relacionamento duradouro tenha a ver com aquela foto na sua mesa de cabeceira?

Não precisei olhar para saber que era a foto de Nate beijando minha bochecha em Fiji.

— Acho que tem a ver com o fato de que eu praticamente mantenho *o Nate* na mesa de cabeceira.

Ela lentamente arrastou o olhar de volta ao meu.

— Eu sei que o que vocês dois compartilham é... indefinível, mas Izzy, por quanto tempo a situação pode continuar assim? Você aqui e ele... em todos os lugares?

Uma pedra se alojou em minha garganta.

— Nate tem os motivos dele. — Aquela noite em Fiji o assustara mais do que a mim, mas não o bastante para que ele conversasse com alguém sobre o assunto. — E não importa que eu não concorde com eles. Nate não me deixa escolher entre minha carreira e ele. Também não posso forçá-lo a escolher entre mim e a dele. Não sei como deixá-lo ir, Serena.

Ela passou os dedos no meu cabelo, colocando-o para trás.

— Eu sei. Simplesmente odeio ver você viver sua vida como uma motorista inexperiente em um carro manual, sacolejando para a frente e deixando o motor morrer.

— Eu o amo. — Não havia outra maneira de explicar minhas ações.

— Sim. — Ela me ofereceu um sorriso triste. — Mas ele sente o mesmo por você?

Senti um peso no estômago, imóvel e nauseante.

— Não sei. Mas estou determinada a não voltar de Palau até descobrir a resposta. Cansei de ser a pessoa que tem mais a perder aqui.

Nate não me decepcionaria. Aquela certeza vinha das profundezas da minha alma. Eu só tinha de deixar evidente que a nossa hora era *agora*.

◆◆◆

No dia seguinte, meu estômago deu um nó quando meu grupo foi chamado para embarcar no Chicago O'Hare. Foi assim que Nate havia se sentido quando meu voo atrasou em nossa viagem para Fiji?

A culpa pesava em minhas costas quando me levantei, ajeitando a bolsa no ombro. Eu devia ter encontrado tempo para mandar uma mensagem a ele naquela ocasião, para acabar com seu sofrimento.

Imaginei que aquela fosse a hora de Nate dar o troco.

Olhei para os outros passageiros enquanto entrava na fila de embarque, torcendo para que uma cabeça despontasse acima das outras, para que um par de cristalinos olhos azuis já estivesse me encarando. Ele ainda não havia chegado.

Mas ele chegaria. Nate jamais tinha me decepcionado na vida. Já precisara cancelar nossos planos porque iria passar o fim de semana "limpando a piscina...". Se essa era a sua frase predileta para me dizer pelo telefone que estava em missão? Sim. Com certeza. Mas ele nunca havia *deixado* de ligar.

Verifiquei o telefone enquanto a fila avançava, depois abri o aplicativo de voo para acessar meu cartão de embarque. O atendente lembrou a todos no portão que o voo estava esgotado enquanto eu escaneava minha passagem e embarcava.

Balancei a cabeça porque Nate havia exagerado com o lance da primeira classe, e me acomodei no assento, mantendo minha bolsa entre os pés. Eu trouxera novos romances, com frases destacadas para Nate, e não queria ter de pegar a sacola no compartimento de bagagem para que ele escolhesse ao chegar.

— Posso pegar alguma coisa para você antes da decolagem? — perguntou o comissário, com um sorriso educado.

— Não, obrigada. Você sabe se todos na primeira classe fizeram check-in? Não vi meu companheiro de viagem.

— Não sei, sinto muito. — Ele olhou para o assento vazio. — Não se preocupe. Ainda temos cerca de quarenta minutos antes de fechar as portas. Leva um tempo para acomodar todos em um avião deste tamanho.

— Obrigada. — Eu me recostei enquanto ele passava para os próximos assentos, e me recriminei pelo que obviamente fizera Nate passar em nosso voo para Fiji. Peguei o celular da bolsa e digitei uma mensagem.

> **Izzy:** A poltrona aqui do lado parece terrivelmente vazia.

Cliquei em enviar e busquei na tela os três pontos que me diriam que ele estava respondendo, mas nada apareceu. Depois de abrir o aplicativo da companhia aérea, procurei o voo no qual, segundo nossa papelada, ele chegaria.

Tinha aterrissado havia cinco minutos.

Isso explicava tudo. Ele provavelmente não tirara o celular do modo avião enquanto corria do portão no lado oposto do aeroporto. Eu esperava mesmo que ele estivesse correndo. Meu coração pulou e meu pulso acelerou diante da perspectiva de vê-lo em apenas alguns minutos.

Mas os minutos passaram.

O comissário de bordo me lançou um olhar de compaixão quando perguntou se poderia ajudar a acomodar minha bagagem no compartimento para a decolagem.

Apertei o cinto e inclinei todo o corpo para o corredor, olhando por cima das divisórias dos assentos para a porta pela qual eu havia embarcado. Senti o estômago embrulhar quando o comissário de bordo se moveu em direção à entrada, e quase me atrapalhei com o telefone, digitando o número de Nate.

Nem chegou a tocar antes de cair na caixa postal, o que significava que estava desligado.

— Nate, acho que estão fechando as portas e estou muito preocupada. Parece que seu voo atrasou e nem sei se posso desembarcar agora, então acho que encontro você na próxima parada, no Havaí? Mal posso esperar para te ver. — Eu desliguei.

Ele perdeu o voo.

Ele perdeu o seguinte também.

◆◆◆

Com os olhos turvos, fiz o check-in no resort, no dia seguinte.

— Isabeau Astor, mas pode estar em nome de...

— Encontrei a reserva — respondeu o concierge com um sorriso que eu estava muito exausta para retribuir de modo genuíno. — Vamos levá-la até seu bangalô.

— Pode me dizer se Nathaniel Phelan fez check-in?

— Você é a primeira, senhora.

Assenti em agradecimento e segui o carregador, meus passos robóticos e meu coração cada vez mais pesado.

— Aqui está. — O carregador abriu o bangalô e colocou minha bagagem lá dentro. — Há algo em que possamos ajudá-la?

Não, a menos que ele pudesse me dizer onde estava Nate.

— Não, obrigada. — Dei uma gorjeta a ele e fiquei sozinha com meu jet lag e meu coração aflito. Eu me sentei na cama king size, aquela em que Nate deveria estar comigo, e peguei o celular, me amaldiçoando por não ter optado pelo serviço internacional porque queria ficar completamente sozinha com Nate.

Mas eu tinha wi-fi. Verifiquei meu e-mail e depois minhas redes sociais, mas não havia sinal de Nate.

Então verifiquei as dele. A última postagem era de cinco semanas antes, quando ele, Torres e Rowell foram pescar. O primeiro nome dos dois começava com J, mas eu não conseguia lembrar qual era Justin e qual era Julian, já que Nate se referia a eles quase sempre pelo sobrenome. Eu jamais havia conhecido o homem de olhos castanhos sorridentes, ou o loiro alto de sorriso malicioso, e o perfil deles era privado, assim como o de Nate. Ambos entraram nas Forças Especiais com Nate, mas o quarto amigo que ele mencionara nunca mais aparecera nas fotos. Nate tinha me ligado depois que voltou daquela viagem de pescaria, em seguida desaparecera de novo.

Corri os olhos pelo suntuoso bangalô. Mesmo deixando meus sentimentos fora da equação, aquele lugar devia ter custado uma fortuna. Não havia a menor possibilidade de ele não aparecer. Nate jamais me deixara na mão. Nunca.

Mas a dúvida surgiu. Não havíamos conversado com tanta frequência nos últimos oito meses. Eu vivia consumida pelas horas que um novo associado tinha de cumprir, e ele estava fazendo sabe-se lá o quê.

Deitada na cama, lutei contra a exaustão a cada piscar de olhos, com medo de perder o momento em que ele iria irromper pela porta e me beijar.

Quando abri os olhos, estava claro, mas o sol brilhava de uma direção diferente.

Eu me arrastei para fora da cama, o corpo rígido por dormir de roupa pelo que obviamente haviam sido cerca de onze horas.

— Nate? — gritei, procurando no banheiro primeiro.

Se ele tivesse entrado e me encontrado dormindo, não teria me acordado. Nate era assim, irritantemente altruísta.

O banheiro estava vazio, então destranquei e deslizei a porta de vidro e saí para o deque.

— Nate? — Minha voz foi engolida pelo som do vento e das ondas.

Espere um pouco. A porta estava trancada. Ele não a tinha aberto. Uma onda de pavor percorreu meu corpo e voltei para o quarto, peguei o celular na mesa de cabeceira e liguei para a recepção.

— Oi, você pode, por favor, me dizer se Nathaniel Phelan fez check-in? — perguntei.

— Um momento. — Eu ouvi o clicar de teclas. — Não. Me desculpe, senhora.

Meu estômago embrulhou.

— Obrigada — sussurrei, depois coloquei o telefone de volta no gancho.

Nate não estava ali.

Peguei o celular e mandei uma mensagem aceitando as taxas do roaming internacional, mas a única mensagem era de Serena, me desejando uma boa viagem.

Isso era... impossível. Apertei o botão de Nate em meus contatos e tocou duas vezes novamente. Na véspera — ou talvez no dia anterior — parecia evidente que aquilo significava que o celular estava desligado, mas e se ele estivesse me mandando para a caixa postal?

— Aqui é o Nate. Deixe um recado. — Tão curto e direto ao ponto, assim como ele.

— Não sei o que fazer — admiti após o bipe. — Estou aqui, mas você não está. Você não mandou mensagem nem ligou, e estou começando a ficar com medo de que talvez alguma coisa tenha acontecido, porque eu sei que você não iria me deixar na mão assim. Só... — Engoli o nó na garganta. — Só me ligue, Nate. Mesmo que alguma coisa tenha acontecido, por favor me diga que está bem.

Encerrei a ligação

Comi sozinha naquela noite, com esperança de que ele tivesse sido retido e fosse entrar pela porta a qualquer minuto.

Na manhã seguinte, eu me sentei no deque aquecido pelo sol, com os pés balançando na beirada enquanto segurava o celular como se fosse uma tábua de salvação.

A dor preenchia o espaço entre os batimentos cardíacos. Eu conhecia o sentimento. Tinha me consumido toda vez que eu procurava meus pais nas arquibancadas nas competições de natação, apenas para encontrar lugares vazios. Aquilo havia me dilacerado quando Jeremy optara por procurar uma esposa em Yale em vez de se mudar para Georgetown comigo, depois que eu mudara *tudo* em minha vida por ele. A sensação havia corrido em minhas veias, me entorpecendo quando mamãe e papai decidiram continuar o cruzeiro em vez de voltar para casa após a queda do avião. Eu estivera naquela posição incontáveis vezes... à espera de alguém que amava, só para me dar conta de que nunca tinha sido uma prioridade.

Lutei contra o sentimento, meu coração magoado assegurando à minha mente cínica que Nate não faria isso, mas, com o passar das horas, a verdade veio à tona.

Ele não viria.

Encarei a realidade e liguei para Serena.

— Por que está me ligando no meio da sua lua de mel? — perguntou ela. — A propósito, Tybee está mandando um oi.

— Ele não está aqui. — Minha voz saiu tão sem emoção quanto eu me sentia.

— Nate?

— Ele não está aqui — repeti, me forçando a pronunciar as palavras. — Alguém apareceu? Qualquer um... de uniforme? — Minha língua tropeçou nas palavras. Era a única outra explicação em que conseguia pensar.

— Não, Izzy. Ninguém esteve aqui — respondeu ela, a voz suavizando. — Você está bem?

— Não. — Meus olhos lacrimejaram e meu nariz ardia quando pisquei para conter a torrente de lágrimas. — Talvez ele esteja em missão? Mas, ainda assim, ele sempre deixou escapar algum aviso codificado em uma mensagem de texto ou chamada. E não conheço nenhum dos amigos dele. Não consigo pensar em uma única pessoa para quem eu possa ligar e perguntar. — Eu sabia tão pouco sobre a verdadeira vida de Nate que chegava a ser embaraçoso. Serena estava certa. Ele podia ter uma família inteira da qual eu nada sabia. Ele me mantivera à margem de sua vida, nunca me deixando entrar.

Mas ninguém nem havia piscado quando eu ficara ao lado dele no funeral.

Uma nova namorada, talvez? Uma nova... esposa?

— Ah, querida. Sinto tanto.

— O que eu devo fazer? Ficar seria fazer papel de idiota, mas ir embora significa... — Eu não consegui pronunciar as palavras em voz alta.

— Venha para casa ou fique e aproveite todo sol que puder. — Tão sensata. Tão Serena.

— Não quero ficar aqui sem ele.

— Então você tem sua resposta.

Comecei a chorar, e não parei. Deixei a equipe do resort preocupada enquanto fazia o check-out, em seguida assustei os comissários quando as lágrimas não pararam nos voos que eu havia reagendado. As lágrimas caíram e caíram e caíram enquanto eu cruzava fusos horários, datas e o que pareciam anos. As pessoas olhavam e me ofereciam lenços, o que só me fazia chorar ainda mais.

Meus olhos estavam quase fechados, inchados, quentes e ásperos quando entrei no meu apartamento, e, assim que vi Serena, a cachoeira desceu mais uma vez. Era como se eu tivesse um suprimento interminável de lágrimas.

Ela me abraçou com força e me embalou como se fôssemos crianças de novo.

— Está tudo bem — sussurrou ela, enquanto eu soluçava em seu ombro.

— Preciso deixá-lo ir, né? — As palavras saíram gaguejadas e fragmentadas. — Não importa se ele fez isso por acidente ou de propósito... não posso continuar vivendo desse jeito, Serena. Preciso esquecê-lo.

— Sinto muito. — Seus braços se apertaram em volta de mim.

Nate e eu esperamos tanto pela nossa chance que a havíamos perdido.

CAPÍTULO VINTE E CINCO
IZZY

Cabul, Afeganistão
Agosto de 2021

Como ele ousava.

Ele não entendia o que tinha de *fascinante* em se casar com alguém que fosse no mínimo presente?

— E estar *presente* se tornou a base para os seus padrões? — A perplexidade no rosto de Nate era quase ridícula.

— Você está curtindo com a minha cara, né? — A sorte é que minhas mãos estavam vazias, ou eu teria jogado algo em Nate. — Eu me pergunto quem definiu esse patamar. — Inclinei a cabeça para o lado. — Se você acha que o meu padrão é baixo, então só precisa se olhar no espelho para entender o motivo. De todos na minha vida, *você* foi a única pessoa em quem eu confiei para aparecer quando necessário, e você *desapareceu*.

Ele ergueu as mãos e recuou lentamente.

— Acho que é melhor eu sair, antes de trazer à tona essa merda que devíamos deixar quieta.

Aquele talento extraordinário que ele tinha para compartimentar, para permanecer calmo e tranquilo quando eu estava prestes a explodir, era algo que eu tanto invejava como odiava em Nate.

— Trazer à tona? — Balancei a cabeça. — É difícil trazer à tona uma coisa que nunca foi enterrada. — Emoções que eu não conseguia controlar emergiram com a força de um maremoto, devorando cada fragmento de autocontrole ao qual eu me agarrava em uma onda avassaladora de amor e tristeza, e tudo o que havia sido deixado para morrer entre nós. — E você perdeu o direito de saber qualquer coisa sobre a minha vida amorosa há anos.

— Você acha que eu não sei? — Ele se afastou de mim e caminhou até a garrafa de água que tinha pousado na bancada, entornando tudo em um só gole, como se fosse vodca. Então a esmagou com o punho antes de se voltar para mim, nenhum sinal da compostura habitual. — Acha que não me segurei ao máximo para não te perguntar quem você havia considerado digno da sua mão no segundo em que eu vi aquele anel no seu dedo?

— Bem, não importa mais, não é? — Levantei a mão esquerda, mostrando sua óbvia nudez. — Ele não é mais meu noivo. Isso te deixa feliz?

— A pergunta correta é se deixa *você* feliz. — Ele nem parecia chocado que o anel houvesse sumido. É claro que tinha percebido em algum momento. Nate registrava *tudo*. Mas não perguntara o motivo. Porque não queria saber? Ou porque julgava não ter o direito?

Abri a boca e a fechei novamente.

— É complicado.

— Pode elaborar? — Ele se encostou no final do balcão, ocupando mais espaço do que deveria. Tudo em Nate ainda parecia grandioso, e, embora eu achasse que tinha me acostumado a vê-lo em sua versão de uniforme de combate sem identificação, na verdade não tinha.

Ele era inconvenientemente espetacular e exasperante ao mesmo tempo.

— Na verdade, não. — Deixei minha mão cair.

— Tudo bem. — Ele me fitou daquele jeito quieto e paciente típico, o que só aumentou minha ira.

— Pare de fazer isso.

— Parar de fazer o quê? — Ele coçou a barba por fazer. — Parar de fazer tudo o que eu posso para te manter viva? Parar de mexer os pauzinhos para conseguir o visto do intérprete da sua irmã? Parar de colocar meu corpo entre você e o que quer que esteja tentando te matar no momento? Ou você quer que eu pare de colocar as suas necessidades acima do bom senso? Você vai ter que ser mais específica.

— Isso — balbuciei, apontando para seu rosto. — Pare de me olhar assim.

— Sou capaz de muitas coisas, mas infelizmente para minha própria sanidade, parece que sou incapaz de *não* olhar para você. — Ele deu de ombros. — Se você quer ou não me contar por que não vai mais se casar com o babaca nada tem a ver com minha incapacidade de te ignorar.

— Ele me traiu, ok? — *Droga*. Isso não deveria ter escapado.

O corpo de Nate ficou tenso, mas ele não retrucou.

— Você me ouviu? — Balancei a cabeça e lutei para me controlar. Eu devia estar ajudando com aquelas pastas na mesa de centro, não gastando um tempo precioso discutindo com Nate.

— Ah, eu escutei. — A voz de Nate baixou de tom. — Só estou tentando processar.

— O que tem para processar? — Puxei meu cabelo para trás das orelhas. Prendê-lo em um coque teria sido uma opção muito mais sensata para esse dia. — Ele achou perfeitamente aceitável ter um relacionamento aberto. Não fui o bastante para ele.

— Então ele é um maldito idiota. — Ele pronunciou as palavras com tamanha convicção que quase acreditei.

Meu coração titubeou.

— Não diga coisas assim. Você não sabe... — O rubor aflorou em meu rosto.

— Eu sei. — O modo como seu olhar se acendeu me deixou sem fôlego. — E, se você não era o bastante, então ele vai viver uma vida total e completamente miserável, porque não tem ninguém neste mundo que chegue aos seus pés. Se ele te traiu, meu palpite é que não foi porque você não era o bastante, mas porque ele não é.

Cobri meu estômago agitado com a mão. Por que eu jamais tinha me sentido assim com Jeremy? Por que todo o meu desejo, meu foco, minha fome insaciável eram reservados para Nate? Não que o sexo com Jeremy não tivesse sido bom. Tinha sido. Mas ele não fazia o resto do mundo desaparecer com um único toque, nem marcava minha alma com um beijo.

Eu só me sentia assim com Nate. Aquele não havia sempre sido o problema?

Uma risada irracional borbulhou em meus lábios.

— E ainda assim ele era bem o meu tipo, não era?

— Eu não entendo.

— Indisponível em todos os aspectos importantes. — Dei de ombros, acariciando o dedo sem o anel com o polegar e me deleitando com a leveza ali. — Eu nem tinha percebido o quão desagradável era o peso daquele anel até devolvê-lo. O quanto tudo em relação a ele me puxava para baixo.

Ele inspirou fundo e saiu do balcão, passando por mim em direção à porta.

— Nós dois deveríamos voltar ao trabalho.

— Você sabe que não foi a infidelidade que me fez terminar com ele.

Ele parou de supetão.

— Quero dizer, se é para sermos sinceros, então vamos deixar logo tudo em pratos limpos — falei para suas costas.

— Você não quer discutir isso comigo.

— Eu quero.

Lentamente, ele se virou para mim e meu pulso acelerou. Não era o sargento Green que me encarava. Não, a guerra travada em seus olhos pertencia ao *meu* Nate. O Nate que eu tivera em Georgetown, em Illinois, em Tybee.

— Não foi a infidelidade — repeti, minha voz suavizando. — Eu já sabia da traição fazia seis semanas antes de ocupar o lugar de Newcastle, e não fiz porra nenhuma. Sorri para as câmeras nos comícios dele e o expulsei da minha cama, mas não terminei com ele. Me pergunte por que eu terminei com ele, Nate.

Ele balançou a cabeça.

— Pergunte.

— Por quê? — As palavras saíram estranguladas.

— Porque eu não o amava como sei que sou capaz de amar. — Engoli em seco enquanto a batida do meu coração trovejava em meus ouvidos. — Eu soube disso no segundo em que vi você de novo.

Ele cerrou os dentes e seus ombros subiram enquanto ele lutava para controlar o temperamento, mas não recuei. Nate nunca me machucaria, e já vínhamos arrastando a situação por nove dias.

— Fale. — Fui em sua direção e ele recuou, mantendo a distância entre nós ao entrar na cozinha. — Seja lá o que estiver pensando, fale logo. — Ele não havia exigido o mesmo naquela primeira noite na embaixada?

— Se você sabia que não o amava o bastante, então por que disse sim, para começar? — Seu tom de voz se ergueu, quase um grito, enquanto aquele lendário autocontrole finalmente ruía. — Sabe do que mais? Não. Esqueça que eu perguntei. Não quero saber o motivo. Deus! — Ele esmurrou a bancada e abaixou a cabeça. — Depois de três anos, nós estamos de volta ao mesmo lugar.

— Eu nunca saí! — Meu peito se apertou enquanto eu colocava a mão sobre o coração. — Estou presa, Nate. Tenho eternamente vinte e cinco anos, congelada no lugar, no tempo, parada naquele corredor, esperando você voltar.

— Isso é besteira e nós dois sabemos disso. — Ele levantou a cabeça e a dor que vi gravada em cada linha de seu rosto de algum modo combinava com a agonia que eu sentia. — Você nunca quis nós dois. Não pra valer. Não no momento decisivo. Pode ter sido você quem insistiu para que aproveitássemos nossa chance em Fiji, mas, quando eu mergulhei de cabeça, você não. Me. Quis. Porra. — A dor escorria de cada palavra.

— *Não* foi o que aconteceu em Nova York. Como você pode dizer uma coisa dessas? — Minha boca se abriu em choque.

— Como *eu* posso dizer? — Ele arrancou a faca da bainha em sua coxa com uma das mãos e puxou o colar de baixo da camisa com a outra, revelando a etiqueta prateada de identificação embrulhada pela fita adesiva. Ele olhou para baixo enquanto cortava a fita e, em seguida, embainhava a faca antes de arrancar algo de sob o adesivo. — É assim que eu posso dizer isso. — Um clique soou quando ele colocou alguma coisa no balcão entre nós.

Ele enfiou os restos da etiqueta por baixo da camisa e retirou a mão da bancada.

Revelando um anel de diamante.

O anel de diamante.

Ah, Deus. Eu não conseguia respirar. Não havia ar suficiente no mundo para encher meus pulmões, para oxigenar o sangue que meu coração se recusava a bombear.

— Fui eu que carreguei você comigo todos os malditos dias.

CAPÍTULO VINTE E SEIS
NATHANIEL

Nova York
Outubro de 2018

Mal senti a chuva enquanto caminhava pela calçada do bairro do Brooklyn conhecido como Dumbo, meu punho cerrado ao redor da caixa mais importante que eu já havia carregado.

Ou talvez a mais importante tivesse sido a que carregara naquela manhã.

Tinha sido naquela manhã? Os dias pareciam um borrão. Era noite, e eu dirigira a tarde toda, então tinha certeza de que se tratava do mesmo dia.

Cortei caminho em meio à multidão, meus passos acelerados como os de um nova-iorquino, me misturando como tinha sido treinado no ano anterior. Finalmente encontrei o prédio certo, segurei a porta quando um dos moradores saiu, e entrei, evitando o interfone.

Só Deus sabia se ela me deixaria entrar.

Subi as escadas, os dedos flexionados em torno da caixa. Independentemente do que tentasse, eu não conseguia fazer minha mente parar de girar, parar de repetir o modo como as coisas deveriam ter acontecido, parar de prever em detalhes a maneira como os próximos minutos poderiam se desenrolar.

Ela saberia o que fazer. Ela era a única pessoa no mundo que me amava incondicionalmente, a única pessoa com quem eu pudera contar desde que mamãe morrera. Ela saberia qual caminho deveríamos escolher.

Apartamento 2214. O apartamento dela.

Toquei a campainha e me equilibrei nos calcanhares. Quando ela não apareceu de imediato, comecei a andar de um lado para o outro. Se eu parasse de andar, não tinha certeza se conseguiria voltar.

Não havia gravidade. Nada mantendo meus pés ancorados. Minha realidade eram todas as possibilidades e nenhuma ao mesmo tempo, e, qualquer que fosse o caminho que eu escolhesse, iria depender unicamente do que ela dissesse, do que ela decidisse.

O deslizar de ferrolhos me fez parar em frente à porta.

A porta se abriu, revelando um homem mais velho, de cabelo grisalho e gel, e um terno de três peças que parecia custar mais de um ano de aluguel. Seu olhar crítico passou por mim uma vez, e os olhos escuros endureceram ao me reconhecerem. *Os olhos de Izzy.* Eu tinha visto as fotos no apartamento dela; aquele era seu pai.

— Posso ajudar?

— Estou procurando...

— Ah, estou bem ciente de quem você está procurando. Estou perguntando o que *eu* posso fazer por você — zombou ele. — Porque você não vai ver Isa. Ela já honrou esse — ele gesticulou para mim — arranjo que vocês dois têm por muitos anos, e sim, antes que você pergunte, sim, eu reconheço você. Faz alguma ideia de como você prejudica a minha filha?

Minha mão apertou a caixa com mais força. Eu não podia perder a paciência com o pai de Izzy. Tinha de me controlar, mesmo quando parecia que o mundo girava sob mim a uma velocidade que eu não conseguia acompanhar.

— Vai custar uma fortuna quebrar o contrato de aluguel aqui, finalmente conseguir levá-la para onde a família precisa dela. — De algum modo, o homem conseguiu olhar para mim de cima, mesmo eu sendo uns bons dez centímetros mais alto. — Uma família que, como ela enfim percebeu, não pode incluir você.

— Pai? — A voz de Izzy vinda de dentro do apartamento interrompeu qualquer resposta que eu poderia ter dado. — Quem é?

— Já atendi, Isa. Não é nada com que valha a pena se preocupar. — Ele pronunciou cada palavra para mim. — Você não é mesmo, sabe muito bem — continuou, mais suavemente. — Você só sabe desperdiçar o tempo da minha filha.

— Pai, quem você... — Suas palavras vacilaram quando ela apareceu ao lado do pai, vestida com calça de pijama xadrez e um moletom grande demais, e me fitou como se eu fosse a escória absoluta da Terra. Seus lindos olhos estavam tão inchados que nem sequer se qualificavam mais como inchados, e a culpa se apoderou de meu coração. Suspeitei de que fosse eu o motivo pelo qual ela andara chorando.

— Volte para dentro, Isa.

— Nos dê cinco minutos — retrucou ela, encarando o pai.

A expressão do homem se suavizou ligeiramente.

— Cinco minutos. Mas não se esqueça do nosso acordo. — Ele me lançou um olhar fulminante e desapareceu no interior do apartamento, deixando Izzy à porta.

— É bom saber que você está vi... — O resto da palavra pareceu morrer em sua boca enquanto ela me estudava, saindo para o corredor e fechando a porta atrás de si. — Nate? — Ela disse meu nome como se não tivesse certeza de que eu fosse realmente eu, o que fazia sentido, já que eu também não tinha mais certeza.

Devolvi seu olhar com olhos vazios e ocos que devoravam sua presença. Ela era o significado de tudo isso. O sol que iria me aquecer ou incinerar.

Ela era tudo. Ela sempre fora.

Eu me esforcei para colocar os pensamentos em palavras coerentes.

— Eu tinha tudo planejado na minha cabeça — disparei. — Dirigir seis horas te dá tempo para ensaiar o que você vai dizer, sabe?

— Você dirigiu seis horas? — Ela franziu a testa.

— O que mais eu deveria fazer? — Porra, eu não conseguia pensar direito. — Mas agora estou aqui, e seu pai me disse que você está de mudança, e você está me olhando como se eu fosse a última pessoa que gostaria de ver...

— Você me abandonou! — retrucou ela, a dor vibrando em seu tom. — Não, pior que isso, você nem se preocupou em aparecer! Passei dois dias em Palau antes de perceber que você não iria. Por que fez isso comigo? Você era a única pessoa que nunca... — Ela inspirou fundo. — O que foi que aconteceu com você? Liguei. Mandei mensagem. Eu...

— É o que estou tentando te dizer. — Minhas palavras saíram atropeladas. O que eu tinha de lhe dizer era muito mais complexo do que férias perdidas, e, se não escolhesse as palavras certas, as palavras perfeitas, então tudo teria sido em vão.

— Tá, então diga. — Um arrepio percorreu sua pele e ela passou os braços em volta da cintura.

— Eu só... não consigo pensar direito, e admitir isso, me expor assim provavelmente acabaria comigo antes mesmo que eu começasse, o que na verdade é irônico, porque sou sempre o mais sensato do nosso grupo. Foi por isso que eu não fiquei surpreso quando Pierson dançou na segunda semana. As habilidades de navegação terrestre dele são notáveis, mas, no segundo em que os oficiais começaram a pressioná-lo, questionando as escolhas dele, ele ficou todo indeciso e então foi embora.

— Nate, não entendo o que você está dizendo. — Ela balançou a cabeça.

Uma risada histérica borbulhou em meus lábios.

— Claro que não, porque não estou fazendo nenhum sentido. Mas não sei mais qual é a resposta, não hoje, pelo menos. Tudo bem se eu não segurar minha onda, já que enterrei Julian hoje? Ou devo me controlar e só fingir que a mãe dele não estava chorando no banco à minha frente?

— Ah, meu Deus, Nate. — Seu semblante ficou triste e ela estendeu a mão para mim, mas dei um passo para trás.

— Não. Se você me tocar, eu sei que não vou conseguir me controlar, e, como você pode ver, já estou no limite. — Esfreguei a mão vazia no rosto encharcado de chuva, enxugando a água. — E a pior parte é que eu nunca pensei nele como Julian, sabe? Claro que era o nome dele, mas jamais o chamamos assim. Mas a mãe dele não parava de repetir esse nome, não parava de chorar, e agora é tudo o que eu ouço na minha cabeça.

— O que aconteceu? — perguntou ela, a voz ficando suave. — Foi por isso que você não apareceu? Porque Julian morreu?

— A viagem. Certo. — Assenti, tentando organizar os pensamentos. Eu precisava escolher um caminho. Eu precisava que *ela* escolhesse nosso caminho. Depois que eu tivesse os pés plantados no chão mais uma vez, seria capaz de seguir em frente.

Nunca havia me sentido tão desamparado na vida.

— A viagem — insistiu ela de novo, lentamente, e percebi que havia me perdido em meus próprios pensamentos.

— Eu devia estar lá. — Assenti como se estivesse respondendo a uma das perguntas da entrevista, como se o interrogatório jamais tivesse parado. — As datas se encaixavam tão perfeitamente que foi como se o destino tivesse decretado. Como se fosse para ter sido sempre assim.

— Assim como?

— Depois que todos passássemos na seleção, eu teria esses dez dias para ficar com você, para descobrir o que você queria, antes de seguir para o Corpo de Treinamento de Oficiais.

— Não sei o que isso significa.

— Claro que não. Você não devia mesmo saber. Droga, fiz um bom trabalho mantendo a boca fechada, não foi? Mantendo você fora tudo. — Esfreguei a testa com as costas do punho cerrado, fechei os olhos e respirei fundo, me afastando de todo o barulho, tudo o que tinha acontecido naquele dia, para me concentrar na mulher parada diante de mim.

— Estou estragando tudo.

— Como eu não sei o que é *tudo*, você está indo bem. Mas definitivamente me deixou aflita. — A preocupação desenhou duas linhas entre as suas sobrancelhas. Havia tanta raiva em seus olhos, tanto sofrimento, mas havia amor também, certo? Eu não tinha matado tudo o que ela sentia por mim, ou tinha?

— Ficamos fora do ar — expliquei, agarrando meu foco com punhos mentais. — Foi por isso que não pude ligar para você. Os pais do Julian estavam de férias, e não conseguiram encontrá-los para avisar, e não tínhamos nossos celulares, foram confiscados para que ninguém abrisse o bico antes que eles pudessem ser informados pelos canais oficiais. — A caixinha azul em minha mão se mexeu, as bordas cederam, e eu afrouxei o aperto. — A princípio não acreditei neles, nos oficiais, quero dizer. Pensei que tudo fizesse parte da entrevista final, para ver como eu lidaria com esse tipo de notícia. Quero dizer, eu tinha acabado de ver o cara e ele estava... ok. Mas então alguns dias se passaram, e não nos liberaram, nem mesmo os reprovados. E foi então que eu percebi que era tudo minha culpa.

— Nate — sussurrou Izzy, olhando por cima do ombro para a porta fechada. — Por que não vamos a algum lugar?

Porque ela não me queria lá com o pai.

— Não posso. Tenho que falar agora. Tem gente esperando por mim, e eu preciso saber o que você quer, para saber o que escolher, Izzy. — Tudo fazia sentido na minha cabeça... pelo menos aquela parte... mas estava soando muito confuso.

A caixa. Certo. A caixa faria a pergunta por mim.

Abri a mão direita, afastei a parte superior da caixa com o polegar e a virei para ela.

— Ah, meu Deus. — Sua mão se ergueu para cobrir a boca.

— Eu sei que provavelmente não é o que você esperava. Escolhi faz mais ou menos um ano, e depois pensei melhor umas catorze vezes. Sua família tem dinheiro, e eu sei que, com certeza, você gostaria de uma coisa maior...

— Nate, isso é o que eu penso que é? — Seus olhos arregalados saltaram do anel para meu rosto.

— É um anel de noivado.

Sua boca se abriu, fechou, e depois reprisou o gesto.

— Você não pode estar me pedindo em casamento de verdade.

— Estou. — Assenti, meu estômago se contorcendo em uma série de nós que faziam minha cabeça girar.

— Não. Você não está. — Ela balançou a cabeça. — Eu sei que não está porque você me prometeu que nunca faria isso, que *a última coisa que faria seria enfiar um anel no meu dedo e pedir para eu desistir de tudo pelo que eu tenho trabalhado, sem nos dar a chance de construir alguma coisa primeiro.* Não foram essas as suas palavras naquela praia?

— Você não percebe? Essa é a única maneira de nós ficarmos juntos. Lutei contra isso por tantos anos, acreditando que não seria justo te arrastar para essa vida, que você merecia muito mais... e você ainda merece, mas eu te amo, Isabeau. Sempre amei só você. Sempre vou amar só *você*. E eu deveria fazer o pedido na água, ou talvez até no avião... uma espécie de retorno ao jeito como a gente se conheceu, sabe?

— Eu sei — sussurrou ela, a mão caindo na altura do peito enquanto ela olhava para mim em choque. Pelo menos eu pensei que fosse choque. Poderia ter sido horror ou mesmo medo.

— Mas então Julian... morreu, e eu percebi que podia facilmente ter sido eu. Deveria ter sido eu. E eu sabia que tinha desperdiçado também muito tempo protegendo você quando eu deveria estar te dando uma escolha, e sinto muito.

— Nate, acho que você não está pensando com clareza. Quer mesmo casar quando eu nem sei onde você mora? Nós nunca passamos mais de uma semana juntos de cada vez...

— Nove dias — argumentei.

— Nem sei onde você está na metade do tempo, ou para o que está sendo *selecionado*. Escute o que você está dizendo.

— Exatamente. — Merda, eu estava fazendo tudo errado. — Mas você me ama, e eu só preciso que você escolha, Iz. Eu faço o que você quiser.

Vou me abrir com você. Vou contar o que eu puder, e nós voltamos para a Carolina do Norte juntos. Ou eu saio do exército, se é o que você quer.

— O quê? — As sobrancelhas dela bateram no teto. — Você não quer sair. Nunca quis.

— Mas eu pediria baixa se isso significasse ficar com você. Estou dentro, Iz. Eu consegui. E sei que você não sabe de verdade o que isso significa, mas diga uma palavra e eu saio. Nós vamos embora. Só me diga o que quer que eu faça, e eu faço — implorei. A escolha era dela. Eu era dela.

— Você não pode me pedir para fazer uma escolha como essa por você, Nate. — Ela balançou a cabeça. — Não é justo. E o pior é que você se fechou e me deixou de fora por tanto tempo que eu nem sei o bastante para te ajudar a fazer esse tipo de escolha.

A porta do apartamento se abriu.

— Isa...

Izzy estendeu a mão e bateu a porta, fechando-a na cara do pai. O pai dela. Pisquei quando as peças se encaixaram.

— Ele disse que você vai rescindir o contrato de aluguel. Vai se mudar?

— Sim. — Uma batalha estava sendo travada em seus olhos. — Não. Eu não... Não sei. Na verdade não quero, mas isso os deixaria felizes no fim das contas, e acho que eles realmente repensaram suas atitudes e... mudaram. Digo, eles apareceram mesmo quando eu precisei.

— Não faça isso. Não desista do que você quer só porque eles finalmente decidiram dar as caras.

Ela ergueu as sobrancelhas.

— Não é isso que *você* está fazendo?

— Não. Estou perguntando se você quer que eu desista de tudo por você.

Ela não conseguia ver a diferença?

Sua boca se abriu e fechou.

O medo subiu pela minha espinha. De todos os desfechos que eu imaginara — eu em Nova York, ela na Carolina do Norte, nós dois em *qualquer lugar* juntos —, jamais havia contemplado a possibilidade de ela não me querer. Toda essa cena estava equivocada.

— É porque estou fazendo errado, não é? — Fiquei de joelho e ergui a caixa. — Case comigo, Isabeau Astor. — Devíamos acabar juntos. Era questão de tempo. Aquele era o alicerce sobre o qual eu construíra minha vida desde Tybee.

— Nate... — murmurou ela, olhando para mim enquanto mil emoções cruzavam seu rosto.

— Por favor — implorei, baixinho. — Por favor, me escolha, Izzy. Escolha nós dois. Escolha nós dois em vez de qualquer vida que seus pais querem que você leve. Escolha nós dois apesar de eu estar pedindo a sua mão quando ainda não tivemos tempo de construir uma vida. Escolha nos dar esse tempo. Escolha nosso futuro. Eu faço o que você quiser. Mas case comigo.

Cada músculo de meu corpo ficou tenso, aguardando a resposta. Seus ombros despencaram e levaram minha esperança com eles.

— Não posso, Nate. Não assim.

Senti um aperto no peito, uma pressão, como se os músculos tentassem conter a carnificina conforme meu coração se partia atrás de minhas costelas.

— Você está dizendo não — constatei, enunciando cada palavra apenas para que não restasse dúvidas entre nós, e me levantei devagar.

— Estou dizendo que isso não está certo. — Ela balançou a cabeça.

Mas ela era a única coisa certa em toda a minha vida.

Fechei a caixa e a enfiei no bolso da frente da jaqueta enquanto minha mente lutava por um eixo, por uma direção. Exército, dispensa. Delta, não Delta. Nada daquilo importava sem Izzy, e ela não me escolhera. Ela não me queria.

Você só sabe desperdiçar o tempo da minha filha. Seu pai tinha razão.

Eu servia para férias e fins de semana, mas não era bom o bastante para casar.

— Sinto muito por ter desperdiçado o seu tempo. — Dei uma última olhada naqueles profundos olhos castanhos. Olhos que fiz chorar muitas vezes. Eu havia desperdiçado anos da vida dela.

Estava na hora de parar.

— Você não desperdiçou... — começou ela, mas eu já estava indo embora, a lógica me equilibrando a cada passo, agora que eu sabia qual era o rumo que minha vida tomaria. — Nate! — ela me chamou.

Eu tinha de sair dali antes que desmoronasse.

Abri a porta da frente e saí para a chuva. Eu ficaria bem. Eu tinha embarcado em um avião horas depois que o anterior caíra, e isso não seria diferente. O que Izzy tinha dito sobre fazer terapia? A terapia havia dado a ela mecanismos de enfrentamento. Eu tinha uma carreira pela qual a maioria das pessoas mataria. Eu estava entre os melhores dos melhores. Era todo o mecanismo de enfrentamento de que precisava.

Ou talvez não.

Eu me misturei à multidão e desci o quarteirão até o ponto em que, de algum modo, havia conseguido encontrar uma vaga para estacionar.

Abri a porta e me sentei atrás do volante, depois dei a partida.

— Porra! — gritei com ninguém e com todos. — O que você faria? — perguntei a Torres. — Se você fosse eu, o que faria? — Fechei os olhos, desejando poder bloquear o mundo enquanto esperava a resposta.

— Acho que as coisas não correram como você queria — disse ele do banco do passageiro, abrindo os olhos como se estivesse cochilando enquanto eu havia aberto meu coração. — O que estou dizendo? Óbvio que não, ou você não voltaria tão cedo.

— O que você faria? — repeti.

— Você não precisa perguntar. Já sabe a resposta.

— E, ainda assim, aqui estou, perguntando.

— Você precisa que eu diga com todas as letras? Tudo bem, vou ser o cara que manda a real. Só oito homens foram selecionados da nossa turma. — Evidente que ele usaria a lógica. Era seu ponto forte.

— Sei disso.

— Você pode pular fora e ser como a maioria dos caras da nossa turma, ou podemos voltar para Bragg e fazer parte da elite. Para mim, a segunda opção parece muito melhor que a primeira.

Ele estava certo. Normalmente estava.

— Bragg, é isso. — Girei a alavanca ao lado do volante e os limpadores de para-brisa varreram a chuva e o que restava de minha indecisão. Pus a caminhonete em movimento e entrei no trânsito.

CAPÍTULO VINTE E SETE
NATHANIEL

Cabul, Afeganistão
Agosto de 2021

— Nate — sussurrou Izzy, olhando para o anel que eu havia carregado comigo por quase três anos.

— Você não me quis. Não me amava de verdade. Talvez amasse a ideia que fazia de mim, mas não quem eu realmente sou. — Era a verdade nua e crua que tinha repetido para mim mesmo toda vez que colocava a corrente ou a amarrava na bota em missões que não exigiam total clandestinidade. Eu repetia isso para não esquecer o motivo pelo qual dar a vida a serviço de meu país era algo aceitável, o motivo pelo qual era preciso que eu não batesse à porta de Izzy entre os destacamentos, implorando que ela reconsiderasse.

Implorando que ela me amasse de novo.

— Não é verdade. — Ela desviou o olhar perplexo do anel e o ergueu para encontrar o meu.

— Você disse não. — Eu havia ensaiado tanto a frase que as palavras não me devastaram. Em vez disso, as palavras eram mais como um pedaço de lixa sobre uma ferida aberta que se recusava a cicatrizar.

— Eu não disse não! — Ela estendeu a mão para mim e eu passei por ela, desviando.

Se ela me tocasse, as consequências seriam imprevisíveis. Eu estava no limite do meu autocontrole, dividido entre fazer o que fosse necessário para afastá-la e puxá-la para perto. Ela não estava mais noiva do babaca. Não era dele. Mas ainda lhe dera o sim que eu jamais havia ouvido.

— Você disse *não posso* — lembrei a ela. — E talvez eu não tenha um diploma de direito da Georgetown, mas tenho certeza de que *não posso* e *não* são praticamente a porra de sinônimos.

— Mas não significam a mesma coisa!

— Sério? Vamos discutir semântica? — Caminhei até a janela e verifiquei o pátio novamente. De algum modo, parecia que havia ainda mais pessoas ali.

— Quanto a esse assunto? Com certeza — retrucou Isabeau.

Eu me virei para encará-la.

— Tudo bem, mesmo que você quisesse debater o significado de *não posso*, ainda restaria o fato de eu ter dito que você era a única mulher que eu já amei ou amaria, te pedindo em casamento, e então quais foram suas outras desculpas? — Com os olhos no teto, eu as recitei de memória. — *Isso não está certo*. Essa doeu, mas não vamos esquecer uma das minhas favoritas, *Você não pode estar me pedindo em casamento de verdade*.

Sua boca se fechou.

— Sim, eu lembro de cada palavra que você disse enquanto me falava na cara dura que eu não era o que você queria. Não era o que tinha escolhido. — Sentimentos feios e angustiantes tomaram conta de mim, exigindo sair da caixa em que ficaram trancados por três anos. — Foi porque eu fiz tudo errado? Como Covington acertou? Ele fez algum grandioso gesto público? Te levou a algum restaurante exclusivo, onde todas as pessoas importantes podiam assistir, ou usou algum telão em que o compromisso de vocês foi divulgado aos olhos do mundo?

— Não, Nate. — Ela balançou a cabeça e me fitou como se tivesse *qualquer* direito de agir como a parte lesada.

— Foi o anel maior? — Estudei cada nuance de sua expressão, à procura de uma mentira. — A conta bancária maior? A família com mais conexões? O fato de os seus pais realmente o aprovarem? Ou o fato de a família do babaca ter um jato para te resgatar?

— Como você pôde pensar uma coisa dessas? — Suas bochechas coraram novamente, deixando a ponta das orelhas vermelha. — Você me conhece melhor que ninguém!

— *Pensei* que te conhecesse melhor do que ninguém — admiti. — Mas então estou parado na pista de pouso, com ordens de te manter viva, e você está usando um anel que pode ser avistado de um avião a trinta e dois mil pés, fazendo um trabalho que jurou que nunca faria. — Como podiam ter se passado apenas nove dias desde aquele momento? — E eu podia ter convivido com isso se ele fosse um cara decente, mas o *babaca*?

— Ah. Meu. Deus. Você pode calar a boca por meio segundo? — A voz dela subiu uma oitava.

— Lógico. Quero dizer, o que você quer me falar não pode ser pior do que já falou.

Seus olhos se estreitaram, me fuzilando.

— Eu nunca disse não.

— E voltamos a isso mais uma vez. — Cruzei os braços.

— E com certeza nunca disse que não te amava. — Ela avançou lentamente. — Eu sei, porque jamais menti para você. Nem uma única vez. Você pode sinceramente dizer o mesmo?

Fiz uma careta.

— Eu contei o que podia.

— Nas nossas vidas, nós passamos o quê? Vinte dias juntos? — Ela engoliu em seco.

— Vinte e sete, na verdade, e, se você sonhar em dizer que propor casamento depois desses dias foi demais, então me deixe te lembrar que foram sete anos conhecendo você, e quatro te amando.

Os lábios dela se separaram.

— Não era o que eu ia dizer. Passamos menos de vinte dias juntos, e eu estava tão apaixonada que não conseguia nem imaginar como seria minha vida sem você.

— Você me amava, mas me recusou? — Eu a encarei, à espera de qualquer desculpa que ela tivesse inventado.

— Dizer a você que eu não podia aceitar sua proposta não teve nada a ver com não te amar, Nate. Isso nunca foi um problema. Não para mim. — Ela franziu o cenho.

— Foi porque eu te dei um bolo em Palau? Porque não me abri quando você pediu, quando estávamos em Fiji? — Senti um aperto no peito. Por que diabos eu a estava cutucando em busca de respostas? Por que abrira a caixa com o nome *Isabeau Astor* em meu coração?

— Não... não teve nada a ver com isso. — Ela deu um único passo. — Eu queria que você se abrisse? Óbvio. Era tudo que eu sempre quis, mas não...

— Você quer que eu me abra? Tudo bem. Matei um dos meus melhores amigos, Izzy. Fui sincero o bastante para você? — Levantei as mãos.

Ela abriu a boca e estacou.

— Aposto que agora você está se arrependendo de querer que eu me abrisse, né? — Meus braços caíram para a lateral do corpo.

— Eu não entendo — disse ela, a confusão franzindo sua testa. — Você está falando de Ju...

— Sim! — interrompi. — Ele está morto por minha causa. Ele me puxou para fora do caminho quando uma cascavel-da-madeira deu o bote, depois que tínhamos terminado nossa marcha com carga de sessenta quilômetros durante a seleção, e em vez de picar a mim, a serpente o atacou. — Era a primeira vez que eu dizia as palavras em voz alta.

Ela piscou.

— Nate, não foi culpa sua.

— Mesmo? Bem, quando eu disse a ele que precisávamos contar a alguém, ele se recusou e disse que não tinha chegado tão longe para receber atendimento médico antes da entrevista, que era a parte final da seleção. Passar pelas primeiras provas... — Coloquei as mãos no topo da cabeça e fechei os olhos. — Foi a coisa mais difícil que eu já havia feito. A coisa mais difícil que *qualquer* um de nós havia feito. — Foram necessárias duas respirações profundas para me acalmar antes de poder continuar. — Então, eu disse a ele que tudo bem. Eu não contaria, contanto que ele concordasse em buscar ajuda assim que a entrevista terminasse. — E ele tinha *sorrido* para mim, tão certo de que nós dois iríamos conseguir. — Eu o deixei entrar na entrevista com uma picada de cobra venenosa, e, quando chegou minha vez, quando eles me contaram que um dos meus melhores amigos tinha acabado de morrer de choque anafilático na sala ao lado, eu atuei recebendo a informação, pensando que fosse parte da porra do interrogatório. Que eles queriam um soldado calmo, tranquilo e controlado na unidade, então foi o que dei a eles. Imaginei que nós dois iríamos rir disso depois, só que ele estava mesmo morto. — Pronto. Eu tinha confessado.

Alguém bateu à porta.

— Ah, Deus. Nate, você não o matou. — A tristeza inundou seus olhos, e eu não merecia um pingo daquela compaixão.

— Sim, eu matei. Se eu tivesse contado, conseguido ajuda antes, ele ainda estaria vivo. Em vez disso, sou eu quem está na unidade, e ele está debaixo da terra. É sinceridade suficiente para você, Izzy?

Outra batida soou.

— Era por isso que você estava tão perturbado. Não foi só porque ele tinha morrido. — Ela veio em minha direção, o rosto contraído de um jeito que me fez querer retirar cada palavra e apenas a abraçar. — Eu sabia que tinha alguma coisa errada com você. Fiquei tão preocupada que continuei ali por meia hora, encharcada...

— Você estava lá dentro quando eu pedi sua mão.

— Eu fui atrás de você!

— Você... o quê? — As terminações de meu cérebro deviam ter se cruzado, porque parecia que eu estava em curto-circuito.

A batida se transformou em um murro.

— Odeio interromper, mas preciso falar com você agora — gritou Graham do outro lado da porta.

— Eu fui atrás de você — repetiu Izzy em um sussurro, o desespero emplastrando sua voz enquanto ela agarrava meu uniforme.

— Entre — consegui gritar.

A porta se abriu e Graham entrou com o rosto tenso.

— O que houve? — Meu estômago enrijeceu, me preparando para más notícias.

— Lamento dizer, mas Mazar-i-Sharif está caindo.

CAPÍTULO VINTE E OITO
IZZY

Nova York
Outubro de 2018

— Você o quê? — gritou Serena, enrolando a toalha com firmeza ao redor do corpo e me encarando como se eu tivesse perdido a cabeça.

Eu quase a arrancara do chuveiro em minha histeria, ignorando mamãe e papai, plantados na sala, à espera de respostas que eu não tinha.

— Você me ouviu!

— E você simplesmente o deixou ir embora? — Serena arregalou os olhos.

— Eu não tinha como detê-lo! — Ele parecia tão... perdido. Meu coração doía, exigindo que eu fosse atrás de Nate e lhe desse tudo de que precisava. — O que eu devia fazer? Amarrá-lo?

— Eu estava pensando em alguma coisa mais parecida com um sim, já que evidentemente você está infeliz sem ele, e parece que o Nate tinha um bom motivo para te dar um bolo nas férias.

— Dizer sim? Não era *ele*. Nate não estava me pedindo em casamento pra valer, Serena! Estava reagindo ao trauma, depois de enterrar Julian hoje.

— Espere. Ele enterrou um amigo *hoje*? Você deixou esse detalhe de fora. — Ela franziu o cenho. — Qual deles é Julian?

O cara alto e loiro com um sorriso malicioso me veio à mente.

— Acho que o sobrenome era Rowell. Ele foi um dos caras com quem Nate entrou para as Forças Especiais. Um dos melhores amigos dele. — Esfreguei as mãos no rosto. — Ele estava tão magoado. Eu o *magoei*. Mas como eu poderia aceitar o pedido de casamento quando ele obviamente não estava pensando direito? Fiquei tentando mostrar as falhas no argumento dele para fazê-lo ver que estava agindo de maneira irracional. O Nate que eu conheço nunca teria pedido minha mão assim, e, quando eu disse isso... — Minha garganta começou a fechar, quando me lembrei de seu rosto. — Ele precisa de uma boa noite de sono ou de ajuda... não de um noivado.

Se ele tivesse me pedido em casamento, realmente me pedido com sinceridade, eu teria me jogado em seus braços e nunca mais o deixado ir.

— E você acha que ele vai correr para o sofá de um terapeuta? — Ela agarrou meus ombros. — Você o ama?

— Mais que a minha vida. — Não importava o que eu fizesse; não seria capaz de desligar a emoção.

— Então vá atrás dele e o traga de volta para que ele possa receber a ajuda de que precisa. Vá, Izzy.

Assenti e saí, derrapando no corredor com o chinelo nos pés, depois pela sala de estar.

— Tomara que não esteja correndo atrás daquele homem! — gritou mamãe.

— Tomara que não esteja agindo como se realmente soubesse alguma coisa sobre ele! — retruquei. Eles ficariam putos. Ah, bem. A vida não valia a pena sem Nate, e, se eles não pudessem aceitar isso, não me amavam de verdade.

Não me incomodei em fechar a porta enquanto saía correndo do apartamento e descia apressada as escadas do prédio.

— Nate! — gritei, enquanto abria a pesada porta de vidro e disparava até a calçada.

Havia dezenas de pessoas ali fora.

Nenhuma era Nate.

Enfiei a mão no bolso do meio do moletom, agarrei o celular e em seguida cliquei em Nate na agenda.

— Atende, atende, atende — repeti, enquanto o celular tocava.

Ele me mandou direto para o correio de voz. Ou o telefone estava desligado. Mas eu apostava na primeira opção.

Subi as escadas até a entrada de meu prédio para ter uma visão melhor, e esquadrinhei as ruas enquanto tentava ligar novamente. Ele não atendeu.

Meu peito se apertou de um jeito indescritível. Eu havia afastado Nate quando ele mais precisara de minha presença. Falhara com ele no primeiro teste de verdade.

Serena se juntou a mim, segurando um guarda-chuva sobre minha cabeça enquanto ficamos de pé ali, por meia hora, olhando para cada pessoa que passava, meu coração se recusando a aceitar o que a mente já havia aceitado.

Ele tinha ido embora.

CAPÍTULO VINTE E NOVE
IZZY

Cabul, Afeganistão
Agosto de 2021

Eu me sentei no sofá, assistindo à cobertura de Mazar-i-Sharif, em um idioma que não conseguia compreender, enquanto a equipe de Nate zumbia ao nosso redor.

— Está com fome, Izzy? — perguntou o sargento Rose. Eles tinham abandonado o tratamento formal *srta. Astor* havia mais de uma hora.

Balancei a cabeça sem desviar o olhar da televisão. Serena estava lá, em algum lugar.

— E tudo isso foi processado e precisa ser devolvido ao secretário — disse Nate ao sargento Black, entregando a ele uma pilha de pastas que havia pessoalmente reunido na última hora.

— Não entendo o que estão dizendo — sussurrei, abraçando um travesseiro junto ao peito.

— Ah. — O sargento Rose se inclinou. — Estão falando dari. Meu pashto é melhor. — Ele olhou por cima do ombro. — Green!

— Nate fala pashto — sussurrei, estremecendo quando percebi que não tinha usado Green.

— Sim, e dari, e farsi, e francês, e a próxima língua que inventar de aprender. O cara nunca desacelera. — Ele me lançou um olhar. — E não se estresse. Todos nós sabemos o nome verdadeiro dele.

Nate se sentou à minha esquerda, e me mantive rígida para não me inclinar para mais perto. Não havíamos chegado exatamente a uma conclusão em nossa discussão. Tínhamos só... parado.

— O que estão dizendo? — perguntei.

— O Talibã assumiu o controle da cidade menos de uma hora depois de romper as linhas de frente, nos limites da cidade — recitou Nate. — Quando isso aconteceu, as forças governamentais e as milícias fugiram sem lutar.

O sargento Rose deixou escapar um xingamento.

— Sobrando só Cabul e Jalalabad sob o controle do governo afegão. — Nate olhou em minha direção. — Você não devia estar assistindo a isso.

— Por que não? Serena está vivendo isso. Ela me disse uma vez que ignorar uma situação não a torna melhor para as pessoas que a vivem. — Abracei o travesseiro com mais força. — Ela está vivendo isso.

A porta se abriu e o sargento Black voltou, se dirigindo para a área de jantar, onde o sargento Gray tinha se acomodado, fazendo o que quer que o cara da comunicação fazia.

— Eu fracassei — sussurrei.

O sargento Rose olhou por cima de minha cabeça para Nate, depois se levantou e se juntou aos outros.

— Você não fracassou — assegurou Nate. — Serena fez a escolha dela. Todos temos permissão para fazer nossas próprias escolhas. Você resgatou as meninas daquele time.

Bufei.

— *Você* resgatou aquelas meninas. Eu cuidei da papelada. — A derrota pesava em meu estômago. — Tudo o que eu fiz desde que cheguei aqui foi fracassar em convencer Serena a partir, e desperdiçar o tempo da sua equipe quando você obviamente se faz necessário em outro lugar. — Eu também tinha perdido um noivo, mas estava computando isso na coluna dos prós. Nem me importava de ter de explicar o rompimento para meus pais. Eu não falava com eles havia semanas por um motivo.

— Newcastle estaria em Candaar se você não tivesse vindo — argumentou Nate. — Ele também teria perdido o voo de volta para casa de

Covington. Eu ainda estaria nesta sala. — Um sorriso curvou sua boca perfeita. — Só não o teria deixado dormir com a cabeça no meu colo. Tenho meus limites, você sabe.

— Só não comigo?

— Nunca com você — disse ele, suavemente. — Eu sei que não conta muito agora, mas sinto muito por ter perdido a paciência mais cedo.

Lancei um olhar demorado em sua direção.

— Você não perdeu.

— Perdi. Você simplesmente não notou.

— Green — gritou o sargento Gray. — Captei alguma coisa.

Nate se levantou e eu voltei a olhar para a televisão.

— Izzy — chamou Nate, um minuto depois.

Olhei por cima do ombro e o vi segurando um telefone desengonçado.

— É Serena.

Saltei do sofá e quase tropecei na mesinha de canto para alcançá-lo.

— Serena? — eu disse ao telefone, depois de tirar o aparelho das mãos de Nate.

— Estou a caminho, Izzy — avisou ela. — Não sei quem o seu homem conhece, mas estou em um carro com este telefone estiloso e Taj.

— Você está bem? — Cobri o rosto e abaixei a cabeça enquanto meus olhos se enchiam d'água.

— Estou bem. Mas são seiscentos quilômetros e muitos postos de controle até Cabul. Minhas credenciais devem nos levar até lá, mas você não pode esperar por mim.

Meu estômago revirou.

— Não posso ir embora sem você.

— Você pode e vai. Vou estar no primeiro avião em que conseguir embarcar, mas você precisa sair daqui. Prometa.

— Nem sei se posso sair antes de você chegar aqui, então talvez este seja um argumento negociável — arrisquei, levantando a cabeça para ver Nate balançando a dele.

— Quero economizar a bateria desta coisa, então preciso desligar. Mas, Iz, me prometa que vai embora.

— Prometo — sussurrei. — Eu te amo.
— Eu também te amo.
Devolvi o telefone a Nate, que o levou ao ouvido.
— Achei um voo para ela amanhã à noite. — Ele me olhou nos olhos. — Vou pessoalmente jogá-la por cima do ombro e amarrá-la lá dentro.
Meus olhos se estreitaram para ele.
Ele exibiu uma covinha.
Ui.
— Serena, não morra. Izzy nunca se recuperaria da culpa de você não ter colocado sua bunda no helicóptero quando teve a chance. — Ele encerrou a ligação e devolveu o aparelho a Gray.
— Obrigada — agradeci a Nate. — O que quer que você tenha feito. Obrigada. — Isso não chegava nem perto do que ele merecia ouvir, mas foi tudo o que consegui balbuciar.
Ele assentiu.
— Eu estava falando sério. Vou amarrar você no voo de amanhã à noite com minhas próprias mãos.
O que significava que eu só tinha vinte e quatro horas com ele.

◆ ◆ ◆

Rolei e olhei para o relógio como tinha feito todas as horas desde que havia me recolhido, um pouco depois da meia-noite. Uma vez que o Departamento de Estado tinha encerrado o expediente, parecia inútil continuar ligando e acompanhando os vistos, mas em algumas horas eu poderia ajudar, colaborando com as entrevistas até Nate decidir que era hora de ir para o aeroporto.

Quatro da manhã significava que ele provavelmente estava acabando de acordar.

Caí de costas e olhei para o teto, deixando meus pensamentos correrem soltos.

Nate pensou que eu tinha recusado seu pedido porque não o amava, e então prendera meu anel de noivado em uma etiqueta de identificação e o carregava com ele para todo lado. O que eu deveria fazer com essa informação?

Ficar ali, desperdiçando as únicas horas que talvez nos restassem, não iria me levar — ou a nós — a lugar algum.

Meu coração batia forte quando joguei os pés para o lado da cama e depois segui para a sala da minha suíte, acendendo a luminária, a luz da lua se infiltrando pelas janelas.

Eu me virei perto da área da cozinha e cruzei os braços sobre a camiseta enquanto admirava o anel. Era perfeito. Simples. Exatamente o que eu teria escolhido se estivesse na joalheria com ele. E Nate o havia comprado depois de Fiji. Depois que eu tinha me resignado a viver à espera daqueles nossos momentos juntos. Ele vislumbrara um futuro para nós.

Foram três tentativas antes de eu conseguir pegá-lo. Estava um pouco grudento devido aos resíduos da fita adesiva, e era ainda mais perfeito por isso. Meu coração *doeu* com a vida que o anel representava, a vida que poderíamos ter tido.

Peguei minha chave e saí do quarto antes que pudesse pensar duas vezes, depois parei de súbito.

O sargento Rose piscou para mim de onde estava, ao lado da porta de Nate.

— Está tudo bem, srta. Astor?

Bem. Merda. Eu não podia simplesmente atravessar o corredor e bater à porta de Nate agora.

— Você está bancando a babá. — Passei os braços sobre o peito, mais do que um pouco constrangida por não dormir de sutiã.

— Estou de guarda, sim. — Ele escondia um sorriso por trás da barba.

— Certo. Então só vou... — *Voltar para o quarto e fingir que isso nunca aconteceu.*

— Sabe do que mais? — começou ele, tirando uma chave do bolso da frente. — Estou com vontade de fazer um pouco de merda esta manhã. Por que não? — Ele deu de ombros e encostou a chave na fechadura de Nate.

A luz acima da maçaneta ficou verde e eu não hesitei.

— Obrigada. — Com um sorriso, agarrei a maçaneta, girando-a rapidamente para que não travasse de novo.

— Só não diga a ele que fui eu.

Assenti e abri a porta de Nate, entrando e a fechando atrás de mim antes que perdesse a coragem. Luz saía do banheiro, e ouvi o chuveiro ligado, mas o resto do quarto estava escuro.

— Nate? — chamei baixinho, sem querer assustá-lo, mais que ciente do que tinha acontecido da última vez que cometera esse erro, mas ele obviamente não conseguia me ouvir por causa da água.

Meus lábios se abriram. Lá estava ele. Nu. O calor me consumia, e usei o cartão-chave para me abanar antes de colocá-lo na cômoda quando o chuveiro finalmente parou. Mas continuei segurando o anel como se fosse a chave para chegar até ele.

Eu ainda estava apaixonada por Nate, e valia a pena lutar.

— Nate? — eu disse gentilmente, parada entre a cama e a mesa.

— Izzy? — Ouvi o som de tecido farfalhando e ele saiu do banheiro de toalha.

Uma *toalha*.

Uma única toalha solitária enrolada em sua cintura esbelta. Ele nem tinha se secado. Não, ainda havia gotas escorrendo pelas mesmas linhas de seu corpo que eu havia traçado com a língua. Como aquela, bem ali... aquela que escorregou pelo peitoral, se juntando às outras gotas, e então caindo nos desfiladeiros de sua barriga antes de encontrar o caminho para os sulcos me-fode que esculpiam o V cavado da entrada...

— Izzy.

Meu olhar se ergueu para o rosto de Nate e, droga, todo o meu corpo corou.

— Oi.

Ele levantou as sobrancelhas.

— Oi? São... — Ele consultou o relógio. — Quatro da manhã e você deu uma passada aqui para dizer oi? A garota que se puder dorme até as dez, da manhã?

— Você está de toalha. — Isso era mesmo o melhor em que eu conseguia pensar?

— Eu estava no banho. É uma progressão natural de eventos. Banho. Toalha. Roupa. E como diabos você conseguiu... — Ele suspirou. — Não importa, já sei quem te deixou entrar.

— Não fique bravo. — O anel beliscava minha palma, mas eu mantive o punho cerrado.

— Não estou bravo. Confuso, mas não bravo.

— Eu não consegui dormir. Não quando eu sei que só me restam algumas horas com você. — A última parte saiu atropelada.

A expressão dele ficou impassível. Ele estava recuando para trás daqueles muros de quilômetros de altura onde eu não seria capaz de alcançá-lo, e eu não podia deixar isso acontecer. Não nessa noite.

— Pensei que você estivesse me pedindo em casamento por causa do choque — admiti, com tanta sinceridade quanto no dia em que nos conhecemos. *Era bom ver que estávamos amadurecendo.*

— Não precisamos fazer isso.

— Precisamos. — Diminuí a distância entre nós, mas não fiz menção de tocá-lo.

— Eu ainda estava me recuperando da sua ausência em Palau, e meus pais estavam lá, sendo super... paternais pela primeira vez, e então você apareceu, evidentemente perturbado por ter perdido seu amigo, me pedindo para escolher se deveria ficar no exército ou não, e você não parecia... você. Suas palavras saíam atropeladas, seus olhos brilhavam de um jeito estranho, e você não parava de repetir que precisava que eu escolhesse o que você deveria fazer, apesar de todos os meus argumentos tentando te mostrar que não estava agindo como você mesmo. E, fazendo um retrospecto agora, eu sei que eu também não estava com a cabeça no lugar, mas, Nate, não achei que fosse pra valer.

— Eu me ajoelhei — sussurrou ele.

— Acredite, eu lembro. — Dei aquele último passo e toquei sua bochecha barbuda com a mão livre. — Mas eu só conseguia pensar que aquilo era tudo o que eu sempre quis e, ainda assim, se tivesse dito sim, estaria me aproveitando de você no seu pior momento. Você teria acordado e se arrependido de ter me pedido.

— Você escolheu seus pais.

— Não escolhi. — Balancei a cabeça. — Certo, usei as conexões do papai para conseguir a vaga no escritório de Lauren, mas foi só para ajudar naquela legislação que nunca passou, no fim das contas. Serena te contou a verdade. Não fui para Washington por causa dos meus pais. Eu fui por sua causa.

Sua testa franziu ligeiramente, apenas o suficiente para saber que eu estava o convencendo.

Engoli o medo e segui em frente.

— Você me perguntou por que eu disse sim a Jeremy.

Ele fechou os olhos.

— Não posso, Izzy. Você me deixou tão perto de um colapso que mal era capaz de me olhar no espelho, então, se você vai começar a listar minhas falhas...

— Eu disse sim porque ele era familiar e confortável, e eu já tinha cometido o maior erro da minha vida quando disse não para o homem certo.

Seus olhos se abriram.

— E eu vivi cada dia com esse arrependimento. — Abri a outra palma, revelando o anel. — Você pode ter carregado esta joia com você, mas eu te carreguei aqui. — Deslizei a mão sobre meu coração. — Eu devia ter dito sim, e depois não sair do seu lado pelo resto da vida, que se danassem as consequências, e, se eu soubesse que você iria desaparecer minutos depois, era o que eu teria feito. Eu devia ter dito sim. Jamais deixei de te amar, Nate. Nem por um segundo.

Seus olhos brilharam por um segundo, antes de ele agarrar minha nuca e puxar minha boca até a sua.

Finalmente.

O beijo foi como voltar para casa.

Sua língua passou pelos meus lábios, e eu me derreti nele conforme o desejo ganhava vida, se espalhando por minhas veias em uma onda de fogo, despertando cada arrepio daquela fome, adormecida desde a última vez que ele me tocara. Como eu tinha vivido quase quatro anos sem seu beijo? Seus braços?

Ele tinha o mesmo gosto, hortelã e Nate, e eu não conseguia chegar perto o suficiente. Quando ele recuou, eu o segui, passando a língua pela crista sensível atrás de seus dentes e me deleitando com sua respiração ofegante, o modo como me apertou com mais força enquanto nos mudava de lado.

Deixei o anel cair na mesa de cabeceira enquanto ele se sentava no lado da cama, me puxando entre suas coxas, e então eu o beijei como se fosse a última vez que sentiria sua boca na minha. Se aquilo fosse tudo que estava ao meu alcance, mais um momento inestimável em que ele era meu para beijar e tocar, então eu queria tudo.

Sua mão deslizou para minha bunda e ele me agarrou, me puxando com força contra si. A água encharcou o material fino de minha regata enquanto nossas bocas se moviam em um ritmo que eu quase havia esquecido. Era fome e desejo e, ainda assim, dolorosamente doce.

— Diga de novo — exigiu ele roçando a minha boca, as mãos deslizando para dentro do pijama e segurando minha bunda nua.

— Qual parte? — provoquei, mordiscando seu lábio inferior. Deus, como eu tinha sentido falta disso. Sentira falta de tudo, de como parecia certo estar em seus braços.

— Você sabe qual parte. — Ele recuou para me encarar, e meu coração disparou.

— Eu sempre te amei. Sou apaixonada por você, Nathaniel Phelan. — Levantei as mãos, passando os dedos por seu cabelo molhado. — E você também me ama.

— Eu? — Um canto de sua boca se ergueu.

— Você, sim. — Meus dedos percorreram seu pescoço e ombros. — Seu codinome não seria Navarre se você não me amasse.

Ele alcançou minha boca de novo, o beijo se aprofundava sem nenhum controle já nos primeiros movimentos de sua língua. Era o que eu queria, do que eu precisava, e não só nos poucos minutos que tínhamos, mas pelo resto da vida. Jamais queria passar mais um dia sem estar nos braços dele.

— Preciso de você. — Eu nunca havia falado uma única frase com tantos significados, e todos verdadeiros. Eu precisava de Nate de todas as maneiras possíveis.

— Eu sei. Droga, eu sei. — Sua mão se moveu entre nós, os dedos dançando tentadoramente na minha cintura. — Sinto a mesma coisa. — Ele beijou meu queixo, minha mandíbula e o ponto logo abaixo da orelha, antes de deslizar os lábios pelo meu pescoço, enviando um arrepio de puro desejo pela minhas costas e aumentando a ânsia entre minhas coxas.

Minha cabeça caiu para trás enquanto sua boca acariciava meu peito, depois cobria a ponta de um seio através do tecido, provando meu mamilo suavemente com os dentes.

— Eu queria te tocar desde o segundo em que você desceu daquele avião — confessou ele, puxando minha blusa para baixo a fim de expor meus seios e chupar cada mamilo.

Gemi, os dedos cravados em seus ombros nus, meu corpo se arqueando contra o dele.

— Precisei de todo o meu autocontrole para não te agarrar e te beijar até você tirar aquele maldito anel do dedo e lembrar como nós éramos juntos. — Ele passou os dentes arranhando de leve a minha pele e descendo os dedos no côncavo de minha barriga. — Não houve um dia em que eu não pensasse em você, não sentisse sua falta, não te quisesse, não te amasse.

Meus joelhos vacilaram.

— Por favor, me diga que eu posso ficar com você. — As pontas dos dedos roçaram o elástico de minha calcinha.

— Sou sua.

Ele levantou a cabeça e me beijou forte e profundamente ao mesmo tempo que os dedos me encontraram, e eu choraminguei em sua boca. Com o braço na parte de trás de minhas coxas, ele me manteve ereta enquanto enfiava dois dedos dentro de mim no mesmo ritmo de sua língua.

Ah, *merda*. Desejo e luxúria se agitavam dentro de mim, anulando cada pensamento, a não ser *mais perto, mais* e *agora*. Nate sempre soubera dedilhar meu corpo como um instrumento, havia passado horas aprimorando meus orgasmos, construindo-os até que eu não mais suportasse, mas eu não seria capaz de esperar. Não dessa vez.

Enganchei os polegares nos elásticos da calça do pijama e da calcinha, e as desci pelas pernas, dando um passo para fora e me livrando das peças.

— Izzy — ele gemeu na minha boca, então interrompeu o beijo para arrancar a camiseta com a mão livre. — Você é tão gostosa.

— Não pare — implorei, enquanto ele acrescentava o polegar, me acariciando exatamente do jeito que eu gostava, do jeito que ele sabia que eu precisava. Eu o tocava em todos os lugares que podia alcançar, acariciando seus braços, seu peito, até a extensão irresistível daquelas costas.

— Eu não vou. — Anos de desejo reprimido, sufocado e preso tencionavam meu corpo. Cada beijo me levava mais alto, cada mergulho de seus dedos fazia o prazer chegar a um ponto próximo da dor.

Mas eu não queria gozar assim, não depois de todo aquele tempo.

Puxei a toalha de seus quadris e o envolvi em meus dedos. Ele sibilou enquanto eu acariciava seu membro rijo, passando o polegar sobre a ponta.

— Quero você dentro de mim.

— Ótimo, porque é exatamente onde eu quero estar. — Seus olhos encontraram os meus enquanto eu montava em seu colo, ficando de joelhos para que ele se encaixasse perfeitamente na minha entrada.

— Eu te amo, Isabeau Astor.

As palavras encheram meu peito, e eu o beijei enquanto me abaixava centímetro por glorioso centímetro, os músculos contraídos quando ele arremeteu e me penetrou de uma só vez.

Nós dois gememos.

Era o que estava faltando. Não apenas seu corpo, mas *ele*. O jeito como ele me olhava, tocava, me fazia sentir como se não existisse nada mais importante no mundo que o ajuste de nosso corpo, o ritmo combinado do nosso coração.

— Porra, Izzy. — Ele agarrou meus quadris e me levantou, flexionando os bíceps, antes que investisse outra vez. — Você é mais gostosa do que qualquer sonho que eu já tive. Qualquer lembrança. Qualquer fantasia. Tão gostosa.

— De novo — exigi, envolvendo seu pescoço com os braços e balançando para trás em seus quadris quando ele me deu o que pedi. Cada arremetida irradiava em meu corpo, meus dedos das mãos e dos pés formigando com o mais doce torpor de puro e genuíno prazer.

Então ele ficou imóvel, quase congelado embaixo de mim.

— Nate? — perguntei, me afastando apenas o suficiente para ver seu rosto na penumbra.

— Não podemos. — Ele levantou meus quadris outra vez, em um gesto dolorosamente lento, e a tensão da ação apareceu em cada linha de seu rosto, como se ele estivesse lutando contra os próprios instintos.

Peguei seu rosto nas mãos.

— Sim. Podemos. — Balançando meus quadris, eu o acomodei por completo e mordi meu lábio inferior ao perceber como era fenomenal a sensação de ter Nate dentro de mim.

— Não tenho camisinha. — Ele mordeu cada palavra. — Eu meio que não estava planejando uma coisa assim.

— Ah. — Meus quadris giravam por vontade própria, como se meu corpo estivesse mais do que disposto a aceitar o que eu tentava reprimir.

— Tudo bem.

Suas sobrancelhas se ergueram e seus dedos apertaram meus quadris.

— Eu tomo pílula. — Depositei a sombra de um beijo em seus lábios. — E nunca fiz sexo sem camisinha, então nós estamos seguros. — Sem mencionar toda a bateria de exames que havia feito depois que descobri as atividades extracurriculares de Jeremy.

— Nem eu — admitiu ele, as coxas ficando tensas sob mim. — Tem certeza?

— Não tenho certeza se conseguiria parar mesmo que quisesse, e eu não quero. — Eu me coloquei de joelhos e deslizei para baixo novamente, reprimindo um gemido.

— Você estar ainda mais gostosa do que eu lembrava não me surpreende, e, acredite, eu tenho uma excelente memória quando o assunto é como tudo era perfeito entre nós. — Sua mão se moveu para minha bunda, e ele me beijou profundamente enquanto se erguia para me encontrar, estabelecendo um ritmo que sustentei com igual fervor.

A espiral de tensão dentro de mim se apertou cada vez mais, até que percebi que eu explodiria, então a contive.

Durar. Aquilo tinha de durar.

Nossos corpos se moviam em uníssono, parceiros em uma dança havia muito negada e jamais esquecida. Ele me beijava como se eu fosse o próprio hálito de que precisava para sobreviver, e me possuía como se cada estocada só o deixasse com mais fome para a seguinte.

— Não tem nada assim no mundo inteiro — disse ele entre beijos. — Nada se compara ao calor, ao ajuste, à sensação de você, Izzy. — Com um braço em volta de minhas costas, me girou na cama, então me penetrou, forte e profundo. — Eu quero você de todas as maneiras possíveis.

Gemi de frustração quando ele saiu de mim, mas o calor acendia cada centímetro de minha pele quando ele me virou de bruços e depois puxou meus quadris, me deixando de joelhos. Sim!

— Agora.

Cada segundo que tive de esperar foi uma tortura.

Ele se encaixou entre minhas coxas e me penetrou, me tomando tão profundamente que eu vi estrelas.

— Nate!

— Segure a cabeceira. — Sua respiração parecia tão ofegante quanto a minha, suas mãos tão vorazes quanto a necessidade dentro de mim. Ele acariciava cada centímetro da minha pele.

Agarrei a moldura de madeira da cabeceira e fui de encontro a Nate a cada estocada. Estava além de qualquer coisa que eu pudesse descrever. Cada vez que ele se movia, eu queimava mais forte, rebolava mais rápido.

— Tão gostosa. — Sua mão acariciou minha coluna enquanto ele mantinha um ritmo que me fazia gemer. — Nossa, eu senti falta disso. Senti falta de *você*.

Não havia palavras, apenas choques de prazer que me levaram direto até o limite da razão. Meu orgasmo estava tão perto que senti as primeiras ondas emergirem dentro de mim, ameaçando quebrar a qualquer segundo.

— Ainda não — choraminguei, meus músculos ficando tensos. — Nate, não quero que acabe ainda.

— Não vai acontecer — prometeu ele, seus dedos acariciando meus mamilos. — Goza pra mim.

Eu desmoronei, a felicidade inundando meu corpo onda após onda. Gritei em seu travesseiro, as mãos caindo da cabeceira enquanto eu relaxava em cima de Nate. Paraíso. Ele era o paraíso e eu queria mais.

Assim que conseguisse me mover, lógico.

— Porra — gemeu ele, as mãos deslizando para meus quadris enquanto ele acariciava lentamente, estimulando aquela brasa brilhante de desejo em outra chama, ainda mais quente que a anterior. — Você não está perto o bastante. Nunca é perto o bastante para mim.

Ele deslizou as mãos sobre meus seios e se levantou, acomodando minhas costas contra seu peito enquanto me possuía repetidas vezes.

Estendi a mão para trás, segurando sua nuca, e virei a cabeça para beijá-lo. Foi de boca aberta, desesperado e confuso, enquanto nossos corpos suados e escorregadios se encontravam repetidas vezes.

— Tudo parece certo com você dentro de mim. — Minhas unhas arranharam sua nuca.

— Meu Deus, eu te amo. — Ele empurrou mais fundo e eu gemi. — Preciso te ver.

Ele só saiu de mim por alguns segundos antes de eu acabar ficando de costas, com Nate pairando sobre mim como o deus de todas as fantasias que eu já tivera. Com o peso em um dos cotovelos, ele me penetrou de novo, e eu ofeguei com a fricção, levantando meus joelhos para um ângulo ainda melhor.

— Aí está você. — Ele segurou meu rosto, olhando nos meus olhos enquanto acelerava o ritmo. — Minha Isabeau.

Assenti, as palavras me escapando enquanto eu arqueava contra ele, a pressão aumentando mais e mais a cada estocada e movimento de seu quadril.

Ele era tudo o que eu sempre quis.

— Eu te amo — sussurrei, envolvendo-o em meus braços.

As palavras pareceram quebrar qualquer controle que ele ainda mantinha, porque seus olhos escureceram e os movimentos dos quadris ficaram mais rápidos, o ritmo se tornando frenético. Os músculos dele ficaram tensos sob meus dedos, e sua mão deixou meu rosto para se enfiar entre nós.

Ele estava perto, as feições severas de seu rosto eram tão lindas que eu não conseguia desviar o olhar enquanto ele lutava contra o próprio clímax.

— Sua vez de gozar — comentei.

— Você primeiro. — Seus dedos acariciaram meu clitóris e meu corpo explodiu, o segundo orgasmo me tomando sem aviso, me fazendo arquear e me contorcer enquanto ele encontrava o próprio alívio, estremecendo acima de mim e arremetendo mais três vezes, seus olhos se arregalando com a última estocada.

Ele caiu em cima de mim, rolando para o lado na mesma hora e me puxando consigo, me segurando junto ao peito e olhando para mim com o que parecia ser um misto de admiração e... determinação.

— Você está bem? — perguntei, passando a mão em seu rosto enquanto minha respiração enfim desacelerava.

— Eu que deveria perguntar isso. — Ele sorriu.

Não uma risada. Nem um esgar. Um *sorriso* verdadeiro e de parar o coração.

— Eu não poderia estar melhor. — Eu me inclinei e o beijei suavemente, lágrimas ardendo em meus olhos. Em algumas horas eu estaria em um avião de volta aos Estados Unidos. — Não sei viver sem você, Nate. E eu sei que não é o que você quer ouvir agora. Eu tentei. De verdade. Mas existir não é a mesma coisa que viver.

— Eu sei. — Ele interrompeu minhas palavras com a boca. — Porra, eu sei.

Engoli o nó na garganta.

— O que nós vamos fazer?

Ele emaranhou a mão em meu cabelo.

— Vamos entrar no chuveiro, e depois eu vou fazer você gozar mais algumas vezes, e então vamos enfrentar este dia.

Sem promessas. Sem votos doces. Não havia planos depois do pôr do sol. Após dez anos, tínhamos voltado a um território já conhecido.

Ele fez exatamente como planejara, me fazendo gozar na sua boca quando estávamos no chuveiro, e então novamente com minhas costas deslizando no azulejo escorregadio enquanto ele se enterrava dentro de mim, me tomando como se pudesse nos prender àquele momento, caso se esforçasse o bastante.

Mal tínhamos enrolado as toalhas no corpo quando alguém bateu três vezes à porta.

— Fique aqui — disse Nate, beijando meus lábios inchados de leve, antes de sair do banheiro, fechando a porta atrás de si.

Limpei o vapor do espelho e olhei para a mulher que encontrei ali.

As bochechas dela estavam coradas, os olhos brilhantes e o pescoço ligeiramente vermelho pelo atrito da barba de Nate. Era a versão de mim de que eu mais gostava, aquela que só existia quando estava com Nate.

A porta do banheiro se abriu e eu fiquei tensa com a linha séria da boca de Nate.

— O que foi? — Eu me voltei em sua direção, temendo o pior. — Serena?

Ele balançou a cabeça.

— Vista-se. Eles estão nos portões da cidade.

Meu queixo caiu.

— Em Jalalabad?

Ele cerrou os dentes.

— Não. Jalalabad se rendeu ontem à noite, enquanto estávamos dormindo. Estão aqui, em Cabul.

Ah, *merda*.

CAPÍTULO TRINTA
NATHANIEL

Cabul, Afeganistão
Agosto de 2021

— Com esse, são trezentos — disse Elston, fechando a porta de acesso ao telhado atrás de nós, enquanto o Chinook decolava com outros cinquenta evacuados da embaixada.

A cidade estava um caos além das defesas da Zona Verde, e também não estávamos nos saindo muito melhor ali. Pessoas em pânico eram pessoas perigosas, e embora a evacuação estivesse acontecendo de forma bastante constante, quem sabia como alguém ali dentro reagiria diante da visão de uma daquelas picapes com bandeira branca?

— Só faltam alguns milhares — comentei, enquanto descíamos as escadas em equipamento de combate completo. — Quanto tempo você acha que nós temos?

— Antes de o presidente negociar a rendição, de o Talibã decidir cravar os pés na Zona Verde, ou de você realmente convencer a srta. Astor a cair fora? — perguntou ele, nossas botas eram o único outro som na escada.

— Aposto que eles chegam à Zona Verde antes do jantar — disse Torres, nos alcançando.

— Estão em negociações há algumas horas, então tenho certeza de que essa parte vai acontecer bem rápido. Temos sorte de as forças deles ainda estarem fora dos portões, e quanto à srta. Astor... — Suspirei enquanto passávamos o terceiro andar e seguíamos em direção ao segundo. — Já avisei a ela que vamos sair daqui às cinco, esteja ela disposta a ir ou não.

Ela havia passado a manhã toda fechada com funcionários da embaixada, processando quaisquer vistos de última hora possíveis e coletando passaportes em branco para queimar. Graham estava sob ordens estritas de não sair do seu lado, mas, se citasse a regra dos trinta centímetros, eu ia chutar a bunda dele.

O barulho aumentava à medida que entrávamos cada vez mais na embaixada, e eu não tinha dúvida de que o caos reinava no saguão. Esse momento havia chegado mais rápido que qualquer inteligência especulara, embora a inevitabilidade daquilo doesse pra caralho.

— Tem certeza de que não quer colocá-la em um helicóptero mais cedo? — perguntou Elston, quando entramos no segundo andar. A porta de Izzy estava aberta, com Parker montando guarda e uma linha de civis se formando do outro lado do corredor.

— É uma boa pergunta — acrescentou Torres.

— Está vendo o engarrafamento nessas ruas? — perguntei.

— Tenho certeza de que você consegue ver o nó da Estação Espacial Internacional — respondeu ele, seu olhar varrendo o corredor. — Nada está se movendo lá fora.

— Todas aquelas pessoas fugindo de carro vão para o aeroporto. Apex já tem duas equipes por lá, e disse que está parecendo um pesadelo. O lugar está um caos. O voo dela é às dez, e não a quero naquele lugar por mais tempo do que necessário. Pelo menos nós estamos em um ambiente controlado aqui.

— Por enquanto — argumentou Elston, quando entramos na suíte de Izzy, passando por Parker na porta.

— Por enquanto — admiti. No segundo em que a situação mudasse, Izzy estaria no próximo helicóptero, e pouco me importava quem eu teria de arrancar de lá para abrir espaço para ela.

A parte de mim que jamais quisera Izzy ali estava em pleno vigor, e ela talvez não aprovasse meus métodos, mas estaria viva, e aquilo era o suficiente para mim.

Eu a encontrei de imediato, sentada num dos lados da pequena mesa de jantar, balançando a cabeça para o que quer que a civil à sua frente estivesse dizendo. Quem diria que a mulher tinha conseguido ser declarada funcionária consular de modo a conseguir ajudar no processamento do maior número possível de entrevistas.

— Ela tem entrevistado pessoas sem parar nas últimas duas horas — revelou Graham calmamente, parando ao nosso lado.

— Ela almoçou? — perguntei, sem tirar os olhos dela. O vermelho que minha barba havia deixado na pele de seu pescoço tinha desbotado para um leve rosado desde a última vez que a vira. Embora ela parecesse toda profissional em uma blusa creme e calça escura, o cabelo preso em um eficiente coque baixo, eu não conseguia me livrar da visão de Izzy sob mim, o cabelo emoldurando seu corpo nu enquanto ela me dizia que me amava. Ela. Me. Amava.

— Sim.

Assenti. Ótimo. Não dava para saber se encontraríamos comida no aeroporto.

— Ela vai voar como militar ou como civil? — perguntou Graham, a preocupação vincando sua testa.

— Civil. — Minha mandíbula flexionou. — Até algumas horas atrás, estavam decolando com mais frequência.

— Humm. — Graham observou a civil em frente a Izzy se levantar e apertar sua mão.

— Está se apegando à srta. Astor, sargento Gray? — perguntou Elston, a barba se contorcendo enquanto ele sorria.

— Estou mais apegado ao Green aqui, mantendo as merdas dele sob controle. — Ele inclinou a cabeça para o lado enquanto a civil passava, carregando sua pasta. — Além disso, eu gosto dela. Ela é legal.

Avancei enquanto Izzy se levantava, relaxando os ombros.

— Você está bem? — perguntei, me forçando a manter as mãos na lateral do corpo. Eu não podia beijá-la. Não ali. Não a menos que estivéssemos sozinhos.

— Só estou tentando atender o máximo de pessoas possível — disse ela, sorrindo suavemente para mim.

Porra, eu sentia falta daquele sorriso em específico. Era o que ela me dava quando não estava apenas feliz ou rindo, mas satisfeita.

— Você está extremamente calma para alguém no epicentro de uma zona de guerra.

— O sargento Gray entrou em contato com Serena para mim. — Ela sorriu. — Ela está no meio do caminho até aqui.

— Postos de controle? — perguntei.

— Eles passaram por todos até agora, e posso ter... — Ela franziu o nariz.

— Pode ter o quê? — Senti um aperto no estômago.

— Posso ter convencido o embaixador a aceitar a entrevista de Taj pelo telefone em troca dos meus serviços. — Ela fez uma careta. — Quero dizer, meus serviços como entrevistadora, não... outros serviços.

— Espero que não. — O canto de minha boca se curvou para cima. — Então o visto de Taj está pronto?

Ela virou e se inclinou sobre a mesa.

Não olhei para sua bunda.

Mas, se tivesse, estaria tudo bem, já que ela me amava, certo?

— Bem aqui. — Ela acenou com a papelada. — Preciso colocar na bolsa.

Peguei o papel de sua mão e o guardei em um dos bolsos.

— Eu fico com isso. Se as coisas desandarem rápido, não tem como saber se você vai conseguir ficar com sua bolsa, mas pode apostar a vida que isto aqui vai ficar comigo.

Seu olhar caiu para meus lábios.

— Gostei da ideia de você me acompanhar.

Meu estômago revirou.

— Até o aeroporto. — Precisava ser dito. Eu teria novas ordens assim que a deixasse em segurança.

— Eu sei. — Seu sorriso ficou triste, e cogitei me recriminar por ter de lembrá-la disso. Ela olhou para além de mim. — O próximo chegou.

— Vou deixar você trabalhar. — Minha mão latejava, mas não a levantei para acariciar sua bochecha como eu queria. — Fique perto do sargento Gray. Tenho que levar o próximo grupo para o telhado. — Ela assentiu e eu lhe dei as costas. — Não a perca de vista — ordenei a Graham.

— Ela não vai sair da sala até a hora de voar — concordou ele.

Enquanto atravessava o corredor, encontrei Torres acenando com a cabeça na direção do meu quarto.

Olhei de volta para Elston.

— Cinco minutos.

Ele concordou, e eu entrei no quarto, com Torres no meu encalço, antes de fechar a porta.

— A cidade vai meio que evaporar — avisei a ele, jogando o resto de minhas coisas na mochila, ficando pronto para partir.

— Parece que sim. — Ele fez uma careta, se sentando na beirada da pequena mesa.

— O que foi? — Ajustei a corrente em volta do pescoço para que ficasse mais confortável sob o Kevlar.

— Vim ver como você está.

Meus olhos se estreitaram em sua direção enquanto o leve cheiro de fumaça chegava até meu nariz. Haviam começado a queimar documentos confidenciais.

— Ei. — Ele ergueu as mãos em um gesto de rendição. — Se seu foco não está apenas em Izzy, mas *perdido* em Izzy, então você não ajuda em nada lá fora.

— Não estou desconcentrado, se é o que você está insinuando. — Fui para o banheiro e cuidei do que precisava enquanto tinha oportunidade.

— Acho que é uma boa suposição — argumentou ele, acima do som da descarga.

Lavei as mãos e balancei a cabeça.

— Estou bem.

— Vai deixá-la em questão de horas e, falando por experiência própria, você sempre fica um pouco fodido depois que se separam.

Abrindo a porta, fuzilei meu melhor amigo com o olhar.

— Não fico sempre...

Ele arqueou uma sobrancelha escura.

Eu cedi.

— Tudo bem. É... — Procurei a palavra certa, a que não faria com que eu fosse empurrado para um psiquiatra e expulso da missão. — É *preocupante* encontrar Izzy de novo, chegar a poucos centímetros de realmente tê-la em minha vida e depois a mandar de volta, não apenas para os Estados Unidos, mas para o mesmo ciclo em que nós ficamos presos por dez anos.

— Certo. — Ele assentiu, e eu comecei a andar de um lado para o outro.

— Quero dizer, isso é realmente o melhor que a gente consegue fazer? — Deixei a frustração sair da caixa em que a havia trancado, e isso me consumiu. — Dez anos e vou fazer o quê? Dizer... foi incrível te ver de novo e quem sabe consigo um fim de semana daqui a seis meses?

— Sempre funcionou para vocês antes.

— Nunca funcionou. Essa é a merda. Ela quer mais, e eu não posso dar. Ela quer a vida, a casa, o sonho...

— Você também. — Ele deu de ombros.

Parei de súbito.

— Não tenho tempo para isso.

— Ah, vá se foder. Essas são as mesmas coisas que você sempre quis. A carreira militar deveria ser o caminho para te levar até lá, lembra? Porque eu sim. Você se formou em inglês especificamente para poder lecionar quando saísse do exército. — Ele cruzou os braços. — Já te ocorreu que você está infeliz porque está vivendo uma vida que nunca quis?

— Não. — Balancei a cabeça e olhei para o relógio. O helicóptero estaria de volta em vinte minutos, e precisávamos levar o próximo grupo de evacuados para o telhado.

— Você está mentindo para si mesmo há tanto tempo que a mentira se tornou verdade. — Torres suspirou e esfregou as mãos no rosto. — Você carrega aquele anel porque te dá esperança de que um dia vai colocá-lo no dedo da Isabeau. Um dia você vai se encher desta vida. Você vive esperando o dia em que poderão tentar.

— Talvez não haja nenhuma tentativa a ser feita. — Mantive a voz o mais uniforme possível, mesmo que meu peito ameaçasse desabar em cima do coração. — Talvez ela mereça coisa melhor.

— Tudo bem. Você me mostra um cara neste planeta que pode amá-la mais do que você, e aí podemos ter essa conversa. — Seus ombros caíram. — É hora de fazer a promessa a ela.

— Que promessa é essa? — Cocei a barba. Mais alguns dias e passaria da fase de coceira.

— A promessa de que você vai sair desta vez. — Ele falou isso como se fosse simples assim.

— Você acha que eu deveria ir embora da unidade. — A ideia era... Merda, eu nem podia examinar meus sentimentos em relação ao assunto, ou talvez não gostasse do que iria encontrar.

— Acho que fazer isso — ele gesticulou ao nosso redor — nunca foi o seu sonho pra valer. Sempre foi o meu, e não nego que você me ajudou a chegar até aqui, mas, cara, você vai perder essa mulher pra sempre se não abrir mão disso.

E a conversa acabou. Eu me virei e atravessei a porta até o corredor, Torres seguindo com um passo mais leve.

As sobrancelhas de Elston se ergueram.

— Tudo certo?

— Não — murmurou Torres.

— Com certeza. Vamos pegar o próximo grupo.

Três horas depois, a atmosfera havia mais que mudado; estava impregnada com o cheiro de pânico e o som de tiros. A notícia de que o governo afegão havia rendido a cidade se alastrara pela embaixada como um incêndio.

Literalmente.

Os baldes de queima foram enchidos e incendiados, lançando plumas de fumaça preta no ar, e o helicóptero chegaria a qualquer momento.

Era hora de ir.

— Ainda posso fazer algumas entrevistas — argumentou Izzy em sua suíte, enquanto eu vestia o colete Kevlar nela e prendia as laterais. O cômodo estava vazio.

— Você não pode. Todos os que podem transformar essas entrevistas em vistos já foram embora. — Helicópteros e mais helicópteros chegavam, evacuando o pessoal essencial, e estaríamos no próximo. Eu não dava a mínima para quem ficaria esperando o voo seguinte, desde que não fosse ela.

— Ainda tem milhares de pessoas aqui!

— E é bem provável que elas morram aqui. Você não vai ser uma delas. — Segurei seu rosto e a beijei com força e rapidez, depois coloquei o capacete em sua cabeça.

— Posso fazer isso sozinha.

— Mas talvez eu goste de fazer pra você. — Passei o dorso dos dedos em sua bochecha. — Pegue sua mochila.

— Sua mochila — resmungou ela, jogando-a sobre os ombros.

— Eu a dei a você há tempo demais para ser considerada minha de novo. Está com seu passaporte? — Eu precisava dela naquele avião e fora dali.

Ela me lançou um olhar.

— *Já* viajei sem você antes, Nate.

— Justo. — Eu a conduzi até a porta, ciente do barulho que vinha do corredor. — Trinta centímetros, Izzy.

— Eu sei. — Sua respiração acelerou e o medo dilatou suas pupilas.

— Vamos sair daqui. — Estendi a mão esquerda e ela a pegou, entrelaçando nossos dedos. Não havia nenhuma chance de eu me separar de Izzy no caos lá fora. Abri a porta para encontrar a maior parte de minha equipe à espera, bloqueando a entrada da suíte.

Elston já estava no telhado, dando apoio à equipe de atiradores.

— Vamos — ordenei.

Eles nos cercaram e nós nos movemos, atravessando a multidão que cruzava conosco de modo intermitente.

— Estamos deixando tantas pessoas para trás — disse Izzy, virando a cabeça para observar um homem correr na direção oposta.

— Este não é o último helicóptero — assegurei a ela.

— Está lotado — disse Graham por cima do ombro, enquanto abria a porta para a escada.

— Eles vão sair da frente — retruquei, não deixando espaço em meu tom para interpretação. Com a mão dominante no rifle, mantive a arma pendurada no ombro. Não havia necessidade de assustar as pessoas a menos que a situação pedisse.

Ele assentiu e seguimos em frente.

Graham abriu caminho no meio da multidão enquanto subíamos os degraus, o cheiro de fumaça cada vez mais denso. Havia incêndios em quase todos os edifícios do complexo da embaixada. Um passaporte em branco em mãos erradas poderia levar um inimigo até solo americano, e esse era um risco inaceitável.

Puxei Izzy para perto, meu batimento cardíaco aumentando de maneira incomum enquanto estudava a multidão ao nosso redor, procurando por alguém que não se encaixasse, embora soubesse muito bem que todos ali haviam recebido permissão de entrada na embaixada em algum momento. Os guardas ainda estavam do lado de fora.

Subimos andar após andar até chegar ao acesso para o telhado, ignorando cada pessoa à espera da chegada do Chinook. Talvez aquilo me tornasse um canalha insensível, mas eu tinha somente uma prioridade, e não eram as centenas de pessoas aguardando na escada.

Não no momento.

Izzy se assustou com o som de tiros enquanto estávamos na porta.

— Provavelmente é só uma comemoração — expliquei a ela.

— É por isso que você está com a mão no rifle — murmurou ela, olhando para a equipe ao nosso redor. — Por isso que *todos* vocês estão com as armas em punho.

— Bem, é só para o caso de *não* ser uma rajada comemorativa — disse Torres, na retaguarda com Parker.

— Só por precaução — disse Parker. — Não tem motivo para se preocupar.

— Certo. Só uma evacuação comum. — Izzy apertou minha mão, e eu acariciei seu pulso acelerado com o polegar.

O som dos rotores encheu o ar enquanto o Chinook se aproximava.

— Parece que a nossa carona chegou — disse a ela.

O pássaro pousou no telhado, o vento soprando sobre nós enquanto a porta traseira se abria.

— Acho que gostei mais quando decolamos do campo de futebol — comentou Izzy.

— Eu também. — Apertei sua mão uma vez e a soltei. — Fique logo atrás de mim. Trinta centímetros.

Ela assentiu e eu levantei meu rifle com as duas mãos.

Caminhamos até o telhado exposto e eu esquadrinhei os prédios ao redor. Chegar até o pássaro significava caminhar mais perto da borda do prédio, e eu sabia que, se podia ver o desfile de veículos talibãs com suas bandeiras brancas e metralhadoras de grosso calibre na caçamba dos caminhões, isso significava que Izzy também podia.

A Zona Verde havia sido violada e eles estavam indo na direção do Arg, o palácio presidencial. A embaixada podia ser propriedade dos Estados Unidos, mas agora estávamos firmemente plantados dentro de território inimigo.

Coloquei meu corpo entre o de Izzy e a borda, e mantive o rifle apontado para o terreno abaixo, procurando ameaças. Elston se juntou a nós quando embarcamos, subindo pela porta e entrando no Chinook.

Eu nos mantive perto da saída enquanto os outros entravam, e nos sentei assim que atingimos a capacidade máxima, puxando Izzy contra o rígido metal da aeronave quando a porta traseira subiu. Eu já estivera em muitos helicópteros com muitas balas atravessando o ar, mas jamais havia vivenciado o tipo de ansiedade que me subia pela garganta naquele momento.

Torres me lançou um olhar de reconhecimento através da iluminação fraca enquanto decolávamos, e me abstive de lhe mostrar o dedo do meio.

Nós dois sabíamos exatamente qual era meu problema.

Eu tinha Izzy para me preocupar.

◆ ◆ ◆

O aeroporto era a imagem do inferno. Crianças chorando, homens atordoados e mulheres preocupadas lotavam o terminal, e aqueles eram os sortudos.

Os que estavam do lado de fora da cerca, gritando para entrar? Não haviam tido a mesma sorte.

Quando chegamos ao portão de Izzy, meu estômago revirou.

O voo dela havia sido cancelado.

Não havia palavrões suficientes no mundo para expressar meus pensamentos, mas Izzy simplesmente respirou fundo e ergueu o queixo.

— Então acho que deveríamos encontrar a embaixada temporária aqui.

— Bom plano — concordou Elston.

Assenti e partimos em meio ao pânico cada vez maior de uma multidão policiada por soldados dos Estados Unidos e da Otan. Portão após portão diziam a mesma coisa, poucos eram os que informavam a partida de voos.

— Ah, meu Deus! — exclamou Izzy, parando no meio da passagem e se virando para a televisão.

O palácio presidencial não estava mais nas mãos do governo afegão.

— Essa merda está se deteriorando depressa — disse Graham.

— Foda-se a deterioração, essa merda já *era* — corrigiu Parker. — Segundo aquele site de notícias, o aeroporto e a embaixada são os únicos lugares que nós ocupamos.

E ninguém sabia por quanto tempo.

— Vamos. — Peguei a mão de Izzy, sem me importar com quem visse, e nos guiei pelo aeroporto, seguindo as instruções de Webb para chegar até o local da embaixada temporária.

Passamos de uma multidão que beirava a histeria para um inferno administrativo. Depois de furar as filas de civis desesperados, atravessamos a pequena barricada e fomos recebidos pelo pessoal da embaixada que já havia sido evacuado.

— Acho que vou ver quem eu posso ajudar — disse Izzy, me lançando um sorriso incerto e acariciando a palma de minha mão com o polegar antes de soltá-la.

— Não saia desta área — avisei a ela. — Vou ver o que posso descobrir sobre os voos.

Ela assentiu, certificando-se de que sua credencial estivesse visível antes de se dirigir ao primeiro funcionário.

— Descubra onde está a irmã dela — ordenei a Graham.

Ele assentiu e eu comecei a trabalhar a fim de encontrar uma carona para Izzy sair daquele lugar.

◆ ◆ ◆

Em geral, eu adorava o nascer do sol e as possibilidades que trazia consigo, mas aquele parecia mais uma nova variante de iluminação do mesmo maldito dia.

Estávamos ali havia trinta e seis horas, enquanto a cidade ao nosso redor tinha mergulhado no caos. Os relatórios que chegavam eram angustiantes. Havia mais de cem mil pessoas que necessitavam de evacuação, e nem um único avião podia retirá-las. Embora alguns aviões tivessem conseguido decolar na noite em que chegamos ao aeroporto, todos os voos tinham sido interrompidos na véspera.

Izzy havia trabalhado até cansar e, no momento, estava exausta no chão, usando a mochila como travesseiro, no que me parecera o canto mais seguro da embaixada temporária.

— Você encontrou um voo para nossa garota? — perguntou Graham à direita, mantendo a voz baixa enquanto a observava dormir a vários metros de distância.

— Quase isso. — Queria substituir aquela mochila pelo meu peito, abraçá-la nos últimos minutos que tinha. Nosso briefing com Webb havia uma hora acontecera exatamente como eu tinha previsto... e temido.

— Que resposta de merda — replicou Graham, franzindo a testa.

— É uma situação de merda. — Para não dizer pior. — Eles esperam obter autorização hoje, mas, até abrirem as pistas e tirarem as pessoas de lá, não há praticamente nenhuma chance de alguém sair.

— Praticamente? — Ele olhou de lado para mim.

— Não somos a única *companhia* dos Estados Unidos aqui. — Cruzei os braços e olhei para Izzy novamente, tomando nota das manchas roxas sob seus olhos.

— Ahh. — Graham assentiu, entendendo o que eu queria dizer. — Saquei. Ela sabe da irmã?

Balancei a cabeça, o estômago embrulhado.

— Não. E não vai saber.

— Você não vai contar a ela dos postos de controle? Dos tiros em repórteres? — Graham ergueu as sobrancelhas, os olhos escuros reluzindo.

— Não. — Engoli o nó na garganta que parecia ter montado residência fixa ali desde que Izzy tinha chegado ao país. — Ela nunca vai entrar no avião se souber que há uma grande chance de Serena não fazer a mesma coisa.

Na última hora, eu não conseguira nem amarrar Izzy na cadeira. Simplesmente tinha de rezar e confiar que ela entraria no avião.

Havíamos sido redesignados.

Izzy se mexeu, os olhos se abrindo e encontrando os meus em segundos. Ela sempre tivera uma extraordinária noção de onde eu estava. Meu peito doía tanto que parecia que uma costela poderia se quebrar.

Ela se sentou lentamente, a trança solta deslizando sobre o ombro, mas não sorriu. O que quer que transparecesse em meu rosto tinha me traído, e ela sabia que algo estava acontecendo.

Que merda eu devia fazer?

— Cinco minutos? — perguntou Graham.

— Dez — corrigiu Torres atrás de nós.

— Dez — concordei. Dez nunca seriam suficientes, mas era tudo o que tínhamos.

Graham me deu um tapa nas costas e foi embora, indo na direção do nosso ponto de encontro.

Fiquei parado ali, meus olhos presos aos dela, lutando para encontrar as palavras. *Errado*. Deixá-la parecia errado em todas as células de meu corpo, e, ainda assim, não havia porra nenhuma que eu pudesse fazer sobre o assunto. Ordens eram ordens.

Eu estava ficando cansado de ser colocado em uma posição onde ela nunca poderia ser minha, quando já era minha em todos os aspectos que importavam.

Caminhei em direção a Izzy enquanto ela se levantava, com uma expressão solene.

— O que aconteceu? — perguntou ela.

Com a mão na parte inferior de suas costas, eu a guiei até o canto, onde poderia bloquear seu corpo do escrutínio dos funcionários da embaixada, na esperança de apenas alguns minutos de privacidade.

— Eu tenho que ir. — Cada palavra destruiu parte de minha alma.

Seus lábios se abriram.

— Ok. Quando você volta?

— Não vou voltar.

Ela arregalou os profundos olhos castanhos.

— Fomos realocados. Há... — Engoli em seco. — Há lugares em que precisamos estar e coisas que precisamos fazer. — Mesmo se pudesse contar a ela o que estava prestes a enfrentar, eu não o faria. A preocupação iria matá-la.

Tudo nas próximas horas poderia alterar o restante da vida de Izzy.

— Ah. — Seus ombros caíram. — É compreensível. Estou tão segura quanto posso estar, e suas habilidades estão definitivamente sendo desperdiçadas aqui no aeroporto. — Ela me encarou, forçando um sorriso que eu já vira muitas vezes na última década. Ela me brindava com ele toda vez que eu tinha de ir embora.

— Me ouça com atenção. — Peguei seus ombros. — Às três horas, alguém vai vir te buscar. Ele tem estatura mediana, barba grisalha e vai saber como nos conhecemos. Ele não tem minha perspicácia encantadora, mas vai colocar você em um avião para fora daqui.

Izzy franziu o cenho.

— Nate, nenhum avião vai sair daqui.

— Mesmo que seja verdade, esse vai decolar. Jatos de companhia tendem a ir aonde querem, quando bem entendem. Este vai te levar para os Estados Unidos. — Minha mão deslizou para a lateral de seu pescoço. Sua pele era tão macia.

Ela piscou.

— E eles têm espaço para mim?

— Você é uma assessora do Congresso. Acredite em mim, eles têm interesse pessoal em que você chegue em casa o mais discretamente possível. — Izzy era um pesadelo de relações-públicas em potencial.

— E quanto a Serena? — A esperança em seus olhos me destruiu.

— Ele tem um lugar para Serena. Taj também. — Foi preciso pedir todos os favores que me deviam, mas a segurança de Izzy era tudo o que importava. — Mas, se sua irmã não voltar até as três, você tem que entrar no avião de qualquer maneira. — Eu a fitei nos olhos com intensidade, desejando que ela concordasse, que fosse flexível pela primeira vez em sua maldita vida.

Seu queixo caiu quando ela abriu a boca, e deslizei a mão na curva da sua mandíbula, passando o polegar por seus lábios macios.

— Por favor, Izzy. Você precisa ir. Vai ser a coisa mais difícil que você já fez. Mas você precisa entrar no avião. — Eu me inclinei para que nosso rosto ficasse a alguns centímetros de distância, então a segurei pela nuca. — O aeroporto vai acabar se rendendo, e não vou estar aqui para te ajudar. Você tem que sair daqui. *Preciso* que você saia daqui.

— Não posso deixá-la — sussurrou ela, com a voz embargada.

— Você pode. Você vai. É o que ela iria querer. — Se ela ainda estivesse viva para desejar alguma coisa.

— Eu não posso te deixar. — Ela balançou a cabeça.

— Você não precisa, quando sou eu quem está sempre de partida.

— Posso esperar mais um dia — protestou ela, as mãos agarrando meus braços.

— Você não pode. — Encostei a testa na dela e inspirei profundamente. — Lembra quando eu perguntei, se você soubesse que o mundo tinha vinte e quatro horas antes de alguma calamidade acontecer, para onde você iria? E você disse que iria para onde pudesse ajudar mais?

— Este não é o momento para jogos de perguntas e respostas, Nate. — Ela me puxou para mais perto, os olhos cheios de lágrimas.

— Você lembra?

— Sim. — Ela assentiu. — Foi quando estávamos saindo de Candaar.

— Me pergunte.

Seu lábio inferior tremeu.

— Se você soubesse que o mundo tem vinte e quatro horas antes de alguma calamidade acontecer, para onde iria?

— Eu iria para onde você estivesse. Eu soube disso naquela noite, em Tybee. Merda, provavelmente soube disso no segundo em que você pegou minha mão naquele avião. Não há força na Terra que me afastaria de você. — Eu a beijei suavemente. — É por isso que você tem que entrar no avião, Izzy. Não vou conseguir pensar, me concentrar, me afastar três metros e meio de você, se não souber que está a caminho de um lugar seguro.

— Nós somos ímãs, né? — Ela passou os braços em volta do meu pescoço. — Sempre nos encontrando.

— E vamos nos encontrar de novo, prometo. — Uma de minhas mãos tocou a inclinação suave de sua cintura enquanto eu lutava contra as emoções que ameaçavam me derrubar. — Ainda não tivemos nossa chance.

Ficando na ponta dos pés, ela me beijou.

Inclinei minha boca sobre a dela e a tomei como se fosse a última vez, deixando nós dois ofegantes quando enfim encontrei a coragem de levantar a cabeça.

— Eu te amo, Isabeau Astor. Me prometa que vai entrar naquele avião. Eu sei que você quer ficar por Serena, mas preciso que você vá embora por mim.

— Me prometa que vai voltar para casa.

— Prometo que volto para casa. Eu vou te encontrar. Vamos ter nossa chance. — Meu peito queimava com a sensação de amá-la tanto, de saber o quanto era difícil me afastar de Izzy em qualquer situação, quanto mais naquele lugar.

— Eu te amo. — Ela me abraçou ainda mais apertado, e dei um beijo determinado em sua testa, tentando ao máximo respirar fundo para minimizar o ardor em meus olhos.

— Eu te amo — sussurrei.

Então a soltei, e seus braços caíram quando recuei. Lancei um último olhar para ela antes de dar meia-volta e forçar meus pés a se moverem, e as minhas pernas a me levarem para longe.

— Sinto muito — lamentou Torres, se afastando da parede quando passei por ele. — Eu sei o quanto ela significa para você.

Tudo. Ela era tudo.

— Se eu te pedisse para ir com ela, você iria?

— Se eu pudesse, você sabe que eu iria. — Ele me lançou um olhar tão cheio de remorso que precisei desviar. — Mas não posso, Nate, e você sabe por quê.

— Sim. — Peguei a mochila que havia deixado perto da entrada da embaixada temporária e a coloquei sobre os ombros, guardando todas as emoções possíveis. Agora não era hora de perder o controle por causa de Izzy. Agora era hora de agir por Izzy. — Infelizmente, eu sei.

CAPÍTULO TRINTA E UM
IZZY

Cabul, Afeganistão
Agosto de 2021

Depois que Nate partiu, observei o relógio marcar os minutos, então as horas, me recompondo de modo que conseguisse ajudar sempre que possível.

Havia muitas pessoas e poucos ajudantes.

O pânico era palpável, e, quando os voos começaram a decolar novamente, aquela energia se transformou em puro desespero. Desespero para encontrar familiares desaparecidos. Desespero para obter um visto solicitado havia muito tempo. Desespero para conseguir um assento em qualquer avião que estivesse a caminho de qualquer outro lugar.

Eu erguia o olhar a cada minuto possível, procurando minha irmã no mar de rostos, mas jamais a encontrava. Nate se fora. Serena estava Deus sabia onde, e não havia nada que eu pudesse fazer para ajudar nenhum dos dois.

Depois de dizer ao décimo segundo — ou talvez tenha sido mais, havia perdido a conta — intérprete militar que eu não poderia fazer nada para acelerar sua papelada, me sentia derrotada em todos os sentidos.

Às três, antes que eu estivesse pronta e antes que eu pudesse fazer um gesto para a pessoa seguinte na fila, um homem apareceu à minha esquerda.

Um homem com barba grisalha, vestido com uma calça cargo e com uma arma em um coldre na coxa, camisa preta e colete Kevlar.

— Isabeau Astor? — perguntou.

— O sargento Green enviou você — adivinhei, uma fissura se abrindo em meu coração.

— Nós dois sabemos que o nome dele não é sargento Green, mas sim, ele me enviou. — Ele me deu um sorriso tenso. — Green disse que conheceu você em um acidente de avião.

Assenti.

— É hora de ir, não é?

— Sim. — Havia uma saudável dose de compaixão em seus olhos. — Suponho que sua irmã não tenha aparecido?

Olhei para a multidão de pessoas à espera e balancei a cabeça.

— Sinto muito, mas não podemos esperar.

— Eu entendo. — Estava na ponta da língua recusar sua ordem, ficar e fazer o que pudesse pelo tempo que pudesse, mas a expressão no rosto de Nate me passou pela mente.

Não vou conseguir pensar, me concentrar, me afastar três metros e meio de você se não souber que está a caminho de um lugar seguro.

Ele havia passado os últimos onze dias arriscando a vida para me proteger.

Talvez eu não tivesse conseguido levar Serena para casa, ajudar o intérprete dela, ajudar... qualquer uma daquelas pessoas. Mas eu podia fazer isso para que Nate não falhasse.

— Ok. — Assenti, então peguei o visto de Taj e o entreguei ao oficial da embaixada na estação ao meu lado. Ajeitando a mochila no ombro, ergui o olhar para o homem que Nate havia enviado para me buscar. O homem a quem ele me confiara. — Estou pronta.

Eu não estava, mas iria. Faria isso por Nate.

Porque ele me amava. Porque ele havia carregado meu anel por três anos. Porque ele tinha me tirado daquele avião. Porque eu não havia ficado ao lado dele quando deveria, e me arrependera dessa escolha desde então.

Segui o homem anônimo pelo aeroporto e não desviei o olhar do sofrimento, do medo gravado em cada rosto. Fui testemunha, deixei a expressão de cada pessoa me tocar, me marcar, porque Serena não estava ali para fazer isso.

— Suponho que, se eu quisesse dar meu lugar a outra pessoa, você não permitiria? — perguntei, enquanto ele me levava até a pista.

— Prometi ao seu homem que eu mesmo amarraria você no assento, se isso fosse necessário para colocá-la no avião. — Um canto de sua boca se ergueu. — E você vai descobrir que não tenho tantos escrúpulos quanto ele. Vou fazer isso.

Atravessamos o concreto escaldante e eu olhei através das ondas bruxuleantes de calor, para as montanhas que havia achado tão lindas quando tínhamos aterrissado ali, onze dias antes.

Onze dias tinham sido o bastante para sacudir meu mundo, como se fosse um globo de neve. Agora tudo o que eu podia fazer era sentar e ficar vendo onde os flocos cairiam, e torcer para reconhecer a paisagem.

Caminhamos silenciosamente em direção a uma cerca alta de metal, encimada por um guarda-vento, e quis muito ter desenvolvido a incrível habilidade de compartimentação de Nate. Em vez disso, experimentava uma aguda sensação de perda a cada passo que me levava para longe de minha irmã, de Nate. Como poderia abandonar as duas pessoas que eu mais amava no mundo?

O homem acenou com a cabeça para um guarda, que abriu o lado esquerdo de um enorme portão para nos dar passagem.

Um avião prateado sem identificação esperava além da cerca.

— É um Hércules adaptado — explicou o homem, embora eu não tivesse perguntado.

— É adorável — respondi, sem saber o que dizer.

Ele riu.

— Você é mesmo uma política, não é?

— Na verdade, não. — Mesmo quando tinha sido uma, tinha feito isso pelas mais equivocadas razões.

Ele me conduziu escada acima e entrou no avião, equipado não apenas com ar-condicionado mas também com uma série de assentos, três de cada lado, se estendendo por uma dúzia de fileiras. Quase todos os lugares já estavam ocupados.

— Seu lugar é ali. — Ele apontou para a primeira fila do lado direito do avião, onde dois assentos permaneciam vazios.

— Obrigada.

— Não precisa agradecer. — Suas sobrancelhas se ergueram. — Isso fica só entre nós. Falo sério.

Assenti. Eu não era tão ingênua a ponto de não entender o uso repetido de *companhia* quando Nate me contou sobre o voo. O assento da janela estava vago, então me sentei ali, só para provar a mim mesma que era capaz. Eu tinha voado por todo o país olhando pela janela de um helicóptero Blackhawk. Certamente conseguiria sair dali sentada na janela.

Afivelei o cinto de segurança nos quadris e tentei não pensar no fato de que Nate e Serena ainda estavam lá fora. Mas havia um assento vazio...

Meu coração gritava de saudade. Eu estivera em muitos aviões com um lugar vazio nos últimos quatro anos, constantemente à espera de Nate.

Dessa vez eu sabia que essa chance não existia e, de algum modo, doía ainda mais.

Quando abri a mochila para pegar meus fones, pisquei para o livro que fora enfiado ali às pressas. Era o exemplar de *A cor púrpura*, de Nate, aquele que ele estava lendo quando cheguei. Apertei o livro contra o peito e tentei o possível para abafar um soluço quando alguém fechou a porta à direita.

Um ou dois minutos depois, o avião começou a avançar lentamente, e minha garganta se fechou com tanta força que era difícil respirar.

— Me perdoe — sussurrei, mas não tinha certeza de para quem estava implorando. Nate? Serena? Todos os que eu deixara para trás e não tinham um assento em algum avião secreto?

Então o movimento parou e eu olhei pela janela, mas não havia fila para decolagem nem nada. Alguém saiu da cabine e acionou a porta, abrindo-a com rápida eficiência e abaixando os degraus.

— Vamos! — gritou o piloto, se inclinando para fora da porta.

Ele recuou um momento depois, quando duas figuras irromperam pela porta e para dentro do avião.

Taj e Serena.

Obrigada, Deus.

Minha irmã tinha um olho roxo e a manga da camisa azul estava ensanguentada, mas ela estava ali, vindo em minha direção com um sorriso lacrimoso. Taj estava em estado bem pior enquanto ia pelo corredor central para o lugar vazio, algumas fileiras atrás.

Ela desabou no assento vago ao meu lado, deixando cair a bolsa entre os joelhos, antes de se virar para mim e me puxar para perto.

— Você conseguiu — sussurrei, deixando cair o livro no colo e a abraçando com força enquanto o piloto fechava a porta.

— Graças a Nate e à equipe dele — respondeu ela, se afastando o suficiente para me examinar, como se fosse eu que tivesse sido espancada.

— O quê?

— A equipe de Nate foi até o posto de controle onde nós estávamos detidos — explicou ela. — Eles são a única razão de estarmos aqui. — Ela acariciou meu cabelo. — Bem, Nate e você, por ter conseguido o visto de Taj.

O avião começou a avançar novamente, e Serena se inclinou para a frente, abrindo sua bolsa e tirando algo do interior. Ela pressionou o objeto em minha palma aberta e me olhou nos olhos.

— Ele mandou dizer que te ama, e que vai entrar em contato quando chegar a hora de vocês aproveitarem a sua chance.

Meu coração deu um salto e olhei para minha mão.

Era a corrente e a etiqueta de identificação com a fita adesiva.

Eu me recostei no assento e deixei as lágrimas caírem enquanto o avião corria pela pista, Serena segurando minha outra mão. Estávamos decolando, deixando Nate para trás.

— Ele vai ficar bem — prometeu Serena.

— Eu o amo.

— Qualquer pessoa na mesma sala que vocês dois sabe disso — comentou ela. — Qual é a do colar, afinal? — perguntou, se inclinando para pegar a câmera na bolsa. Ela havia tido sorte de conseguir sair, ainda mais com o equipamento.

Com cuidado, retirei as camadas de fita até meu anel aparecer.

— É nossa chance.

— É lindo. — Ela piscou e depois arregalou o olho que não estava inchado e fechado.

— Sim, é.

Ela franziu a testa.

— Isso é uma etiqueta de identificação?

— Não tenho certeza — respondi, descolando a fita do restante do metal. — Nate me disse que só levava o anel em missões que não eram ultrassecretas, mas... — Coloquei meu anel de noivado na mão direita para mantê-lo firme e seguro, e em seguida limpei o nome do resíduo pegajoso. — Não é dele.

— Não é? — Ela olhou em minha direção, clicando para passar as fotos no visor da câmera.

— Não. — Eu não era a única pessoa que Nate carregava consigo.

A etiqueta dizia TORRES, JULIAN.

— Eu estava errada — sussurrei. Sempre presumi que Julian fosse Rowell, o que mostrava quão pouco eu sabia sobre todos aqueles anos que Nate e eu tínhamos passado separados.

— Veja o que recebi há mais ou menos uma hora. — Ela inclinou a tela da câmera em minha direção.

Era uma foto de perfil de Nate. Meu coração se apertou com o conjunto teimoso de sua mandíbula, a escultura perfeita de seus lábios.

— Sabe — disse Serena calmamente —, eu poderia publicar isso e ele estaria fora da unidade.

Meu olhar saltou para o dela. Uma simples ação mudaria... tudo. Na verdade, teríamos uma chance de ficar juntos. Mas a que custo?

— Ele com certeza ficaria puto...

— Não. — Balancei a cabeça, meus dedos se fechando em torno da placa de identificação. — Se Nate pedir baixa, tem que ser por escolha própria. — Eu não havia tomado a decisão por ele em Nova York, e não o faria agora. Eu o aceitaria, independentemente de como escolhesse vir até mim.

— E o que acontece até esse dia mágico? — perguntou Serena.

— Vou esperar.

CAPÍTULO TRINTA E DOIS
NATHANIEL

Fort Bragg, Carolina do Norte
Setembro de 2021

Parado no corredor vazio, de frente para a porta, inspirei fundo. Eu estava marcado para ser avaliado havia duas semanas. Como um tolo, tinha imaginado que dar o telefonema inicial seria o mais difícil, mas não foi. Ficar parado ali, olhando para as cartas clínicas ao lado da porta, decidindo girar ou não a maçaneta, era infinitamente mais difícil.

A clínica não tinha aquele cheiro de higienização excessiva que acompanha os hospitais, mas também nunca havíamos sido atendidos por médicos comuns.

— Você consegue — disse Torres à minha esquerda.

— Se eu fizer isso, acabou — respondi, mantendo a voz baixa. — Você sabe que vão me expulsar da unidade.

— Sim. E depois talvez você comece a viver para si mesmo. Consiga ajuda para esses pesadelos também, para não ter medo de dormir ao lado da sua garota. Você não é seu pai. Nunca será seu pai. Mas ainda assim... precisa de ajuda. Talvez devesse descobrir o que fazer com aquela fazenda.

Olhei para ele, minha mão procurando a maçaneta.

— Você precisa me deixar ir, Nate — disse ele, me oferecendo um sorriso. — Você carregou coisas que não são suas por muito tempo. Essa culpa? Não é sua. A carreira que não curte tanto assim? Não é sua. Mas Izzy? Ela sim é sua. Então, se você não vai passar por aquela porta por si mesmo, considere fazer isso por ela.

Izzy.

Já haviam se passado seis semanas desde que a deixara no aeroporto de Cabul para que pudesse lhe dar a única coisa de que, eu sabia, ela precisava... Serena. Eu sentia falta dela a cada respiração, mas sabia que ainda não era a hora.

Tínhamos uma única chance, então eu não poderia estragar tudo.

Dei uma última olhada em Torres, em seguida abri a porta e a atravessei.

O dr. Williamson ergueu os olhos de sua mesa com um sorriso profissional, e apontou para as cadeiras à sua frente.

— Como estão as coisas, Phelan?

Normalmente eu teria dito a ele que estava bem. Que estava dormindo, comendo e relaxando como deveria. Mas mentir não havia me levado a lugar nenhum, então talvez fosse hora de falar a verdade.

Afundei na cadeira e olhei nos olhos do médico.

— Andei conversando com meu melhor amigo como um mecanismo de enfrentamento do estresse, dos destacamentos, de... tudo.

Ele assentiu, se recostando na cadeira.

— Parece bastante normal.

— Sim, se não fosse pelo fato de que ele morreu há quatro anos. Acha que pode me ajudar? — Agarrei meus joelhos e esperei sua resposta.

— Sim — respondeu o médico. — Acho que posso ajudar você.

CAPÍTULO TRINTA E TRÊS
IZZY

Washington
Outubro de 2021

Eu me acomodei em meu assento e guardei a bolsa, depois apertei o cinto de segurança enquanto meus companheiros de voo embarcavam ao meu redor.

Pela primeira vez desde Palau, fiz uma mala cheia. Biquínis, saídas de praia, vestidos de verão, tudo. Eu não tivera notícias de Nate desde que havia deixado Cabul, e, lógico, meu pulso disparava quando pensava na diminuta possibilidade de ele realmente me encontrar na escala. Mas, ainda que ele não o fizesse — o que era mais que provável —, eu iria fazer o check-in em nosso bangalô nas Maldivas, dormir até meio-dia, deitar ao sol e sonhar com ele.

Porque era o que ele gostaria que eu fizesse.

Eu tinha certeza absoluta de que ele ainda estava destacado, dada a situação mundial, e, como ele mesmo dissera, sempre haveria algum lugar onde soldados seriam necessários.

Em algum momento nas últimas seis semanas, em meio a consultas ao celular, à espera de uma chamada que não vinha, e olhadelas para a porta, quando meus pensamentos mais sombrios levavam a melhor, eu tinha chegado a uma conclusão. Se quisesse ficar com Nate, *ficar* com ele de verdade, então eu precisava de duas coisas: força e paciência.

Força para saber que ele me amava e que me encontraria quando pudesse, e paciência para esperar por esses dias.

Ah, e um pouco mais de liberdade do trabalho que eu realmente abominava quando chegasse a hora.

Peguei o romance que comprara na livraria do aeroporto e abri um novo marcador enquanto o casal do outro lado do corredor ocupava seus assentos. Quando Nate chegasse em casa, eu teria uma biblioteca cheia de livros com marcações para ele devorar.

Sempre que Nate chegasse em casa.

O sol brilhou por entre as nuvens por um momento, atravessando a janela ao meu lado e fazendo o diamante em minha mão direita brilhar. Um anel como aquele não havia sido feito para ser coberto com fita isolante e escondido. Havia sido feito para brilhar, o que faria em minha mão direita, até que Nate o pegasse de volta ou o transferisse para a esquerda.

Cruzei as pernas e me recostei, lendo a primeira página.

— Com licença, posso passar? — Sua voz profunda me acariciou como a seda mais macia, e meu coração deu um salto quando abaixei lentamente o livro e ergui o olhar.

Não era ele. Não poderia ser.

Mas era.

— Estou na janela. — Ele sorriu, mostrando aquela covinha para mim, e meu queixo caiu quando Nate passou por mim e afundou no assento à direita.

— Você... — Minha respiração ficou ofegante enquanto eu olhava para meu par favorito de olhos azuis. — Você só deveria me encontrar em Boston.

— Troquei de voo. — Seus ombros subiram e desceram em um gesto de indiferença. — Imaginei que, se iríamos ficar uma semana nas Maldivas, seria melhor passar o máximo de tempo da viagem juntos.

Assenti, porque era evidente que isso fazia sentido... em um mundo onde Nate não estava constantemente em missão. Um mundo em que ele de fato aparecia nos voos que tinha reservado.

— Tem umas coisas que eu preciso te contar. — O sorriso desapareceu de seu rosto.

— Bem, parece que estamos com tempo. — Fechei o livro e virei para ele. — Há algumas coisas que eu também preciso te contar.

— Ah, é? — Ele estendeu o braço e pegou minha mão. Aquele simples contato parecia o paraíso.

— Na verdade eu odeio estar na política. — Torci o nariz.

— Isso não é novidade. — Seu polegar se movia em pequenos círculos tranquilizadores sobre minha pele.

— Posso ter largado meu emprego. — A informação saiu em um sussurro apressado.

Ele sorriu.

— Engraçado você mencionar isso. Eu posso ter me demitido também.

Meus lábios se separaram enquanto eu procurava por palavras. Quaisquer palavras.

— Já estava na hora. — Ele levantou a mão até meu rosto e segurou minha bochecha. — Sou perdidamente apaixonado por você e não quero mais ser uma possibilidade. Não vou nos deixar nas mãos do destino.

Eu me aninhei na palma de sua mão e o encarei, com medo de fechar os olhos, com medo de que tudo isso não passasse de um sonho, de acordar sozinha em minha cama, buscando algo que só vivi na minha imaginação.

— Acho que está na hora de nós tentarmos. O que você me diz? — Seu olhar desceu para minha boca. — Antes você precisa saber que estou fazendo terapia, e talvez não seja uma coisa que você queira acompanhar...

— Sim. — Assenti, meu coração batendo tão forte que eu meio que esperava que explodisse. — Eu digo sim. Vamos tentar. Vamos devagar ou depressa. Vamos fazer tudo de que falamos, e sonhar coisas novas. Não me importa onde vamos morar ou o que vamos fazer, contanto que eu consiga compartilhar tudo com você. Eu te amo.

— Izzy? — Ele se inclinou sobre o apoio de braço enquanto o avião ia para trás, deixando o portão.

— Nate? — Eu me aproximei.

— Vou beijar você agora.

Sorri quando sua boca encontrou a minha, então suspirei quando ele aprofundou o beijo e continuou me beijando durante toda a decolagem. No momento em que levantamos a cabeça, estávamos muito acima das nuvens.

Eu não sabia como seria aquele novo futuro, mas sabia que era nosso. E isso era tudo.

EPÍLOGO
NATHANIEL

Maine
Cinco anos depois

O sol de setembro se infiltrou por entre os pinheiros em feixes, enquanto os galhos balançavam acima de nós, farfalhando suavemente com a brisa, nós dois sentados embaixo do dossel de folhas em um cobertor grosso.

Minhas pernas estavam esticadas à frente, a cabeça de Izzy em meu colo. Era minha maneira favorita de colocar nosso trabalho em dia.

O outono no Maine era minha época favorita do ano. Era o lugar perfeito para começarmos nosso para sempre. Pinheiros, espaço suficiente para nossas famílias respirarem, e um ao outro. Eu sabia que Izzy sentia falta de Serena, mas ela passava a maior parte do tempo em coberturas jornalísticas, e sempre arranjávamos uma folga para nos ver quando Serena estava nos Estados Unidos.

Marquei o trabalho de uma aluna, comentando sobre o toque único que ela havia dado à sua análise de *Macbeth*, enquanto Izzy lia o que parecia ser um briefing que estava preenchendo em nome de uma organização local sem fins lucrativos.

Paz. O sentimento que me inundava era exatamente o que eu andara procurando por toda a vida, e existia onde quer que Izzy estivesse.

Quando terminei aquela dissertação em particular, parei um momento para acariciar seu cabelo. Não importava quantos dias eu passasse com ela, Izzy sempre parecia mais linda cada vez que a via.

Ela largou o briefing, o sol refletindo no anel de ouro e diamante em sua mão esquerda, então sorriu para mim.

— Quase pronto?

— Mais três. Você?

Ela virou o documento, olhando para o comprimento da folha.

— Provavelmente mais dez minutos.

— Algum plano para a tarde? — Arrastei meus dedos por seu braço nu. Tocá-la também nunca perdera a graça. Era a coisa que eu mais gostava de fazer. Bem, e falar com ela. Ou beijá-la. Basicamente qualquer coisa que envolvesse Izzy, eu estava dentro.

— Não me ocorre nada. — Ela deslizou a mão por baixo de minha camisa e eu senti um nó no estômago. — Por quê? Alguma coisa que você queira fazer?

— Estava pensando em te levar de volta para a cama e passar o resto do dia adorando o seu corpo.

Seus lábios se separaram e ela ficou de pé.

— Sim. Isso soa como um plano.

— Não pode esperar mais dez minutos? — Eu ri, já agarrando minha pilha de papéis e o cobertor em que estávamos sentados.

— Não. — Ela recuou com um sorriso irresistível, indo em direção à porta dos fundos de nossa casa. — O trabalho pode esperar.

— Eu não poderia concordar mais. — Eu a segui até a casa e, assim que a alcancei, levantei-a em meus braços, enrolando-a no cobertor.

Os papéis caíram no chão com o briefing assim que chegamos à porta.

Então minhas mãos estavam cheias de Izzy.

Ela estava certa. O trabalho podia esperar.

Finalmente tínhamos nosso para sempre.

AGRADECIMENTOS

Em primeiro lugar, obrigado a meu Pai Celestial, por me abençoar mais do que eu já pude imaginar um dia.

Obrigada a meu marido, Jason, por cuidar de nossa vida quando desapareci na caverna da escrita. Escrever este livro me levou de volta à sensação daqueles longos anos que você passou no Afeganistão e no Iraque. Sou imensamente grata por cada um dos vinte e dois anos que você passou de uniforme, mas ainda mais grata pelos dias que passamos juntos agora que está aposentado. Obrigada a meus filhos, que não pestanejam quando tenho um prazo e sempre me inspiram. Obrigada a minha irmã, Kate; crescer como uma criança militar é muito mais fácil com uma amiga como você. Obrigado à única Emily Byer, por sempre telefonar.

Obrigada a Lauren Plude, Lindsey Faber e à equipe da Montlake, por fazer tudo isso acontecer. É um sonho trabalhar com vocês! À minha agente fenomenal, Louise Fury, que torna minha vida mais fácil simplesmente por me apoiar.

Obrigada a minhas esposas, nossa trindade profana, Gina L. Maxwell e Cindi Madsen, que sempre atendem quando eu ligo. Obrigada a Shelby e Cassie, por aguentarem minha mente de unicórnio e por serem as melhores marqueteiras que eu poderia pedir. Obrigada a K. P. Simmon, por estar presente não apenas nos negócios, mas como amigo. A todo blogueiro e leitor que me deu uma chance ao longo dos anos — vocês fazem essa indústria ser o que é. A meu grupo de leitoras, as Flygirls, por me darem um espaço seguro no Velho Oeste da internet.

Por último, porque você é meu começo e fim, obrigada novamente a meu Jason. Nada disto seria possível sem seu amor e apoio. Eu sei que pilotos de helicóptero neste livro não têm falas, mas há um pouco de você em cada herói que escrevo.

Impresso no Brasil pelo Sistema Cameron da Divisão Gráfica da
DISTRIBUIDORA RECORD DE SERVIÇOS DE IMPRENSA S.A.